死刑執行のノート

ダニヤ・クカフカ
鈴木美朋 訳

集英社文庫

目次

死刑執行のノート —— 5
訳者あとがき —— 433

主な登場人物

アンセル・パッカー…………………死刑囚
ショウナ・ビリングズ………………刑務官
ラヴェンダー…………………………アンセルの母親
ジョニー・パッカー…………………アンセルの父親
ジェニー・フィスク…………………アンセルの妻
ヘイゼル・フィスク…………………ジェニーの双子の妹
ルイス…………………………………ヘイゼルの夫
アルマ…………………………………ヘイゼルの娘
マティー………………………………ヘイゼルの息子
サフラン（サフィ）・シン…………ニューヨーク州警察の捜査官
コリーン・コールドウェル…………ニューヨーク州警察の捜査官
エミリア・モレッティ………………ニューヨーク州警察の部長刑事
ケンジントン…………………………ニューヨーク州警察の捜査官
クリステン……………………………サフィの親友
リラ・マロニー………………………サフィの幼なじみ
イジー・サンチェス…………………行方不明の少女
アンジェラ・メイヤー………………ダイナーのウェイトレス
オリンピア・フィッツジェラルド…アイスクリーム店の元アルバイト店員
エリス・ハリソン……………………レストラン店主
レイチェル・ハリソン………………エリスの妻
ベアトリス（ブルー）・ハリソン…エリスとレイチェルの娘
シェリル・ハリソン…………………エリスの養母
ミス・ジェマ…………………………身寄りのない子どもを育てている里親
ハーモニー……………………………ジェントル・ヴァレーの居住者
サンシャイン…………………………ジェントル・ヴァレーの居住者
ティナ・ナカムラ……………………アンセルの弁護士

死刑執行のノート

ダナ・マーフィに

わたしは女性が死ぬ場所で目を見ひらいている。

ジェニー・ホルツァー(一九九三年)

12時間前

あなたは指紋だ。

人生最後の日の朝、目をあけたあなたにまず見えるのは自分の親指だ。刑務所の黄ばんだ照明のもと、親指の指紋は干あがった川床、かつては存在したけれどいまはもうない川の底砂に、水流が残した渦巻き模様に見える。

爪がのびすぎている。あなたは子どものころに聞いた、あの古い俗説を思い出す——死後も爪はのびつづけ、しまいには骨に巻きつくという。

*

氏名と番号を言え。

アンセル・パッカー、九九九六三一、とあなたは大きな声で答える。

あなたは寝台の上でごろりと仰向けになる。天井の水漏れの染みが、いつもと変わらぬ模様を描いている。うまいぐあいに首を傾ければ、天井のすみにある染みが象の形に見える。

むらになった塗料が象の胴体を形作っている部分に向かって、ついにこの日が来た、とあなたは思う。ついにこの日が来た。象はすごい秘密を知っているぞと言わんばかりに、にたりと笑う。あなたはいままでにも何度となく天井の象を見あげ、そっくり同じ薄笑いを模倣したものだった――が、今日の笑いは本物だ。あなたと象は笑みを交わしているうちに、いよいよだと実感して昂り、異様な顔つきになっていく。

あなたは寝台の端から両脚をおろし、重い腰をあげる。足を入れた刑務所支給の黒いスリッパは、サイズが二センチほど大きくて引きずってしまう。金属の蛇口をひねって歯ブラシを濡らし、ざらざらした歯磨き粉で歯を磨いてから、小さな鏡の前で髪を湿らせる。鏡はガラスでできた本物ではなく、へこみや傷だらけのアルミニウム製なので、粉々に割れることはない。あなたの鏡像はぼやけてゆがんでいる。あなたはシンクの上で指の爪の白い部分をひとつずつ丁寧に嚙みちぎる。やがてどの爪も一様に短くぎざぎざになる。

たいていの場合、最終段階がもっともつらいんだよ、とゆうべ面会に来た教誨師が言った。なんとなく恥ずかしそうに背を丸めた髪の薄いこの男が、あなたは嫌いではない。ポランスキー刑務所に着任したばかりの男だ――柔和で従順そうで、手を突っこめそうなほど、あけっぴろげな顔をしている。教誨師は、赦しだの重荷からの解放だの、変えられないことの受容だのについて語った。そして、質問した。

立会人の女性は、と教誨師は面会室の窓越しに言った。あの女性は来るのかな？

あなたは狭苦しい独房の棚にのっている手紙を思い浮かべた。手招きしているような、クリーム色の封筒を。教誨師は哀れみを隠そうともせずにあなたを見ていた——あなたは哀れみこそがもっとも無礼な感情だとつねづね考えている。哀れみは同情の皮をかぶった破壊だ。哀れみは人を丸裸にする。萎縮させる。

来ます、とあなたは答えた。そしてつけくわえた。先生、歯になにかついていますよ。教誨師があわてて口元に手をやるのを、あなたはじっと眺めていた。

正直なところ、あなたは今夜についてあまり考えたことがなかった。現実味がなさすぎて、都合のいいように考えかねないからだ。十二号棟の噂話など耳を貸すに値しない——ある死刑囚は、執行台に縛りつけられて十分後には薬物を注入されるところだったが、突然赦免され、ポランスキーへ戻ってきてから、アクション映画の主人公よろしく爪のあいだに竹串を差しこまれて何時間も拷問されたと話した。ドーナツをもらえると言った者もいる。あなたは噂の真偽など考えたくない。恐れてもいいんだよと教誨師は言った。だが、あなたは恐れているわけではない。そうではなく、胸がむかつくほど興奮しているのだ——最近、晴れ渡った青空高く舞いあがり、広々とした穀物畑を飛んでいく夢を見る。気圧で耳が痛くなるほど高い空を。

*

C区にいたころに譲り受けた腕時計は五分進めてある。あなたは心の準備をしたい。腕時計は、残された時間は十一時間二十三分だと告げている。

苦痛はないと言われている。なにも感じない、と。いつだったか、精神科医が面会に来た。面会室で向かい合ったその女性医師は、皺ひとつないスーツを着て高価な眼鏡をかけていた。そのとき彼女は、あなたがずっと前からつねに頭のどこかで疑っていたことについて話した。あなたはいまでもあんなふうに断言されたくなかったと思っている。抜け目のない普段のあなたなら、彼女の顔つきから感情を読み取れたはずだ――いつもなら、相手がどのくらい悲しんでいるか、後悔しているか、表情から正しく見極めることができる。けれど、あの精神科医はまったくの無表情、それもわざとそうしていたから、あなたは彼女が嫌いだ。いまどんな気持ちかと、あの精神科医は尋ねた。無意味な質問だった。気持ちなどあてにならない。だから、あなたは肩をすくめて正直に答えた。さあね。なにも感じないな。

*

午前六時七分には、支給品が届く。

昨夜、あなたは絵の具を作った――C区にいたころ、フロギーに教わったやり方だ。分厚い本の背で色鉛筆の芯をつぶし、その粉を購買部で買ったワセリンと混ぜた。それから、数十袋のインスタントラーメンの粉末スープと交換した三本のアイスキャンディの棒を水に浸して先端をほぐし、絵筆の穂先のように広げた。

いま、あなたは独房の扉に近い床の上に絵を置く。通路から差しこむ細長い光のなかに厚紙のカンバスの端が入るように、注意深く場所を決める。午前三時に運ばれてきたまま床に放置してある朝食のトレイの肉汁に膜が張り、缶詰の果物にはすでに大きな蟻がたかっている。まだ四月なのに七月のようだが、もともと夏でも暖房が入っていることはめずらしくなく、いまも溶けたバターが小さな脂の池になっている。

あなたはひとつだけ電化製品を持つのを許されている——あなたが選んだのはラジオだ。つまみをまわすと、耳障りな雑音が流れる。周囲の独房の男たちはいつもリズム&ブルーズだの古いロックだの、リクエストをがなりたてるが、彼らも今日はなんの日か知っている。あなたが好きな局に合わせても、文句を言わない。クラシックの専門局だ。交響曲がにわかに大音量で流れ、コンクリートの空間のすみずみまで満たす。交響曲へ長調。あなたは密度の濃い音に身を委ね、包まれるがままになる。

なにを描いているの？　以前、扉の細長い開口部から昼食のトレイを差し入れながら、ショウナがそう尋ねた。彼女は首をかしげてカンバスをじっと見つめた。

湖です、とあなたは答えた。昔、好きだった場所です。

あのころ、彼女はまだショウナではなかった——髪をうなじのあたりできっちりとまとめ、腰が張り出しているせいで制服のズボンに変な皺が寄っている、ビリングズ刑務官だった。ショウナになったのはその六週間後、あなたの独房の覗き窓に片方の手のひらを押し当てたときだ。あなたはさまざまな場所で出会った女性たちとの体験から、彼女の目がなにをあらわしているのかわかった。驚きだ。ショウナはジェニーを彷彿とさせた——ひどく無防備で、強情そうな感じがした。刑務官、名前を教えてください、とあなたが尋ねると、彼女は顔を真っ赤にした。ショウナ。あなたは祈りの言葉を唱えるように、その名前を厳粛な口調で繰り返した。彼女の心臓の鼓動が速くなり、白く細い首に浮かぶ青い血管が激しく脈打つのが思い浮かんだ。早くもあなたの顔を新たな仮面が覆い、あなたはより大きな存在になった。ショウナは隙間のあいた前歯を覗かせて笑った。おどおどと、媚びるように。

ショウナが立ち去ると、隣の独房のジャクソンが囃し立てた。あなたはシーツを細く割いてこしらえた紐の端にミニサイズのスニッカーズを結びつけ、隣の扉の下の隙間を狙って投げこみ、ジャクソンを黙らせた。

あなたはショウナのために別の絵を描こうとしてみた。図書室から借りた数冊の哲学の教科書のなかに、一枚の薔薇の花の写真が挟まっていた。絵の具を混ぜるまでは完璧だったが、どうしても花びらがうまく描けなかった。描きあがった薔薇は不格好で、赤熱色のぼんやりした物体にしか見えず、あなたはショウナに見られる前に捨ててしまった。その後、独房の鍵をあけて灰色の長い通路をシャワー室まであなたを連れていくためにやってきた彼女は、完全にその気になっていた——金属の手錠をつかんだ瞬間に、試すようにあなたの手首の内側に親指を押し当てた。反対側にいたもうひとりの看守は、あなたがぞくりと身を震わせたことにまったく気づかないようすで、荒い鼻息を立てていた。長いあいだ、あなたに触れるものといえば、鉄格子の隙間から入ってくる荒っぽい腕やプラスチックのフォークの冷たい背くらいで、暗闇で自慰をするのも飽き飽きしていた。だからあれは、ショウナの指がもたらした興奮は、電撃そのものだった。

そのときから、あなたたちはひそかにやりとりするようになった。たとえば昼食のトレイの下に隠したメモで。たとえば独房から運動用ケージまでの移動中にこっそりと。そして先週、ショウナは独房の扉の下から貴重品を差し入れてくれた。彼女のひっつめ髪をとめているたぐいの、小さな黒いヘアピンを。

あなたはいま、青い絵の具にアイスキャンディの棒を浸してショウナの足音を待っている。カンバスは、下辺が扉の下端ときっちり平行になるように置いてある。今日これから、ショウナは答えを出す。可か否か。昨日話したときのようすでは、どちらに転んでもおかしくない。あなたは不安から目をそらして希望だけを見つめるのが得意で、そうしていると膝の上で生身の動物が寝ているような気がしてくる。ラジオから別の交響曲が流れはじめ、静かな冒頭から徐々に緊張感が高まり、深みを増していく——あなたはチェロの音の奔流に身をまかせながら考える。ものごとはひとりでに加速して勢いを増し、盛大なクレッシェンドで進むものだ、と。

*

あなたは絵を描きながら書類を眺める。受刑者私物一覧表。ショウナの回答がどちらであれ、持ちものをまとめなければならない。寝台の足側に赤いメッシュのバッグが三個、置いてある——そのバッグは、処刑室のあるハンツヴィル刑務所、通称ウォールズ・ユニットへ必要最小限の私物を運ぶためのもので、そこであなたはこの世で所有した品々とともに数時間を過ごしたのち、なにもかも取りあげられることになる。ポランスキー刑務所の七年間でためこんだものすべてを、あなたはのろのろとバッグに詰める。スナック菓子のファニオン、辛味ソース、予備の歯磨き粉数本。もはやなんの価値もない。それらはC区のフロギーに残すつもりだ――あなたをチェスで負かした唯一の受刑者に。〝セオリー〟はここに置いていく。五冊のノートすべてを。〝セオリー〟がどうなるかは、ショウナの回答次第だ。

けれど、あの手紙をどうするかはまだ決めかねている。あの写真もどうしようか。

手紙には二度と目を通さないと誓った。どのみち、ほとんど暗記している。それにしても、ショウナはなかなか現れない。だから、あなたは両手がきれいに乾いたのを確かめると、ためらいがちに立ちあがり、棚の上に手をのばして封筒を取る。

ブルー・ハリソンの手紙は短く簡潔だ。ノートのページ一枚。ななめに傾いた書体で宛先が書いてある。ポランスキー刑務所十二号棟A区死刑囚監房、アンセル・パッカー様。長いため息。あなたは封筒を枕の上にそっと置いてから、棚に積み重ねた本をのけて、壁との隙間に隠すようにテープで貼りつけた写真を見る。

独房のなかでこの場所を気に入っている理由は、ここまでは検査されないからというのがひとつ。もうひとつは落書きだ。執行日が決定して以来、あなたはこのA区の独房で過ごしているが、しばらく前にここにいた囚人がコンクリートの壁に根気よく文字を彫りこんでいた。〝おれたちはみんな狂犬だ〟と。その落書きを目にするたびに、あなたの頬はゆるむ――突飛でばかばかしくて、よくある刑務所の落書きとはひと味違う（たいていは聖書の引用や性器の絵だ）。状況を考えると、その言葉にはひそかな真実が含まれていて、あなたは笑いだしそうになる。
　あなたは写真のすみを破らないように、慎重にテープをはがす。ベッドに座り、写真と手紙を膝に置く。ああ、まさに、とあなたは思う。おれたちはみんな狂犬だ。

*

　数週間前にブルー・ハリソンから手紙が届くまでは、手元に残していたのはその写真だけだった。判決が出る前、弁護士は――あの強要された自白を鵜呑みにしていたが――頼みごとをひとつ聞いてくれた。彼女は何本か電話をかけて、タッパー・レイクの保安官事務所から写真を郵送してもらえるよう手配してくれたのだ。
　写真のなかのブルー・ハウスは小さく見える。古ぼけている。カメラのアングルのせいで左側の鎧戸は写っていないが、その前で紫陽花が咲いていたのをあなたは覚えている。写真を見ると、真っ青なペンキがはげかけた建物だけが目に飛びこんでくる。レストランの看板は目立たない。ポーチで〝営業中〟の旗がたなびいている。砂利敷の私道は、平らに均して客用駐車場にしてある。カーテンは外から見ると白い無地に見えるが、店内に入れば小さな赤い格子柄だとわかることをあなたは知っている。においを思い出す。フライドポテト、消毒薬のライゾール、アップルパイ。厨房のドアが閉まる金属的な音も。噴き出す水蒸気の音、ガラスが割れる音。この写真を撮った日の空は、いまにも雨が降りそうだった。写真を見ていると、鼻をつく硫黄の臭気を嗅ぎ取れるような気がしてくる。

この写真のなかであなたが気に入っているのは、二階の窓だ。カーテンが少しあいていて、よく見ると一本の腕が肩から肘まで覗いているのがわかる。むき出しのその腕は、十代の少女のものだ。写真を撮った瞬間に彼女がなにをしていたのか、あなたは想像するのが好きだ——寝室のドアのそばに立ってだれかと話をしていたか、鏡を見ていたに違いない。

彼女は手紙に〝ブルー〟とサインしていた。本名はベアトリスだが、あなたにとっても、あのころ彼女を知っていた人にとっても、彼女がベアトリスだったためしはない。ずっとブルーだった。髪を頭の片側で一本に編み、肩に垂らしたブルー。タッパー・レイク・ハイスクール陸上部のスウェットシャツの袖をしきりに手首の先までのばすブルー。ブルー・ハリソンと、ブルー・ハウスで過ごした時間を思い出すと、窓の前を通るたびにそこに映る自分を自意識過剰気味にちらりと見やる彼女の姿が目に浮かぶ。

この写真を見るときに抱く感情がなんなのか、あなたにはわからない。愛情ではありえないことは、検査ではっきりしている——あなたは笑うべきときに笑わず、たじろぐべきときにたじろがない。統計データがあるのだ。感情認知や共感能力、痛みを感じる能力に関するデータだ。あなたは本に書いてあるようなたぐいの愛情を解さないし、映画を観るのは研究のため、人間の表情の変わり方を学ぶためだ。とにかく、なんと言われようが——愛情ではありえない。気質的に不可能なのだと言われようが、ブルー・ハウスの写真を見ると、あなたはあの場所へ行くことができる。泣き叫ぶ声がようやくやんだ場所へ。静寂は甘く、ほっと息をつける。

*

ついに長い通路から音が響いてくる。耳になじんだショウナの引きずるような足音が。あなたはふたたび床に腰をおろし、これみよがしに絵筆を動かしはじめる。草地に小さな赤い花を点々と咲かせる。ごわごわの筆の穂先と、つぶした色鉛筆の蠟のようなにおいに感覚を集中させようとする。

氏名と番号を言え。

ショウナの声は普段どおり、いまにも消え入りそうに聞こえる――今日は十五分ごとに看守が見回りに来て、あなたが生きているのを確認する。あなたはあえて絵から目をあげないが、ショウナがいつものように欲望があらわになった無防備な顔つきをしていることも、今日はその表情に興奮が、あるいは持ってきた回答によっては悲しみが混じっていることもわかる。

ショウナがあなたに熱をあげる理由はいくつかあるが、どれもあなた自身とは関係がない。彼女を惹きつけているのは、あなたの立場だ――あなたの力は檻に閉じこめられていて、彼女は文字どおり檻の鍵を持っている。ショウナは規則を守るタイプの女だ。シャワーや運動の前に男性看守が服役囚の身体検査をするとき、彼女はいちいち生真面目に背中を向ける。

あなたが一日のうち二十二時間を幅百八十センチ奥行き二百七十センチの独房で過ごしていること、独房ではほかの人間と会えないことを、ショウナは承知している。筋骨隆々とした男が表紙のロマンス小説を読むタイプの女だ。洗濯洗剤と、家から持ってきたランチの卵サンドのにおいがする。彼女があなたにのぼせているのは、あなたが近づいてくることは決してないからだ。ふたりのあいだには鋼鉄の扉があり、情熱をかき立てると同時に安全も保証している。その点、ジェニーはまったく違った。ジェニーはつねに積極的で、あなたの心のなかを覗こうとした。いまの気持ちを教えてほしいと、口癖のように言った。あなたのすべてを知りたい、と。一方、ショウナは相手と距離を置き、ふたりのあいだにいつまでも横たわる刺激的な闇を楽しむ。ところがいま、ショウナはその闇の縁に座っている。あなたは顔をあげて確認したいが、なんとか我慢する。確認せずともわかっている、ショウナは自分のものだ。

アンセル・パッカー、とあなたは穏やかに答える。九九九六三一。

ショウナが靴紐を結ぼうと屈み、制服の布地がこすれ合う音がする。独房のすみのカメラは通路までは撮影できないし、絵は完璧な位置に置いてある。白いものがさっと入ってくるや一瞬で消える。紙だ。ショウナのメモがドアの下の隙間から差しこまれ、カンバスの下にするりと滑りこんでいた。

ショウナはあなたが無罪だと信じている。

あなたにあんなことができるわけがない。以前、長い夜勤のあいだに独房の前で足を止めてそうささやいた彼女の頬は、影に切り取られていた。あなたにできるわけがない。

＊

もちろんショウナも、あなたが十二号棟でなんと呼ばれているか知っている。

少女殺し。

新聞記事の内容は細部にわたっていた。あなたが最初に再審を請求した直後に出たあの記事のせいで、その呼び名は十二号棟に野火のように広まった。記者はすべてが計画的におこなわれた連続殺人であるかのように、ひとまとめにしていた。少女たち、と。記事はあなたの大嫌いなあの言葉を使っていた。連続殺人犯という言葉は間違っている――それはあなたとは別種の男たちに貼られるレッテルだ。

あなたにできるわけがない。ショウナはきっぱりとそう言ったが、あなた自身はやっていないと訴えたことは一度もない。ショウナは勝手に堂々巡りをして勝手に憤慨しているが、あなたとしてはそのほうがいい。質問攻めにされるよりはるかに楽だ。後悔しているのか？申し訳ないと思っているのか？　あなたには質問の意味がわからない。たしかに、悔やんではいる。もっと正確に言えば、こんなところに来るはめになったのが悔やまれる。罪の意識などなんの役に立つのかと思うが、裁判でも、幾度となく無駄に終わった再審請求でも、もう何年も同じことを訊かれつづけている。その能力があるのか、とあなたは問われる。人の気持ちを思いやる能力があるのか、と。

　あなたはショウナのメモをズボンのウエストバンドに挟み、天井の象を見あげる。一瞬、象がほんとうににやりと笑ったように見えるが、次の瞬間には気のせいに思える。なんとばかげた問いだろう、ほとんどナンセンスだ――ここを踏み越えたら異常だという線などない、異常を知らせる警報もない、異常さを測る尺度もない。詰まるところ、あれは共感性の有無を問うているのではないと、あなたは結論づける。どうしてあなたのような人間がいるのか、彼らはそれを問題にしているのだ。

　そうは言っても。あなたは親指を明かりのほうへ掲げ、まじまじと見つめる。変わらない指紋のなかに、見紛いようのないものがくっきりと認められる。あなた自身のかすかな、二十日鼠の鼓動のような脈動が。

*

　あなたの視点から見たあなたの話。彼らの視点から見たあなたの話。あなたはショウナのメモをウエストバンドから引き抜きながら、その話がどうしてここまでゆがめられてしまったのだろうと考える――たまたま無力のどん底に陥ったあの一瞬が、どうしてこの現状を決定づけたのか、どうしてほかのことすべてを呑みこむまでに膨張したのか。

　独房のすみの監視カメラにメモが映らないよう、あなたは背を丸める。ショウナの頼りない手書きの文字がある。たったひとこと。

　やったわ。

　目がくらむほど真っ白な希望が湧きあがる。希望はあなたの全身をすみずみまで焼き、世界はひび割れ、血を流す。あなたに残された時間は十一時間十六分だが、ショウナが承知してくれたからには、無限の時間が手に入るかもしれない。

＊

　かつてあなたは、時間があったはずだと記者に言われたことがある。あなたがこんな人間になる前の時間があったはずだ、と。

　そんな時間があったのなら思い出したいと、あなたは思う。

ラヴェンダー　一九七三年

それ以前の時間があったとすれば、はじまりはラヴェンダーだ。

彼女は十七歳だった。命をこの世界に生み出すことの意味は、彼女も知っていた。その重大さは知っていた。愛があなたをきつくくるみこんで痣（あざ）をつけかねないことも承知していた。けれど、自身のなかで育んだものを置き去りにするのがどういうことか、そのときが来るまでわかっていなかった。

*

「なにか話をして」ラヴェンダーは陣痛の合間に息を切らして言った。

彼女は納屋の干し草の山にかぶせたブランケットの上で両脚を広げていた。かたわらでランタンを手にしゃがんでいるジョニーの吐息が、晩冬の凍えるような冷気のなかで白く渦を巻いた。

「赤ちゃんの」ラヴェンダーは言った。「赤ちゃんの話をして」

その赤ちゃんが文字どおりラヴェンダーを殺しかねないことが、いよいよふたりにもはっきりと見えてきた。陣痛が来るたびに、あまりにも準備不足だったと思い知らされた――ジョニーは自信たっぷりで、祖父が残した医学書の記述をたびたび読みあげていたが、ふたりとも出産についてほとんどなにもわかっていなかった。医学書には書かれていなかったのだ。こんなにおびただしい血が流れることも。目がくらむほどの痛みに汗みずくで耐えなければならないことも。

「この子は大きくなったら大統領になる」ジョニーが言った。「王様になるんだ」

ラヴェンダーはうめいた。グレープフルーツ大の子どもの頭が半分現れ、皮膚が裂けているのが感じられた。

「男の子かどうかわからないでしょ」ラヴェンダーはあえいだ。「それに、いまどき王様なんていないし」

ラヴェンダーは、納屋の壁が深紅に変わるほどいきんだ。体にガラスの破片が詰まっているような気がした――体のなかがねじれてちぎれるようだ。次の陣痛が来た瞬間、ラヴェンダーは痛みのなかに沈み、喉の奥からしわがれた叫び声をあげた。

「いい子になるぞ」ジョニーが言った。「勇敢で賢くて、強い子になる。頭が見えてるぞ、ラヴ、ラヴ、もっといきめ」

突然の暗闇。すべてがすさまじい痛みに変わった。そのとき、高くかぼそい泣き声があがった。ラヴェンダーは、肘まで血糊（ちのり）にまみれたジョニーがあらかじめ消毒しておいた剪定（せんてい）

鋏を取り、臍の緒を切断するのを見ていた。数秒後には、ラヴェンダーはそれを抱いていた。自分の子を。悪露でぬるぬるし、頭に泡をつけた嬰児は、手脚をめちゃくちゃにばたつかせた。ランタンの明かりのもと、瞳はほぼ真っ黒に見えた。赤ちゃんじゃないみたいと、ラヴェンダーは思った。紫色の小さな異星人だ。

ジョニーは息を弾ませ、ラヴェンダーのそばの干し草に倒れこんだ。

「見ろよ」彼はかすれた声で言った。「おまえとおれ、ふたりでこいつを創りあげたんだ」

ラヴェンダーは強烈な感情に襲われていた。激しすぎて、むしろ恐怖を覚えるほどの愛情だ。だが、すぐにそれは吐き気を催すような罪悪感の大波に押し流された。赤子を目にしたときから、こんな愛などいらないと感じたのを自覚していたからだ。重すぎる。貪欲すぎる。けれど、それは何カ月もかけてラヴェンダーのなかで育ち、いまや手や足の指までついている。懸命に酸素を吸いこんでいる。

ジョニーは赤子の全身をタオルで拭き、ラヴェンダーの乳首に子の口元をしっかりと当てた。ラヴェンダーは胎脂でまだらになった皺くちゃの塊を見おろしながら、納屋のなかが暗くて、顔が汗で濡れていてよかったと思った――ジョニーはラヴェンダーが泣くのをいやがるのだ。赤子の頭の後ろに手を添えたときには、最初に子どもなんかいらないと感じたのを後悔しはじめていた。悪い考えをきっぱりと打ち消し、ラヴェンダーは赤子のぬるつく肌に唇をつけてつぶやいた。**海が浜辺を愛するみたいに、わたしはあなたを愛するよ。**

ふたりはジョニーの祖父にちなみ、赤子をアンセルと名付けた。

ジョニーが約束してくれたのは、こんなことだ。

静寂。広々とした空。自由に使える一軒家に、ラヴェンダーの好きにしていい庭。学校は行かなくていいし、いつもつまらなそうな顔をしている教師もいない。ルールなどひとつもない。だれにも監視されない場所での暮らし――農場でふたりきり、正真正銘ふたりきりで過ごすのだ、いちばん近い隣家まで十五キロは離れているのだから。ときどきジョニーが狩(か)りに出かけると、ラヴェンダーは裏のデッキに出て、できるだけ大声で、それこそ声が嗄れるまで叫び、だれかが走ってこないか試した。だれも来なかった。

*

ラヴェンダーはたった一年前まで普通の十六歳だった。一九七二年のラヴェンダーは数学の時間も歴史の時間も英語の時間も居眠りして過ごし、体育館の入口のそばで友人のジュリーとぺちゃくちゃしゃべり、くすねてきた煙草(たばこ)を吸っていた。ある金曜日、年をごまかして入った酒場で、ジョニー・パッカーと出会った。彼は年上でハンサムだった。**若いころのジョン・ウェインみたいだよね。**ジョニーがはじめて放課後にピックアップトラックで迎えにきたとき、ジュリーはそう言ってくすくす笑った。ラヴェンダーは、ジョニーのぼさぼさの髪も、日替わりで着ているネルシャツも、重たそうなワークブーツも気に入った。彼の手はいつも農作業で汚れていたが、においは素敵だった。機械油と日向(ひなた)のにおいだ。

ラヴェンダーの母親は、最後に別れたとき、煙草をくわえたまま折りたたみ式のカードテーブルにだらしなく頰をのせていた。髪を蜂の巣のようにこんもりと盛りあげたスタイルにしたつもりらしい——髪は空気の抜けた風船のようにひしゃげて傾いていた。

好きにしな、と母親は言った。**学校を辞めて、あの農場のぼろ家に引っ越せばいい。**

満足そうなゆがんだ笑み。

そのうちわかるよ。男はみんな狼だけど、辛抱強い狼もいるのよ。

出ていく途中で、ラヴェンダーは母親のドレッサーからアンティークのロケットペンダントを盗んだ。錆びた金属の丸いロケットで、なかにはなにも入っていなかった。ラヴェンダーが物心ついたころからずっと、母親の壊れた宝石箱の中央に置いてあった——あの母親にもなにかを大切にすることができるのだとわかる唯一の証拠だ。

正直なところ、農場の生活はラヴェンダーの想像していたものとは違っていた。出会って半年後にラヴェンダーが同居するようになるまで、ジョニーは祖父とふたりで暮らしていた。母親は他界し、父親は出ていったそうだが、ジョニーはふたりの話を一切しない。退役軍人の老アンセルは塩辛声の持ち主で、まだ子どもだったジョニーに毎日の食事と引き換えにさまざまな雑用をさせた。老アンセルは何度も何度も咳の発作を起こし、ラヴェンダーが越してきて二、三週間後に死んだ。ジョニーとラヴェンダーは老アンセルを裏庭の唐檜の木の下に埋めた。ラヴェンダーは、いまだに土が盛りあがっているその場所を踏まないようにしている。でも、いまでは山羊の乳を搾り、鶏を絞め、羽を抜いて臓物を取り出すことができるようになった。庭の手入れも彼女の仕事だ。母親のトレーラーハウスの裏にあった小さなスペースの十倍は広い——サボればたちまち雑草が手に負えなくなりそうだった。毎日シャワーを浴びるのはやめた。屋外のシャワーで体を洗うのは難しく、髪はつねにもつれていた。ジョニーは狩りをした。飲むための水を浄化した。家の修理をした。夜、いつまでも庭にいるラヴェンダーを呼ぶことがあった——ラヴェンダーが家に戻ると、彼はドアのそばで股間をふくらませてズボンのファスナーをおろし、ひきつった笑みを浮かべて待っていた。そんな夜、彼はラヴェンダーを乱暴に壁に押しつけた。棘だらけのオーク材に頬をしたたかにぶつけ、欲望のうなり声を首筋に浴びながら、ラヴェンダーはその本質を楽しんだ。彼の一方的な欲求を。自分を愛撫するごつごつした両手を。**おれのもの、おれのものだ。**興奮を煽るのはジョニーの凶暴さなのか、それとも自分にその凶暴さをなだめる力があることなのか、ラヴェンダーにはわからなかった。

*

おむつがなかったので、ラヴェンダーは清潔な布をアンセルの腰に巻きつけ、脚のところで縛った。それからブランケットできっちりとくるみ、立ちあがって足を引きずりながらジョニーを追った。

裸足で母屋まで歩いた。頭がくらくらした。痛みがあまりにひどかったから納屋までどうやって移動したのかよく覚えていないが、ジョニーに抱えられていったのはたしかで、だから靴がないわけだ——晩冬の空気は噛みつくように冷たく、ラヴェンダーはくしゃみをしたアンセルを胸に抱きしめた。もう真夜中みたいだ。

　母屋は丘の上にあった。暗闇でも、左側に危なっかしくかしいでいるのがわかった。建物はつねにどこかしら修理中だ。ジョニーの祖父は、破裂した排水管も雨漏りする屋根も、割れた窓ガラスも放置したまま死んだ。いつもはラヴェンダーも気にしない。ひとりきりでデッキに立ち、どこまでも広がる野原を眺めるひとときのためなら、少々の不便などかまわない。ゆるやかに起伏する草原は、朝には銀色に輝き、夕方にはオレンジ色に染まり、そのむこうにはアディロンダック山地の押しつぶされたような山々の頂が見えた。ニューヨーク州エセックスのはずれにあるこの農場からは、カナダまで車で一時間ほどだ。晴れた日には、ラヴェンダーはまぶしい空を薄目で見つめ、遠くの土地が別の国に変わる境目に見えない線が引かれているのを想像した。想像しては、うっとりと引きこまれた。ラヴェンダーはニューヨーク州から外に出たことが一度もない。

「火を焚いてくれる?」母屋に入ってから、ラヴェンダーは頼んだ。母屋のなかは冷えきり、薪ストーブには昨夜の冷たい灰がむなしく残っていた。

「もう夜遅いし」ジョニーは言った。「おまえも疲れてるだろ?」

　言い返すのも面倒だった。ラヴェンダーはやっとのことで階段をのぼり、二階で脚のあいだの血をタオルで拭き取り、服を着替えた。古い服はもう入らなくなっていた。ジュリーと一緒に古着屋で買ったコーデュロイのベルボトムパンツは、ふくらんだおなかにはきつすぎて、よそいきの襟つきブラウスと箱にしまいこんだままだ。ジョニーの古いTシャツを着てベッドに入ると、彼はとうに寝息を立てていて、アンセルは枕の上でブランケットにくるまれてむずかっていた。首の肌が乾いた汗で突っ張っていたが、ラヴェンダーは赤子が心配で、抱いて座ったまままうとうとし、おぼろげな夢を見た。

朝、アンセルの腰布はぐっしょりと濡れ、ラヴェンダーはしぼみかけたおなかにぬるぬるした軟便が漏れているのを感じた。そのにおいで目を覚ましたジョニーは、さっと体を起こした――アンセルが驚いて甲高い声で泣きだした。

ジョニーは立ちあがってそのへんから古いTシャツを拾い、ベッドの上のラヴェンダーの手の届かない場所に放った。

「ちょっとこの子を抱いていてくれない――」ラヴェンダーは言いかけた。

ジョニーがラヴェンダーをにらみつけたのはそのときだ。そのとき感じた失望は、彼の表情のせいではない――その醜い感情は、ラヴェンダー自身のなかで生まれたに違いなかった。ごめんなさい、とラヴェンダーは言いたかったが、なぜ謝らなければならないのか、自分でもわからなかった。ジョニーがきしむ階段をおりていく音を聞きながら、ラヴェンダーは泣きわめいている赤子のひたいに唇を押し当てた。そうか、昔からずっとこうだったんだ。いままでずっと、女はみんなこうしてきたんだ。洞窟で、テントで、幌馬車で。どうしていままで太古から変わらない事実について考えたことがなかったんだろう。本来、母親とはひとりでなるものなのだ。

*

かつてジョニーが愛したもの。ラヴェンダーのうなじのほくろ。眠りに落ちる前によくキスをしてくれた。ラヴェンダーの指の骨。とても小さくて、ひとつひとつ触れるとわかると、彼は言った。ラヴェンダーの前歯が重なっているところ――〝八重歯ちゃん〟と、からかうように呼んだ。

いまでは、ジョニーはラヴェンダーの前歯など見ていない。けれど、アンセルの小さな爪が彼女の顔につけた引っかき傷には気づく。

「うるさいな」アンセルが泣き叫んでいるそばで、ジョニーは言う。「そいつを黙らせられないのか?」

あるとき、ジョニーが穴だらけのテーブルの前に座り、ディナー皿に残った脂にアンセルの短い指で漫画の動物を描いた。犬、とジョニーは低く優しい声で教えた。これは鶏。アンセルはなにもわからず、ぼんやりとしている――そのうち当然むずかりはじめる。とたんにジョニーはラヴェンダーに赤子を返し、立ちあがって夕食後の葉巻を吸いに行ってしまった。ラヴェンダーはまた赤子とふたりきりになり、指の脂でシャツの前を汚されながら、いまの光景を意識のおもて側にとどめようとした。ほんのつかのまだが、ジョニーが自分の一部を分け与えようとしているかのように、息子をじっと見つめていた完璧な瞬間を。まるでDNA以上のものを与えたがっているようだった。息子を膝にのせ、愛情に満ちた優しい声で話しかけるジョニーは、ラヴェンダーが遠い昔に酒場で出会った男と同じ人に見えた。いまでもビールに酔って呂律（ろれつ）が怪しくなったジュリーの声が耳に残っている。

あの人、中身はふにゃふにゃだね。ジュリーはそうささやいた。あんた、ひと口かじっちゃいなよ。

＊

アンセルがひとりでお座りができるようになったころには、ラヴェンダーはジュリーの顔（かお）貌（かたち）を思い出せなくなっていた――まつげと、ずるそうにこっそり笑う口元だけは思い浮かぶ。すり切れたジーンズとチョーカータイプのネックレス、煙草のにおいと手作りのリップバーム。シュープリームスをハミングする声。カリフォルニアはどうすんの？ ラヴェンダーがこの農場に引っ越すつもりだと表明したとき、裏切られたと言わんばかりにジュリーは尋ねた。抗議デモに行かないの？ あんたがいないと意味ないよ。ラヴェンダーは、出発するバスの窓越しに見えたジュリーのシルエットと、その足元に置かれているはずの手作りのプラカードを思い出した。〝ベトナム戦争反対！〟グレイハウンドのバスがうめきながら発進し、ジュリーが手を振った瞬間も、自分はなにも考えていなかった――疑問を抱きもしなかった。ひとつの選択がすべてを壊しかねないのではないかと。

＊

親愛なるジュリー。

ラヴェンダーは頭のなかで手紙を書いた。宛先の住所もわからないし、郵便局へ行く足もないからだ。車の運転はできないし、ジョニーがトラックを出すのは月に一度の買い出しだけで、それも彼ひとりだけで出かける。農場の仕事が山ほどあるじゃないかと、彼は言った――なんでおまえが町に行く必要がある？ ジョニーはトラックから缶詰をおろしながら、祖父にそっくりの声で不機嫌そうにぶつぶつとつぶやく。**おまえらふたりを養うのに、なんて金がかかるんだ。**

*

親愛なるジュリー。

カリフォルニアはどうですか。

あんたのことをよく考えるの――どこかのビーチで日焼けしてるあんたを想像するんだ。こっちは順調だよ。アンセルはいま五カ月。すごく変わった目をしてるの、こっちの心のなかを見通してるみたいな目。そんなことより、そっちは暖かいんでしょ。いつかアンセルが大きくなったら連れていくね。いい子だから、あんたも好きになるわ。みんなで一緒に浜辺でのんびりしようよ。


親愛なるジュリー。今日でアンセルは八カ月になりました。すごく重たくて、脚なんかパン生地みたいにむちむちしてる。下の歯も二本生えて、ちっちゃな骨がふたつ突き出てるみたいに隙間があいてるの。
　ずっと夏を思い出してる。農地の端までハイキングして、野生のラズベリーを摘んだときのことを。ジョニーがアンセルの口にベリーを入れてやって、アンセルの手は汁で真っ赤になっちゃった。ふたりが幸せな家族の絵葉書みたいだったから、わたしはなんとなく他人みたいな気分で、ふたりが遊ぶのを見てた。遠くの枝にとまってる小鳥みたいに。それか、ジョニーに捕まって脚を縛られて吊（つ）るされた兎（うさぎ）みたいに。

　親愛なるジュリー。はいはいわかってるって。久しぶりだね。また春が来たね。アンセルは歩けるようになって、なんにでも手をのばすの。庭の大工道具で腕を切って、もちろん化（か）膿（のう）した。熱が出たのに、ジョニーが病院はだめだって言ったの。知ってのとおり、わたしは神様とか信じてないけど、さすがにあのときはお祈りしちゃったな。もうすぐ夏が来る――そうやって季節は変わっていくんだね。わたしはここ数週間のことすらよく覚えていない。なんだかずっと眠ってたみたい。

　親愛なるジュリー。車の免許は取った？　一緒に取るって約束したよね。取れるときに取っておけばよかった。アンセルが生まれてから、わたしはこの農場から一歩も出たことがない――あの子はもうすぐ二歳なんだよ、信じられる？

昨日、ジョニーはアンセルを連れて森へ狩りに行ったの。わたしは、アンセルはまだ小さすぎるって反対したのに。帰ってきたとき、アンセルの両腕には紫色の痣ができてた。あの痣の形をあんたに見せたいよ、ジュリー。指の形なの。

＊

はじまりはそんなふうにちょっとしたことだった。気にしないでいられるくらいの小さなこと。ジョニーの喉から漏れる短いうなり声、乱暴なドアの閉め方——ラヴェンダーの手首をつかみ、耳たぶをはじく。ふざけ半分でラヴェンダーの頬を叩く手のひら。

＊

ラヴェンダーが気づいたときには、アンセルは三歳になっていた。親子はえんえんと同じことが繰り返される昼と夜を生きつづけ、時間は母屋という寂しい真空に吸いこまれていた。アンセルが森に入っていったのは、汗ばむほどに暑い真夏の午後のことだ。ラヴェンダーは庭で膝をついて作業をしていた。しおれたダリアのそばで立ちあがったとき、庭にアンセルの姿はなく、太陽は空高くにあった。アンセルがいつからいなくなっていたのか、わからなかった。

アンセルは器量のよい子どもではなく、愛嬌のある子どもでもなかった。突き出た大きなひたいに、目は大きすぎて飛び出そうだった。近ごろは、ラヴェンダーにいたずらを仕掛けるようになっていた。ラヴェンダーが料理をしているときに調理用ヘラ（スパチュラ）を隠したり、彼女のグラスにトイレの水をくんだりした。でも、これはいたずらではない。彼が野原のむこうにひとりで行ったことは一度もなかった。

怒濤（どとう）のように恐怖が襲ってきた。ラヴェンダーは森の端に立ち、声が嗄れるまでアンセルを呼んだ。

ジョニーは母屋の二階で昼寝をしていた。ラヴェンダーに揺り起こされると、不機嫌そうにうなった。

「なんだ？」

「アンセルが」ラヴェンダーは息を切らして言った。「森に入っていっちゃったの。ジョニー、捜してきて」

「落ち着けよ」ジョニーの息は饐（す）えたにおいがした。

「あの子は三歳だよ」自分の声の切羽詰まった響きも、その甲高さもいやだった。「森にひとりでいるんだよ」

「おまえが行けよ」

ジョニーのボクサーショーツの前開きから勃起したペニスが突き出ていた。警戒警報だ。

「あなたは森をよく知ってるでしょ」ラヴェンダーは言った。「それに足も速い」

「かわりになにをしてくれるんだ？」

冗談だろうと、ラヴェンダーは思った。いまジョニーはにやにや笑っている。彼の手がおりていき、ボクサーショーツのゴムのなかに消えた。

「ふざけないでよ、ジョニー。ふざけてる場合じゃない」

「おれは笑ってるか？」

ジョニーは頬をゆるめ、リズミカルに手を動かした。もう限界だった――ラヴェンダーの喉に痛いほど大きな涙の塊がこみあげた。ラヴェンダーが泣きだしたとたん、ジョニーの手が止まった。笑い顔が溶けてしかめっつらになった。

「わかった」ラヴェンダーは言った。「でも約束して、終わったら捜しにいってよ」

ラヴェンダーはジョニーの上にのぼった。リネンのズボンをおろすと、しょっぱい涙が口に流れこんだ。ジョニーを自分のなかに押しこみながら、怯（おび）えた息子が川に転落するところを思い浮かべた。水が小さな肺を満たす。上空でハゲワシが旋回している。切り立つ崖。ラヴェンダーは腰を上下させたが、なにも感じなかった――体のなかでジョニーが萎えたときには、顔に浮かんでいる嘲笑のせいで、彼はまったく違う男のように見えた。

ジュリーはよく、どんな人間にも絶対に見えない面があると思うんだ、と言っていた。荒い息をしてぐったりしているジョニーに押しのけられたとき、ラヴェンダーは彼の顔をじっと見つめた。月のようにクレーターだらけの裏側を覗かせている顔を。

＊

少しずつ日が傾いてくるにつれて、ラヴェンダーはいてもたってもいられなくなり、裏庭を歩きまわった。ジョニーが足音も荒く出ていったあと——捜索に行ったのならいいけれど——ラヴェンダーはポーチのいちばん下の段で膝を抱え、そわそわと体を揺らしていた。森を吹き抜ける風の音が聞こえ、夜の闇が降りるころには、不安はぎゅっと固まり、深刻な恐怖に結晶化していた。

「ママ？」

それは、森の端で薄明かりに照らされてしゃがんでいるアンセルだった。両足は汚れ、口のまわりにも土がこびりついている。ラヴェンダーは駆け寄った。目が暗さに慣れると、アンセルが深紅に染まっているのがわかり、金臭いにおいがした。血だ。ラヴェンダーはうろたえて彼の体のあちこちに触れ、骨が折れていないか確かめた。

どうやら血の源はアンセルの手らしい。その手が握っているのは、首のない縞栗鼠（しまりす）だった。暗がりでは、首をちぎり取られたぬいぐるみか、頭部を切断された人形に見えた。アンセルはそれに目もくれない——飽きた玩具のように。

喉に悲鳴がこみあげたが、ラヴェンダーは声も出ないほど疲れ果てていた。アンセルを腰骨にまたがらせるように抱きあげ、足を引きずりながら母屋のほうへ戻ると、屋外のシャワーの下に彼を立たせた。羽虫が群がっている裸電球のもと、ラヴェンダーはスポンジでアンセルのつま先を洗った。氷のように冷たい水に打たれながら、謝罪の気持ちをこめて足の指の一本一本にキスをした。

「よし」ラヴェンダーはささやき、タオルでアンセルの体を拭いた。「なにか食べようね」

キッチンの明かりをつけたとたん、体が漏斗になってしまったかのように、ほっとした気持ちがじわじわと抜けていった。

家のなかは静まりかえっていた。ジョニーはいない。だが、ラヴェンダーが裏庭を歩きまわっているあいだに、ジョニーは物置へ行ったようだ。がらくたのなかから彼の祖父の古びた錠前が持ち出され、食品庫の扉に取り付けてあった。ジョニーは缶詰の棚にも冷蔵庫にも鍵をかけ、乾燥パスタやピーナツバターの入っているシンクの上の吊戸棚にもドリルで穴をあけて錠前を取り付けていた。

耳のなかでジョニーの声が繰り返しこだました。**おまえらも自分の食い扶持くらい稼げるようにならないとな。**ラヴェンダーが午後は庭でトマトをなんとか実らせようと作業していることは忘れたのだろうか。朝は革装の辞書に載っている言葉をアンセルに教えていることも。夜はジョニーの古いハンティングブーツにこびりついた汚れを落としていることも。ジョニーは以前、家族を養うことが自分の務めだとはっきり言っていた。ラヴェンダーは自分の務めがなにかよくわからないが、どうやらその務めを果たしていないらしい。

そうなんだ、とラヴェンダーは思いながら、鍵のかかった食品庫を眺めた。頭のなかが混乱していた。そうなんだ。じゃあ、朝になったら食べよう。

その夜、ラヴェンダーはベッドで眠らなかった。ジョニーと顔を合わせることができなかった——彼の顔になにを見つけるのかわからない。だから、空き部屋の硬い床でアンセルと横になり、納屋から持ってきた古毛布をかぶった。おなかすいた、とアンセルが暗闇でつぶやいたとき、ようやくジョニーの足音が階段をのぼってきた。アンセルの歯がカチカチと鳴りだしたので、ラヴェンダーはシャワーのあとから着たままだったバスローブを脱いでアンセルをくるんでやった。床の上で裸になると、胸が窓に映り、母親のロケットペンダントのかすかな輝きが目に入った——ラヴェンダーが所有しているたったひとつのものだ。ラヴェンダーはペンダントをそっとはずした。それをアンセルの首にかけた。

「あなたにあげる」ラヴェンダーは言った。「どんなときもこれがあなたを守ってくれるよ」

その声は震えていたが、言葉そのものに安心したのか、アンセルは眠りについた。

家のなかが完全に静まりかえるのを待ち、ラヴェンダーは足音を忍ばせて一階におり、玄関のクローゼットからジョニーの上着を取り出した。それまでは、不安を感じたとしてもささいなものだった。ジョニーにこんなことをされたのははじめてだ——やや乱暴に手首を握られたり、階段で押しのけられたり、せいぜいその程度だった。食品庫に鍵をかけるのは予告であり脅迫だが、そこまでされるようになったのは、ラヴェンダーにもっとも基本的な能力がないから、つまり育児能力がないからなのだ。

草地の端にピックアップトラックがぼんやりと見えてきた。ラヴェンダーは背の高い濡れた草を裸足で踏み分けていった。闇は濃かった。月は出ていない。だるくて頭がぼうっとした。朝食を最後になにも食べていない。鍵はトラックの鍵穴にすんなり収まった。ドアは苦しそうにきしみながら開いた。

ラヴェンダーは運転席に座った。

誘惑に駆られた。寸前までは。ラヴェンダーは、イグニッションにキーを差しこむ寸前まででいった。海を目指して闇を突っ走る寸前までいった。だが、シフトレバーを見たとたん、突きつけられた現実の厳しさに、やっとここまで来たからこそ打ちのめされた。ラヴェンダーには車の運転ができない。車にガソリンが入っているのかわからないし、どうやって給油するのかもわからない。シャツも着ていないし、取りに行くにはジョニーが眠っている部屋に入らなければならない。そんなの無理だ、難しすぎる。できっこない。

ラヴェンダーはハンドルに突っ伏し、嗚咽が漏れるにまかせた。アンセルを思い、あの縞栗鼠を思い、不満げに鳴っている自身の胃袋を思って泣いた。手に入れたかったたくさんのものを、いまでは頭に思い浮かべることすらできなくなったものを思って泣いた。長いあいだ夢を手のひらで温めていたら、無駄に場所を取るだけのつまらないなにかに変わり果てていた。

＊

翌朝、ラヴェンダーはベーコンを炒めるにおいで目を覚ました。

部屋には自分のほかにだれもおらず、足元で毛布が丸まり、窓から青白い日光が鋭く差しこんでいた。脱ぎ捨てられたバスローブをはおり、裸足で一階へおりた。

いつものように、ジョニーがコンロの前に立っていた。見慣れた大きな背中。ラヴェンダーは彼の体を知りつくしている。自分がその体の一部になってしまったような気がするほどだ――逃げようとしたのを思い出すと、ばからしくなってきた。ジョニーが皿を差し出す。湯気の立つスクランブルエッグ、特別なときのために冷凍してあったカリカリのベーコン二枚。ラヴェンダーにちらりと投げた視線が告げた。戸棚にはまた鍵をかけた、余分の食料はもうしまったぞ、と。

アンセルはテーブルの前に座って、上機嫌でグラスからミルクをごくごくと飲んでいる。

「どうぞ」ジョニーが言った。いまは穏やかだ。「ほら、食べてくれ」

以前のジョニーがどんなことを約束してくれたのか、ラヴェンダーはとうに思い出せなくなっていたが、声の感じだけは覚えていた。ジョニーが髪に指を突っこんできたが、放っておいた。腰骨にキスをされても止めなかった。**ごめんよごめんよ**とささやく彼を無視していたら、そのうちよその国の言葉に聞こえてきた。

ジョニーが昼寝しているあいだ、ラヴェンダーはアンセルとロッキングチェアに座っていた。アンセルの首がロケットペンダントの鎖の青錆(あおさび)でうっすらと汚れていて、ラヴェンダーは一瞬、青痣と勘違いしてパニックを起こしそうになった。ふたりは棚から本を全部取り出した――何冊かの技術書に、フィリピンや日本やベトナムの地図があった。やがて、それが見つかった。アディロンダック山地の絵入り地図。ラヴェンダーはアンセルを膝の上で軽く揺さぶりながら、ふたりの脚の上に地図を広げた。

「わたしたちがいまいるのはここ」小声で言った。アンセルの手を取り、幹線道路をなぞらせる。この農場から町へ、そしてページの端へ。

下着の白さは、明確な暴力だ。四週間待ち、六週間待ち、そのあいだラヴェンダーは早く血の染みが現れるように祈っていた。毎朝、体は彼女を裏切り、断りもなく形を変えていった。ラヴェンダーは汚れた便器に嘔吐(おうと)した。腹部とともに恐怖も大きくなる――潮が満ちるようにふくらみ、石化していく。

＊

親愛なるジュリー。

わたしたちがマンソン・ファミリー（一九六〇年代末から七〇年代はじめにかけて存在したヒッピーのコミューン。指導者チャールズ・マンソンがメンバーと無差別殺人を犯した）の女の子たちに夢中だったのを覚えてる？　バラエティ番組みたいに公判の行方を追ったよね。最近、あの子たちのことが頭に浮かぶの、どうしてあんなひどい結末にたどりついたんだろう。スーザン・アトキンスもこんな気持ちだったのかな。頭の奥の暗いすみっこから、小さな声がしたのかな。「やれ」って。

ジュリー、その声がだんだん大きくなるの。わたしには止められない。

＊

ラヴェンダーは納屋で目の粗い麻布の袋を見つけた。そのなかに、たった一個のコーンの缶詰を入れた――ジョニーの隙を突いて盗んだもので、自分の無謀さに胸をどきどきさせてシャツの下に隠したのだった。古びた冬用のコートも突っこんだ。アンセルには小さすぎるが、いざというときに防寒になるだろう。最後に、シンクの裏に落ちたまま錆びついていた包丁を入れた。麻袋は、ジョニーがまず覗かないアンセルの部屋のクローゼットの奥にしまった。

その夜、ジョニーがいつものようにいびきをかいて眠りこむと、ラヴェンダーは自分の腹に手をのせた。ふくらんだそれは自分の体ではないように感じた。クローゼットのなかで希望の光を発している麻袋を思い浮かべた。妊娠したことをジョニーに告げたときは怒りの爆発を覚悟していたが、彼はほほえんだだけだった。**小さい家族が増えるんだな。**ラヴェンダーの喉に酸っぱいものがこみあげ、あふれそうになった。

おなかはどんどん大きくなった。大きくなるにつれて、ラヴェンダーは裏口のそばのロッキングチェアで一日のほとんどを過ごすようになった――朝起きてすぐそこに座り、離れるのはトイレに行くときだけだった。すっかり忘れっぽくなり、自分の頭ではなくなったかのようだった。意識はおなかの子が食べてしまい、ラヴェンダーはただの抜け殻、ゾンビの容れ物になった。

アンセルはたびたびラヴェンダーの足元にしゃがみこんだ。虫を指でつぶし、贈り物のように差し出した。乳歯でどんぐりを割り、かけらをラヴェンダーにくれた。ジョニーは何日も帰ってこないことがあり、そんなときアンセルはジョニーがカウンターに置いていった缶詰のスープをラヴェンダーのもとへ持ってきた。ふたり分の宛てがい扶持だ。ふたりはかわるがわる冷たいスープを飲んだ。帰ってきたジョニーはたいてい機嫌が悪かった――ラヴェンダーはクローゼットのなかの麻袋や上着や包丁を思い出した。おなかが大きくなりすぎて、もう階段をのぼることができなかった。

＊

親愛なるジュリー。

選ぶということについて考えてる。選んだことに腹が立ったり、後悔したりするよね――結果はどんどん大きくなるのに。

＊

陣痛がはじまったのは早朝だった。冷たい曙光が差しはじめたころ、痛みが襲ってきた。ラヴェンダーは懇願した。**納屋はいや、ここで産ませて。**

ジョニーはロッキングチェアの隣にブランケットを敷いた。突っ立っているジョニーとアンセルの前で、ラヴェンダーは悲鳴をあげ、血を流し、いきんだ。前回とは違う感じだった――自分が自分の体のなかにいないような感じ、痛みで燃えつきてしまい、外から見物しているような感じだ。途中でアンセルが駆け寄ってきて、心配そうな顔でべとつく手のひらをラヴェンダーのひたいに当てた。突然、ある感情がほとばしり、つかのまラヴェンダーはわれに返った。一気にふくらんだ愛情は、耐えられそうにないほどすさまじく強烈だった。

その後、凪が訪れた。

いますぐ床が割れて別の人生に自分を吸いこんでくれればいいのにと、ラヴェンダーは思った。赤子の頭が出て、指が出て、つま先が出てくると同時に、自分の魂は体から抜け出してしまったはずだ。ジョニーが布にくるんだ赤子をアンセルに渡し、ラヴェンダーを立ちあがらせようとしたとき、ラヴェンダーはふと、生まれ変わるなんて最後の手段だと思いついた。この世にも別の人生がある。カリフォルニア。ラヴェンダーはその単語を舌の上でころがし、とろける甘いキャンディのように味わった。

子どもたちはふたりとも不健康そうに鼻水を垂らしていて、見るに堪えなかった。怪物じみた奇妙な顔のアンセル。生まれたばかりの嬰児は生温かい肉の塊のようで、なんだか病気をもらいそうでさわる気になれない。なんの病気かはわからないけれど。でも、あれのせいで自分はここに閉じこめられたままだ。

ラヴェンダーは硬材の床に沈みこんだ。天井のすみの埃になってしまいたかった。

＊

数週間が過ぎたが、赤子はまだ名無しのままだった。ひと月たち、ふた月たった。パッカー赤ちゃん。アンセルは暖炉の前の床に寝かせた塊と遊びながら、そんなふうに優しく呼びかけた。調子はずれな歌を作り、楽しそうに歌った。パッカー赤ちゃんまんまだよ、パッカー赤ちゃんねんねしな。兄ちゃんはおまえが大好きさ。兄ちゃんはおまえが大好きさ。

＊

ジョニーはときどき気まぐれに優しさを見せ、ラヴェンダーを元気づけようとした。マットレスの端にしゃがんで足をさすする。傷口をスポンジで洗い、もつれた髪にブラシをかける。ラヴェンダーは一日中ベッドにいて、授乳のときだけジョニーが赤子を連れてきた――そのとき以外は、もぞもぞしているパッカー赤ちゃんを四歳のアンセルが見守っていた。

ラヴェンダーが赤子を抱くのは一日のうち数分間だけで、そのあいだもどうしてこの子がここにいるのだろうか、乳を飲んでいるちっちゃなこれはほんとうに自分の子なんだろうかと考えた。アンセルのときもそんなふうに思ったが、それまで抱いたことのないほど激しい愛情もあった。あんな感情はもう涸れ果ててしまったかもしれない。

「この子を連れていって」授乳が終わると、ラヴェンダーはぼそりと言った。「一緒にいたくないの」

ジョニーは不満をつのらせた。ラヴェンダーは、彼の胸のなかで苛立ちが溶岩のように沸き立っているのを感じていた。恐怖のせいでますます具合が悪くなった。感覚がなくなった。コーンか豆の缶詰を一日に一缶与えられるだけで、空腹による胃の痛みがバックグラウンドノイズのようだった。おまえがまた役に立つようになったらもっと食わせてやる。ジョニーはそんな口先だけの約束をし、嫌悪と不満で声をとがらせ、いまでは決まり文句となったあの言葉を繰り返した。自分の食い扶持くらい稼げるようにならないとな。

そんなわけで、ついに我慢の限界に達したジョニーがベッドの横へやってきたときには、ラヴェンダーは衰弱してなにも考えられず、なにもかもどうでもよくなっていた。怒りで殺気立ったジョニーを見あげ、野原でラズベリーを摘む彼の姿を思い出そうとした。あのときの彼がこの灰色の見知らぬ男と入れ替わったわけではなく、少しずつこうなったのだ。彼自身の影になったのだ。

「起きろ」ジョニーは言った。

「無理」ラヴェンダーは答えた。

「起きるんだ、ラヴェンダー」彼の声はじれったそうで、ただならぬ響きがした。「いますぐ起きろ」

「無理」ラヴェンダーは繰り返した。

その次に起きたことは、ラヴェンダー自身が望んでいたことのように感じた。望みどおりの筋書きがあらかじめ用意されていて、自分はそのとおりに演じているだけなのかもしれない。もう何カ月も前からこのときを待っていた。鍵のかかった棚にしまいこまれた食料も、小さな痣の数々も——こうなる予兆だとわかっていたのに、わざと目をそらしていたのだ。

ジョニーが襲いかかってくるまで、ラヴェンダーは彼がいわば悪夢版のジョニーに、見知らぬ男に変わるのを覚悟していた。しかし、彼は変わらなかった。殴られる寸前、ラヴェンダーは前から知っているとおりに粗野な男を見つめながら、ほとんど同情するように、冷静に考えていた。あなたも変われたはずなんだよ、ジョニー。こんな人にならずにすんだはずなんだよ。

＊

ひとつかみの髪が頭皮から引き抜かれる。悲鳴と懇願、床に激突して疼く骨。脚のあいだの傷口がひらいて激痛が走る。ジョニーは鋼鉄の入ったブーツのつま先を馬のように高々とあげ、ラヴェンダーの腹に勢いよく振りおろす。衝撃で真っ赤な星が散る。

ドアのほうから物音がしたとき、ラヴェンダーの目にはそれが二重に見えた。ふらついているアンセルのシルエットが。教えたとおりに、片方の腕で赤子の頭を支えて抱いている。ぼやけた彼の姿は、赤子を抱くには幼すぎるように見えた——ズボンをはいていない下半身がまるで鶏の脚だ。アンセルも赤子もわけがわからず泣いているが、ふたりに手をのばしたラヴェンダーの全身は、本人も気づいていないほどたくさんの怪我でずきずきし、口のなかは血と埃の混じったざらつく粘液で一杯だった。

「アンセル」ラヴェンダーは口を動かした。声にならなかった。「来ちゃだめ」

時間の流れが遅くなった。

「やめて」ラヴェンダーは叫ぼうとした。「ジョニー、お願い——」

その動きは一瞬だった。容赦がなかった。ジョニーは大きな手でアンセルの頭をひっつかみ、ごつんと音がするほど強く木のドア枠に叩きつけた。

静寂。

ラヴェンダーの耳のなかで、静けさを強調するようにジョニーの荒い息の音だけが響いていた。赤子ですら、驚いて泣きやんでいた。室内は完全に静止した。ラヴェンダーが床の上から茫然と見あげていると、ジョニーは自分がなにをしたのか、はたと気づいたようだった。大きな体を震わせながらおろおろとあとずさりし、部屋を出ていった。ラヴェンダーたちは、足早に階段をおりていく音、裏口の網戸が乱暴に閉められる音をじっと聞いていた。アンセルがぼんやりとした顔でゆっくりとまばたきした。

ラヴェンダーは硬材の床の上を這っていった。うまく動かない全身でのろのろと進む。子どもたちのそばにたどり着き、ふたりを抱きしめて泣いた。

その夜、ジョニーは帰ってこなかった。ラヴェンダーはふたりの息子とベッドにうずくまったものの、一睡もせずに気を張っていた。赤子は乳を飲んでいるうちに眠ってしまった――力なく空腹を訴えるアンセルには、ごめんねとかぶりを振るしかなかった。母乳はもう出てこない。濡れて束になったまつげ越しにラヴェンダーを見あげるアンセルの目は落ちくぼみ、怯えた小さな亡霊のようだった。

＊

夜明けの光が差すころ、ラヴェンダーは静かにベッドを出た。脚やおなかの痣はすでに紫色に変わりはじめていた――息子たちは古いマットレスの上で熟睡し、安定した寝息を立てている。アンセルの頭のぶつけられたところは腫れ、ゴルフボール大のこぶになっていた。

ラヴェンダーはきしむ窓をあけて朝の空気のなかに顔を突っこんだ。頰にさっと吹きつける風は湿り気を帯び、新たになにかを予告しているかのようだった。むこうの野原は朝日で黄色に染まっている。そのむこうも、そのむこうも。さらにその彼方には、ラヴェンダーにはほとんど思い出せなくなった場所がある。この部屋から、この家から遠く離れたところには、子どもたちに煮込み料理をこしらえる母親たちがいる。無邪気で恐れ知らずで、土曜の朝にはアニメ番組を観る男の子たちがいる。映画館のポップコーン、箱入りのシリアル、本物の歯磨き粉。テレビに新聞にラジオがあり、学校やバーやカフェがある。人間が月面に降り立ったのは、ラヴェンダーがこの農場に引っ越してくる前のことだった——いまごろ月に街ができているかもしれない。

ジョニーが帰ってきたのは午頃だった。髪に小枝がからまっていた。森で眠ったのだろう。恥じ入ってうなだれている彼は別人のようで、実際より小さく見えた。背中を丸め、全身で許しを請うていた。

どこまで許せるのか、ラヴェンダーにはわからなかった。だが、ひとつだけやりたいことがあった——青い日の出を、手の届かない彼方を求めて。外の世界を、息子たちには決して見ることができないかもしれない世界を求めて。

「お願いがあるの」ラヴェンダーは言った。ジョニーのせいで先端が欠けた犬歯を見せつけた。「ドライブに連れていって」

*

ラヴェンダーは数カ月ぶりにまともな服を着た。髪を梳(と)かし、腫れた顔を水で洗い、ひと冬かけて編んだやわらかなウールのセーターを腰に巻いた。

手持ちの靴のなかでいちばん上等で、ハイスクールを辞めてから一度も履いていないペニーローファーに足を入れていると、アンセルが尋ねた。「納屋に行くの？」ジョニーはすでに車で待っている。彼を説得するのは意外なほど簡単だった。わざとらしく太腿(ふともも)の痣を見やり、一、二時間くらい留守にしても子どもたちは大丈夫だと言うだけですんだ。とくに行くあてがあるわけではない。けれど、とにかく外に出なければ前に進む道は見つからない。

「ママはパパとお出かけしてくるから」ラヴェンダーは言った。「すぐ帰ってくるね」

アンセルが床の上から両腕をのばしてきたので、ラヴェンダーは彼を抱きあげた。大きくなった彼はもう腰骨にまたがらせることはできないが、その重さは長いあいだずっと抱えつづけていたかのように、なじみのあるものだった。頭のこぶは拳ほどに大きくなっていて、ラヴェンダーはそれに触れたい気持ちを抑えた。周囲の髪にキスをし、赤子のかたわらにしゃがんだ。赤子は暖炉のそばで、ジョニーの上着にくるまれている。もぞもぞと動き、喃語(なんご)をつぶやいた。兄弟は古いスプーンで遊んでいたらしく、赤子の不器用な両手は磨き粉で黒く汚れていた。ラヴェンダーは赤子の頭に鼻を当て、甘酸っぱいにおいを吸いこんだ。

「アンセル」ラヴェンダーは彼の頬を両手で挟んだ。「ちゃんと弟の面倒を見られるかな？」

アンセルはうなずいた。

「泣いたらどこに連れていく?」

「ゆらゆらする椅子」

「そうよ」ラヴェンダーは言った。喉が詰まった。「おりこうね」

とうとうこのときが来た。自分で決めたことだが、そんなふうには感じなかった——灰が肩に降り積もったようなものだ。いまがそうだと決めるのは自分ではない。野原の端からトラックのエンジン音が聞こえるし、ジョニーの存在がいつものように不穏な気配を放っている。

これ以上、子どもたちを見ていられなかった。なにもかも拒絶している胸の奥では、最後に子どもたちと過ごす時間はもう終わったのだとわかっていた——彼らの不思議そうな目も、薔薇のつぼみのような唇も、この手で無から育てた小さな指の爪も、これ以上は見ていられない。だから、目をそらした。背中を向け、ラヴェンダーは明るいほうへ踏み出した。

「いい子でね」そう言い残し、ドアを閉めた。

*

ラヴェンダーが農場の外に出たのはほとんど五年ぶりだった。五年前は、孤立した環境はありがたかったし、荒涼とした自然は人工物にまみれた実家のトレーラーハウス暮らしを解毒してくれた——転換点がいつだったのか、農場が檻に変わったのはいつだったのか、もう思い出せない。

いま、フロントガラス越しによく知っているけれどまるで異国のような世界が広がっていく。活気に満ちたガソリンスタンド、おいしそうな牛肉のにおいを漂わせているファーストフードのレストラン。窓から片方の腕を突き出し、耳にごうごうと吹きこんでくる風を感じていると、人生がめちゃくちゃになったことなど忘れそうになる。自分が二十一歳であることを思い出すにも、指を折って数えなければならなかった――いまごろハイスクールの友人たちは仕事を持っているだろうし、夫や子どもがいるかもしれない。ラヴェンダーは、自分が現大統領の名前も知らないことにも気づいた。一九七六年の選挙がどうなったのか、なにも知らないのだ。制限速度を時速十五キロ以上超えて走る車のなかで、ラヴェンダーは空腹を覚えた。でも、こんなに自由だ。子どもたちから離れることができた。夢のようで頭がくらくらし、笑いがこみあげた。

「南へ」どこへ行きたいかとジョニーに訊かれ、ラヴェンダーはそう答えた。ジョニーは見るからに恥じ入っているようすで、黙って運転した。車のハンドルも彼の手に握られるとおもちゃのように小さく見えた――速度は時速百二十五キロを超えている。対向車線や道路脇の側溝に突っこませたりすることもできただろう。ぼんやりと考えてはいたことだ。けれど、空気はあまりにも爽やかだし、ラジオは楽しい音楽を鳴らしているし、ラヴェンダーは死にたくないと思っている自分に気づいて驚いた。

農場を出て二時間、ニューヨーク州を半分ほど南下したのち、オールバニー郊外で給油することになった。トラックがガソリンスタンドに入っていくとき、ラヴェンダーはジョニーと息子たちのあいだに二百キロ以上の距離があるのを思い、頬をゆるめた。

「なにがおかしいんだ?」あいかわらずばつの悪そうな顔でジョニーが尋ねた。

「なんでもない」ラヴェンダーは言った。「お手洗いに行ってくる」

　ラヴェンダーは、車のドアをあけたジョニーの首筋に生えた毛を見つめた。ごつごつした背骨、広い肩、耳のななめ下の脆そうな部分を。変わったのはこれくらいささやかな一部だと、ラヴェンダーは思う。このほんの小さな、無防備な肌くらいだ。この無防備な部分がジョニーのすべてだったらいいのに——彼がただのいい人だったら、もっとずっと簡単だったはずだ。

　ジョニーがガソリンを入れているあいだ、ラヴェンダーはダッシュボードから二十五セント硬貨をくすねた。併設の雑貨屋へ歩いていくあいだ、心臓が騒々しく暴れていた。雑貨屋に入り、ドアのベルが鳴った瞬間、ひとりきりになったのは十六歳のとき以来だと気づいた。

　レジにいる年配の女性は、胡散臭そうにラヴェンダーを見た。壁沿いに鮮やかな色合いの袋入りスナック菓子が何列も並んでいた。店の奥のソーダの販売機とアイスクリームの冷凍庫のあいだに、公衆電話があった。

　いよいよだ。こめかみのあたりがどくどくと鳴っている。

　いまがチャンスだ。

　時間がほしい。座ってよく考えたい、なにをあきらめることになるのか見極めたい。でも、薄汚れた窓のむこうでジョニーは給油を終えかけているし、アンセルの後頭部にあったガチョウの卵大のこぶの感触が、手のひらの下でかすかに脈打っていたあの感触が、いまだに生々しく残っている。自由に使える時間などない。なにひとつない。

「九一一です。どうしました?」

ラヴェンダーはあえてポテトチップスの袋のロゴを見つめながら、農場の所在地を告げた。

「もう少しはっきりと話してください」

「四歳の子どもと赤ちゃんがいるの。早く行って、ジョニーが帰り着く前に。ジョニーは子どもに手をあげたの。ここから農場までは二時間くらいかかる。お願いです、あの人が帰り着く前に行ってください」

ラヴェンダーは泣いていた。プラスチックの受話器に涙が伝った。念のために二度、農場の所在地を繰り返した。

「すぐに向かいます。電話を切らないで。あなたはお母さん? いくつかお尋ねします――」

窓の外でジョニーが首をのばしてようすをうかがっている。ラヴェンダーはうろたえて電話を切ってしまった。

レジの女性がじっと見ていた。六十歳くらい、細かく縮れた灰色の髪、染みのついたポロシャツ、嚙んで痛々しいほど赤くなった丸い爪。女性はジョニーからラヴェンダーへ、そしてコードが邪魔な電話へと、すばやく視線を移した。それから、人差し指を掲げ、トイレのむこうのドアがひらいたままになっている物置を指した。

ラヴェンダーは感謝をこめてうなずいた。物置に駆けこんだ。

物置のなかは照明がなかった。ドアの隙間から黄色い光が三センチほど入ってくるだけだが、背の高い棚に積んである掃除用品がぼんやり見えた。ラヴェンダーは自分のしでかしたことにショックを受け、息を詰めて金属の棚に寄りかかった――レジの女性がドアの向こうで錠のところになにかを立てかけてラヴェンダーを閉じこめた。恐怖が突きあげてきた。長いあいだラヴェンダーのなかで生きつづけてきた恐怖は、まったく別のエネルギーにまで純化されていた。いまそれは躍動し、びりびりとした痛みを撒き散らしている。

ラヴェンダーはドアに後頭部を当てて聞き耳を立てた。ドアは分厚かった。なにも聞こえなかった。両手の震えが収まってきたので、さっきの電話の相手の声を思い出してみた。

通信指令係の声は冷静そのものだった。頼りになりそうだった。ラヴェンダーは、スーツ姿の人々が農場に集結し、いかにもプロフェッショナルな大人の声で話しているのを想像してみた。彼らはアンセルと赤ちゃんを発見して、大きな暖かい毛布でくるんでくれるだろう。缶詰の豆ではないものを食べさせてくれるだろう。警察の制服を着て髪をひっつめにした女性が赤ちゃんを抱きあげるのを想像した。自分よりずっとたくましく有能な女性が。

拍動する暗闇のなかで待ちながら、ラヴェンダーは漂白剤と埃と酢のにおいを吸いこんだ。棚の下段に、個別包装のチョコレートケーキが何十個も入った箱があった。きっちりと四角形に切り分けられたケーキは子どものころに見たきりだ。こんな状況なのに、胃袋がうるさく鳴った。ラヴェンダーは泣きじゃくりはじめ、小さなケーキの包装をはがし、もう一個はがし、丸ごと口に突っこんだ——べとつく塊が喉をふさいだが、着実に呑みくだした。皺くちゃの包装フィルムに囲まれ、指をケーキの屑（くず）でべとべとにしながら、自分は人生で最悪の過ちを犯してしまったのではないかと考えた。たぶんそうだ。だが、そんな疑念のむこうで、別のなにかが、すがりつけそうな堅固なものが、かすかに輝いていた。母の愛はなによりも強いという言葉を聞かされたのは、一度や二度ではない。ラヴェンダーは母親になって以来、いまはじめてその言葉を信じた。

*

ガソリンスタンドの女性が物置のドアをあけた瞬間、まぶしい光が差しこんできた。女性はミニーと名乗り、床に座りこんでいたラヴェンダーを助け起こした。ラヴェンダーは眉間に皺を寄せ、色とりどりのキャンディやガムや煙草の列を眺めた。

「あの男に言ってやったよ、警察を呼んだって」ミニーはそう言いながら、ラヴェンダーにコーヒーを差し出した。散らかった包装フィルムやラヴェンダーの頬についたチョコレートについては触れなかった。もう夜になっていて、だれもいないガソリンポンプの照明に蛾（が）が群がっていた。「店には入れてやらなかった。長いことポンプのまわりをうろうろして、わあわあわめいてたよ。自分の車をめちゃくちゃに蹴ったりしてさ。結局は出ていったけど」

「どっちに向かいました？」ラヴェンダーは尋ねた。頭がずきずきしたが、コーヒーの最初のひと口は舌に苦く、気付けになった。

ミニーは南を指した。州の南部、農場とは反対方向だ。

そのあとずいぶんたってから、ラヴェンダーは福祉サービスの電話番号を調べた。何度も電話をかけて情報を求めたあげく、ついに同情した受付係に教えてもらえた。子どもたちは里親に引き取られた。父親は迎えにこなかったそうだ。

＊

その晩、ラヴェンダーはガソリンスタンドの物置で、ペーパータオルを立てる鉄の棒を銃のように握り、座ったままの姿勢で眠った。

セーターに触れたとき、それに気づいた――胸ポケットに入った冷たい塊に。アンセルにあげたはずのロケットペンダントが、不本意そうにうずくまっていた。最後にアンセルの体を洗ってやったときに彼の首からはずしてポケットに入れたまま、忘れていたのだ。**どんなときもこれがあなたを守ってくれるよ。**あの子にそう言ったのに。そんな約束をしておきながら、はからずも奪ってしまったとは、ひどく残酷ではないだろうか。暗い物置のなかで、真実がだんだんふくらんでいくように感じた。ちっぽけなアクセサリーなんかでは――愛なんかでは――だれかを守ることはできない。

＊

翌朝、ミニーは湯気の立つ卵サンドと二十ドル札一枚をくれたうえに、車でバスの停留所まで送ってくれた。

「じゃあね」ミニーは車から降りるラヴェンダーに言った。「できるだけ遠くに行くんだよ」

ラヴェンダーはベンチで膝を抱え、アンセルはいまどこにいるのだろうと思った。だれかがまともな服を着せてくれていたらいいけれど——あの子はずっと、大人の男性用の下着を安全ピンで腰からずり落ちないようとめただけの格好でよたよたと歩きまわっていた。ラヴェンダーは、清潔なパジャマを着て、汁気たっぷりの肉がどっさり盛られた皿を前にしたアンセルを思い浮かべた。あの麻袋、コーンの缶詰と包丁と冬用のコートが入った袋のことを、警察に伝えるのを忘れてしまった。でも、いま思えば忘れてよかった。あんなささやかなものに過大な希望を託していたなんて、あまりにもみじめだ。

親愛なるジュリー。ラヴェンダーは最初に来たバスに乗りこみながら思った。胸のなかで震えていた不安は、いままでは別のものに変わりかけていた。歯の下の分泌腺が脈打っている。自由とはこんなものではない——自由と呼ぶにはめちゃくちゃすぎる——でも、近い。

親愛なるジュリー。

待ってて。いま行くから。

*

とうとうたどり着いた海は、ラヴェンダーが願っていたとおりのにおいがした。

サンディエゴまでは数週間かかった。ヒッチハイクをし、財布を盗み、街角で行き交う人々にバス代をねだった。ミネアポリス郊外で側溝に落ちていたハンティングナイフを見つけたとき、ジョニーが同じようなナイフで鹿の肛門から横隔膜まで裂いて内臓を取り出していたのを思い出した。ビールの配達トラックの助手席で過ごした四日間は、ジーンズのウエストバンドに差したナイフの柄から手を離さなかった。

いま、ラヴェンダーは靴を脱ぎ、まめのできた足を板張りの遊歩道で温めた。ホットドッグと海藻と排気ガスのにおいがした。ビーチは家族連れでにぎわい、みんなのんびり散歩したり遊んだり波打ち際を走ったりしていた。ラヴェンダーは手持ちの品（歯ブラシ、櫛、煙草）を入れたビニール袋を置き、熱い砂の上におりた。

海の水はひんやりとし、心地よかった。顔にかけると、塩味の冷たい水が口に流れこんできた。ビーチは人で一杯だが、かまわず服を脱ぎ、ブラジャーとショーツだけの姿で足首まで水に浸かった。

つねに罪悪感があった。夜、顔に枕を押しつけられるように、罪の意識で息が詰まりそうになることもあれば、刺すような痛みを感じることもあった。何週間も同じ悪夢を見ていた――ジョニーの祖父を埋めた唐檜の根元をアンセルが掘り返しているが、土のなかにいるのは祖父ではない。ラヴェンダー自身だ。**見て、ママ。**アンセルが土のなかから灰色に硬直したラヴェンダーの手を持ちあげる。**こんなの見つけたよ。**

目が覚めると、罪悪感が沸騰していて、ぶくぶくと低く耳障りな音がやまない。まだ母乳で張っている乳房が絶えず自分の罪を思い出させる。それでも否定できない。すがすがしいような、深呼吸したくなるような解放感があることを。長い時間ひとりきりでいられる喜び、孤独の喜びが胸にあることを。不安が血流から少しずつ消えていく。

　これからどこへ行くのかは決めていなかった。どこでもいい。目を閉じて太陽のほうを向き、膝から腰へ、胸の下が水に浸かるまで進んだ——そして、胸一杯に息を吸いこんだ。冷たい水の誘惑に屈する前に、子どもたちを思い浮かべた。

　自分が産んだふたりの生きものたち。いずれはそれぞれ一人前の人になる。ふたりの将来はまだわからないけれど、そこにこれとまったく同じものが、ざらざらする砂が、鳥肌の立った腕が、そばかすの浮いた肩に砕ける波がありますように。農場の寝室には窓があり、そよ風がからかうように吹きこんでくる。いまのところ、あの子たちが知っているのはそれだけだ。それでも、ふたりには可能性という贈り物を渡してきた。いつかはふたりともみずからの手で世界の広がりに触れることができるだろう。

　いつかは子どもたちも広い海のなかへ歩き出せますように。そのとき、ふたりはわたしの味を知るだろう。

　口一杯の塩水のなかに、わたしの愛を。

10時間前

あなたは川を見たことがあるし、湖も見たことがあるが、海を見たのは一度きりだ。

マサチューセッツの海岸。もう何年も前だ。車でジェニーの祖父母を訪ねたとき、彼女が遠まわりをしようと言いだした——あなたは二十五歳で、まだ結婚する前のことだ。

海を見たことがないなんて信じられないと、ジェニーは助手席で体をぴょんぴょん弾ませて言った。あなたは海が見えはじめて最初の入り江に車を止め、促されるままに膝まで波に濡らした。彼女の髪が強い海風になびいていた。大きく口をあけて笑う彼女の喉の奥が猥褻（わいせつ）なまでに赤く見えた——奥歯にかぶせた詰め物まで見えた。

いま真剣に集中すれば、独房のコンクリートの壁をあの広大な逆巻く青に置き換えることができそうだ。カモメの騒々しい鳴き声、車のエンジンのうなり、むき出しの足の下を流れる砂。それでも、この記憶にあなたは感謝している——はるか遠くで波がうねっている海の眺めに。

海を見ていると、終わりなどないということが信じられる。

あなたの靴のなか、親指の前に、ショウナの丸めた手紙が詰まっている。歩くと、ときおりつま先に当たる。それはすべてを派手に吹き飛ばす爆弾だ。

*

あなたがシンクで絵筆を洗っていると、ふたりの看守が現れる。両手を出せと身振りで指示され、あなたは扉の細長い窓から両手を差し出す。手錠をかけられるためには扉に背を向けて前屈みになり、両膝をついて両腕を後ろへのばさなければならない。毎回、裸で身体検査を受ける。

面会だ、と看守は言う。

面会室は白いコンクリートの横長の部屋で、ブースがいくつも並んでいる。あなたは手首をさすりながら着席する。ガラス板の反対側には、弁護士がいつもと変わらないようすで座っている。

ティナ・ナカムラは、マニラ紙のファイルフォルダーの上で両手をしっかりと組み合わせている。普通、死刑囚が刑の執行日に弁護士と面会することは許可されないが、あなたは看守長に気に入られている。特別な許可だ。ティナの薄い唇には青みがかったローズ色の口紅がくっきりと輪郭をとって丁寧に引かれ、まつげはなにもつけていないと男をだますたくいの化粧品で、下品にならない程度に延長されている。あなたはだまされない。あなたが見たところ、ティナはあなたと同じくらいの年齢——四十代なかばで、髪はいつものように一筋の乱れもなく、つややかな頭頂部でポニーテールにしている。今日のパンツスーツはきちんとした紺色のテーラー仕立てだ。あなたは彼女が帰るときに靴を観察するつもりだ。履いている靴から彼女のささやかな秘密がわかる。あなたが思うに、彼女は膝に不自由があるか、もしくは外反母趾だ。スーツに似合う洒落たハイヒールではなく、ダイナーで年増のウェイトレスが履いているような、人間工学に基づいた平たいスポンジソールの靴を履いているから。

今朝うちのチームであらためて申立てをしました、とティナは言う。いまは電話を待っているところよ。裁判所が受理するかどうかは今日の午後にはわかるわ。

ティナはあなたと目を合わせるのをためらったことがない。彼女の視線は冷徹で揺るがない。普段はその高潔な強さがわけもなく癪に障るのだが、今日のティナはちっぽけだ。取るに足らない。あなたはショウナの丸めた手紙につま先を押し当てる。それはいまにも燃えあがりそうな秘密のメモだ。

看守長から聞いたけれど、立会人を呼んだそうね、とティナが言う。

立会人？　あなたは訊き返すが、なんのことか百も承知だ。

刑の執行に、とティナが言う。

刑の執行に、とあなたは繰り返す。

彼女の怯むさまがおもしろい。その言葉を発したときに鼻腔を震わせたのが。

あなたのしたことを知った瞬間のティナの顔を、あなたは決して忘れない。裁判で有罪判決が出る前、ヒューストン刑務所で面会したときのことだ。ティナの助手が彼女にフォルダーを渡した――現場の写真を。ティナは顔色を失い、湧きあがる憐憫の情に流されるように目を潤ませた。以来、あなたはそれと同じ表情を見せられることに慣れていった。判事の顔に同じものを見た。陪審団の顔にも見た。傍聴席の人々の顔にも見た。検察によって、細部を実物の十倍にも拡大した写真が次々とプロジェクターに映し出されたときに。

あなたはあの写真の数々を見たくない。あなたの記憶は、写っているものとは違う。

きみも来るか、ティナ？　あなたは尋ねる。

あなたはとっておきの親切そうな口調、人々を懐柔する口調を使う。だが、ティナはあなたがよく知っているあの表情で見返してくるばかりだ。ときどき、あなたは仄白い独房で金属の鏡の前に立ち、自分の顔をまじまじと眺め、眉をひそめてみたり、悲しげな目をしてみたりする。その顔にぞっとする。まったくいまいましい。その表情は、最悪のたぐいの哀れみ、蔑みに等しい哀れみだ。

行きます、とティナが答えたとき、あなたはつい少しだけ笑みを漏らしてしまう。

数時間後には、あなたは逃走中だ。両脚は焼けつくように痛み、肺は新鮮な酸素を求めてあえいでいるだろう。あなたはしかるべき顔つき（厳粛に受け止めている顔つき）に戻るものの、秘密の喜びが甘くこみあげ、胸が苦しくなる。高笑いを呑みくだすと、煙が喉に詰まったかのようにひどく熱い。

＊

決行するのは、正午に出発する移送車のなかだ。

見られたらどうしよう？　ある晩遅く、ショウナがこっそり独房の外で足を止めてそう尋ねた。あなたは三日間、毎日ランチトレイの下にメモをすべりこませて計画を伝えておいた――ショウナはそのメモの一枚を握りしめ、そわそわと爪を噛みながら早口で不安を訴えた。

あなたは精一杯、傷ついた顔をしてみせた。

愛しいショウナ。おれを信じてくれないのか？

＊

脱走は以前にもあった。七〇年代に人質事件が起きた。ウォールズ・ユニットの死刑囚二名が図書室の司書に銃を突きつけて脱走した。数年前にも、ポランスキー刑務所の運動場から三名の死刑囚が逃げた。彼らは撃たれ、連れ戻された。噂によれば、獄衣を緑色の蛍光ペンで染め、医師になりすまして逃げた者がいるという。そんな前例があるくらいだから、あなたもテッド・バンディにならって通風口を抜けて脱出できるかもしれない。しかし、あなたの独房に通風口はない――あなたにはショウナがいて、ポランスキー刑務所からウォールズ・ユニットまで四十分間の移動時間があるだけだ。

あなたは独房に戻り、寝台の上のノートの束と、あなたを嘲るように放り出された赤いメッシュのバッグを見おろす。

五冊のリーガルパッド——罫線（けいせん）入りの黄色い紙に清書した、思索と執筆に打ちこんだ獄中の七年間がそこにある。それは一見ただの走り書きの山でしかないが、あなたはいずれ傑作と評価されると確信している。いままでずっと、郵送された自著にサインし、ファンレターを受け取り、新聞に書評が掲載される未来を思い描いてきた。本のカバーには、まっすぐなまなざしで公判に臨むあなたのモノクロ写真が使われるだろう。

この〝セオリー〟はここに置いていく。ショウナが寝台の下から発見することになっている。あなたの捜索がはじまったら——大騒ぎになり、捜索隊が出動し、ヘリコプターのサーチライトが平原をあちこち照らしはじめたら——ショウナが発見を報告するのだ。

つまり犯行声明みたいなもの？　あなたから概要を聞かされたショウナは、そう尋ねた。あなたはにわかに苛立ちを覚え、顔をひきつらせた。ショウナは失言に気づいたらしい。恥ずかしそうに顔を真っ赤にした。あなたはゆっくりと、犯行声明なんか書くのはおかしな人間だけだと答えた。犯行声明など、無意味な凶行に及ぶ前に書き散らした支離滅裂な文章に過ぎない。あなたの〝セオリー〟は、むしろ支離滅裂な人間の真実を探求したものだ。まったくの悪人などいない。まったくの善人もいない。人はみな等しく濁った灰色のなかに生きている。

あなたが母親について覚えているのはこんなことだ。

背が高く、とにかく髪が長かった。庭でしゃがんでいる姿、ロッキングチェアでくつろいでいる姿、錆の浮いた猫足のバスタブに浸かっている姿。ときどきバスタブが水で満たされ、長い服の裾がクラゲのように漂っていた。乾いている姿も覚えている――彼女の美点であるつややかなオレンジ色の髪をひと房差し出している。父親のことはなにひとつ覚えていない。声も、体臭も。父親は影が薄く、遠くにぼやけて見えるだけで、思い出そうとすると後頭部がなぜかずきずきと疼く。両親がなぜいなくなったのか、どこへ行ったのか、なぜ思い出のなかの母親がいつもひとりぼっちなのか、あなたは知らない。錆びた鎖が自分の鎖骨のくぼみに寄り添っていた感触を、それをつけているとどんなことからも守られると感じたのを覚えている。

*

母親については、まだ〝セオリー〟のなかで整理しきれていない。人間はみな悪であり善であり、そのどちらかに断じられるべき人間などいない。だが、もし善があとを追ってくる悪に汚染されることがあるとすれば、善と悪のどちらになるのだろう？　どう考えればいいのだろう？　その善はほんとうに価値のあるものなのだろうか？

あなたが記憶しているのは、母親がいなくなったあとのことばかりだ。彼女はいなくなる前から、いつもあなたから離れようとしていた。

＊

過去の記憶が、それを呼び戻す。

あなたはいま現在に意識を集中させようとする。よく知っているものに。金属の扉が閉まるガチャンという音、缶詰の肉のにおい。埃と尿。脂ぎった髪。あなたは床に寝そべり、背中をコンクリートにぴったりと押し当てる。

どのみち、それはやってくる。

あなたの無意識の穴のなかで、パッカー赤ちゃんが泣き叫びはじめる。あなたの人生のサウンドトラックを再生すれば、不機嫌な赤ん坊の泣き叫ぶ声がいちばん大きな音で流れつづけるだろう。無力なあなたの沈黙も。やがて甲高い声はだんだん小さくなり、かぼそいすり泣きになる。

＊

泣きわめく声を寄せつけずにいられる場所がたった一カ所だけある。あなたは七年前の土曜日の朝、そこに到着した。

よく晴れた夏の日。二〇一二年。あなたはベッドにひとりで寝ていられず、夜が明ける前に起き出した——ジェニーが出ていって何カ月もたつのに、彼女の不在はまだ赤くひりついている傷口のように感じた。あなたは記憶を頼りにゆっくりと車を運転した。六月の終わりの朝、空気はみずみずしい青色に染まり、唐檜の樹皮の香りがして、一晩中降りつづいた雨のせいで湿っていた。ニューヨーク州タッパー・レイクには、朽ちかけた教会、小さな箱のような図書館、ガソリンスタンドがあった。霧のかかった湖の周囲に、住宅が点在していた。湖面の霧は水蒸気のように渦を巻き、ふわふわと空にのぼっていった。あなたの記憶は、このドライブ、この朝、湿った空気を運命のフィルターにかける。あなたがタッパー・レイクで過ごしたのはほんの数週間なのに、あそこへたどり着くまでに長い長い年月がかかった。その年月は、この状況につながるたくらみがひそかに進行していた数年間でもある。

ガソリンスタンドで、にきび面のティーンエイジャーがピザのディスプレイケースから溶けたチーズのかけらをかき取っていた。

なんですか、と彼女は顔をあげもせずに言った。

レストランを探しているんだ。

一軒しかないよ、と彼女は言い、スパチュラから焦げたチーズのかけらをつまみ取って口に放りこんだ。あなたはその店の名前を言ってほしかった。ブルー・ハウス。

＊

赤ん坊の叫び声が聞こえはじめ——両手で耳をふさいでも声はやまない——あなたは誓う。ここで終わるものか。

あなたがはじめて人を傷つけたのは十一歳のときで、当時は心の痛みと欲求の区別をつけることができなかった。あなたは古ぼけた広い屋敷で九人の子どもたちと暮らしていた。きっかけは、ふと自分の魅力を試したくなり、ウィンクしてみたことだ。ダイニングテーブルの向かい側にいた少女があなたに注目されて顔を赤らめたとき、あなたは自身の力を感じ、その力を行使することに淫した。あのちょっとした気まぐれがあなたをこのコンクリートの床へ一直線に送り出したとは、あなたには知る由もなかった。ひとつひとつの行動が連鎖して、現在を目指して進んでいたとは。

自由になったら、あなたは徒歩でテキサスの砂漠へ向かうつもりだ。急行列車を乗り継ぎ、冷たい湖水で顔を洗う。そしてついにはブルー・ハウスにたどり着く。

あんなことはしない。それは確信している。二度と人を傷つけたりしない。

サフィ　一九八四年

サフラン・シンは、自分の愛するものがいくつあるのかはっきりわかっていた。その数は四つだ。

ひとつ目は、ミス・ジェマの屋敷で夜遅くに聞こえる音。サフィがルームメイトとシェアしている三階の部屋では、さまざまな音が聞こえた。くしゃみ、うめき声、めそめそ泣く声。夜になると、いくつもの屋敷の謎があらわになる。屋敷がうごめき、息を吐きはじめると、サフィはちくちくするピンク色のブランケットにもぐり、甘美な孤独を心ゆくまで楽しんだ。

ふたつ目は、ソーシャルワーカーにミス・ジェマの屋敷へ連れてこられたときに、母親のドレッサーから持ってきた写真立て。母親はガラス板の内側に、鶏が引っかいたような筆記体である言葉を走り書きしたメモ用紙を入れていた。〝幸福なる罪過（フェイリクス・カルパ）〟その言葉の意味はわからないが、母親が書いたものなので気に入っている。眠るときはこの写真立てを枕の下に置く。

三つ目は、ティーニー・ビキニのネイルポリッシュ。やわらかな優しいラヴェンダー色だ。

二度塗り禁止と決め、ちびちび使っている。ネイルポリッシュそのものが好きなのではなく、それがもたらしてくれる気分、つまり一人前の素敵な女性、爪をきれいに手入れしている女性になったような気分を愛している。

四つ目は、二階の男の子。彼の寝室はサフィの部屋の真下だ。サフィはベッドに横になり、酸素が自分の肺から鼻を抜け、廊下を通って階段をおり、彼のひらいた口のなかへ入っていくのを想像する。

その夜は、いつもと違った。特別だった。アンセル・パッカーが、ダイニングルームのテーブルのむこうからウィンクしてくれたから。

*

「嘘つき」先ほどサフィが有頂天で三階の部屋に帰ってきたとき、クリステンはそう言い放った。クリステンは床の上で「ジェーン・フォンダのワークアウト」のビデオで覚えた動作を練習していた。「アンセルならこの家の女の子を選び放題だもん。ほんとはベイリーにウィンクしたんじゃない?」

ベイリーは屋敷で一番きれいな女の子、いや、たぶんサフィの知っている女の子のなかでだれよりもきれいだ。年は十四歳で――アンセルは十一歳、サフィは十二歳――髪はこっくりしたキャラメル色。クリステンとリラは、ベイリーっぽく腰を振る歩き方だの、ベイリーっぽく目を天に向けてあきれるしぐさだの、ベイリーっぽく爪を嚙むポーズだのを繰り返し練習している。クリステンがベイリーのサイズ32Cのブラジャーを盗んできたときは、三人でバスルームにこもり、順番に慣れない手つきでホックを留め、上からシャツを着て、どんなふうに見えるか確かめた。でも、夕食のときにベイリーはアンセルの隣の隣の隣に座っていた。彼女にウィンクするつもりだったのなら、ぜんぜん違うほうを向いていたはずだ。

ということは、やっぱりアンセルはサフィに向かってウィンクしたのだ。

そのイメージはサフィのおなかのなかに広がり、一気に両脚を伝った。とろりと熱く、ぞくぞくする感覚だった。あの瞬間を頭のなかで何度も繰り返しているうちに、アンセルがどんな服を着ていたか、どんなふうにウィンクしたのか思い出せなくなり、ついには彼の顔そのものも思い浮かべることができなくなった。それでも、事実は残っている。こんな気持ちになった原因はアンセルだ。サフィはマットレスの上で身動きできなくなっていた。体がびりびりして疼く。あえてじっとしていたのは、とろけるようなこの感覚が逃げていって――いままでなにもかも逃げていったように――またひとりぼっちで置き去りにされるかもしれないからだ。

＊

ミス・ジェマの屋敷の裏庭は広い斜面になっていて、ゆるやかに起伏する野原の先に小川があった。朝食のあと、サフィは露の降りた草の上にちくちくするピンク色のブランケットを敷いた。そのブランケットは、生まれつき片方の腕がなく、もう大人になったキャロルという人から譲り受けたものだ。ミス・ジェマの所有する土地はアディロンダック山地に近く、夏はみずみずしく豊かな緑が美しい。サフィはひょろりとした脚をのばして座り、膝にノートを広げた。お気に入りの水玉模様のスパッツからアブラムシをつまみ取り、ページに目を凝らす。

サフィはいま、謎を解こうとしている。

最初は鼠だった。首のない鼠。キッチンの床に、小さなピンク色の死骸が落ちていた。見つけたのはリラで、彼女の悲鳴にみんながあわてて集まった——サフィとクリステンは、リラが鼠を庭に埋葬するのを手伝った。三人とも黒い服を着て、サフィとクリステンは泣きじゃくっているリラのかたわらで厳かに詩を暗唱した。

その次は栗鼠だった。私道の脇の植えこみに突っこまれていた。サフィは、ミス・ジェマが気持ち悪そうに顔をしかめ、シャベルで死骸を捨てにいくところに行き合った。**コヨーテのしわざよ**、とミス・ジェマは大型ゴミ容器に骨の塊を捨てながら言った。二匹目の栗鼠も同じ場所に放置されていた。ミス・ジェマは年長の少年に片付けさせ、バスローブ姿で芝生からそのようすを監督した。サフィが興味津々で裏の引き戸から顔を突き出すと、ミス・ジェマは叱りつけた。**お部屋にいなさいって言ったでしょう?**

サフィは事件に気づく目を持っている。人気の推理小説シリーズである少女探偵ナンシー・ドルーの本を次々と読破してきた。このところ毎日、外に出て敷地の周辺で手がかりを探している。なにを探しているのか自分でもわからないが、犯罪を解決する人になりたくてたまらなかった。いまのところ、殺害事件を日付順に書き出している。死骸の外見を詳しく書いている（ぞっとする！）。ナンシー・ドルーのように、一緒に推理してくれるジョージかベスでもいたらいいのにと思うが、クリステンもリラも女優のスーザン・デイの髪型のほうに興味があるらしく、三段ベッドの最上段のクリステンの陣地で並んで仰向けになり、ベッドの端から頭をさかさまに垂らしておしゃべりしている。

ひょっとしたらアンセルが手伝ってくれるかもしれないと、サフィは思った。アンセルはこの夏、ミス・ジェマの土地の端にある湿地をぶらぶら歩きまわっている。サフィはブランケットの上から、アンセルが野原を歩きながら、つねに小脇に抱えている大きな黄色いノートになにか書きつけるのを眺めるのが好きだった。彼が図書室の大人の本のコーナーから百科事典や生物学の教科書を借りているのを見たことがある。彼は頭がよくて、一年飛び級したそうだ。彼を眺めていたら、所作のひとつひとつを余さず記憶できるかもしれない。背の高い草の花穂を選り分けている彼の肩の傾き、ボールペンを耳に挟む動作。アンセルにまつわる真実が、悲しみが漂ううなじに書かれた文字が、ひょっとしたら見えるのではないか。

サフィも例の話は聞いたことがある。

だれもが知っている。

サフィがミス・ジェマの屋敷に住むようになったころ、毎晩リラが興奮と陶酔で飛び跳ねながらひそひそ声で教えてくれた。年長の男の子がミス・ジェマの書斎からファイルをこっそり持ち出したのがきっかけで噂が広まったらしいが、その内容は広まるにつれて形を変えていったようだ。リラによれば、アンセルは四歳のときに両親に棄てられた。一家は農場だか牧場だかで暮らしていた。警察に発見されたとき、アンセルは飢え死に寸前だった。だけど、一番ひどいのは——その部分を話すときのリラは、一番ひどいけど一番おもしろいと言わんばかりに目をまん丸にしていた——赤ちゃんがいたことだ。まだ二カ月の赤ちゃん。警察が到着したとき、アンセルは丸一日、赤ちゃんになにかを食べさせようとしていたらしい。でも手遅れだった。

赤ちゃんは死んでいた。

思い浮かんだイメージを、サフィは一生忘れられないだろう。人形と同じくらいの大きさだけど、本物の赤ちゃん。そのあと、六種類くらい別バージョンを聞いた。赤ちゃんは別の里親の家にあずけられたとか、アンセルは赤ちゃんをわざと殺していたとか、そもそも赤ちゃんなどいなかったとか。だが、サフィのなかでは最初のイメージが消えず、事実として居座っている。だらりと垂れた小さな首。サフィは母親の亡骸すら見ていないのだから、大人の死体はもちろん、赤ちゃんの死体だって見たことはない。

サフィは、アンセルが茨を熱心に観察しているのを眺めながら、たったひとつの不運なできごとのせいで噂の種にされるのはひどく悲しいことだと思った。悲劇とは無神経で、不当そのものだ。サフィはそのことをたしかに理解していた。

その夜、サフィは夕食のあいだずっとアンセルのようすをうかがっていた。じろじろ見るなととがめられないように、三十秒ごとに一回、ちらりと見た。二十九からカウントダウンしながらマッシュポテトをじっと見おろしていたので、もしアンセルがまたウィンクしてくれたとしても見逃してしまった。

＊

午後八時からみんながテレビの前に集まって「ファミリー・タイズ」を観はじめると、サフィはこっそり地下室へ行った。落胆で胸が重かったので、コンクリート打ちっぱなしで蜘蛛だらけで、巻いた絨毯が乱雑に転がっている地下室こそ自分の居場所だと感じた。埃をかぶったレコードプレイヤーがあり、そばにはLPレコードの詰まった段ボール箱も一箱あった。サフィはその箱を漁り、ジャケットの写真を眺めるのが好きだった。ジョニ・ミッチェルは誘うようなまなざしをしている――サフィは鏡の前でその表情を練習したが、似ても似つかなかった。

「やあ」

アンセルだった。

彼は階段の下の暗がりに立っていた。コーデュロイのズボンのポケットに両手を突っこみ、少し恥ずかしそうに背中を丸めている。

「ぼくも見ていい？」彼は尋ねた。

アンセルはサフィの隣に来て、段ボール箱のなかを検(あらた)めはじめた。ABBAやエルトン・ジョン、サイモン&ガーファンクルのレコードをめくっていく彼の指を、サフィはじっと見ていた。アンセルの手は体のわりに大きく、十一歳よりずっと年上の男の子にふさわしく、成犬になったら大きくなる種類の子犬を連想させた。

「これ、聴いたことある?」アンセルは箱のなかから一枚のレコードを取り出した。ニーナ・シモン。サフィはばかっぽい変な声をあげ、かぶりを振った。

「座って」アンセルは床の絨毯のほうを身振りで示した。彼にほほえみかけられ、サフィはぞくりとした。あるとき、アンセルがまったく同じその笑みをミス・ジェマに向けると、彼女は顔を真っ赤にし、バスローブの前をきつくかき合わせた——そのあと何日も女の子たちは彼女を笑いものにしていた。

音楽がはじまったとたん、なんとも不思議な気分になった。以前にもこの瞬間を生きたことがある、別の人生でこんなことがあったと本気で思うほど、歌はサフィの胸に染みこみ、本人ですら忘れていた場所に届いた。アンセルとサフィは並んで仰向けになった。肩が触れるほど近く、サフィは目の前に星が見えるようになってはじめて、自分が息を止めていたことに気づいた。曲は盛りあがり、歌い手の声はかすれ——移り気な恋人に呪文をかけたという歌だ——サフィはいますぐ時間を止めたいと思った。これは現実だという証拠に、この瞬間を静止させてとっておきたかった。

ほどなく、曲は終わった。つかのまレコードが沈黙し、次の曲がはじまった。アンセルが動かなかったので、サフィもじっとしていた。そのまま横たわっているうちにレコードが終わり、サフィの背中は固く冷たい床の上でこわばり、そのうち就寝のベルが鳴り、ほかの子どもたちの足音がばたばたと天井を横切った。サフィにはベルも足音も聞こえなかった。頭が一杯だったからだ。これは魔法だ。たぶん、愛というものだ。愛は人を動かし、人を変えると、サフィは知った。愛には不思議な力があり、人をよりよくし、幸せにする。おいしそうなにおいがする。よく知っているけれど、もとをたどることはできないにおいだ。サフィは空腹を感じた。

＊

亡くなる前の母親は、よく愛について語った。

サフィは夜、母親のクローゼットであぐらをかき、母親がリノにいたころにはいていた何着かのヒッピー風の花柄のスカートと、野暮ったいアクセサリーを合わせて遊ぶのが好きだった。**あなたもそのうちわかるよ、サフィちゃん、**と母親は繰り返し言った。**本物の愛は炎みたいなの。**

ママもそんなふうにパパを愛した？　サフィはためらいがちに尋ねた。**炎みたいに？**

いいもの見せてあげる。母親は言い、クローゼットの棚の最上段から靴の箱を取り出した。

サフィはことあるごとに父親について思いを巡らせていた。父親はサフィが生まれる前に苗字だけを残していなくなった――シンという苗字は、遊び場の子どもたちがテレビのタクシー運転手の訛りをまねてからかうような名前だ。金髪の母親はサフィの実の親なのに、一緒に食料品店へ行けば、親子であるわけがないと言わんばかりの視線に晒された。父親はインドのジャイプールという街の出身で、いまもそこに住んでいるそうだ。サフィはかつてそのことを得意げに話したが、いまでは娘を愛していなかったから帰ってしまったのだとわかっている。

埃をかぶった靴の箱のなかには一枚の写真が入っていた。サフィにとって唯一、ほんとうに父親がいたことをはっきりと示す証拠だ。父親は図書室で何冊もの本を広げたテーブルを前に座っている。その顔は微笑を浮かべ、母親の説明によれば宗教上の習慣である紺色のターバンを誇らしげに頭に巻いている。サフィは父親のまなざしにはじめて自分自身を見て、鏡像に驚いたかのように目を凝らした。

パパはどうしていなくなったの？　サフィは以前、怯えて枝から飛んでいきそうな小鳥に話しかけるように、おそるおそる母親に尋ねた。

むこうにパパを必要としている家族がいたの。

あたしたちは？

あのね、と母親にため息をつかれ、サフィはやりすぎたことに気づいた。わたしがどうしてあなたをサフランと名付けたのか覚えてる？

花の名前でしょ。

世界一めずらしくて貴重な花よ。戦争の原因になるくらい。

写真を靴の箱に戻す母親の緑色の瞳は、どこか別の場所を見ていた――サフィはなんとかその場所が見えないだろうかと思った。この手で触れられないだろうか。そのとき、母親が言った。**あなたも実際に感じればわかる。ほんとうの愛は、あなたを生きたまま食べてしまうの。**

＊

サフィが地下室の床から立ちあがろうとすると、アンセルは手を貸してくれた。彼の両手はじっとりと湿り、一日中あの黄色いノートに書き物をしていたせいで、親指はインクで汚れていた――サフィは先に立って階段をのぼりながら、後ろをついてくるアンセルを意識した。彼がこんなにそばにいると、怖いくらい緊張した。悲鳴が満載のホラー映画を見たくなるように、彼のそばにいたかった。びっくりする感覚、ぞくぞくする感覚がほしかった。予測のできない刺激がほしかった。

三段ベッドの一番下、リラの陣地に集合したときには、思い出すだけで興奮はいや増し、サフィは息を弾ませて一部始終を話した。三人はミス・ジェマに早く寝なさいと叱られないように身を寄せ合い、上段のマットレスに取り付けた懐中電灯の明かりを頼りに、クリステンがくすねてきた「ティーン」誌をわくわくしながらめくった。その号はほとんどすべて暗記しているが、一番人気のジョン・ステイモスのインタビューも飛ばし、すりきれたページをひらいた。もっとも重要な記事がついに役立つときがきたのだ。〝理想のカレをつかまえた！　どうやってキープする？〟

「あんたは三番ね」リラは歯の保定装置（リテーナー）の隙間から声を漏らした。リラがリテーナーを入れたのはミス・ジェマの屋敷に来る前で、いまでは歯がずれてプラスチックの下に隙間ができている。しょっちゅう口をさわるので、指がつねに濡れている。中指にはばかでかいビンテージの指輪がはまっているが、サフィにはその来歴を尋ねる勇気がない——リラの指には大きすぎるから、セロハンテープをぐるぐる巻きつけて抜けないようにしている。真鍮（しんちゅう）のような金色の台に大きな紫色の石がついた指輪だ。たぶんアメジストだろうとサフィは思っているが、リラは紫サファイアだと言っていた。石をしゃぶるのがリラの癖なので、石はいつも唾液で光っている。いまも指輪はリラの口のなかにあり、唾液が指のあいだで糸を引いている。サフィは顔をしかめた。

「三番」クリステンが読みあげた。「カレにあなたの気持ちを示そう」

それだ。リラはすでにとろんとした目で枕に寄りかかっているが、サフィはいままでにないことに、ひどく目が冴（さ）えて眠れなかった。

翌朝、サフィは地下室の道具箱から画用紙の束を取り出し、寝室の床に制作の準備をした。六年生の美術の教師から〝視覚芸術との親和性〟があると言われた。あのときのことを思い出すと、くすぐったいような誇らしさで胸が一杯になる。

数時間後に完成したのは、詩のような漫画のようなものだ。小さな棒人間のサフィとアンセルのあいだに、細部までリアルに描きこまれたレコードプレイヤーがある——このコマのキャプションは〝あなたに呪文をかける〟だ。次のコマでは、ふたりは川のほとりで手をつないでいて、サフィは空いているほうの手に虫眼鏡を持ち、その背景で群衆が喝采している。このコマのキャプションは〝謎は解決した〟にした。網に捕らえられたコヨーテがぶらさがり、うれしそうな栗鼠の群れがサフィの足元で駆けまわっている。サフィは自分とアンセルの小さな頭のあいだにハートを描いたが、思いなおしてバツ印で消し、大きな黒い音符マークで塗りつぶした。

描き終えると、画用紙を丁寧に折りたたみ、おもてにアンセルの名前をできるだけととのった筆記体で書いた。それが彼のコーデュロイのズボンのポケットで皺くちゃになるのを想像し、顔が熱くなった。

＊

午後の日差しに首筋を焼かれながら、サフィはくだり斜面になった庭をおりていった。一番気に入っているワンピースに着替えてきた——ベイリーのおさがりで、黄色いコットンのパフスリーブだが、いまだにベイリーの制汗スプレーのにおいがふっと漂うことがある。小川のほとりの背の高い草の繁みまで来たとき、サフィは揺れる三つ編みの先端をなでおろした。

アンセルが岸にしゃがみ、いつも持ち歩いている黄色いノートになにか書きつけていた。今朝は髪に櫛を通したようだ。巻き毛がまだ濡れている。サフィは汗で湿ってしまった画用紙を手に、彼の背後に立った。

　それは混乱と恐怖の一瞬だった。

　サフィはアンセルの肩を叩いた。

　アンセルはぎくりとして振り向いた。体でサフィの視線をさえぎろうとしたが、手遅れだった。サフィは、お気に入りのグリッター生地のサンダルのつま先からほんの十数センチ先に転がっているそれらを、ほとんど真上から見おろしていた。

　それらは足元の草のなかに長々とのびていた。一匹、二匹、三匹。そろって降参するように小さな前脚を頭の両脇にのばしているのがいかにも不自然だ。栗鼠が二匹、どちらの目も見ひらかれ、舌がだらりとはみ出ている。二匹のあいだに狐がいた。狐は大きくて、栗鼠よりもずいぶん前に死んだようだった。なにかが眼球をほじくり出したのか、顔にはふたつの穴があき、草の上にはらわたがめちゃくちゃに散らばっていた――赤みがかったオレンジ色の毛皮に包まれた骨の寄せ集めを人の手でもとの形に戻そうとしたらしく、気味の悪い努力のあとが見て取れた。

「おい――」アンセルがうなった。

　なにより怖いのは動物たちではないと、サフィは気づいた。動物たちのむき出した歯でも濁った眼球でもなく、三匹がベッドに寝かされた人形のようにきっちり十五センチ間隔で置かれていることでもない。

　なにより怖いのはアンセルの顔だった。サフィが見たことのない、驚きと怒りが結びついた鬼気迫る表情にゆがんでいた。黄色いノートを奪われまいとするかのように抱きしめ、唇はめくれている。まるで別人だ。

サフィの体は勝手に判断した。逃げ出したのだ。アンセルに声をかけられる前に、あわてふためき、よろめきながらも斜面を駆けのぼり、いつのまにか野原のどこかで漫画の画用紙はなくしてしまった。ひらいた口に羽虫が飛びこんできた。大きな黒い蠅だ——サフィは泣きだし、蠅を地面に吐き出そうとしたが、蠟紙のような羽が舌にしつこく張りついた。そこにはサフィが憎んでいる人生の事実があった。生きていると、悪いものが人のなかに棲み着くことがある。その人が人格を持ったひとりの人間だろうが、なにを望んでいようが、関係ない。悪いものは血のなかにしつこく生きつづけ、その人の一部となり、磁石のようにこの世のおぞましいものを引き寄せる。

＊

サフィ・シンが恐怖を味わったのは、これが最初ではなかった。

母親の死後しばらく、サフィはさまざまな恐ろしい死にざまを想像していた。道路脇で首なし死体となって転がっている母親。ボルボの四角い車体の下から覗いている母親の両脚、一時停止の標識のポールに胸を突き刺された母親。事故当時、サフィはたったの九歳だったけれど、警察が自分にショックを与えないように嘘をついたのをわかっていた。頭に怪我をした、と警察は言った。一瞬のことで、苦しまなかっただろう、と。たくさん血が出たのかと尋ねるサフィに、いいや、それほどでもなかったと、警察は答えた。サフィは、道路の真ん中に捨てられたティッシュのように、ぐちゃぐちゃの塊になった母親の死体を思い浮かべた。

＊

ミス・ジェマの屋敷の裏口のドアを壊さんばかりの勢いで閉めたとき、サフィの両脚はどうしようもなく震えていた。

　クリステンとリラは寝室の床でティーニー・ビキニのネイルポリッシュの瓶をあいだに挟んでのんびりしていた。サフィが入っていくと、ふたりはあたふたと体を起こしたが――いつものサフィなら激怒するところだ――サフィの姿を見てぽかんとした。ぐちゃぐちゃの髪、放心した顔。ふたりはサフィを三段ベッドの最下段に座らせた。どうしたの？　両脇から心配そうに尋ねられたとたん、サフィの頭にネイルポリッシュのツンとするにおいが染みこんできた。なにかいやなことでもあったの？　アンセルは？　サフィは、今回は自分が当事者となったこのできごとをおもしろがられてはたまらないと思った。どんなふうに語ればいいのかわからない。せっかく謎が解けたのに。

　そのとき、ドアをノックする音がして、三人はぴたりと静止した。

　クリステンが立ちあがり、勇ましくも足音を忍ばせてドアへ向かった。

「アンセルだ」クリステンはドアの隙間から外を覗き、声を出さずに口だけ動かした。サフィが怯えた顔で激しくかぶりを振るのを見て、クリステンはドアを細くあけて廊下に半身だけ出した。サフィとリラはひそひそと話す声をなんとか聞き取ろうと、耳を澄まして待った。「だからどうしたいの？」クリステンが強い口調で尋ねた。彼女は部屋の外に出てしまい、つづきは聞こえなくなった。

戻ってきたクリステンはあっけにとられていた。言葉も出ないようだ。

「どうしたの？　なんて言ってた？」リラが小声で尋ねた。

クリステンの差し出した手のひらには、古くなって崩れかけたオートミールのレーズンクッキーが二枚のっていた。ミス・ジェマがだれかの誕生日に食料品店の安売りコーナーで買ってくる、プラスチック容器に入っているクッキーだ。古すぎて、うっすら白くなっている——どうやらこういうときのためにとっておいたものらしい。汗ばんだクリステンの手のひらにくっついた糖分たっぷりの塊は異様で、もらってもうれしくない贈り物だった。

気まずい沈黙。

「あの」完全に気抜けしたクリステンが言った。「なんだか知らないけど、だれにも言うなって」

サフィはベッドの隣のゴミ箱のほうを向き、夜中に使ったティッシュで一杯のそのなかに吐いた。リラがおずおずと笑いだした。クリステンもくわわり、ひきつった顔でくすくす笑った。サフィは膝の上にゴミ箱を抱えたまま、リラのばか笑いになんだかほっとし、やがて笑い声をあげはじめた。こんな崩れかけの古いクッキーほど変なものをもらったのは、三人ともはじめてだった。

*

その夜、サフィは夕食当番だった。ツナのキャセロール。シンクから缶詰の魚のにおいが漂ってきたとたん、サフィは鼻をつまんだ。

「大丈夫、サフィ?」ベイリーが尋ねた。ベイリーはきれいだ。マスカラをたっぷり塗ったまつげ、さらさらのまっすぐな髪。クリステンとリラはコンロの脇に並べた椅子に立ち、鍋のヌードルについて言い合いをしているが、ベイリーはサフィのひたいにひんやりとした手を当てた。「顔色が悪いわ。横になって休みなさいよ。キャセロールはわたしたちで仕上げるから」

サフィは優しくされて泣きそうになった。

三階へ引き返し、寝室を独占する幸せを感じた。めったにない素敵なひとときだ。三段ベッドの真ん中の自分の寝床に倒れこんでなにもかも忘れようと、梯子(はしご)をのぼった。そのにおいには気づかなかった。なにかが腐ったような甘ったるいにおいは、最初はごくかすかなものだった。梯子の途中で、サフィは動きを止めた。鼻に皺を寄せる。シーツをめくった。

あの狐がいた。

花柄のシーツの上に、ばらばらになった死骸が運びこまれていた。狐はもはや動物の形すらしておらず、べとつく骨と腐敗した組織の塊になり果て、歯の並んだ顎のまわりに蝿がたかっていた。キャロルのおさがりのピンク色のブランケットにどっかりとのり、硬直しているそれはあまりにも場違いで、サフィの視界は薄暗くなった。賢明にも、サフィは悲鳴をあげなかった。

かわりに大きく息を吸った。衝撃を小さな球に丸めた。それをぎゅっと握り、あふれそうになった涙を固めて押しとどめた。**しっかりしなさい**と、母親のここ一番の強い声音で自分に言い聞かせた。**あなたはもっとひどい経験もくぐり抜けてきたでしょう**。そのとおりだ。サフィは少しずつゆっくりと息を吐き出し、マットレスの下からシーツの四隅を引っ張り出し、狐の死骸を包んだ。体液はマットレスまで浸透していないから、アンセルはサフィがほかの子たちと料理をしているあいだに狐を運びこんだに違いない。

包みをできるだけ体から遠ざけて持ち、そろそろと階段をおり、外のゴミ収集容器へ向かった。

わたしたちはわたしたちだけでやっていくのよ、と母親はいつも言っていた。そういうときの母親の表情が、サフィは好きだった。きっぱりとした口元。鋼のようなまなざし。**あなたとわたしでね、サフィちゃん。わたしたちは戦士なんだから**。

夕食の席で、サフィはいつものように感謝の祈りを唱えた。ミス・ジェマに、ファンタを取ってくれと頼まれて、取ってあげた。

大きなマホガニーのテーブルのむかいで、アンセルは素知らぬ顔でキャセロールを自分の皿に取り分けた。サフィは視界のすみでアンセルの小さな動きのひとつひとつを捉えていた。

アンセルが皿をさげようと立ちあがったとき、サフィはぎくりとしてリラの水のコップを倒してしまった。テーブルに水が広がるのを眺めながら思ったのは、愛とは母親が語っていたものとはぜんぜん違うということだった。

＊

その夜、食事は喉を通らなかった。翌日の朝食も昼食も食べなかった。一週間がたつころには、四十キロあった体重が四キロ以上減っていた。クリステンとリラはソファまでジュースを持ってきてくれた――サフィが寝室に戻るのを拒んだからだ。クリステンはたしかに変なにおいがすると気づいたが、サフィはその理由を話すことができなかった。

ミス・ジェマは心配した。彼女が腰をおろした瞬間、ソファの黴(かび)臭さとともに、ミス・ジェマのきつい人工的な香水のにおいがサフィの顔をもわっと包んだ。

「サフランちゃん。どうしたのか話してちょうだい」

まぶたをアイシャドウで真っ青にし、カーペットに引きずるスリッパを履いたミス・ジェマは、ひどく滑稽に見えた。サフィは黙っていた。なにも言えなかった。さらにそれから二日間、ミス・ジェマはソファにいるサフィのもとへやってきたが、サフィはどうしても手が震え、スプーン一杯のスープを口に運ぶことすらできなかった。

ついにはソーシャルワーカーがふたり連れでやってきた。ふたりはキッチンでミス・ジェマと小声で話したあと、いかめしい顔でサフィの前に座り、膝の上で両手を組み合わせた。

ミックスルーツの子どもたちは大変だと、ふたりは真剣に話しはじめた。サフィはいろいろな面で自分が変わっていることを知っている。新しい里親さんの家に移ってもいい、場所が変わると気分も変わると、ふたりは言った。サフィは泣きだしたが、それが悲しいからなのか、ほっとしたからなのか、自分でもわからなかった。

荷造りをしているサフィを、クリステンとリラはそばで見ていた。クリステンはお別れのプレゼントを差し出した。ベイリーのナイトテーブルからくすねたメイベリンのキッシング・グロス。三人がなにより大事にしていた共有物だ。

「ほんとにいいの？」優しくされて、サフィはまた泣きながら尋ねた。もはや涙はとめどなくあふれ、サフィはすっかりばかな弱虫になってしまった気分だった――食事もできず、母親が望んだように気丈に振る舞うこともできず、ひび割れた唇で紫の石を吸っているリラに同情と好奇心に満ちた目で見つめられているなんて。

「持っていって」クリステンは言い、べとつくリップグロスの小瓶をサフィの手のひらに押し当てた。

＊

残りの服を詰めているとき、アンセルが別れの挨拶に来た。

クリステンとリラは、ソーシャルワーカーが持ってきたドーナツをもらいに一階へ行っている。サフィはひとりだった。まず彼のにおいに気づいた。洗濯洗剤と夏らしい汗のかすかに苦味のあるにおいは、あの晩、地下室の床に寝転んでいたときに、彼のTシャツが漂わせていたものと同じだった。かつてはうっとりしたにおいなのに、いまは恐怖で背筋がぞくりとした。それはなぜか心惹かれるような、追い求めたくなるような恐怖だった。

「入ってもいい？」アンセルが尋ねた。

　彼は腹立たしいほど普段どおりに見えた。サフィはこの数日間、彼が部屋に入ってきたら目をそらすようにしていた。彼はなにごともなかったかのような顔をしている。いつものように格好よく、少しだけ申し訳なさそうに見え、いまいましいことにサフィの胸は熱くなった。

「なんの用？」サフィは尋ねた。

「サフ」アンセルからそう呼ばれたのははじめてだった。彼はいつもと違い、芝居がかった悲しそうな目をしていた。

「あの狐」サフィは言った。「ほんとにごめん」「どうしてあんなことをしたの？」

「ごめんって言っただろ」

「でも理由は？」

「きみたちが笑ってるのが聞こえたから。きみと、あの子たち。ぼくは笑われるのが嫌いなんだ」

「別にあなたを笑ったわけじゃない」サフィはそう答えたものの、その声はいかにもぎこちなく、嘘っぽく聞こえた。

「あんなことをしたのは間違ってたよ。ときどきぼくは自分でもわけがわからないことをしてしまうんだ」

「自分でもわからないの？」

アンセルは肩をすくめた。「そうだよ。ひとりぼっちで置き去りにされるのがどういうことか、きみだって知ってるだろ。ひとりぼっちってだけで、なにかを壊したくなるじゃないか」

「わたしはひとりぼっちじゃない」サフィは言ったが、力が入りすぎた。

アンセルも納得しなかったのか、短い沈黙が降りた。

「ごめんよ、許してくれるよね？」アンセルの声は優しく、サフィが当初求めていたものすべてに満ちていた。

「いまさら謝っても遅いよ」サフィの決意は揺らぎかけていた。「わたし、ここを出ていくの」

アンセルが下唇を噛むさまが憎たらしかった。かつてサフィを捕らえた渇望がふたたび目を覚まし、凝り固まった四肢をのばしている。正体がよくわからないから抑えようがない——この欲望の正体は。サフィにはねじ伏せることのできない力、暗闇で忍び寄ってくる未知の世界。真っ向から見据えることなどできない。

「頼むよ、サフ」アンセルが近づいてきた。「行ってしまう前に許してくれよ」

すぐ目の前にあるアンセルの顔つきはほがらかで屈託がなく、哀れで美しかった。彼は手をのばし、サフィの隆起した鎖骨に指を当てた。サフィは農場で死んだ子のことを思った。小さなつま先や唇や目や指を。奪われることの意味を。

サフィはしぶしぶうなずいた。わかった。許す。

アンセルは前に出てサフィを抱きしめた。彼の温かい体が密着してくる感覚は、サフィの想像とは違った。彼に触れられると、全身が痺れたようになり、頭はぼうっとしてめまいを起こしそうだった。サフィは生まれてはじめて自分を嫌いになった。少女というより大人の女性のように、はっきりと意識して自分を憎んだ——自分に憤り、絶望し、自分を恥じた。暗がりにひそんで歯嚙みしているその憎悪は、自分のもっとも醜い部分だ。サフィはそれに手をのばしてそっと抱きあげ、受け入れた。

8時間前

叫び声が逆巻く。叫び声が氾濫する。叫び声はまるで洪水だ――ひとたびはじまると、あなたはそこにはまって動けず、破滅を待つしかない。赤ん坊はあなたに痛みを癒してもらえず、泣き叫びつづける。時間は止まり、あなたの頭蓋骨の内側にはべったりと恐怖が塗りつけられる。ここで長い年月を過ごしたあなたは、泣き叫ぶ声はほかのだれにも聞こえないのを知っている。あなただけに聞かせるための泣き声だ。

パッカー赤ちゃんはあなたになにかを伝えたがっているが、まだ小さいから言葉を話せない。

＊

あなたはコンクリートの床で体を丸める。腹の底から苦しげなうめき声が漏れる。

ポランスキー刑務所に来たばかりのころ、医師が呼ばれた。医師はあなたの脈と血圧を測定し、胸に聴診器を当てた。どこも悪いところはないと医師は言い、二度と来なかった。看守たちは、あなたが駄々をこねる子どものように、床の上で耳をふさいで体を揺らしているところに通りかかっても、見て見ぬふりをする。執行記録書に記入するため、看守が十五分おきに巡回に来る——あなたは看守にみじめな姿を見られるのを恐れている。どんなふうに見えるのか知っている。弱みを晒せば、かえってますます相手の怒りが激しくなる。

そんな姿をショウナに見られたことがある。一度だけ。ちょうど叫び声がはじまったと同時にランチトレイを持ってきた彼女が、ドアの前で立ちすくんでいるのがぼんやりと見えた。赤ん坊が泣き叫んでいるので、話をするどころではなかった。そびえ立つ彼女の影は、あなたの自尊心を傷つけた。

翌日ふたたび現れたショウナは、あなたが見たことのない、ふやけた顔つきをしていた。突然、あなたは興味深い逆説に気づいた。あなたの弱さが彼女をとろかしたのだ。彼女は無防備なあなたの姿に、すっかり心を奪われていた。

これは使える。

あなたはショウナを粘土に変えるすべを知った——きみの瞳はアディロンダックの森の色だと言うと、彼女の顔に喜びがあからさまに広がった。ジェニーもそうだった、親指で鼻筋をなぞってやると、身を震わせたものだ。ショウナにも同じことをしようとすると、子どものようにくすくす笑われ、そのはしゃぎようが癇(かん)に障った。あなたは優しげな微笑を口角に押しこめた。あなたはたいていの場合、女性を理解している——本人より理解していることもよくある。

けれど、ときおりあなたはとんでもない思い違いをする。

＊

刑事は女だった。あなたを破滅に導いたいくつもの皮肉な巡り合わせのなかで、それはとりわけ辛辣な皮肉ではないだろうか。

彼女は背中までゆるやかに波打つ黒髪をのばしていた。重たげなまぶた、いかにも女性らしいやわらかそうな肌。話し方は穏やかだが、あなたはどこまでも追及されて、しまいにはぐったりと肩を落とした。取調室で過ごしたのはほんの二、三時間なのに、終わるころには脳にアイスピックを打ちこまれたような気分だった。あの刑事にそそのかされてすべてを語るまでは――彼女が卑劣な策士ぶりをあらわにするまでは――長いあいだあの少女たちを思い出しもしなかった。彼女たちは別の人生の住人だ。別世界の。だから、すっかり忘れていた。

なにを考えていたの？　刑事はあとでそう尋ねた。あなたは疲れ果て、生理的反応の涙がずいぶん遅れて頰を伝うのを感じた。

わたしは知りたいのよ、アンセル。あなたは当時、まだ十七歳だったよね。あの子たちを殺したとき、あなたの頭のなかでなにが起きていたの？

あなたは、そんなことではないと答えたかった。あれには思考のプロセスなどなく、要因までたどれるような道筋があるものでもない。あの叫び声のことを、あれをとにかく黙らせなければならなかったことを伝えたかった。子どものころの自分がどうしようもなく立ちすくみ、告白しようとしているのを感じた。ときどきおれは自分でもわけがわからないことをしてしまうんだ、と。あの焦燥は強烈でしつこかった。その結果してしまったことが間違っていたかどうかなど問題ではない——まったく取るに足らない無意味なことだ。

どうしてあの夏、あの三人の女の子たちだったの？　刑事はそう尋ねた。ずっとやめていたのに、どうしてヒューストンでまたやったの？

＊

あなたは独房のすみに置かれたままの冷たい朝食のトレイまで這っていき、蟻のたかっている卵の下からフォークを抜く。それを踏みつぶし、折れた先端を手のひらに集め、もっとも尖(とが)っているものを選ぶ。プラスチックの破片を手首の内側のやわらかい部分に押し当てても、皮膚を突き破ることはできず、記憶の奔流を押しとどめることもできない。

あのとき、頭のなかでなにが起きていたのか？　あなたはほんとうに答えることができない。できるくらいなら喜んで説明する。あんたらはひどく傷ついたことがあるのか、とあなたは尋ねたい。あんたらは自分を完全に見失うほど、ひどく傷ついたことがあるのか？

＊

ひとり目の少女はよく知らない子だった。

あなたは十七歳にしてひとりで暮らしていた。最後の里親の家では、あなたのほかに子どもはいなかった。プラッツバーグ郊外の小さな家で、あるじは七十代の女性だった。ハイスクールを卒業すると、あなたは彼女が用意してくれた森の端のトレーラーハウスに引っ越し、月に五十ドルを受け取った。夏のあいだ、幹線道路沿いのアイスクリームのチェーン店デイリークイーンで働くことになり、皺くちゃの紙幣の束で車を買った。いきなりひとりで放り出されたわけだ。孤独はショック状態を起こす。冷たい水に落ちるようなものだ。

十七歳にとって、世界はそれまで知らなかった厳しさに満ちていた。すみずみまで無慈悲で刺々(とげとげ)しく、あなたはトレーラーの黴臭いソファで悶々(もんもん)として過ごした。学校の女の子たちは甲高い声でしゃべったり笑ったりし、男の子たちはからかい合って自分のすごさを誇示し、そんな場所にいると気分が落ち着かなくなった。だからといって、暑さのなかひとりきりでいても、ますますおかしな気分になった。何時間もじっとしているうちに、あの叫び声が猛々(たけだけ)しく襲ってきて耳を聾(ろう)さんばかりになる。すると、窓のむこうの森の端に母親の姿がほんとうに見えた。いつも現れたとたんに消えたけれど。

六月中旬のことだ。あなたはデイリークイーンのアルバイトをはじめてからずっと、仕事仲間にしつこく言い寄っていた。ハイスクールを中退し、メッシュを入れたふけだらけの髪を肩におろしている子だった。あなたは彼女にお世辞を言った。学校の男の子たちをまねてからかってみた。彼女はついにあなたのトレーラーへ来て、ソファに横たわってブラジャーのホックをはずした。あなたが興奮に震えていると、あれが忍び寄ってきた。あの叫び声が。

際限なく泣き叫ぶ赤ん坊の声に気が散り、あなたの視界はぼやけた。ペニスは萎えた。いらいらすればするほど、うまくいかなかった――そして、彼女は出ていくときにあざわらった。その笑い声は、赤ん坊の泣き叫ぶ声に重なると、不快きわまりない録音物のように聞こえた。あなたは朝まで照明をつけたまま、じっと座っていた。耳のなかに、あなた自身の苦悶の声が反響していた。

翌日、職場で彼女はあなたに目もくれなかった。閉店してゴミを外の収集容器へ運び、店に鍵をかけるころには、あなたはすっかりふさぎこんでいた。道路は自宅までずっと脈動していた――ポンコツのフォルクスワーゲン・ビートルが黄色いセンターラインからはみ出そうがかまわず乱暴に運転し、風に耳を殴られているあいだも、あの耐えがたい叫び声はやまなかった。

そのとき、ヘッドライトのなかに、彼女の姿が浮かびあがった。

月明かりのもと、長い私道の突き当たりに立っているひとり目の少女は、影になっていた。波打つ髪。少女はまぶしいヘッドライトに顔をしかめた――その顔は完全に、不意を突かれて混乱した動物のものだった。

あなたはブレーキをかけた。ドアをあける。砂利の上に足をおろす。

＊

いまや時間が溶けていく。看守が執行記録書にペンを走らせるさらさらという音が聞こえる。役立たずにも去っていく看守の重たい足音。あなたは黒いぬかるみに、荒涼とした闇に、膨張と収縮を繰り返す独房のなかに沈み、やがて人ではなくちっぽけなボールになる。ひたいをコンクリートに押し当て、赤ん坊に懇願する。頼むから泣きやんでくれ。

ジェニーがいまここにいたら、あなたを立ちなおらせてくれただろう。あなたを布できつくくるみ、慰めの言葉をささやくだろう——いつか終わるからね、と優しく言うだろう。熟した果物のような彼女の肌。たしかに、いつも終わりが来る。

彼女はいつも、あなたが一番弱っているときに現れる。一番忘れたいときに。

色褪(いろあ)せた枕カバーの上で、扇形に広がっていた彼女の髪。

バスルームの床に残っていた、シャワーのあとの濡れた足跡。

ヘイゼル　一九九〇年

ヘイゼルの最初の記憶は、姉の記憶でもある。

それは骨の髄に焼きつき、いつまでも消えないたぐいの記憶だ。ヘイゼルの胸の鼓動が速まる瞬間に、その記憶はよみがえる——舞台に出ていくたびに、あるいは猛スピードの車で幹線道路を走るたびに、ヘイゼルは連れ戻される。記憶のなかの自分はもやもやした組織の塊で、拍動しながら浮遊している。周囲は暗く、太鼓のように拍を刻んでいる。

その記憶が本物である証拠は、母親がナイトテーブルに立てかけた超音波写真だ。銀色のフレームのなかにいるヘイゼルと姉は、暗い原始的な空間でともに育っているふたつの小さな粒だ。母親はその写真をことのほか気に入っている。なぜなら、まだ耳もつま先の爪も生えていないころからずっと変わらないことがわかるからだ。水かきのあるふたつの小さな手がたがいにのびているさまは、深海の生き物が静かに会話しているようにも見えた。

ヘイゼルの人生では重要な瞬間が来るたびに、いまだにふたりで子宮に浮かんでいるかのように、自分の鼓動に重なる姉の鼓動がかすかに聞こえた。そのシンコペーションのリズムは耳になじんでいた。なによりも心を落ち着かせる音だった。どんなに遠く離れていても、違う場所で違う生活を送っていても、ヘイゼルの手はいつもジェニーの手のほうへのびている。

＊

ジェニーが大学から帰省してくる朝、ヘイゼルはシャワーの下に座り、背中のくぼみを熱い湯に打たれていた。両親がバスタブのすみに据えつけてくれた椅子の上で裸の太腿がすべるので、注意しながらスポンジで膝の傷跡に石鹸（せっけん）の泡を広げた。医師が縫合した部分はまだ真っ赤で痛々しかった――手術の直前に亡くなった知らない人の靭帯（じんたい）を移植された場所がはっきりとわかる。ヘイゼルはたびたび膝を見やるのだが、そのたびにいまでは灰か骨になってしまった名もなき人に思いを巡らせた。

手早くシャンプーをすませると、湯を止めて、髪から床に水滴が落ちる音に耳を傾けた。一階では、両親があたふたと準備をしている――母親はキッチンであちこちの扉を無駄に開け閉めしたり、クリスマス用にマリネした牛肉の具合をしきりに確かめたりしている。父親はジェニーの車を止める場所の雪かきをしている。ふたりとも、何日も前から大騒ぎしていた。母親が数週間前に包んだプレゼントはツリーの足元で待ちくたびれ、つややかな包み紙はすでに埃をかぶっている。父親は自宅で仕事をしているのだが、母親はこの日のために仕事部屋を客用寝室にしてしまい、ある寒い日の午後、百貨店からカーテンだのシーツだの、ビーチの夕日が写ったフレームに入ったよくある写真だのを山盛り抱えて帰ってきた。レジカウンターに枕カバーを置き忘れてきたことに気づいた母親のうろたえようときたら大変なものだった。ヘイゼルは、座面がへこんだソファの定位置から、**古いものを使ってもジェニーの彼氏は気にしないと思うよ**、と声をかけた。

ヘイゼルは膝に体重をかけないよう、右足をあげて慎重に立ちあがった――つるつるの陶器の浴槽の縁から身を乗り出し、タオルを取ろうとした。何週間も使っていなかった腕の筋肉は弱り、のばしただけで痙攣（けいれん）した。便器の蓋に腰掛けるために片足でぴょんぴょん跳ねていきながら、髪にタオルを巻き、いまごろジェニーはどこにいるのだろうと思った。

それは子どものころによくやった遊びだった。〝召喚〟と呼んでいた。

あたし、あんたの具合が悪くなるとわかるの。小学生のとき、母親が呼ばれるより先にジェニーが保健室に来てそう言った。**あんたが悲しいときもね。**夜中にヘイゼルを揺り起こし、ひどい悪夢から引っ張り戻してくれたこともあった。**あたしはあんたの心が読めるんだ**、とジェニーは言っていた――心を読まれたことにヘイゼルが驚くと、ジェニーはぽかんとした。**えっ？　あんたもあたしの心が読めるんじゃないの？**　だから、ヘイゼルは自分の奥深くへもぐって本心を呼び出そうとするように、ジェニーの本心を呼び出そうとした。ジェニーの心を読むことはできなかったが、だからといってあきらめはせず、ジェニーと同じテレパシー能力が自分にもあると言いつづけた。ジェニーが腹痛を装ったときは、**嘘をついてるんでしょ**、と当ててみせた。ジェニーがミドルスクールのロッカーの前で腕を組んでいたときは、あの男の子が好きなんだ、とからかった。けれど、あれは〝召喚〟ではなかった――ジェニーにできることとは違った。ただの直感に過ぎず、長年のつきあいだからわかることだ。ヘイゼルはジェニーの顔を知りつくしている。

ジェニーはいまごろ車を走らせているだろう。ノーザン・ヴァーモント大学からバーリントン郊外のこの自宅まではたったの一時間だ。カーラジオから雑音まじりのニルヴァーナが低く流れ、ジェニーの両手はハンドルを叩いてビートを刻んでいるかもしれない。助手席には、ジェニーの新しいボーイフレンドが座っている――ここで、映像はぼやけて消えた。

ヘイゼルは松葉杖(まつばづえ)をつかみ、鏡の曇りを拭き取った。薄暗い冬の光のなかで、自分の顔は青白く、どんよりとして生気がなかった。ジェニーに少しも似ていない。自分自身にすら似ていない。

*

ほんとうのヘイゼルは、バスルームの幽霊ではなかった。まばゆい電球の光に照らされた頬はピンク色で、スプレーをかけてきっちりとシニヨンにまとめた髪はつややかだ。まぶたには黒々とした長いつけまつげを糊(のり)で貼りつけてある。コルセットのストラップの下で鎖骨が突き出て、絞ったウエストから特注のチュチュが広がり、胸元にはターンやジャンプのたびに舞台照明を反射してきらめくようにラメをあしらっている。

ほんのつかのま、濡れたシンクに寄りかかっているヘイゼルはいなくなる。オーケストラが〈白鳥の湖〉の冒頭を奏ではじめ、ヘイゼルはベルベットの脇幕の陰で音楽を追っている。ゴムとロジンのにおい。トウシューズでウォームアップし、ハムストリングが張りつめる微妙な感覚を味わう。観客は彼女の登場を待ち構え、静まりかえっている。その息詰まるような時間に長々と捕らわれたあげく、ヘイゼルはやっと金色の光のなかへ出ていく。

踊っているときは、ほんとうの自分になれる——それだけではない。羽根になり、吐息になる。幻になり、音楽と記憶だけに反応する蜃気楼になる。ヘイゼルは飛ぶ。

*

一階で玄関のドアが音をたてて閉まった。バセットハウンドのガーティが激しく吠えはじめ、母親がなだめた。ヘイゼルの髪はまだ濡れたままで冷たかった——けれど、ヘイゼルはツインベッドのジェニーの側にあがり、窓の外を覗いた。ジェニーの古いステーションワゴンが排気ガスを吐きながら私道へ入ってきた。

大学に入ってから、ジェニーは二度帰ってきていた。どちらも夕食会のためだ。ジェニーは泊まるのを拒み、寮の小型冷蔵庫で保存できるようにプラスチック容器に入れた残りものを受け取ると、さっさと車に乗りこんだ。ヘイゼルは、視野の広がったジェニーの新しい視線で家を眺めてみた。のんびりした小さな町の端にある、似通った建物ばかりが並んでいる住宅地のなかの一軒。ジェニーが帰ってきたときは、アイスクリーム屋と登山用品店しかないバーリントンが古臭くてつまらない町に思えた。二度の夕食会はヘイゼルの膝の事件の前で、ジェニーのどこがどう変わってしまったのか、そのときはぴたりと特定することはできなかった。

だがいま、ジェニーがジョン・ヒューズの映画のポスターをべたべた貼ったままの寝室の窓から見ていると、違いは明らかだった。ジェニーとヘイゼルは、厳密には二卵性双生児だが、子どものころからずっと、ほとんどそっくり同じ見た目をしていた。それなのに月日がここまでふたりを引き離したのを目の当たりにし、ヘイゼルは急に動揺した。

生まれたときのことは何度も聞かされたので、いまでは作り話のように感じる。先に生まれたのはジェニーで、彼女がするりと出てきたとたんに、ヘイゼルの全身が産道を移動しはじめた――看護師は母親のふくらんだ腹をマッサージしたが、両脚をばたつかせて出てきたヘイゼルの顔は真っ青で、首に臍の緒が巻きついていた。**わたしたち、あなたを失ったと思ってたのよ**、と母親に何度も聞かされていたが、ヘイゼルはつい最近まで、両親が出産のあいだずっとジェニーはひとりっ子になると信じていたことに気づいていなかった。いまへイゼルはジェニーを見つめながら、そのときの両親の気持ちを思い浮かべた。ジェニーはさらにきれいになり、頰のえくぼはますますくっきりとしている。ハート型の顔は柔和で親しみやすい。一方、ヘイゼルはつねに意地の悪そうな険しい顔をしている。もちろん、そばかすだらけだ。母親がジェニーを抱きしめた瞬間、ヘイゼルは思わず手をあげてそばかすに触れた。

双子。ふたりは、自分たちは双子だと意識して育った。パジャマパーティでも学校の行事でも、遠足でも家族旅行でも、ヘイゼルとジェニーはふたりひと組だった。同じ姓。ピンク色の壁紙を貼ったひとつの寝室。子どものころは、授業のあいだの休憩時間に服を交換し、先生をとまどわせるのが楽しいいたずらだった。デザインは同じで色違いの服を着ていたのだ。ジェニーは紫、ヘイゼルは青。*あなたはいやじゃないの？*　ヘイゼルがジェニーにそう尋ねたのは、ミドルスクールの男の子に、どっちでもいいから春のダンスパーティに一緒に行かないかとふざけて言われたときだ。*双子ってさ、いやじゃない？*　あのとき、ジェニーは険しく冷ややかな目でにらんできたが、傷ついた気持ちを隠すためにそうしたのだと、ヘイゼルにもわかった。姉の犬歯より尖って重なっているのが目立つ自分の犬歯に舌先を当て、生温かい血の味がするまで噛み締めたのを覚えている。*いやなわけないでしょ？*　そう言ったジェニーの声は、森の動物を思わせた。いまでもあの質問の恥ずかしさを思うと、顔が熱くなる。ヘイゼルが自分ひとりの名前を呼ばれて応えるようになったのは——ジェニーが大学に入ったので——たかだかこの四カ月ほどだ。それまではずっと、ジェニーの名前が部屋に響いたと同時に、ヘイゼルも返事をするつもりで振り返った。

　いま、ヘイゼルは左目の下のほくろに触れ、いつものようにぼんやりとした涙形に盛りあがっているのを感じた。みんなやたらとそのほくろを指摘したがった。*ヘイゼルでしょ*と、彼らが頬を指先でとんとんと叩くたびに、ヘイゼルは自分に瑕（きず）があることを忘れるなと言われているような気がした。

＊

階段の下にジェニーがいた。松葉杖と格闘しながらヘイゼルが目をあげると、ジェニーは期待に満ちたやわらかな笑みを満面に浮かべていた。変わらぬ姉の目、変わらぬ姉の口元、姉以外のなにものでもないジェニーが待っている。彼女はごつごつしたコンバットブーツを履き、ヘイゼルが見たことのない軍もののパーカーをはおり、コートニー・ラヴのようなスタッズ付きのベルトを締めていた。ジェニーがヘイゼルを抱きしめた瞬間、玄関ホールはジェニー本人のにおいと、はじめて嗅ぐにおいで満たされた。石鹸を替えたのか、シャンプーを替えたのか、果物のような甘いにおいがする。ヘイゼルの鼻はむずむずした。

「家ってほっとするねえ」ジェニーはうれしそうに声をあげて身を屈め、ぽってりとした前脚でジーンズを引っ掻いているガーティをなでた。

そして、背後の若者を振り向いた。

ジェニーの新しいボーイフレンドは、ヘイゼルの想像とは違っていた。ヘイゼルの知るかぎり、ジェニーが惹かれるのは、肩幅が広く首に筋が浮き出ているような、大木の幹のような男の子だった。ハイスクールの最終学年のころには、ジェニーとヘイゼルはほとんど交わることのない毎日を過ごしていた。ヘイゼルはバレエに打ちこみ、トウシューズとラップスカートをローテーションで使いまわし、入り組んだリハーサルのスケジュールと、ジェニーと共有していた車の使用時間を調整した。一方、ジェニーは学校で優等生だった。テストの点数も成績表の評価もよく、名誉学生団体のメンバーだった。いつもトロフィーが並んだ棚のそばで、ホッケー選手やアメフトのラインバッカーや砲丸投げの州大会覇者の胸に、当たり前のようにもたれて笑っていた。ヘイゼルは、スタジオまで送ってもらう車のなかでジェニーからその男の子たちの話を聞かされただけだ――熱心に耳を傾け、うっとりすることもあれば、あきれることもあった。

いま玄関ホールに立っている若者は、どう見ても運動選手ではなかった。ほっそりとしてしかつめらしく、大きな眼鏡が鼻筋からずり落ちそうになっている。ズボンは丈足らずで、臑(すね)に生えた強(こわ)い毛が裾から覗いていた。

「ヘイゼルだね」彼は言った。「アンセルだ」

アンセルが笑うと、割れた卵から中身が漏れ出るように、満面に笑みが広がった。当然だ、とヘイゼルは思った――ジェニーがこういう人を選ぶのは当然だ。人間磁石。ヘイゼルは注目されて顔を赤くしたが、いまこの瞬間の枠組みにおける自分の立場は了解していた。つまり、自分はどんな存在なのか。ジェニーのそっくりさんだ。

「アンセル」ヘイゼルは言った。「あなたのお話はいろいろ聞いてる」

それは事実ではなく、ヘイゼルはそんなことを言ったのを後悔した。アンセルが自信たっぷりに手を差し出したとき、ヘイゼルは腹筋に力をこめた――軸を中心に、体全体をまわすときのように。ヘイゼルは金属の松葉杖から汗ばんだ腕を離し、彼の手を握った。

＊

あの夜公演のあと、ジェニーは電話をかけてこなかった。

三時間の手術のあとも、ヘイゼルの病室が花とカードで一杯になっても、病院の廊下を車椅子で行き来しているせいでヘイゼルの上腕がたくましくなっても――ジェニーからは音沙汰がなかった。退院して実家のソファで過ごすようになってから六週間、シャワーを浴びにのろのろと二階にあがるとき以外はそこから動かなかったが――やはり連絡はなかった。ヘイゼルは二度、寮に電話をかけ、はきはきした学生リーダーに伝言を頼んだ。ジェニーは折り返してこなかった。

あの子も心配してるわと、スープのおかわりを運んできた母親は言ったが、自信はなさそうだった。

ガーティのよだれで膝を濡らしながらソファで無為に過ごしているあいだ、ヘイゼルは姉を〝召喚〟しようとした。鎮痛剤ヒドロコドンの靄がかかった頭で、前の夏に古着屋で買ったデニムのスカートをはいて金曜夜のパーティに出ているジェニーを思い浮かべた。水曜の朝は、しなびかけたフルーツサラダからメロンをつまんでいるか、ウォークマンでグランジ・ロックを聴きながら大学へぶらぶらと歩いて行くジェニーを想像した。授業を受けているジェニーは頭に浮かばなかった――ジェニーが父親と大学を見学に出かけたときには、リハーサルでスケジュールが埋まっていたので、ヘイゼルは本物のキャンパスに行ったことがなかった。ツイードのジャケット、ボタンダウンのシャツ、鉛筆を握った姉の指は想像できた。それらのイメージは作りものじみていて、〝召喚〟というよりは、現実のジェニーとはなんの関係もなさそうな空想のように思われた。がんばってみたものの、腹が立つだけだった。**どこにいるの？** 皮膚の下を槌で叩かれているように膝頭が疼き、ヘイゼルは哀れっぽく呼びかけた。

＊

父親がスーツケースを持ってポーチをのぼってきて、霜で覆われた袋小路から家のなかへ十二月の厳しい冷気が吹きこんできた。緊張をはらんだ長い一瞬、ヘイゼルはどこか違って見える姉と向き合った。ジェニーはヘイゼルの膝の補助具へちらりと視線をおろし、またあげたが、なにも言わなかった――それでも、ヘイゼルはかすかな気配を見て取った。ジェニーのまなざしには、なにかを納得した光があった。得意げに輝いている。妹が立ちつくしている意味がわかったかのように。

＊

みんなが夕食の準備をしているあいだ、ヘイゼルはテーブルに着いていた。いつもならジェニーと一緒にプレイスマットを並べ、どのナプキンを使うかあれこれ言い合う。けれど、ガラスの引き戸に立てかけた松葉杖のおかげで、仕事が免除された。

母親がチキンを取り分け、ジェニーが栓を抜いたワインを掲げた。ヘイゼルはかぶりを振って断った。アルコールの味は嫌いだったし、飲むと頭がくらくらするのもいやだった。それに、まだ鎮痛剤が残っている。母親は毎朝、カプセルの数をかぞえ、少しずつ減薬するように促した。**気をつけないとね。依存しやすい家系だから。おじいちゃんのこと、知ってるでしょう。**もそもそとチキンを咀嚼するヘイゼルの体のなかでは、いまもカプセル半分の薬剤が巡り、膝の痛みをやわらげている。みんなの歯がワインで紫色に染まっている――母親はそわそわと髪に手をやりながら、アンセルに大学はどうかと尋ね、彼は素直に答えた。彼の専攻は哲学で、大学院を目指しているそうだ。**学術的な本を書きたいんです。人間が遺せるもののなかで、思考はなによりも純粋ですから。**彼の声はやわらかく軽快に響き、ヘイゼルの芯にすっと染みこんだ。肌は乳白色で、前腕の内側はなにも書いていない紙のようだった。彼には凛とした美しさがある――ずっと見つめていると結晶化するタイプの美しさだ。

ぎくりとする。アンセルに名前を呼ばれていた。

「ヘイゼル」アンセルの声で、スポットライトの照らす位置が変わった。「ジェニーから聞いたんだけど、きみはバレエダンサーなんだってね。膝の調子はどう？」

「ほとんど治ったのよ」母親がいきなり口を挟んだ。「もうしばらくしたら松葉杖がいらなくなって、理学療法を受けるの。またすぐに踊れるようになるわ」

ヘイゼルは礼儀上うなずいた。アンセルは本心から興味があるようすでヘイゼルを眺めている――だれかがそんなふうにヘイゼルを見つめるのは数カ月ぶりだった。哀れみの目ではなく、気まずそうでもなく。ほほえんでいるアンセルの三日月型の口元にかすかに見て取れる畏敬の念は、舞台で完璧なフェッテターンの連続が決まったあとに観客から受け取る賞賛のかけらと同じだ。

「お知らせがあるの」ジェニーがアンセルの注目を引き戻した。彼女の唇には紫色のワインの澱がこびりついていた——突然、ヘイゼルの内側に止めようのない憎悪の炎が広がった。「わたしとヘイゼルの誕生の物語を考えてたの」ジェニーはつづけた。「わたしたちの命を救ってくれた看護師さんのこと。名前も知らないけど、その人のおかげでわたしたち生きてるんだよね。少なくともヘイゼルはそうでしょ？　とにかく、わたしはなにを専攻するか決めた。看護学を学びたいの。とくに産科の看護ね」

テーブルのむかいで、両親がつりこまれたように誇らしげに顔をほころばせた。見苦しいと言ってもよいほどあからさまだった。一瞬にしてだれもがそれまでよりもっとだらしなく酔っ払ったようで、室内が寒々としてきた。いまのこれみよがしなふるまいは、あまりにも唐突だったし、くだらない。父親がウイスキーグラスを掲げ、ジェニーが指紋で曇ったワイングラスを掲げたとき、ヘイゼルは水のグラスをつかんでキッチンの照明を見つめ、わざとまぶしい光で目をくらませた。

その夜、ヘイゼルは寝入り端に過去の夢を見た。

がんばれ、とジェニーが言う。太陽の照りつける炎暑の遊び場で、ジェニーはかぼそい両腕で雲梯のむこう側にぶらさがっている。ジェニーが着ているきらきらしたウエディングドレスは、ふたりで母親にねだって買ってもらったもので、ダイアナ妃のドレスのようにふくらんだ袖をしている。ヘイゼルの胸のなかでは恐怖が結晶化している――慎重に腕をのばして二本のバーをつかんでいるものの、両肩が痛い。渦を巻く白い光のむこうにいるジェニーがとても遠くに見え、ヘイゼルの手は汗ですべる。**できるって信じなきゃ。**ジェニーが言う。**全身でやるんだよ、ヘイゼル、脚を振って。**

＊

クリスマスの朝。ふんわりとした白い膜が近隣一帯を覆った――夜が明けたばかりで、雪できらめいている郊外の地に、淡いオレンジ色の太陽が昇ろうとしている。ヘイゼルはもやもやした気分でベッドに横たわっていた。ジェニーはアンセルと客用寝室に泊まったので、ヘイゼルのベッドと並んだツインベッドのもう片方はマットレスがむき出しのままで、いやに空虚な感じがした。

事故からこちら、体は服の上からはわからない程度に変わった。ヘイゼルの胴まわりと太腿は太くなったが、ふくらはぎの筋肉は縮んだ。パジャマのズボンの縫い目がきつく感じた。ウエストのゴムのなかに手を入れてのばした。体が自分のものではないような気がした――下着のなかへすべりこんできて、陰毛の下の濡れた部分に触れたのは、他人の手かもしれない。アンセルを思い浮かべた。なめらかなクリーム色の肌を。氾濫する水のように顔じゅうに広がる笑みを。その映像は、薄い黄色の光に照らされたフィルムのようだった――ベッドで仰向けになっているヘイゼルにアンセルが覆いかぶさっている――ヘイゼルの指の下で彼の肩の筋肉がこわばり、引き締まった腹にうっすらと生えた毛は、ウエストバンドのなかへつづいている。格子柄のボクサーショーツが腰の下へおりる。ふたたび覆いかぶさってきたアンセルの指が二本入ってきて、伝染力のあるあの魅惑的な笑顔が近づいてくる――

ヘイゼルはいつのまにか達していた。自分の二本指を締めつけ、震えながら息を吐くが、その息はすぐに止まり、シーツの下でわなないている両脚はべとついて密着している。自己嫌悪だ。指を外に出すと、濡れて光り、長いあいだ水に浸かっていたかのようにふやけていた。

＊

ヘイゼルの両親は一階で待っていた。父親の薄くなった髪は四方八方に敢然と突っ立ち、母親はずんぐりした体に毛玉だらけのガウンをきっちりと着こみ、肘掛け椅子に座っている。ガーティはソファでいびきをかき、ヘイゼルの気に入っているクッションによだれの池を作っている。テレビからは低い音でニュースが流れていた。ヘイゼルはシャワーを浴びたくてたまらなかったが、膝の補助具のせいで我慢しなければならなかった――汗と欲望の残滓の饐えたにおいがするのに。

「あの子たち、何時に起きるか言ってた？」母親が尋ねた。

「なにも聞いてない」ヘイゼルは言った。

それから三十分ほどたち、ジェニーとアンセルがおりてきた。ジェニーはシャワーを浴びたらしく、髪が濡れていて、アンセルはコーデュロイの細いズボンをはいていた。ヘイゼルは、そのズボンの膝のあたりに皺が寄っていることに気づき、煮え立つような恥ずかしさを覚えた。

みんなで順番に一個ずつプレゼントをあけた。ジェニーは、バーリントンにはない店に注文した本革製のリュックをもらった。母親は手紙で注文したに違いない。見るからに誇らしそうに、**教科書用にね**、と言った。ヘイゼルは精一杯の気力を振り絞り、うれしそうな声をあげた。贈られたのは数冊のファンタジー小説だが、ファンタジーは子どものころに好きだったジャンルだ。去年まではプレゼントといえばバレエに関連したものばかりだった。ヘイゼルがぼそぼそと本の礼を言うあいだ、みんな明らかに目をそらしていた。

次はアンセルの番だ。にこやかに笑みを浮かべているヘイゼルの両親の前で、彼はぎこちない手つきで包装紙を破った。アンセルはつらい子ども時代を送ったので——その話は禁物とされている——家族で過ごす休日を嫌うらしい。それでも、母親はパジャマのズボンと霊長目に関する本を選んでいた。アンセルはどう見ても居心地悪そうな顔で礼を言い、ジェニーはナイフを投げるように両親に険しい目を向けた。

残りふたつのプレゼントは意外でもなんでもなかった。そっくり同じ包みが二個、ツリーの下に寂しげに残っていた。ヘイゼルとジェニーの目が合った——ふたりは子どものころのように、ちらりと視線を交わして秘密のやりとりをした。

いつものあれだ。一年に二度、クリスマスと誕生日に、ヘイゼルとジェニーはおそろいの服をもらうのだ。ジェニーと一緒に包み紙を破ったものの、ヘイゼルは作り笑いのしすぎで頬が痛くなった。今回は、ディナーパーティや高級レストランへ着ていくたぐいのコットンの長袖ワンピースだった。ヘイゼルには着る機会があるとは思えなかったが、顔をしかめたくなるのをこらえ、ワンピースを掲げて体に当ててみせた。ヘイゼルのはグレー、ジェニーのはオリーブ色だ。

母親は満足そうに手を叩いた。

「さて。パンケーキをいただきましょう。お父さんがあの特別なシロップを――」

「待ってください」

アンセルだった。その声はしわがれてきしんだ。彼は起きてきてからほとんど口をきいていなかった。奇妙な緊張感を漂わせ、空気をぴりぴりさせていた。

「ぼくも持ってきたんです。プレゼントを」

ヘイゼルはじっと座ったまま、二階へあがるアンセルの足音、ダッフルバッグのジッパーをあける音を聞いていた。両親はそわそわし、ジェニーはカーペットから毛をむしり取っていた。

戻ってきたアンセルは両手を拳に握っていて、骨張った顔はほとんど冷たく感じるほどこわばり、楽しそうなのはうわべだけに見えた。

「ごめん」アンセルは片方の手をひらいた。「包んでないいんだけど。ジェニー、きみに贈るよ」

だれもが息を呑んだ。ジェニーの手が口元へあがった。

それは指輪だった。婚約指輪ではないが、両親はそう考えたらしく、おろおろと目配せしあったのをヘイゼルは見て取った。指輪は大ぶりの古風なデザインで、かつてはだれかのものだったに違いない。真鍮のように艶のない金色の台に、別の色だったら派手すぎただろうと思えるほど大きな紫色の石がはまっている。きれいな淡いライラック色。アメジストだ。

「アンセル」ジェニーがささやいた。うれしい反面、困惑しているようだった――ヘイゼルは姉をよく知っている。ジェニーはのちのちこのことをもっと大きな、もっと素敵なできごとにして、何度も語りなおしたいから、こんないびつな現実は両親に目撃されたくなかったのだ。こんな申し訳のような行為も、偽物のような指輪の輝きも。「こんなことしてくれなくてもよかったのに。どこで買ったの？」

アンセルはにやりと笑って肩をすくめた。「きみに似合うと思って」

ジェニーが指輪を指にはめ、母親がサイズを合わせないとねとつぶやいたとき、ヘイゼルはなぜかいやな予感がした。雪に反射した朝の光を受けてきらめいている石を見つめる――その予感は指輪のせいなのか、アンセルのせいなのか、姉のせいなのか、いや、自分のせいかもしれない。喜んであげなくちゃ、と無理やり自分に言い聞かせた。けれど、もやもやした気持ちは広がり、喉の奥にべっとりとへばりついた。

＊

クリスマスのディナーの席で、ヘイゼルはジェニーと目を合わせようとした。母親にせっつかれて、ふたりともおそろいのワンピースにしぶしぶ着替えたのだが、ジェニーは早くも赤ワインをこぼして大きな染みをこしらえていた。指で紫色の指輪が光っている——両親は普段と変わらないふりをしているつもりだろうが、母親はたびたびジェニーの手を見やった。牛の胸肉(ブリスケット)の大皿にのばした彼女の手は、もっと年上の見知らぬだれかの手に見えた。

ヘイゼルと両親は、アンセルに家族のことを尋ねてはいけないと、厳しく指示されていた。**込み入った事情があるのと**、ジェニーは言っていた。ところが、父親はウイスキーを飲んでいた。

「ところで」父親は赤ら顔で切り出した。「きみのご家族はクリスマスにどんなことをするのかな、アンセル？」

悪いニュースのような衝撃が走った。室内に熱を帯びた禍々(まがまが)しい沈黙がじわりと降り、ぽたぽたと滴った。ヘイゼルには、父親の質問が食卓の上に浮かんでいるのがほんとうに見えるような気がした。手をのばしてその言葉をひっつかみ、父親の口に突っこみたかった。自分の皿をまっすぐ見おろすと、たまった肉汁のなかから肉をかじり取られた骨がむっつりとにらみ返してきた。足元では、なにも知らないガーティが潤んだ目で期待するようにこっちを見あげている。

「ぼくは里親に育てられたんです」アンセルは言った。ヘイゼルは、失態に気づいた父親の顔が恥ずかしそうにゆがむのを見ていた。「里親の家では、慣例のようなものはありませんでした」

「ごめんなさいね――」母親が口ごもりながら言った。

「いいんです」

気まずい雰囲気はなかなか消えなかったが、なにかほかのものも入り混じっていた。数年にわたる舞台経験のあるヘイゼルには、それがなにかわかる――観客に求められていた過去があるから。アンセルはこの家族の心をつかんだ。魅了したのだ。

「両親が出ていったとき、ぼくは四歳でした」彼は言った。「だから、両親と休暇を過ごした記憶がないんです。弟がいましたが、死んでしまいました」

無知でいるのはぞっとする。ヘイゼルはこの人物のことをなにも知らないし、ジェニーが彼と過ごした長い長い時間についても知らない。この世界には知らないことが多すぎる。ヘイゼルはずっと、プレゼントを入れるたくさんの靴下と、結局は食べきれず腐らせて捨ててしまう料理が並んだ、退屈で居心地のよいこの家に暮らしてきて、そのことにさしてありがたみを感じたこともない。このかわいらしい小さな町では、悪いことが起きたためしがない。両親は裕福ではないが、生活に不自由はない。ヘイゼルも、決して手の届かないものをほしがったことはない。

「このところ、哲学の本を読み漁ってるんです」アンセルが言った。「とくにイギリス経験論の父と呼ばれているジョン・ロックの著作を。彼は肉体の連続性の概念、つまり、われわれをわれわれたらしめるのは肉体であるという考え方を否定しています。彼がこだわったのは記憶です。記憶こそが個人を個人たらしめる、たとえば、ぼくの意識とみなさんの意識を隔てるものだと説いたんです。ぼくはこの考え方を支持します。この理論を。善とか悪とか、そんなものは存在しない。あるのは記憶と選択であり、われわれはみんな、このふたつをつなぐスペクトラム上のどこかにいる。過去の体験と、どんな人間になりたいか選択したことが結びついたものが、われわれを作るわけです。それより、お礼を言わせてください。ぼくを招き入れてくださったみなさんに。ジェニー、いろいろありがとう。一連の選択がぼくを作ったとすれば、導かれた先がここでよかった」

そのとき、ヘイゼルは理解した。ジェニーを吸い寄せ、ゆっくりと連れ去ろうとしているものがおぼろげに見えた。ヘイゼル自身は、不意の興奮と衝撃で息を止めていた。悲劇にはある種の手触りがある。それは、ほどいてくれと懇願している結び目に似ている。ヘイゼルがほしいものは、口に出してはいけない、遠くにかすんで触れることすらできないものだ――ほしいものは、すでに姉のものになっていた。

*

バスルームは真っ暗で寒い洞窟だった。ヘイゼルはよろめき、松葉杖が床に倒れて音をたてた。明かりはあえてつけなかった――ベージュの塗装も、壁で傾いている風景画も、母親が週に一度埃を払っている貝殻入りの小さなボウルも見たくなかった。便器の前でしゃがみ、汚水のすぐ上まで顔を突っこんだ。ドアのむこうからフォークのかちゃかちゃ鳴る音や上品ぶった話し声がかすかに聞こえ、ヘイゼルは嘔吐した。

ジェニーが憎かった。刺すように鋭く、はっきりと自覚できる本物の憎悪だった。それほどまでに激しくわがままな感情への恐怖や悲しみを残らず体から追い出してしまいたくて、ヘイゼルは嘔吐した。それでも憎悪は居座り、いずれはあの無限の愛情に戻るはずだ。姉妹の愛情とは、読んだ本や夢中になった映画で描かれているものとは違う。姉妹の愛情はそれ自体がひとつのカテゴリーであり、ジェニーと遠く離れているときでさえ、ヘイゼルの血のなかにひそかに流れている。姉妹の愛情は食べもののような、空気のようなものであり、記憶そのものでもある。分子にも似たものだ。ヘイゼルを作る要素だ。けれど、その愛情は自身が選んだものではなく、だからこそヘイゼルは、ジェニーを愛するようにはほかのだれも愛せないのではないかと恐れている自分――おそらく、愛したくないと望んでいる自分を、永遠に嫌悪しつづけるだろう。

＊

ドアをノックする音がした。

ヘイゼルはツインベッドの片方に寝そべり、町のレコード店で見つけたブルース・スプリングスティーンの旧作をディスクマンで聴いていた。

薄暗い廊下に立っているジェニーは影になっていた。パジャマのズボンの上に着ている色褪せただぶだぶのTシャツは、ここに置いていったものだ。ヘイゼルはそのTシャツに見覚えがあった。自分の服に飽きたとき、ジェニーの箪笥(たんす)まで足を引きずっていって抽斗(ひきだし)を漁り、忘れられたニルヴァーナのツアーTシャツを痩せた体にかぶったり、ジェニーが大学へ持っていくほど気に入ってはいなかった流行遅れのジーンズを腰まで引っ張りあげてみたりした。

いま、ジェニーはヘイゼルのベッドにあがり、座って膝を抱えた。ヘイゼルはイヤーパッドのついたヘッドフォンをはずした。部屋の反対側にあるジェニーのベッドのマットレスはむき出しになっている——母親はシーツやパッドをはずしたが、壁のポスターはすべてそのままにしていた。

「気分はどう?」やわらかなランプの光のなか、ジェニーが尋ねた。「お母さんにようすを見てきてって言われたの」

「大丈夫」ヘイゼルはそう答えたものの、声はぎざぎざしていた。

「怒ってるんでしょ」

「怒ってない」その言葉は嘘ではなかった。疲れている。ぼんやりと途方に暮れている。怒れたらいいのにと思いたくなる——こんなふうに、だだっ広く孤独な虚無のなかにいるよりよっぽどましだ。

「気づいてたよ」ジェニーは言った。「食事のとき、すごい目でわたしを見てたでしょ」

「へえ、気づいてたんだ? 帰ってきてからこっち、わたしの目をまともに見てないのに」

張りつめた長い沈黙。

「膝のこと、大変だったね、ヘイゼル」ついにジェニーが言った。

その言葉ではあまりにも足りなすぎるように感じた。ジェニーが事故についてなにか言ったのはこれがはじめてだ。ヘイゼルは、ジェニーが膝について知らぬ顔を決めこんでいた理由を知って愕然（がくぜん）とした。ジェニーは心配していなかったわけではない。ヘイゼルが膝を痛めたことは——失敗したことは、自分たちふたりにとって重大なことだと、ジェニーはよくわかっている。見て見ぬふりをするほうが楽だったのだ。

「つらいことは人を変える」ジェニーは言った。「アンセルにそのことを教わった。わたしはほんとうの困難を知らないし、それはあなたもそうだよね」

ヘイゼルは、自分がどんなに苦しんでいるか訴えようとしたが、ジェニーはつづけた。

「わたしたちはなんだって与えられてきたでしょう、ヘイゼル。このクリーム色のカーペットを敷き詰めた、退屈な3ＬＤＫの小さな家だってある。愛してくれる両親がいる」

ジェニーは黙り、唇を噛んだ。

「アンセルは違う。里親の家を四軒、転々として育った。それに弟のことも。食事のときに言ってたでしょう？　わたしも今日までその話を直接聞いたことはなかった。弟が亡くなったってこと。アンセルはいままでその話はしなかったけど、眠っているときに大声をあげることがあるの。赤ちゃんがって。赤ちゃんが」

ヘイゼルは以前からジェニーを年上のように感じていた——子どものころは、出生時の三分の差をことあるごとに思い出したものだ。いまこうして子ども時代と同じベッドでキリンのぬいぐるみを脚の下に敷いて座っていると、やはりはっきりと差があるように思えた。大きな差が。

「アンセルはほかの人たちとは違うの」ジェニーは言った。「感じ方がほかの人たちとは違う。ときどき、なにも感じてないんじゃないかと思うこともあるよ」

「アンセルがなにも感じていないのなら」ヘイゼルはおもむろに尋ねた。「どうしてあの人に愛されてるってわかるの?」

ジェニーは肩をすくめた。

「そんなことわかんないよ」

ふたりの違いが、耳を聾するほどやかましく響いた。ウイスキーくさい息を吐き、アイライナーがにじんだままのジェニーは、彼女に触れた男の手によって形を変えられ、ととのえられた。もはやヘイゼルの半身ではない——独立した存在として脈打ち、きらめいている。**帰ってきてよ。**ヘイゼルはそう懇願したかったが、したところで無駄だとわかっていた。自分はもう姉に一番近い存在ではない。ふたりは*わたしたち*ではなくなり、個々に人間であり、個々のペースで成長し、ひとりは覚醒して光輝を放っているのに、もうひとりは混沌（こんとん）としたまま、すがるものを求めている。

ジェニーが立ちあがると、型押し模様の壁紙にこすられて髪が乱れていた。静電気のせいで髪が突っ立っている。ドアの前で立ち止まった彼女の姿はまた影に溶けた。

った」

「ごめんね」ジェニーは言った。「膝のこと。帰ってこなくてごめん。電話もしなくて悪かった」

その言葉は不実に響いた。軽すぎる。

「どうして電話をくれなかったの？」

「感じたから。子どものころみたいに。わたしは図書館で勉強していたんだけど、事故が起きたときに感じたの。自分の腱が切れたみたいに。痛かったよ、ヘイゼル。はじめてあの力の強さを思い知って、力なんてなければいいのにと思った」

ジェニーが出ていくと、部屋は様相が変わり、からっぽになった感じがした。ジェニーは毛布の上につややかな髪を一本残していった。ヘイゼルはその先端をつまみあげ、反対側の端が優美に揺れるのを眺めた。唇へ持っていく。唇のあいだに挟む。髪はまったくの無のような味がした――舌の上に確実に存在する蜘蛛のような形だけは感じた。

＊

あの公演は、いつもと変わりなくはじまった。白鳥の湖。舞台の照明は熱く、トウシューズはフロアにやわらかく触れた。トウシューズをそろそろ交換する時期だが、まだ新しいシューズにリボンを縫いつけていなかった。足指に違和感はなかったが、違和感を覚えるべきだったのかもしれない。ソロの終盤に近づき、ヘイゼルは完全に流れに乗り、力強く踊っていた。フェッテをまわりはじめると、観客席がぐるりと回転しては止まる。八拍数えてまた八拍、すばやい体の動きに合わせて首を巡らせる。

すっかり踊りに入りこんでいたとき、それは起きた。いま思い出すと、ヘイゼルは最後の瞬間を迎えてほっとしていた。両脚がジャンプの準備に入る。パ・ドゥ・ブレ、跳ねるように二歩、そしてグラン・ジュテ。着地するまでの無限にも思える瞬間、膝関節がねじれて腱が切れる直前まで、ヘイゼルは考えていた。**愛とは礼賛すること。愛とは息を呑むこと、愛とは手をのばすこと、これこそが愛。**金色のスポットライトの下、燃え盛るような永遠の瞬間。それが唯一、ヘイゼルがほしがるようになったものだった。

＊

どれくらい眠っていたのか、ヘイゼルは犬の吠える声で急に目を覚ました。

着たままだったクリスマスのワンピースがウエストまでまくれあがり、両脚は上掛けの上に投げ出されていた。室内は暗く、空気がよどんで静まりかえっているが、裏口のあたりからしつこく聞こえてくるガーティの吠える声が静寂を途切れさせる――ガーティはそのうち落ち着いてまた眠るから、家族は無視するようにしている。だが、今夜のガーティはやけに興奮して吠えつづけるので、ヘイゼルは重たい体を起こし、片方の脚でぴょんぴょん跳ねて窓に近づいた。

突然、動きがあり、ヘイゼルは立ち止まった。窓ガラスのむこうで、なにかがさっと動いた。ヘイゼルは眠い目をこすってしきりにまばたきし、夢を見ているのではないのを確かめた。

　月光のもと、アンセルの姿がはっきりと見えた。裏庭の楓の木の下に、フランネルのパジャマズボンの裾を冬用のブーツにたくしこんで立っている。ガレージにあったシャベルを持ってしゃがみ、上着の袖をまくりあげ、雪や濡れた土をすくいあげはじめた。掘っては捨て、掘っては捨てる。ヘイゼルはとまどいつつ、穴を掘るアンセルを眺めた。おそらく深さは三十センチくらい――アンセルは前腕がすっぽり隠れるまで掘り進んだ。彼が両手の泥をはたき落としたときには、ガーティは静かになっていたので、ヘイゼルはベッドに戻り、ガラスの引き戸が閉まる音やこそこそと階段をのぼるアンセルの足音を聞いていた。

　時計は午前四時十六分を指していた――ジェニーはなにも知らず眠っているらしい。ヘイゼルのほうは、いましがた見た奇妙な光景に頭が興奮し、もう一度眠ることなどできそうになかった。五時が過ぎ、六時が過ぎた。六時三十分には、窓の外の空はどこまでも淡いブルーに漂白され、廊下の先から新たな音が聞こえてきた。最初はごくかすかな音だったので、ヘイゼルは耳を澄ました。

　ささやき声。衣ずれの音。

　今度は、ヘイゼルは薄明かりのなか松葉杖に手をのばした。寝室のドアは音を立てずにあいた――警戒半分、やめておいたほうがいいという気持ち半分で、そっとカーペットを踏んでいった。客用寝室にたどり着く前から、自分がなにを見つけることになるのかわかっていた。

ドアの隙間から、上掛けの上で裸になっているふたりが見えた。曙光に晒され、目を閉じ――ジェニーは背中をアンセルの胸に密着させ、アンセルは大きな手でジェニーの乳房を包み、濡れて光っている彼自身をジェニーに突き入れている。彼の両手は真っ白に洗ってあり、土やシャベルを握った痕跡はない。ヘイゼルは、あれは夢か空想だったのだろうかと思った。ジェニーは脚を広げてのけぞった。冬の朝の光に浮かびあがる彼女の喉は、ひどく脆そうで無防備だった。ほのかな明かりに照らされたジェニーの体は、ほんとうにジェニーのものなのか判然としなかった。うっすらと汗に覆われ、解き放たれてあえいでいるジェニーは、ヘイゼルだったかもしれない。人を大人にし、独立させ、ほんとうの自分にする行為に没頭しているのは、ヘイゼルだったかもしれない。

アンセルが目をあけた。

ドアの前から逃げたり隠れたりする余裕はなかった。下腹がずしんと重くなり、衝撃がはじけた瞬間、ヘイゼルはアンセルとまっすぐに目を合わせたまま、松葉杖をついてよろよろとあとずさりした。アンセルには、それまで見せなかった一面が、凶暴な一面がある。石をひっくり返すと湿った黴菌(ばいきん)だらけの土がこびりついているように。先ほど、ヘイゼルは裏庭でひそかになにかをしていた彼、秘密にしておきたいことをしていた彼を目撃した。いま目の前で、アンセルは単独の存在から対の片方に戻り、ふたたびジェニーのなかへ帰っていく。

彼の体の力強い求め方は恐ろしかった。それが伝えるものは容赦がなかった。

この世界では、どんな愛し方をしようと同じことだ。こんなふうに――性急でみだらで、恋人のような、あるいは妻のような愛もある。姉妹のような、双子のような愛もある。そこに違いはない。

つながったふたつのものは、いずれかならず分かれるのだ。

7時間前

ランチのグレイヴィ。ちっぽけなターキーの肉片にかけた、どろりとしたゼラチン質の塊があなたの独房にすべりこんでくる。つけあわせはカップ半分の茹(ゆ)で汁に浮かんだ緑色の豆。今日は、コーヒーはない——並んだ独房のあちこちでうめき声があがる。A区はほかの受刑者の姿が見えないように設計されているが、あなたはそれぞれの声の特徴を知っている。今日の受刑者たちは腹を空かしている。あなたはどろどろの塊をスプーンで口に運びながら、ピンク色に輝くレアのパティを挟んだチーズバーガーを食べているつもりになる。

喜びは愛情のいとこだと、あなたはなにかで読んだことがある。あなたに愛情を感じることができないとしても、それより劣るこのいとこが、記憶であなたをからかう。完璧に調理された、舌の上でとろける肉の風味。それを呑みこみ、目を閉じる喜びは、あなたも知っている。

*

あなたは、足音でショウナがわかる。

男性看守がしっかりと足を踏みしめて歩くのに対し、ショウナはすり足で歩く。いつも自信がなく、ずるずると足を引きずる。赤ん坊の泣き声はやみ、あなたは寝台の端に腰掛けて呼吸をととのえる。あの子は死んだのだと、自分に言い聞かせる。あの子は死んだ。子どもだったあなたに話をした、ごつごつした拳のソーシャルワーカーを思い出す。弟さんはもっといいところに行ったのよと話すあいだも、忙しかったのか、それともつらかったのか、あなたと目を合わせなかった。

ショウナはなにか別の用事を言いつけられたのか、あなたの独房の前を通りすぎざま、心配そうに窓からなかを覗きこむ。受刑者たちは四六時中、ショウナにいやがらせをし、彼女が前を通るときに窓ガラスに射精する――あの女を撃ち殺してやった、と彼らは言う。だが、ショウナにとって、あなたは特別だ。ショウナの視線には不安がある。興奮も。ショウナの顔が見えるより先に、彼女のブーツがのろのろとコンクリートをこする音が聞こえ、あなたは気づく。ショウナは他人の視線に影響される女だ。もっとも従順なタイプ。コストコで買い物をし、爪を嚙む癖がある。正しい化粧のやり方を覚えようとしないので、目の下に青いシャドウがにじんでいる。自分が何者なのか、他人に教わるのを好むたぐいの女だ。

あなたはショウナとこっそり相談し、計画を練り、メモを渡すという違反を犯している。両隣の受刑者は、すべてを盗み聞きしていたかもしれない――だが、ジャクソンもドリトーも、あなたの邪魔はしない。チェスに強いあなたは、十二号棟の購買部で売っている贅沢品(ぜいたくひん)、つまりここで唯一手に入る取引の材料をたっぷり持っている。あなたがチェスに勝つと——ときには一日に二度、チェックメイトの声を通路に響かせることもある——賭け金がわりの品物がシーツの端に結びつけられ、あなたの独房のほうへすべってくる。あなたは、余分なガーリックベーグル味のチップスやナッツ風味のウエハースをジャクソンとドリトーに振り分ける。ふたりは口をつぐむ。

いま、ショウナの足音が遠ざかり、あなたは自信がふくらむのを感じる。熱に浮かされたあの瞳。ショウナは怯えている。あなたがウォールズ・ユニットへ移送されるまで、あと四十九分。ショウナは、登れると思っていなかった山の頂に近づいている。

あなたはショウナという女の輪郭を知りつくしている。彼女は仕事を終えると、二台連結のトレーラーハウスへ帰る。たわんだ抽斗に夫のシャツがたたんでしまわれていて、ビニールのドアマットの上にも夫のコートが掛かったままだ。彼女の夫が亡くなってから、まだ一年もたっていない。フォークリフトの事故だった。ショウナは夕食にインスタントのラザニアを作り、ちらちらするテレビの前でバドライトを飲む。

計画の詳細を小声で話して聞かせたとき、こぢんまりして居心地のいい家なのだと、ショウナは言った。

あなたは尋ねた。おれが自由になったら、なにをしたい？　聞かせてくれないか。

ショウナは答えた。そうね、豪華なディナーがいいな。ポーチでステーキを焼いて。ワインもあけましょう。

あなたがポランスキー刑務所から三十キロ程度のショウナの家に滞在するつもりだと信じているなんて、ショウナは愚かにもほどがある。警察犬やヘリコプターが出動し、彼女も捜査の対象になるとは考えていないのだ。もしかすると、考えはしたけれど、自身の空想の内側に生きることを選んだだけなのかもしれない――どちらだろうが、どうでもいい。とにかく彼女が必要だ。計画のため、そして計画が成功したあとにあなたの〝セオリー〟を確実に世に出すため、彼女が必要だ。ショウナはあなたのノートをメディアにリークし、出版社に持ちこむと約束してくれた。その約束さえ守ってくれれば、あとはどうでもいい。

あの夜、ショウナは震える手で口元を拭いながらつぶやいた。わたし、人がよすぎるってみんなに言われるの。

ショウナはとても壊れやすそうに見えた。無理強いしすぎると、ぽきりと折れてしまいそうに。

あなたはささやいた。愛しい人。それはぜんぜん悪いことじゃないだろう？

＊

決行するのは、正午に出発する移送車のなかだ。

ショウナが数週間前に看守長室に忍びこんだ。そして、あなたの移送に関する詳細な計画を記した書類の束を探し出した。移送車のナンバー、移送ルート。彼女が今朝よこしたメモにすべて書いてあった。

やったわ。

今朝、ショウナはこっそり職員専用駐車場へ行った。移送車のドアをあけ、夫の古い拳銃を運転席の下に置いた。

ショウナによれば、彼女の自宅のそばを通る幹線道路の周囲には鬱蒼(うっそう)とした森が広がっている。あなたは足で運転席の下から拳銃を引き出し、手錠をかけられた両手で看守に銃口を向けて要求する。ショウナが面会申請書の裏に鉛筆で大雑把に描いてくれた地図を頼りに、あなたは森をジグザグに走る。地図に描いてある川にたどり着いたら、服を脱ぐ。一キロほど先に彼女のトレーラーハウスがあり、キッチンのカウンターに毛染め剤とカラーコンタクト、それから彼女の夫のものだったつなぎの作業着が置いてある。

大失敗に終わるかもしれない――むしろ、その可能性のほうが高い。移送チームはアサルトライフルで武装している。あなたは頭に銃弾を撃ちこまれるかもしれない。訓練されたロットワイラー犬の牙でずたずたにされるかもしれないし、幹線道路を横断しているときにトラックにぺしゃんこにされるかもしれない。それでも、あの部屋に連れていかれるよりはよほどましだ。執行台にのせられるよりは。

＊

パッカー。

独房のドアの前で、看守長のしわがれて耳障りな声がする。

看守長はくちゃくちゃと音を立て、顎をことさらに上下させてガムを噛んでいる。あなたの目にまず飛びこんでくるのは脂ぎった団子鼻の毛穴で、次に平らに刈りこまれた頭頂部の髪が見える。結婚指輪をはめていることもあるが、今日、指輪はない。

準備ができたか確認に来た、と看守長は言う。このあとのことは知っているな？　教誨師とは話したのか？

あなたはうなずく。腕時計をちらりと見やる。移送まであと三十五分。三十五分後には、あなたは手錠をかけられ、待っている移送車へ歩いていく。看守長はその移送車があなたをウォールズ・ユニットに送り届けるものと信じきっている。その悪名高い建物のなかに、待機房がある。教誨師が座る椅子と。別れの挨拶をするための電話と。

あなたは頰を紅潮させる。その目でそれらを見ることはないと知っているから。数時間後、看守長がどんな顔をしているか想像する――報道のカメラの前で困惑している顔を。顔を真っ赤にし、首をこわばらせているだろう。

看守長、とあなたは言う。お願いがあります。

彼はたくましい両腕を組む。

立会人に。彼女に、ぼくが後悔していたと伝えてくれませんか？

看守長の冷酷さは、あなたも耳にしていた。看守長がほかの受刑者に声を荒らげ、ポケットからテイザー銃を取り出して壁際に追い詰めるのを聞いていたこともある。受刑者たちの悲鳴が聞こえたこともある。けれど、あなたは愚かではない。女の扱い方を心得ているだけでなく、ある種の男の扱いにも長けている。ことさら強さを誇示するように両足を大きく広げて立つ看守長のような男を知りつくしている。あなたは抜け目なく寝台の端に腰掛け、従順そうにややうなだれ気味の姿勢を取る。立つときは看守長の身長を超えないよう、つねに相手のほうが高くなるようにする。だからこそ、あなたは冗談を言う。〝セオリー〟の一部を看守長に見せたことすらある。あなたはこのポランスキー刑務所のなかでも看守長お気に入りの受刑者だ。アンセル・P、と看守長はご機嫌であなたに呼びかける。ふたりでソファに座ってフットボールを観戦しているかのように。運動用ケージの柵の隙間からあなたと拳を打ち合わせる。

看守長は舌でガムをのばし、プッとふくらませる。唾液とシナモンのにおいが漂ってくる。荷物をドアのそばに置いておけよ、と看守長は言う。

あなたはそれを承諾と受け取る。

＊

看守長があなたに突っかかったことは一度しかない——ポランスキーでの七年間のあいだに、たった一度だけだ。看守長はテイザー銃も太い両腕も使わなかった。あなたは特別だ。思い出すと、屈辱まじりの誇りがざわめきだす。特殊なテクニックが必要だ。

あのとき、あなたは〝セオリー〟について語っていた。

どんな内容なんだ、と看守長はさして興味もなさそうに、壁にもたれて言った。テキサスえていた。
の真夏のことで、監房棟全体に汗と脂じみた足の悪臭が絶えずこもり、室温は三十六度を超
そうですね、とあなたは答えた。善と悪についてのセオリーです。
書いてるのか？　本みたいなものか？
もちろんです。毎晩、執筆しています。
ふうん。で、おまえの主張は？
あなたはベッドの下から一冊のノートを取り出し、ドアの下にすべらせた。
仮説51のA、と看守長は読みあげた。無限について？
はい。選択という概念を探究しています。ぼくたちがいま生きている現実の下には、数百
万通りの人生の可能性、つまり数百万通りもの別世界に生きられた可能性が底流のように流
れている。仮にどんな選択をするかによって善か悪かが決まるとすれば、そういう別世界に
生きていたら異なる選択をしていたかもしれないと考えなければなりません。
おまえはどこにいるんだ、と看守長が尋ねた。
ぼくがどこにいるのかって？
別の人生なら、ここにいないのだったら、どこにいるんだ？
わかりません。選択肢は無限です。別の自分が生きている別の次元が、目には見えない場
所に無限にあるんです。そこでのぼくは作家かもしれないし、哲学者かもしれないし、ある
いは野球選手かもしれない。可能性は果てしない。その可能性がぼくなんです——善である

ぼくも、悪であるぼくも——どちらかに決まるわけじゃない。善悪の基準は固定されていない。流動的で、変わりつづけるんです。

看守長は考えこんでいるように見えた。

じゃあ、あの子たちはいまどこにいるんだ？

だれですか？

あの若い娘たちだよ、アンセル。別の世界で、おまえに殺されなかった世界で、いまこの瞬間になにをしているんだ？

その質問は衝撃だった。不意打ちだった。看守長の唐突な変わりようは突き刺さった。あなたが両手の血管を見つめていると、看守長はハッと笑い、おまえはここから出られないんだと言わんばかりに鋼鉄のドアを拳で叩いた。

おまえが講釈垂れだったとはな。

いえ、そういうわけでは。

どれも似たり寄ったりだ、と看守長は言った。みんな同じことを言う。ただの正当化だ。おまえがやったことは正当化できないぞ、アンセル・P。まあ、考えごとをする時間はたっぷりあるがな。

そう言うと、看守長は荒い息をしているあなたをひとり残して立ち去った。危なかった、とあなたは思った。不毛だ。自己のほんの一部分でも晒すのは無意味だ——その自己が、彼らの言うモンスターであるのなら。

看守長は行ってしまった。あなたは待つ。移送の時刻まであと九分。ときどき、あなたは自分を作っているのはこれだと思う。行動と休止に挟まれたつかのまのとき。なにかをしているときと、なにもしていないとき。どこに違いがあるのかと、あなたは思うだろうか？　選択肢はどこにあるのか。静止と運動を隔てる線は、どこにあるのだろう？

＊

ふたり目の少女は、ダイナーのウェイトレスだった。

十代の夏が進行していた。一九九〇年、ボン・ジョヴィとヴァニラ・アイス。一週間が過ぎ、二週間が過ぎ、捜索隊の士気はさがっていった。行方不明者のポスターは少しずつ消え、ニュースでも取りあげられなくなり、あなたはふとしたときに自分のしたことを夢のなかのできごとのように思い出すだけになった。あなたは人を殺した。ひとりの少女を。記憶にあるのは、行為の途中の断片だけだ。ループから抜いたとたんに蛇のようにくねったベルト、その両端を強く引っ張ったせいで両手にできた血まめ。実際の体験が、自分自身から完全に分離しているような、漠としたつながりはあっても現実味のないものに感じられた。夜更けにトレーラーパークで物音がしただけで目を覚まし、人の足音ではないかと怯えた。サイレンの音ではないか。チェーンがガチャガチャと鳴ったのではないか。もうおしまいだと覚悟し、安物のちくちくするシーツの下で縮こまった――とうとう捕まるのだと。

しかし、あなたは捕まらなかった。六月が終わり、七月になったが、彼女は見つからなかった。

あなたは夜遅くにあのダイナーへ車を走らせた。暗い幹線道路沿いにたたずむダイナーは午前零時まで営業しているし、トレーラーハウスにいると気が滅入るので、いつも奥のブースでコーヒーを飲んで眠い時間をやり過ごしていた。あなたのお気に入りのウェイトレスは溌剌としたブロンドのポニーテールで、頬にそばかすが散っていた――コーヒーのお代わりを注ぎにくると、愛想よくしゃべった。まだ十六歳くらいで、やたらと頬を赤らめた。エプロンの名札にはアンジェラと書いてあった。あなたはシャワーのなかで、路上で、あるいは業務用冷凍庫のなかでバニラアイスの容器を整理しながら、彼女の名前を繰り返しつぶやいた。

じつは、叫び声がまた聞こえるようになっていた。

ひとり目の少女以降、数日間は叫び声を永久に追い払うことができたと思っていた。世界が明るくなった。美しくなった。人々がよく口にする感情とは、幸せとは、これなのではないか。デイリークイーンの夏のアルバイトはまだつづけていた。子どもたちに笑顔でアイスクリームを渡し、同僚のヘアスタイルをほめた。彼女はとまどい顔で小首をかしげ、礼を言った。怪しんでいるような、ひそかに怖がっているような口調に、あなたはかっとした――そして、あれが、あの赤ん坊の叫び声が、少しずつ滴ってきた。天井の雨漏りのように。

その夜は蒸し暑かった。七月の中旬だ。汗がTシャツにじっとりと染みた。ダイナーの明るい窓越しに、アンジェラが椅子を積み重ね、床にモップをかけ、照明を消すのが見えた。ついに彼女がバッグを小脇に抱えて外に出てきた――数本の鍵のうち一本を選んでドアに鍵をかけ、舗道のむこうに止めた車のほうへ目を凝らした。最初は無人の駐車場の真ん中でじっと立っているあなたに気づかなかった。あなたの呼吸の音に、びくりとする。とたんに危険を察知した。耳をつんざく悲鳴をあげたが、あなたはその口を手でふさいだ。

そのあとは、前回と違っていた。

解放感がくすんでいる。希薄な感じ。弱々しく弛緩（しかん）した高揚。この少女には、ひとり目のときのような気持ちを感じない。のろのろと彼女を車へ引きずっていったとき、トレーラーハウスの裏に置いてあった手押し車にのせたとき、鬱蒼と繁る木々のあいだを突っ切り、人の手の入っていない森の奥でひとり目の少女と同じ場所に捨てたときには、それはすっかり消えていた。解放感は。最初からなかったかのように。あなたは土にまみれ、曙光が樹冠を照らしはじめた。ベルトですりむいてひりつく両手の指に、少女の手首からはずした真珠のブレスレットが絡まっていた。

どこかに埋もれていた記憶が浮かびあがってきた。あなたの母親が首にかけてくれたペンダント――どんなときもこれがあなたを守ってくれるよ。あなたは汚れた両手に顔を押し当てた。そして、涙をこぼした。

*

そろそろやってくるころだ。ショウナと移送チームが。

あなたは立ちあがり、棚からブルーの手紙を取る。便箋一枚だけの手紙だ。それをできるだけ小さく折りたたみ、ズボンのウエストのゴムに挟む。この一枚の紙だけを道連れにし、紙の角に太腿をつつかれながら森の奥へ走るのだ。

だが、写真は。写真はどうしようか。あなたは決めかねている。

この写真にはとてつもない力がある――目の前に掲げると、写っているブルー・ハウスがぼやける。ここまで顔に近づけると、塩胡椒入れと薄汚れたケチャップのボトルが見えるような気がする。ソーダマシーンのブーンという音や、厨房の扉の内側で笑っているブルーの声まで聞こえそうだ。だが、息を吸ってもつややかな紙のにおいがするだけだ。

舌を突き出すと、写真の表面は苦い。金属的な味がする。インクと化学物質の味だ。

あなたは顔をしかめ、写真のすみをちぎる。芝生の端に止めたブルーの車を。それをポテトチップのように口に入れる。インクが喉を痺れさせ、甘い毒が焼きついたとたん、あなたはいまなにをすべきか悟る。奥歯が理解できるように写真を小さく破る。嚙みしだくうちに、インクの味で吐き気がしてくる。それでも写真を吞みくだして喉のなかですばやく消滅させ、ブルー・ハウスを永遠にあなたの一部にする。

＊

あなたは本気で多元的宇宙の存在を信じている。その無限の可能性を。そこには、別のあなたがいる――捨てられなかった子どもが。学校から母親のいる家に帰ってきて、本を読んでもらい、おやすみのキスをしてもらう子どもが。サフィ・シンのベッドに狐の死骸を入れたりしないあなたが、パッカー赤ちゃんの叫び声を締め出すほかの方法を知っているあなたがいる。ジェニーと結婚しなかった男が。だれもが失うものだけを失うあなたがいる。そして、ほかの自分もそれぞれにブルー・ハウスを見つけていたはずだと、あなたは信じたい。けれど、どうしても存在を信じられないのが――想像もできないのが――あなたとまったく同じことをして、捕まらなかったアンセル・パッカーだ。

サフィ　一九九九年

行方不明の少女たちが発見された日、サフィはミス・ジェマの屋敷の裏庭からつづく長い斜面を思い浮かべた。はびこる雑草、しだれる花穂——サフィはよく、秘密を探してあのあたりを歩きまわった。

生きものの死体は数えきれないほど目にしたし、そのたびに胸がむかついたが、大人になれば少しは平気になると思っていた。いま、サフィは二十七歳で、ニューヨーク州警察(NYSP)の捜査官に正式に昇進して三週間になるが、いまだに電気処刑を受けたような気分だった。モレッティ部長刑事がサフィのブーツのそばにしゃがみ、黄ばんだ頭蓋骨に片手で触れた。遺体を上から見おろしていると、子どものころ、草むらで刑事ごっこをしている自分が自信たっぷりだったのを思い出した。どんな謎も解くことができると、素直に思いこんでいたことを。

「シン」モレッティが眉間に皺を寄せて見あげた。「科学捜査班を呼び戻して。三体出たって伝えて」

頭蓋骨はなかば埋まり、空洞になった片方の眼窩(がんか)を土のなかから覗かせていた。木々の梢越しに十月の太陽の金色の光が絶え間なく降り注いでいる——燃えるような紅葉が影を落とした森の地面から、すでに三人分の大腿骨が見つかっていた。頭蓋骨のところどころに、女性のものらしい髪の毛が薄く残っているのが見えた。ベルトから無線機を取るサフィの喉の奥には、さっきからうすうすわかっている真実が貼りついている。三本の大腿骨より先に、ハイカーがぼろぼろになったリュックの残骸を発見していた。サフィにはひと目で見覚えがあるものとわかった——赤いナイロンで、はき古したジーンズから切り取ったデニム地の四角いポケットが手縫いでつけてある。サフィのデスク前の壁に貼った写真のなかで、そのリュックはひとりの少女の肩にかかっている。少女はシャッター音にちょっと振り向き、すぐにまた前を向いて歩きつづけたのだろう。

　遺体は川のそばに埋まっていた。長年のあいだに、雨や川からあふれた水で土壌が動き、骨は一帯に散らばり、新たな場所に落ち着いていた。土のなかでぽつんとそこだけ色の違う黄ばんだ頭蓋骨を科学捜査班の写真係が接写しはじめると、モレッティはサフィを振り向き、片手をひたいにかざしてまぶしい日差しを遮った。

「この近所になにがあったっけ？」モレッティは尋ねた。「住宅とか農場とか？」

　サフィは腐敗臭から逃れるべく、仰向いて梢を見あげた。モレッティはもともとアトランタ出身のよそ者だ。サフィほどこの土地を理解していないし、夜の森の神秘もわからないだろう。

「ほとんど農地です」サフィは答えた。「一キロ半ほど先にコンビニエンスストアがあって、その裏手のトレーラーパークに十数軒の家があります。それを除けば保護林です」

「こういう鬱蒼とした森は、車はもちろんバイクでも入ってこられないよね」

「でも、ワゴン車かなにか使ったはずです」サフィは言った。「そうでなければ、よほどの大男ですよ」

「三度に分けて運んできたのかもよ？　いっぺんに運べるはずがないもの。それか、ここで殺したとか」

サフィはかぶりを振った。「ここまで奥まっていると大変です。茨も生い茂っていますし。しょっちゅう来たい場所というよりは、死体を隠すのにちょうどいい場所って感じです」

モレッティはため息をついた。「検死で確認されるでしょうけど、間違いないね。腐敗の状態と、あのリュックからして。九〇年に行方不明になった女の子たちよ」

サフィは科学捜査班が一帯をくまなく調べるのを見守った。出てきた骨が一九九〇年に行方不明になった少女たちのものだとすれば、彼女たちはここにかなり長いあいだいたと考えられるのだから、足跡や繊維、指紋、体毛が残っている可能性は低い。

「信じられないよね、シン」モレッティはまた息を吐いた。「まさか見つかるなんて、思ってもみなかった」

モレッティの目にはすがるような願いが見て取れた——あきらめ半分の希望が、サフィもわかるようになった。感情を隠しがちなこの仕事で、もっとも正直な表情だ。暴力と悲劇が必死の期待とめちゃくちゃに混じり合った世界をはっきりと映す鏡だ。

「発見者の話を聞いてきます」サフィは、考えこんでいるモレッティを残してその場を離れた。

ハイカーの男性は苔むした倒木に座り、救助用毛布にくるまっていた。近づいてくるサフィに顔をしかめた――初老の男性で、泥まみれのふくらはぎに負った傷に血がにじんでいた。あわてて公衆電話へ向かって斜面を走りおり、途中で転んだのだ。

「質問にはさんざん答えたぞ」彼はうんざりしたように言い、サフィの硬い笑みとひっつめた髪、サイズのぴったり合った紺色のブレザーをじっくりと眺めた。

「申し訳ありません」サフィは言った。「正式な供述調書が必要なんです」

サフィはおもむろに倒木に腰掛け、ハイカーのほうを向いたとたん、もじゃもじゃの頰髭まで伝った涙の跡が、泥に汚れた顔に残っていることに気づいた。彼が絞り出すように話をしていると、**供述をとったら家まで送ってあげて**とモレッティが小声で言った。**その人、たまたま運が悪かったのよ。**サフィの直感もそう告げていた。犯罪捜査とは、要するに人間を読んで分析することであり、サフィはこれまでの人生でその技術をマスターしていた。

「なにかにさわりましたか？」サフィは尋ねた。「現場を発見したときにさわったりは？」

「いや。最初にリュックを見つけて、拾いあげようとしたら――おれは山道にゴミを捨てるのが許せないんだ――頭の骨に気づいた。それから、公衆電話まで走った」

ハイカーの話は短く簡潔で、役に立ちそうになかったが、それでも必要だった。モレッティはよく、**立件するにあたって大事なことよ**と言った。**取るに足らないことも、裁判で重要**

になるかもしれない。

「あんた、この仕事をするには若すぎるように見えるな？」ハイカーは供述調書に署名をしたあと、科学捜査班のテントから運ばれてきた紙コップの水をごくりと飲んで言った。

そのとおりだ。サフィは自分の顔立ちに少女時代のばか正直さが残っているのを自覚しているし、褐色の肌に向けられた視線に不審の念が読み取れることもしょっちゅうだ。昇進したときも、この見た目に足を引っ張られた。サフィは二十六歳にして、ニューヨーク州警察の上級捜査官のなかで唯一の女性であるエミリア・モレッティの下につくことになった。同僚たちは憤った。たしかに、サフィの州警官としての経験年数は、昇進に最低限必要な四年間だけだ。モレッティはサフィを絶賛する推薦状を長官へ直接送ってくれたが、駐車場できび面の男に追い詰められたのはやはりショックだった。オールバニーの訓練校時代から知っている警官だ。その男は、サフィのがっちりした黒いブーツに唾を吐きかけた。

次はズルをするなよ。ビッチ。

サフィは思わず、ハンター事件を忘れたのかと言いかけたが、忘れた者などひとりもいない。ハンターという少年が行方不明になったとき、サフィは毎晩、日付が変わるまでごわごわしたウールの制服のまま支部に詰めていた。ぺチャパイだなと、まだ学生気分の同僚たちはげらげら笑った。ほんとに英語しゃべれるのかよ？　彼らはサフィのロッカーをこじあけ、町で一軒しかないインド料理店の数日前の残りものを詰めこんだ。いやがらせがやんだのは、サフィがモレッティを説得し、ハンター少年の空手の師匠が毎月の釣り旅行に使っていた古いキャビンへ車を飛ばしたのがきっかけだった。サフィの思ったとおりだった。少年は外傷を負っていたが、生きていた。サフィは支部の窓から、少年が嗚咽している母親の胸に掻き抱かれるのを見ていた。

「では行きましょう」サフィは男の質問を聞き流した。立ちあがり、ズボンについた苔をはたき落とした。「お宅までお送りします」

いつもは酔っ払った日雇い労働者を酒場から支部へ運んでいるクラウン・ヴィクトリアの後部座席に、ハイカーを乗せた。登山口から離れ、よく知っている支線道路に入ると、そびえ立つ緑の山がバックミラーに映った。タイヤが巻きあげる土埃のように、記憶がよみがえってきた。サフィはかつてこの山地の麓で過ごし、鼻をつく腐臭を嗅ぎ、夜の闇をぼんやり漂う亡霊たちを見て育った。この土地にどんな力があるのか知っている。

*

少女たちが姿を消したのは九年前だ。一九九〇年。

サフィにとってその夏の記憶は、忘却と隣り合わせのどんよりとした靄のなかでかすんでいる。だれもいない野原でごうごうと燃えている焚き火、砂が侵入してざらざらした寝袋。注射針、缶ビール、洗っていない髪。あの少女たちが消えたとき、サフィは十八歳だったが、ハイスクール中退組の友人たちのおしゃべりをいまでも覚えている——行方不明の少女たちはよその町なんかではなく、よその世界にいるのだと、他人事（ひとごと）のように言い合っていた。

しかし、サフィは禍（わざわい）というものを知っていた。禍は気まぐれだ。どこからともなく降りてきて、骨っぽい指を突きつけてにたにたと笑う。**おまえに決めた**、と。

サフィはミス・ジェマの屋敷から、北へ向かって三つ目の町にある静かな家庭に移された。十二歳のサフィは、その家でもうひとりの里子と暮らした。洟（はな）を垂らした手のかかる幼児で、共有の子ども部屋はつねにおむつのにおいがした。サフィはほとんど毎晩、里親夫婦がカナダ国境のむこうのカジノへ出かけているあいだ、その子の面倒を見た。ミドルスクール時代はあの家に帰りたくない一心で、袖口が小さすぎるスウェットシャツを着て震えながら、バスケットボールのコートでだらだら過ごした。十六歳の誕生月に最後の里親家庭に移され、そこには初老の里親夫婦の目が行き届かない地下室があった。サフィは自分専用の出入口とビニールのストラップにつけた鍵、電子レンジ、キャンプ用コンロを手に入れた。そして、自分を失った。

十代の日々の記憶はかすんだり点滅したりしている。苛立ちのあまり泣いているスクールカウンセラーや、失望させるなといたずらに言い立てるソーシャルワーカーたち、黴が生えた地下室の梁（はり）が鳴る音を覚えている。霧のなかの十六歳から十八歳までは、一歩まちがえば取り返しがつかなかったかもしれない過ちの長い連続だった。なにもかも変わってしまったあの夏までは。

少女たちが姿を消した。

イジー・サンチェスがひとり目だ。当時サフィは十八歳で、里親家庭を出されてボーイフレンドのトラヴィスと同棲(どうせい)していた。大麻の売人で、奥歯がなく、確実にコカインを手に入れるコネクションを持っていた。トラヴィスはハードドラッグならなんでもやっていたが、サフィはどこまでもハイになれるコカインが好きで、ほかには手を出さなかった。イジーのことは、分厚いカーテンをきっちり閉めた薄暗いリビングルームで、ステレオから大音量でソルト・ン・ペパが流れるなかで聞いた。トラヴィスの友人が現場を見たらしい。トラヴィスはとろんとした目をして、にきびだらけの頰に煙をまといつかせながらその話を語った。イジーは十六歳で、似たようなドラッグパーティをやっている家の外で迎えを待っていて、長い私道の突き当たりに立っていたのを目撃されている。それを最後に、いなくなった。痕跡も残さずに消え失せた。

その数週間後に、ふたり目の少女が行方不明になった。サフィはトラヴィスのトレーラーハウスのソファで、ブリトーの包み紙や吸い殻があふれそうな灰皿に囲まれてニュースを観た。アンジェラ・メイヤー。やはり十六歳だった――数キロ離れたダイナーで遅番を担当していたそうだ。サフィはすり切れたソファで膝を抱えて汗ばみ、ウインドウファンは湿った風を吐き出していた。トラヴィスはすでに折りたたみ式のベッドで眠りこけていて、薄明かりのなか両腕の注射の跡が血管に見えた。

サフィはハイスクールの卒業証書をもらえなかった。ほんとうの友人もいなかった――フィールドホッケー部の友人たちからはとうに愛想をつかされ、連絡を取り合っているのはクリステンだけだった。クリステンはミス・ジェマの屋敷のあとは南へ移された。サフィの学校よりはるかによいハイスクールを一年飛び級して卒業し、ここから三十分ほど車を走らせたところのショッピングモールに近い、陰気なアパートメントを借りてひとり暮らしをしている。コミュニティカレッジに進学することになっているクリステンは、あのソーシャルワーカーたちの自慢の成功例だ。クリステンはただただわいもない話をするために、数週間ごとに電話をかけてくれた。サフィはほとんど毎晩、トラヴィスがドラッグに沈潜してしまったあと、スポーツブラのなかに氷を入れてじっと座り、ブラックホールのような自分の未来についで考えないようにしていた――アンジェラのニュースを観たとき、そのブラックホールが一気にふくらんだように感じた。

それからほどなく、三人目の少女がいなくなった。

三人目は、ポート・ダグラスに近い安酒場でパンクスのボーイフレンドのライブを観ていた。途中、煙草を吸いに外に出た。そして消えた。動揺が広がりはじめたが――三人目ともなれば、異常発生と公認される――この少女の失踪はあまり人心に訴えなかった。ニュース画面で泣く母親も、悲劇に襲われた普通の家庭もなかったからだ。サフィと同じくハイスクールを中退していて、インタビューできる家族がいなかった。それでも、彼女は三人目だから、名前がテレビで報道された。

リラ・マロニー。

サフィはリラの名前を耳にして、共有していたあの寝室を思い出した。自分のスペースである三段ベッドの一番下に座ったリラ。ベイリーの剃刀(かみそり)で除毛しようとして切った傷がかさぶたになった膝。何年かはサフィもクリステンもリラの移転先を追い、電話でたがいに近況報告をしていた。**リラ、髪をブルーに染めたんだって。リラが鼻ピアスしたよ、牛の鼻輪みたいなやつ。リラ、中退してリサイクルショップで働いてるらしいよ。**リラが行方不明になるまでには、サフィとリラの交友関係は重なるようになり、パーティで顔を合わせることもあったが、いつもたいして話はしなかった。だからニュースを観た瞬間にサフィの頭に浮かんだのは、ぶかぶかのTシャツを着て懐中電灯で顔を下からぼうっと照らし、歯に合っていないリテーナー越しにヒューヒューと息の音をさせていた、子どものリラだ。

「おい」ソファに寝転んでいるトラヴィスのマリファナの先端がオレンジ色に光った。「なんかあったのか、サフ?」

サフィは、自分が泣いていることに気づいた——大っぴらに嗚咽していた。トレーラーハウスのなかが脈打ち、めまいがした。サフィはジーンズをはいて外に出ると、網戸を乱暴に閉めた。トラヴィスのカムリはバンパーがへこみ、ガソリンはタンクに四分の一しか残っていなかったが、サフィはメーターの針が少しずつゼロに近づくのを眺めながら、プラッツバーグへ向かった。

州警察の支部は大騒ぎで、報道のカメラやパニックに陥った親たち、歩きまわってノートに供述を取っている警官たちでごったがえしていた。駐車場の照明がやけにまぶしかった——夕方にやったコカインの効果がまだ残っていて、視界が不快なほど明るい。サフィは手のひらの付け根で目をこすった。

それは純然たる偶然だった。巡り合わせ、いや、運命と言うべきかもしれない。自意識過剰気味におずおずと警察に足を踏み入れたサフィは、エミリア・モレッティに声をかけた。

モレッティは、あのころのサフィにはその本来の姿が想像もできないようなたぐいの女性だ。実際のモレッティは明晰かつ冷静沈着で、華麗な鷹のように鋭い目で現場を観察する。当時は三十代前半で、結婚指輪がまばゆい照明を反射してレーザー光線を発していた。食事のときは趣味のよい白ワインを一杯だけ飲み、顔の皺をやわらかな土壌に流れる小川のように見せる高価な美容クリームを使っているタイプの女性に見えた。サフィは彼女に近づくうちに、自分の垢抜けなさを実感し、萎縮した。完全に呑まれた。

「すみません」サフィは声を絞り出した。「わたし、役に立てるかもしれません」

モレッティはサフィの目の下のくまや、皮のむけた鼻の下、なまくらな子ども用の鋏で丈を短く裁断したトップスに気づいたはずだ。それでも、リラに関するサフィの話に耳を傾けた。サフィが話し終えると、モレッティは名刺を差し出した。**なにか聞いたら電話してね。**サフィはなにかを聞いたわけではないが、翌朝モレッティに電話をかけ、市民ボランティアによる捜索隊にくわわった。

そのときに、サフィは知ったのだ。警察の仕事を。モレッティの簡潔で要領を得た指示、感傷の入らない態度、草が茂った斜面をくまなく捜索するボランティアへの厳しくも温かいまなざしに、サフィは憧れた。

サフィの人生がどうなっていたか、考えられる可能性は幾通りもあった。長い長い地下室のパーティで一生を終えていたかもしれない。三年前にオーバードーズで死んだトラヴィスの道連れになっていたかもしれない。別の理由で地上から消えていても、まったくおかしくない。サフィは、自分をモレッティへ、高卒認定試験へ、コミュニティカレッジへ、そしてニューヨーク州警察の週末選考試験へ駆り立てた力を疑うのを避けていた。その力がじつはどんなにあやふやなものだったか、かえって思い知るばかりだったからだ。

＊

サフィが留守番電話のランプが点滅している自宅に帰り着いたのは、日付が変わる少し前だった。証拠を記録したり、細心の注意を払って現場を撮影したりで、一日中慌しかった。明日にはニュースになるだろう。

陰鬱で寒々しいアパートメントのなかで、鍵と拳銃をカウンターに置いた。NYSPのロゴの入った古いスウェットシャツに着替えて顔を洗い、黒い髪を縛っていたゴムを取った。訓練校では、数少ない女性はショートヘアを勧められていたが、サフィは量の多い髪をほどくときの解放感を手放せなかった。鎧を脱ぐこの瞬間は、ほっと息をつける。

「もしもし、わたし」埃をかぶった留守番電話から、クリステンの陽気な声がした。「土曜日は予定どおりでいい？　ジェイクは会議で留守だし、《ユー・ガット・メール》を借りてきたの」

あの大腿骨。

クリステンにはリラのことを知らせたほうがいいかもしれない。あのころ、ミス・ジェマの屋敷で、三人はいつも一緒だった——サフィとクリステンとリラ。友達のしるしのブレスレットを編み、木登りをし、ゲームを考えた。三段ベッドの上段から下段へ、小声で秘密を伝えた。だがいま、クリステンに折り返し電話をかけようにも、事実をどう話せばよいのかわからなかった。カウンターの前で立ちつくしていると、機械音声が単調に告げた。**新しいメッセージは以上です。**室内には古いカーペットと汚れた皿のような黴臭いにおいがこもっていた。この部屋はサラナック川から数ブロックの古いヴィクトリア朝様式の屋敷を改装したアパートメントの一室で、過去に借りたどの部屋よりも住み心地がいい。クリステンのボーイフレンドがいずれ家業の不動産会社を引き継ぐことになっていて、そのつてで借りたのだ。**あなたはもっと自分を大切にしなくちゃ**、とクリステンはいつも言う——先週、サフィが買ってきた向日葵(ひまわり)は花瓶のなかでしおれ、水は茶色く濁っている。サフィはコンロで缶詰のスープを温めたが、それが冷めるまもなく眠気に襲われ、テレビの青い光を浴びながら眠りこんだ。

*

監察医は地元の病院の地下に陰気なオフィスを構えていた。サフィは約束より十五分早く到着したが、モレッティはすでにエレベーターの前で待っていた。いつものようにスペアミントのガムを嚙む口元は引き締まり、髪はつややかだ——照明は薄暗いけれど、疲れた目の下がかすかにたるんでいるのが見て取れた。

「シン」モレッティはにんまりと笑った。「正式に決まったわ。副支部長があなたをサラナック強盗事件からはずしたの。これからはわたしと一緒にこの事件を担当するのよ」

いつもの暖かな光がサフィの胸に広がった。モレッティに選ばれた――信頼されたという、きらめく光輝が。

「副支部長はケンジントンも担当にしたけど、到着が遅れてる」モレッティは腕時計を見てエレベーターのボタンを押した。「彼抜きではじめましょう」

ケンジントンは愛想がよく口のうまい刑事で、歯が不自然なほど白い。警官としては平凡だが、取調室ではどんなに冷酷な容疑者でも心をひらかせ、まんまと自白を引き出す。副支部長も、彼を任命した理由を隠そうとはしない。女だけのチームにはまかせられない。世間体が悪いというわけだ。

監察医に案内されて遺体安置所へ入りながら、サフィは息を止めた。それでも、ひんやりとしたホルムアルデヒドのにおいがどっと押し寄せてきた。三台連結したテーブルにビニールシートを敷き、そこに骨がのっていた。さながら遺跡の出土品のようだ――忘れられた時代の遺跡で発掘された太古の人工物を思わせる。監察医はすべての骨片の記録を取り、ひとつひとつに小さな白いしるしをつけていた。

「歯科医のカルテを待っているところです」監察医は、薄くなった白髪を片手で掻きあげた。「それでも、腐敗の状態から見て間違いない。死後八年から九年。あなたがたが捜している子たちだ」

「死因は？」モレッティが尋ねた。

「特定は難しいですね。損傷している脊椎が二個ありますが、ここまで侵食されていると、明確な結論は出せません」

「絞殺でしょうか？」サフィは尋ねた。

「おそらく。頭蓋骨など、ほかの骨に損傷は見られません。ひとりは腕に骨折の跡がありますが、生きているあいだに治癒しています」

「アンジェラ・メイヤーです」サフィは言った。「行方不明になる前の春に四輪バギーに乗っていて腕を骨折して、ダイナーの仕事を何週間か休んでいます。店長によれば、復帰したばかりだったのに、いなくなったそうです」

監察医は眉をあげた。

「彼女、記憶力がいいんですよ」モレッティは、顔を赤くしたサフィにウィンクした。

「では、支部長に身元がわかったと伝えてください」監察医は言った。

発見された骨といまだに発見されていない骨など、報告書の残りの部分を詳しく説明されながら、サフィは無心に聞こうとした。大腿骨や不完全な肋骨（ろっこつ）の組み合わせのうち、どれがリラのものなのか、考えてはいけない。室内は殺風景でじめついていて、なにもかも不快な緑色を帯びていた。テーブルに並べられた少女たちは、人間というより獣に見えた。

ようやくケンジントンがせかせかと入ってきたときには、報告書は監察医の署名が入り、モレッティのブリーフケースにしっかりとしまわれていた。ケンジントンはスーツを皺くちゃにして息を切らしていたが、髪はジェルでべっとりとオールバックになでつけてあった。

「さて」モレッティは、言い訳をまくしたてるケンジントンにかまわず、きっぱりと両手を叩いた。「ここの仕事は終わり。ケンジントン、遺族に連絡して」

＊

支部に戻り、サフィは口さがない噂を放っておいた。いままで担当した仕事は強盗や家庭内暴力で、とくに周囲の反発を招くものではなかった――大きな事件をつかんだ喜びは新鮮な興奮であり、モレッティのあとを追って大部屋を通り抜けるあいだ、サフィは同僚たちの視線にも怯まなかった。手で口元を覆ってこそこそとかわされるいつものやりとりも、だれの声かわからないように押し殺した冷笑も、すべて無視した。物心ついたころからずっと、知らない人にも教師にも学校のクラスメイトにも同僚にも、褐色の肌をいやというほど意識させられた。サフィはここで育ったし、インドには一度も行ったことがないのに、それでもおかまいなしだ。むしろ、インドに行ってみたいとむなしい願いを抱いているくらいなのに――子どものころ、地図上のインドの輪郭を指でうやうやしくなぞり、入り組んだ国境をたどったものだった。いま、汚れたブーツをデスクにのせて嚙み煙草をくちゃくちゃやっている男たちの隣にいると、除け者にされている気分を拭えなかった。

「ここに捜査本部を立ちあげるのよ」モレッティは指さした。奥の会議室のテーブルの上は、捜査中の事件のファイルで散らかっていた。サラナックの強盗事件、二〇〇〇年問題に関する共謀事件、数カ月前からケンジントンが取り組んでいる子どもの誘拐事件などだ。

「あなたには古い資料を見てもらうわ」モレッティが言った。「ケンジントンとわたしは当時のことを覚えてるから。あなたははじめてだものね――資料のすみからすみまで目を通して」

「具体的にはなにを探せばいいんですか?」

「あの森に関係のあることならなんでも」

部屋の奥にあるテレビが記者会見を大音量で流している。真面目くさった顔の支部長が、記者席にはほとんど一瞥もくれずに言葉を選んだ声明を単調に読みあげた。カメラがパンして映し出した写真の少女たちは、以前より子どもっぽく見えた。イジーとアンジェラは、ハイスクールのアルバムの写真らしく、青い背景のなかでほほえんでいる――アンジェラは黄色い水玉模様の刺繍入りシャツを着て、イジーは頬ににきびがぽつぽつできている。リラは学校の写真ではなかった。唯一知られているその写真は、行方不明になったころにボーイフレンドが提供したものだ。雑草がはびこる歩道で、リラは赤いリュックを背負い、肩越しに撮影者へ笑顔を向けている。

「大丈夫よね?」モレッティが確かめるように尋ねた。彼女は忘れていないのだ。トラヴィスのトレーラーハウスでニュースを観たあの夜以降、サフィをまっすぐここまで導いてきたのがリラの事件だった。あの事件こそが、サフィを光のもとへ引っ張り出したのだ。

そのとき、古い資料が届き、サフィはわれに返ると同時にほっとした――埃をかぶった箱を四個、制服の脇に汗染みを作った不機嫌そうな警官が運んできた。

「いますぐ取りかかりましょうか？」サフィは尋ねた。

モレッティは申し訳なさそうな顔をした。「あなたの分もお昼を買ってくる」

モレッティがいなくなってから、サフィは新しい犯行現場の写真を掲示板に並べていった。科学捜査班は、腐蝕（ふしょく）の状態もさまざまな被害者の所持品の数々を発見していた。靴、イヤリング。リラのリュック、アンジェラのバッグ。最初に気づいたのは、イジーの母親だった――イジーの気に入っていたビーズのバレッタがない。母親は、あの夜イジーがそれをつけていたのをはっきりと覚えていた。アンジェラの母親は、娘は親族から譲り受けた真珠のブレスレットをつねに身につけていたのになくなっていると証言した。モレッティは、そのふたつは草むらのなかでなくなり、リラのものはなくなっていないと考えている。しかし、サフィが指摘したとおり、リラには両親がいなかった。気をつけて見ている人がいなかった。

サフィは、唇を引き結んだモレッティに意見を言った。**アクセサリーは犯人が記念に持ち去ったかもしれません。**

サフィはすり切れたカーペットの上にしゃがんだ。最初にあけた段ボール箱には、関係者の供述調書が入っていた――大量の書類の重みで箱の底が抜けそうになっている。全員を追跡し、新たに供述を取らなければならない。

箱の一番下に、オリジナルのプリントが入っていた。リラの写真だ。使い捨てカメラで撮影したその写真は埃にまみれて色褪せ、リラの笑顔も漂白されてくすんでいた。そのとき、サフィはクリステンを思い浮かべた——堅実なサロンの仕事を持ち、顧客にはジェニファー・アニストンに似ていると言われ、華奢でしなやかな体にさりげなく洒落た服をまとっているクリステン。つねにもっといい暮らしを目指してきたクリステン、安定した人生を求めて努力し、やがてそれを当然のものとして受け取ったクリステン。いまサフィは、色褪せたスナップ写真しか残っていないリラをじっと見つめ、自分はいつまでもこんな気持ちなのだろうかと考えていた。自分がどちらの側かわからず、ふたりのあいだで揺れている振り子のような。

リラの写真の下に、ビニール袋があった。透明な袋のなかに入っているのは、しんなりとした黒っぽい髪の房で、イジーが消えた私道の突き当たりで捜査員が発見したものだ。サフィはイジーの髪を膝にのせたまま、会議室の壁にもたれた。もう何年も前からつきまとってくる幻が、吐き気をもよおすほどに禍々しく無限に広がる並行宇宙が、サフィを引きずりこんだ。

夕暮れの幹線道路。薄闇にちらりと浮かぶ長い黒髪のポニーテール。イジーは十六歳で死んだのに、この世界ではそれより年上だ。十九歳か二十歳。全開した車の窓から風が吹きこみ、ラジオから古いブルーグラスが流れている。助手席には少年が座っているはずだ——この世界のイジーは、いや、おそらくどの世界でも、彼を愛してはいないが、若さゆえにのぼせあがった状態では愛などどうでもよく、まめのできた彼の指がイジーの太腿を這いあがり、アディロンダック山地のむこうの地平線は血を流している。
　ほぼ現実のこの世界では――白昼夢のようになかなか消えないもうひとつの現実では、イジーはテーブルに並んだ骨にはならない。彼女は日常のまばゆい一瞬と至福を生き、金色に輝いている。

＊

　サフィは事件当時の証言者数人の現在を調べた――アンジェラが働いていたダイナーの店長、イジーとパーティに出た子どもたち、事件の夜にリラが一緒に出かけた友人。地元の人々は、自宅玄関で待っていたのが刑事だと知ったとたん、とまどったり警戒したり、妙に愛想がよくなったりした。サフィがクッションのへたったソファに腰掛け、生ぬるいお茶を礼儀正しく断っているあいだに、モレッティが支部長の催促をかわし、ケンジントンがひっきりなしにかかってくる情報提供の電話をさばいた。証言者のほとんどは、事件について忘れかけていた。サフィは新しい情報をひとつも得られなかった。

　長くむなしい一日の最後に会った証言者は、オリンピア・フィッツジェラルドという若い女性だった。サフィは、広々とした牧草地に建っている未完成の平屋の前に車を止めた。枯れかけた草の上に、大工道具が散らかっていた。十月のアディロンダック山地は絵葉書のようだ。サフィは車のなかに座ったまま、インクが薄れかけている供述調書のコピーに目を通した。オリンピアは、一九九〇年当時は二十歳で、捜査主任は事情聴取を七分間で終えていた。太陽が少しずつ地平線にかかり、空は吸いこまれるような青色になった。サフィはくたびれてファイルを閉じた。

薄くなったたてがみのような白髪の女性が、すり切れたベロアのトラックスーツ姿で玄関に現れた。家のなかに入ると、リビングルームの床に柱時計となかの部品が散らばっていた。若い女性が――娘のオリンピアだ――コーヒーテーブルに裸足の両足をのせ、その隣に蓋のあいた蛍光オレンジのネイルポリッシュが置いてあった。

「なに？」サフィがバッジを見せても、オリンピアは顔色ひとつ変えずに言った。サフィは、なめらかで威厳があり、もとから有能そうなモレッティの声がほしくなった。

「一九九〇年に三人の少女が行方不明になった件で、あなたはオルブライト部長刑事の事情聴取を受けましたね」

オリンピアはようやく顔をあげ、体を起こしてネイルポリッシュの瓶に刷毛(はけ)を戻した。母親がつかつかと入ってきて、ソファの後ろに立ち、かばうようにオリンピアの両肩に手を置いた。ふたりともサフィに椅子をすすめなかった。サフィはしかたなくすり切れた肘掛け椅子の隣に突っ立っていた。

「あれね」オリンピアは言った。まだマニキュアが乾ききっていない両手で、脂ぎった髪を後ろへなでつけた。「ニュース観たわ。遺体が見つかったんだってね」

「はい」

「全部あの人に話したけど」オリンピアの声はうろたえ気味にかすれていた。「あのとき、あの刑事に。知ってること全部、あの人に話したわ」

「再捜査をするんです、オリンピア。覚えていることを詳しく教えていただけませんか」

ミセス・フィッツジェラルドは娘にうなずいた——オリンピアは母親に首筋をさすられながら口ごもった。

「あの子たちがいなくなった夏、あたしは幹線道路沿いのデイリークイーンで働いてた。仕事仲間に、男の子がいたの。あたしより年下で、ハイスクールを卒業したばかりの子」

「ええ」

「イジー・サンチェスがいなくなった夜のことは覚えてる」オリンピアはつづけた。「すごくはっきりと覚えてるの、というのも、あの夏はずっとその彼といい感じで——そうなった日の次の日の夜だったから。彼の家は、遺体が見つかった森のそばのトレーラーパークにあって、あたしはそこに行ったのね。で、いろいろあって……まあ、そういうことになったわけ。だけど、彼のほうができなかった。だから、あたしは帰ったの。彼とはその次の日に店で顔を合わせたけど、ようすが変だった。完全にイっちゃってるって感じ。話しかけようとしたんだけど、すごく怖い目をしてて。暴力を振るわれそうだった。もう何年も前だけど、絶対に忘れられない。閉店の作業は彼ひとりでやってもらった。その夜、イジーが消えたの」

「彼の名前は？」サフィは尋ねた。

「アンセル」オリンピアはひとこと答えた。「アンセル・パッカー」

その名前は。

酸っぱいものがどっとこみあげ、サフィの口のなかは唾液で一杯になった。

「ほかに気づいたことはありませんか？」サフィは震えながら尋ねた。

「悪いけどこれだけ」オリンピアは言った。「そこまで覚えてるわけじゃないし。長いこと忘れようとしてきたから」

記憶は当てにならない、とサフィは思った。記憶とは、しみじみと味わうか、激しく厭(いと)う対象であり、頼りにはならない。

「彼のことを笑いましたか？」

オリンピアはあんぐりと口をあけた。長い沈黙。

「お願いします。覚えていませんか、オリンピア？　重要なことなんです。彼はプライドを傷つけられた、恥をかいたと感じたんじゃないでしょうか。彼を笑ったかどうか、覚えていませんか？」

オリンピアのうわべの顔がひび割れ、後ろめたさが覗いていた。答えはわかった。室内はクリスマスのキャンドルとスモークした肉のにおいがした。突然、ふつふつと泡立っていた考えが大波となって砕け、サフィの全身を呑みこんだ。手のひらにべっとりとくっついた、血にまみれたオレンジ色の毛。十一歳のリラの大きな瞳、数枚の崩れかけたオートミールのレーズンクッキー。狐と一緒に一、二、三と並んで、降参するように頭の両脇に前脚をのばしていた栗鼠の死骸。頭蓋骨の眼窩に引っかけたモレッティの指。毛皮。皮膚。死が骨からじわじわとはがれていくさま。

＊

フィッツジェラルド家のバスルームのはがれかけた壁紙はピンク色だった。ミセス・フィッツジェラルドはカウンターに小さな人形を並べていた——天使や羊飼い、磁器のケルビム。蛇口のそばにポプリを入れたボウルが置いてあったが、古びてかさかさになり、花びらには埃が積もっていた。サフィは冷たい水で顔を洗った。

年月がたつにつれて、サフィはだんだんと母親を思い出さなくなった。ちょっとしたことが、さよならも告げずにいつのまにか離れていった。母親の気に入っていた靴は、赤いエナメルだった。でも、形を思い出せない。口紅の濃い色合いは覚えていても、犬歯の形は忘れてしまった。そのようなささやかなことを不当に感じながら、サフィは人造大理石のカウンターに両手をついた。鏡のなかの自分はやはり母親に似ているところもあるが、母親は白人だったから、他人の目には父親似に映るようだった。どこの出身かと尋ねられるたびに——いや、ほんとうはどこの出身かと尋ねられるたびに、サフィは答えた。**父がインドの人なんです。いいえ、わたしは行ったことがないの。ええ、いつか行ってみたいですね。**そしてそのたびに、サフィは骨の髄までぐったりしてしまうのだった。

いまここにお母さんがいてくれたら。この展開について、腹のなかで暴れているものについて、なにか教えてくれたのではないだろうか。怪物があの名前の音で咆哮(ほうこう)している。アンセル・パッカー。

サフィは、母親の手書きの文字が書かれたメモ用紙を入れたあの写真立てをいまだに持っている。それはナイトテーブルに置いてある——ガラスは曇りなく磨かれている。母親が書いたのは〝フェイリクス・カルパ〟という言葉だ。幸福なる罪過。よい結果を招く罪。サフィは挨拶もせず、ひとことの説明もせずフィッツジェラルド家を出ながら、父親のことを考えた。自分が里親の家で否応(いやおう)なく聖書を読ませられて宗教的な語句を覚えたように、父親もそのような言葉を学んで育ったのだろうか。神は、悪が存在することを禁ずるより、悪から善がもたらされるのをよしとしたもうた。

＊

「手がかりが見つかりました」サフィは息を切らして言った。

静かな夜の支部で、モレッティはめずらしく髪を乱れさせ、疲れて見えた。大部屋はありがたいことにだれもいなかった。モレッティは、不貞腐(ふてくさ)れたケンジントンが一日の報告書を会議室のテーブルに放り出したあと、彼を帰らせた。記者会見を境に情報提供の電話が一気に増え、ケンジントンは一日中、市民の憶測でしかないめちゃくちゃな話をたてつづけに聞かされていた。少女たちを誘拐したのは七〇年代から活動している連続殺人犯であるとか、少女たちは悪魔崇拝のカルトのメンバーだったとか、少女たちは喧嘩(けんか)をしているうちにたがいを殺してしまったとか。苛立つケンジントンに、モレッティは情報提供の電話の必要性を説いたが、彼はジャケットのポケットからポケット瓶(フラスク)を取り出し、おおっぴらに中身をあおった。ふたりは情報をひとつひとつ確認しなければならなかった。けれどいま、サフィにはこれがある。本物の情報が。

アンセル・パッカー。

サフィの服にはフィッツジェラルド家の黴臭いにおいがいまだに染みついていた。デスクランプの明かりの下で、サフィはオリンピアの供述を繰り返し、自分は子どものころのアンセル・パッカーを知っているのだと話した。

「彼は犯人像と一致します。危険だけれど、いつもではない。自分の男らしさに自信がなく、つねに男らしさを証明しようとしている。悪目立ちしない程度の社会性はある。そのとおりです――わたしは彼が恥をかいたときになにをするか知っています。家の裏で殺した動物を同じく小川のそばに並べていた。彼が三人を殺したんです」

モレッティは哀れみにも似た疑念の目でサフィを見ていた。

「つまり、あなたはふたりともと個人的な関係があった、というわけね」モレッティはのろのろと言った。「被害者と、容疑者と」

「そうです」サフィは答えた。この支部ではこの手の利害の衝突がひんぱんに起こる――アディロンダックの一帯は、人口が少ないからだ。

「別ものとして考えないとね」モレッティは優しく言った。「なにかについて事実だと信じることと、事実だと証明するものがあることは同じじゃない。こうじゃないかと推測するだけじゃだめなの。そう思うというだけじゃ足りない。裁判に耐える証拠を積みあげないと」

確信が血管を駆け巡っていたが、サフィは狐の話をすることはできなかった。アンセルがなにをしたのか、あの死骸がどんなふうにベッドシーツを汚していたのか、だれにも話したことはない——生々しすぎ、ごく個人的なことでもあるので、明かせなかったのだ。あのできごとはずっと自分のなかで生きていて、気分がどん底まで落ちる日には、だれにも知られたくない屈辱の泡の形が変わったかどうか、つついて確かめてしまう。決して変わらないけれど。

「トレーラーパークから調べてみませんか？」サフィは言った。「彼はまだそこに住んでいるかもしれません」

オリンピアはアンセルのトレーラーハウスの特徴をつぶさに教えてくれた。取り憑かれたようにひとりごとをつぶやくという、彼の奇妙な行動も。**いつもいつも、宇宙がどうのこうのって言ってた、**とオリンピアは言った。**多元的な現実がどうとかって。**

「それはないな。彼は大学に進学したと言われたんでしょう？　彼女の話には証拠がないわ、シン」

「小物は？　なくなったアクセサリー。もし彼が持っていたら？」

「飛躍しすぎね」

夜の空気は重たく感じた。窓の外では冷たい秋風が木々をざわめかせていて、夏の生きものたちはとうに退却して姿を消している。サフィの背筋を冷気がのぼってきた。

「聞いて」モレッティの優しい口調がかえって耐えがたかった。「気持ちはわかるよ、事実だと思いたい気持ちはね。だからといって事実になるわけじゃないし、事実だと信じたいばっかりに判断力が鈍ったり、ほかの手がかりから目をそらしたりしてはだめ。わたしたちにはわたしたちのやり方がある、でしょ？　感情に理性を邪魔させないって大事なことよ。ときには――ときには、なにも感じないことがわたしたちの仕事になる。わかるよね？」

＊

クリステンの家は映画のセットのようだった。素朴な山小屋のような美しさで、丘陵を望む大きな窓がいくつもあり、暖房はセントラルヒーティングだ。ポーチにいても、芳香剤と高価なキャンドルの香りがした。ハロウィーン前の土曜日の夕方で、太陽が弱々しい光を発しながら木々の上に沈んでいく。サフィはクリステンにもらった化粧品のサンプルでメイクをしてきた。メーカーがサロンに無料で配ったものだ――ファンデーションはつねに二段階ほど明るすぎるが、クリステンに気まずい思いをさせずに伝える言い方がわからなかった。

「いらっしゃい、入って」クリステンが言った。「ちょうどピザをオーブンに入れたところ。まだおなかすいてなければいいんだけど」

サフィは靴を脱ぎながら、クリステンのおしゃべりを聞いた。この家には半年前までジェイクがひとりで住んでいて、彼のほうからクリステンに同棲を持ちかけた――サフィは早くもクリステンらしさを見て取った。洒落たカリグラフィの銘板と、〝笑いは最高の薬〟とか

〝どこかではもう午後五時！〟といった語句をニードルポイント刺繍したクッション。玄関ホールのフックにも、あちこちラメで汚れた仕事用エプロンがかかっている。クリステンは迫る西暦二〇〇〇年問題を心配していて、新年がじわじわと近づくにつれて、ますます不安をつのらせていた。家の棚という棚に、缶詰とミネラルウォーターのボトルを備蓄している。「飲む？」クリステンは、ばつが悪そうに冷蔵庫から半分残ったシャルドネのボトルを取り出した。

サフィはかぶりを振った。モレッティが決めた犯すべからざるルールがある——軽いものであっても、薬物は禁止。サフィはニューヨーク州警察に志願したときには、完全に薬物を断っていた。過去に使用していた痕跡も残さず、逮捕歴も前科もない。

「大丈夫？」サフィはクリステンとソファに座ったが、クリステンの指はワイングラスのステムをそわそわといじっていた。

「大丈夫」クリステンは言った。

長い沈黙。

「リラがね」サフィはとうとう言った。

下方スパイラルに陥ったリラと同様に、この不寛容な町の底辺をさまよっていた数年間について、サフィはクリステンにほとんど話したことがない。だがいま、ドラッグがどんな感覚をもたらすか、どんなふうに血管で溶けるか、埃だらけのマットレスで丸一日寝転んでいるのがどんな感じか、クリステンに聞いてほしかった。どんなふうにリラの人生を知り、そこから抜け出したのか――リラにはどうしてそのチャンスがなかったのか。

「クリステン」サフィは切り出した。「アンセル・パッカーを覚えてる？」

「もちろん」クリステンは言った。「変わった子だったよね。ミス・ジェマが病気になって、あの子もよそに移されたんだった。あなた、いま強盗事件を担当してるんじゃなかった？」

「モレッティが担当を変えてくれた。リラの事件に」

「あの人、よっぽどあなたを気に入ってるのね」

「どうしてかわからないけど――」

「なに言ってるの。あなたはここ数十年で最高の若き捜査官でしょ。それに、あなたの経歴はすごいよ、サフ。非行少女が人生をひっくり返した。テレビドラマの刑事みたい。過去に苛まれている元孤独な少女が、ってやつ。あの行方不明の男の子だって、あなたひとりで見つけて――」

「アンセル・パッカーだけど」サフィはクリステンをさえぎった。「あの子の変なところって覚えてる？　なにか気になることとか」

「思い出すのは、こっちをじっと見るあの目つきだな。相手をどう利用してやろうか考えてるみたいな」

「ほかには？」

「どうしたの、サフ。あの子もただの子どもだった。こんなふうにあのころに戻るのって穏やかじゃないね」

でも、ほかにどうすればいい？　戻る以外に方法がない。あのころから現在へ線をたどるしかない。自身から自身へ。

「ねえ」クリステンが言った。顎が震えている。「あなたって刑事のわりに観察力がないよね」

左手を掲げるクリステンの笑みは神々しいほど美しかった。薬指に、きらきらした小さなダイヤモンドを並べた細い指輪がはまっている。

そのときサフィは、どういうわけか失望した。それはあさはかで幼稚な感情で、腐った牛乳のような酸っぱい味がした。一瞬でその気持ちをねじ伏せ、この場にふさわしい喜びの表情を作った。クリステンがうれしそうに甲高い声をあげたとたん、苦い気持ちは砕けてなくなり、サフィは親友を抱き寄せた。クリステンの整髪料の香りに包まれながら、ずいぶん前から覚悟していたことが現実になったのを思い知った――クリステンはたったひとりの家族なのに、もうすぐそうではなくなる。

ふたりは夜遅くまでしゃべっていた。映画もピザも忘れた。キッチンは黒焦げになったピザの煙が充満し、ふたりは真っ黒になったペパロニだけつまんで食べた。以前のようにふたりでソファに並んだまま眠りに落ちながら、サフィは温かいクリステンの足を肩の下に感じていた。

夜のあいだに、頭の奥に隠れていた考えが這い出てきた。目を覚ましたサフィはジーンズをはいたままで、片方の手はソファのクッションの隙間に挟まり、喉のなかにあのころのにおいが残っているような、いやな感じがした。湿地の草むら、日焼け止め。腐敗した毛皮。小さな前脚を力なくのばした栗鼠の死骸。クリステンはいなくなっていた――いつのまにかジェイクが帰宅したのだろう。サフィは夜の残骸を眺めた。チーズの皮膚をはがされて真っ赤な血を流しているピザ、脂っぽい指紋だらけのクリステンのワイングラスを見ていると、胸がむかついてきた。

日曜日の早朝の田舎道には、車が一台も走っていなかった。サフィはパトカーの窓をあけ、新鮮な空気にずきずきしはじめた頭をなだめてもらった。木々の梢越しに秋の曙光が差しこみ、舗装した路面で影が踊った。

ついにトレーラーパークが見えてきた。

一軒だけほかの家から離れてるの。オリンピアはそう話していた。**ずっと奥にある。あんなところに家があるとはだれも思わないんじゃないかな。**

少女たちの遺体が発見された場所から一キロ半ほど離れたこのトレーラーパークには、見たところ十二軒の移動住宅があった。朝靄のなかにぼうっと浮かびあがるそれらの家は、ほぼVの字形に並んでいた。小型犬の吠える声やテレビの音が聞こえた。痰(たん)の絡んだ咳。サフィはパトカーを降り、鎖につながれたロットワイラーの前をこっそりと通り過ぎた。砂利を踏むブーツの足音に、犬は鼻をひくつかせた。

オリンピアの言うとおりだった。ほかの十二軒から十五メートルほど奥まった敷地のすみで、真っ赤に紅葉した低木のなかに隠れるように一軒のトレーラーハウスがある。サフィは昨日と同じ皺くちゃのTシャツとジーンズといういでたちで、バッジをゆるく握って木立の周辺をまわった。

きしむ階段を一段ずつのぼった。咳払いをする。ドアをノックする。

ドアをあけたのは中年の男だった。破れたボクサーショーツ、薬物依存症者特有のかさぶただらけの顔。男の後ろに、画面が砂嵐の状態になっているテレビ、古いビール瓶が林立したテーブル。何週間も餌をもらっていないように見える猫が見えた。

「なんだ？」

一瞬、サフィは臭い煙草と饐えた息のにおいを吸いこんでしまった。ここになにがあると思っていたのか、自分でもわからなかった。アンセルの人生の形跡でも見つけるつもりだったのか。なにかを、とにかくなにかを見つけたかったのだ。いまや自分のばかさかげんがどんなに危険か、はっきりとわかった。

「おい」背を向けたサフィに、男が声をかけた。「なんの用だ？」

サフィは逃げた。

ハンターの事件を解決したとき、管区の支部長は大喜びした。逸材が入ってきたなとモレッティに祝意を伝えた。だが、サフィは自分が逸材だとはまったく思えなかった。どの事件でもこんな気持ちになるのかと、モレッティに尋ねたかった。めくるめくような確信のあと、獰猛な恐怖にがりがりとかじられるのか、と。奇妙なことに、その恐怖には中毒性があった。サフィの細胞のなかに、謎をがつがつと貪る生きものがいる――それは病んで腐っていて、木のようにねじくれながら物見高くのびていく。もう何年も前にサフィを破滅の淵まで駆り立てたものはそれだ。それがサフィを警官という職業へ駆り立て、このトレーラーパークへ車を走らせたのだ。

幹線道路に出るころには、頭が割れるように痛んでいた。アクセルを踏みこむと、エンジンの回転数が増し、顔に髪がかかった。やがて時速百六十キロに達し、自分のなかになにも残っていないことを確信したとき、彼女はがらがらの幹線道路に向かって口をあけ、はらわたの底から真っ黒な叫び声をあげた。

＊

その後数日間は書類仕事に追われた。サフィは引き波に吸いこまれるように事件に呑みこまれた。遺体を発見してから一週間がたつが、最後にいつ食事をしたのかも思い出せない。何日か前にドライブスルーでファーストフードを買ったのはたしかだ——それを除けば、コーヒーとグラノーラバーでしのいでいたので、夜遅くまで残業しているとおなかが鳴った。自宅アパートメントには二度帰ったが、シャワーを浴びて着替えをダッフルバッグに詰めただけで、すぐに支部へ戻った。

支部長はある男を容疑者の本命と見ていた。ニコラス・リチャーズという住所不定の男で、何度か薬物絡みで逮捕されたが、刑を免れている。私怨でもあるのか、支部長はリチャーズを最優先で調べるよう全捜査員に指示していた。サフィのデスクは、電話の通話記録と関係者の資料のコピーでぐちゃぐちゃだ——その下に隠れて、サフィ自身の疑念がもはや無視できないほど激しく脈動している。

　アンセル・パッカーの資料によれば、彼はノーザン・ヴァーモント大学に進学したが、学士を取得する寸前で中退している。最後の学期に、哲学科大学院の特別研究生に応募していた。資料には、メイ・ブラウン教授による高評価だけではない推薦状も入っていた。サフィは教授の留守番電話に四度メッセージを残した。アンセルがいまどこにいるのかわからない。彼の納税記録の住所は、数年前に取り壊された大学近くのアパートメントだった。警察の記録もない。スピード違反すらしていないのだ。

　モレッティが通りかかるたびに、サフィはアンセルの資料をなにも書いていないファイルボックスの下に隠した。ほかのことはあとまわしよ、シン。モレッティからは、有無を言わせぬ口調でそう指示されていた。**ほかのことはあとまわしよ、シン。支部長の容疑者について証拠を集めて。これは命令だから****ね**。逮捕まであとひと押しだった——ニコラス・リチャーズは以前、遺体が埋まっていた場所の近くで、違法にテントを張っていたのだ。少女たちがいなくなった日もそこにいたと確認できれば、逮捕に踏み切る。自信たっぷりのモレッティにそう告げられた瞬間、やり場のない不満にサフィの心臓は跳ねあがった。

　だから、そろそろモレッティが荷物をまとめて退勤するころに鳴った電話に出たとき、サフィはなにも期待していなかった。

「サフラン・シンです」

「もしもし？　メイ・ブラウンです。お電話をいただいたようですが」

　サフィは受話器を耳に強く押し当て、同僚たちの騒がしい声を遮断しようとした。会議室の窓のむこうで、彼らはなにがおもしろいのか、シェービングクリームを詰めたコンドームをぶつけ合い、破裂させようとしている。少し離れた席で、モレッティは蛍光ペンで唇をトントンと叩きながら、集中して通話記録の束を見つめている。サフィは声をひそめて応答した。

「先生はアンセル・パッカーという学生を哲学科大学院の特別研究生に推薦なさいましたね」

「ああ、そうですね。でも、結局は彼の希望は叶わなかったんです。記憶にあるかぎり、彼は——なんて申しあげたらいいのかしら。平凡なのに、もっといい待遇を受けて当然だと思っているような学生でしたね。クラスメイトの女子が特別研究生になったのをよく思わなかったんでしょう。そのあとすぐ中退してしまったから」

「なにかほかにもご存じではありませんか？　彼がいまどこに住んでいるかおわかりになりますか？」

「いいえ、わからないわ」ブラウン教授は言葉を切った。「ガールフレンドには連絡を取ってみました？」

「ガールフレンド？」

「大学時代の交際相手です。わたしの記憶が正しければ、真剣につきあっていたようですよ。

いつもパッカーのいる教室の前で待っていました。たしか、わたしの物理学入門を受講していたわ。ジェニー。ジェニー・フィスク。看護学の学生でした。いいえ、心理学だったかしら。いい子でしたよ。連絡を取ってみてください」

興奮で一気に目が覚め、サフィは電話を切った。モレッティが立ちあがり、車のキーを取り出し、洒落たブランドもののパーカーをはおった。

「なにかわかったみたいね」モレッティはあくびを嚙み殺しながら言った。

サフィはかぶりを振った。「なんでもありません」

モレッティの車のテールランプが駐車場から消えるのを待った。古い電話システムには四人のジェニー・フィスクと三人のジェニファー・フィスクがいた——そのうち四人は高齢で、ひとりは故人、もうひとりは薬物関係の罪で服役中だ。残りのひとりはヴァーモント州の小さな町に住んでいる。アンセル・パッカーが在学した大学からほんの数キロだ。

電話をかけながら、サフィは自分の手が震え、興奮が風船のようにふくらんで喉をふさぎそうになっているのを感じていた。

「もしもし」

女性の声だった。声の後ろで水が流れる音がしている。

「ジェニー・フィスクさんですか?」

「どなた?」

「ニューヨーク州警察のサフラン・シンです。いまお話ししてもいいですか? お尋ねしたいことがあるんです」

「すみませんが、どういう――？」

「アンセル・パッカーという男性を捜しています」

はっと息を呑むような沈黙が降りた。電話のむこうから、テレビの音声や重たい足音が聞こえた。

「あの――なんの話ですか？　ごめんなさい――いまはお話しできないんです」

「ご都合のいい時間はありますか？」

「あの――ええと、明日は病院にいます。北西地区病院で、正午ごろに」

ジェニーは電話を切った。ひとけのない署内が脈動しはじめ、サフィは鼻腔から吸いこんだ粉の力が血管に侵入する感覚を思い出した。この感覚はもっとすごい。とてもやめられない。

*

救急処置室（ER）の蛍光灯が白色の光を放っていた。サフィがバッジを見せると、受付カウンターの女性はあわてた。

「ジェニー・フィスクですか？」目を見ひらく。「呼んできます。おかけになってお待ちください」

サフィはちくちくする生地を張った椅子に座った。昨夜は自宅に帰り、パジャマパンツにはき替え、きちんとととのえたベッドで休み、時計がもうすぐ朝だと告げるころに目を覚ました。車でシャンプレーン湖のほとりを走ってヴァーモント州を目指しながら、プラスチックカップに入ったぬるいコーヒーをがぶ飲みし、落ち着けと自分に言い聞かせた。この感情はハンター少年の居場所へ導いてくれたのと同じものだが、あのときより恐怖はもっと大きく、しつこく迫ってくる。熱に浮かされているような、あるいはねじれた記憶のなかにいるような感じだ。モレッティの命令ははっきりしていた。すべてを中止して、支部長の本命の捜索に全力で取り組み、彼を逮捕するか潔白を証明すること。サフィは朝からずっとポケットベルの通知を無視していた。モレッティは激怒しているだろう。それでも、プラッツバーグ支部から東へ三時間、車を走らせた町にある病院の待合室で、サフィは興奮し、そわそわしていた。

金曜日のERは空いていて、消毒薬のにおいがした。ベルトに装着したポケベルが二度、三度と振動した。サフィは一瞥もくれず通知を切った。

「こんにちは」

外科エリアの入口に、ピンク色の医療用スクラブ姿の女性がおずおずとしたようすで立っていた。ジェニー・フィスクの腕には小さなしみが点々と散らばり、長い髪を真ん中で分けてひっつめ、二個のバタフライクリップでとめていた。サフィの見たところ、二十代なかばくらいだ。彼女がどんなタイプの女性か、直感でわかる。ハイスクールのアイドル。クリステンのような人気者で、親しみやすくて、短いトップスが似合う。顔は左右対称でかわいらしいが、目立つ特徴に欠ける。

「はじめまして」サフィはさっと手を差し出した。「お時間をくださってありがとうございます。外でお話ししてもいいですか?」

ジェニーが握手をしようと手をのばしたとき、それは起きた。気づいたと同時に、衝撃が襲ってきた――ジェニーの華奢な指できらりと光ったものは。

見紛いようのない、アメジストの輝き。

リラの指輪だ。

捜査がにわかに展開する瞬間はいつもこうだ。ダムの放水や、熟した果物が裂けて果汁があふれ出る瞬間にも似て、唐突に訪れる。

ところが、めまいを覚えて口もきけずにジェニーの手を取ったサフィは、なにかが違うと感じていた。陶酔がない。記憶が次々とよみがえってきただけだ。リラのひび割れた唇、その唇が紫色の石を吸うさま。**気持ち悪いよ。**唾液で濡れたリラの指を見て、クリステンが非難がましく言う。**なんで石をしゃぶるの?** 肩をすくめるリラの髪はつねにもつれている。**おいしいんだもん、**とリラは当然のように言う。すきっ歯が目立つ、夢見るような笑顔。細い指、大きすぎる真鍮の指輪。

「話ってなんですか?」

ERの外の煉瓦の壁にもたれたジェニーの指で、紫色の指輪が輝いていた。サフィはほかのドラッグと一緒に煙草もやめたが、ジェニーに一本勧められ、とにかく手の震えを隠すために受け取った。ジェニーは上着を着ていなかったので、むき出しの腕が秋の涼しい空気で冷え、鳥肌が立っている。サフィは天啓とでも言うべき不思議な勘で、なにもかもわかったような気がした。泣きたくなった。

「あなたが以前交際していた男性を捜しています。アンセル・パッカーを」

ジェニーはやや緊張して身を乗り出した。口角から煙を吐き出す。「彼になんの用？」

「彼の居所を知っていますか？」

ジェニーは目をすっと細くして、サフィを見つめた。片手をあげて指輪を見せた。

「彼と——結婚しているの？」サフィは口ごもった。

「婚約」

サフィの喉の奥に、大きな怒りの塊がこみあげた。自分のいたらなさに、不意にチョークホールドをかけられた。この事態を予測できず、可能性すら思いつかなかった。昨夜、電話のむこうから足音が聞こえていたのに。

「いまも——」サフィはむせた。「失礼。その指輪。アンセルに贈られたんですか？」

ジェニーの親指が石をなでた。「それがなにか？」

「大事なことなんです。古い事件の捜査に関わることです」

「あなた、刑事に見えないけど」

サフィも自分が刑事だとは思えなかった。ジェニーにプライベートな部分を見られたような、いきなり丸裸にされたような気分だった。

「彼、なにをしたの？」ジェニーは不安の混じったため息を長々と漏らした。「悪いこと？」

さあ来た。このためにここまで来たのだ。この瞬間を瓶詰めにして、あとで証拠にするためとっておきたかった。ジェニーがそらした視線を。唇のわななきを。ジェニーは質問に動じてはいない。悪いこと、という口調でわかる。ジェニーは予期していたのだ。

「殺人事件の捜査をしているんです」サフィは穏やかに言った。「ニューヨーク州で三人の少女が殺された事件です」

そのあとにつづいた沈黙は鋭く突き刺すようだった。自動ドアがさっと開き、また閉まった。ジェニーは煙草を壁でもみ消し、煉瓦に黒い筋を残した。吸い殻を手のひらにそっとのせ――そのへんに捨てるタイプの人間ではないのだ――身を震わせた。サフィが気づいたときには手遅れだった。ジェニーはこれ以上話してくれない。彼女が背中を向けたとき、髪が幕のように頰にかかった。

「行かないで」サフィは言った。「話はすぐに終わるから――」

「あなたの勘違いよ」ジェニーはぼそりと言い、自動ドアのほうへ歩いていく。「お願いだから、わたしたちを放っておいて」

そして、彼女はいなくなった。救急車がサイレンを鳴らして走り過ぎ、置いてきぼりにされて立ちつくすサフィの煙草の灰がはらはらと落ちた。

＊

どうだった？　以前、クリステンに訊かれたことがある。トラヴィスと彼の仲間と一緒にいるのはどんな感じだった？

サフィはあのころのことをうまく言葉にできなかった――ひとまず話してはみた。地下室のパーティやにわか作りのキャンプサイト、煙のにおいの染みこんだカーテンがかかったむさくるしい部屋について。彼らはたがいに関心を持つこともなく、気まぐれに家から家へ、パーティからパーティへとうろついた。そんないい加減さにくるまれていると、サフィは安心できた。守るべきものがなにひとつない者にとって、自己破壊はたやすい。サフィがほしかったのは、ドラッグそのものでも、ドラッグがもたらす安っぽく薄っぺらな高揚でもなかった――自由がほしかったのだ。自分は生死のあいだで綱渡りをしているけれど、どちらの側に落ちてもたいした違いはないと知っていたかった。

サフィは、駐車場で太陽の光を反射している車のほうへとぼとぼ戻っていった。支部に行かなければならないのは百も承知だ。すでに一日の半分をサボってしまった。ただ、ポケベルがひっきりなしに鳴っていても、やはり以前の自分のかけらが、欲望が、時限爆弾のようにカウントダウンしているのがわかる。サフィは車のトランクをあけてポケベルを着替えのスウェットシャツの下に放りこみ、ポケットから住所のメモを取り出した。

サフィは気分が昂るままに、幹線道路を猛スピードで飛ばした。ブティックやレストランの並んだ通りを抜け、曲がりくねる道を走って郊外の住宅地に入った――モノポリーのゲーム盤に家の模型を放り投げたように、住宅が不規則に並んでいた。ヴァーモント州はニューヨーク州に似ていると、サフィは思ったが、こちらのほうが若干洗練されている。サフィは、ペンキがはげかけてポーチが散らかった平屋の前で車を止め、ブレーキをかけた。

そこに、彼がいた。

アンセルが。

彼はプラスチックのゴーグルをつけ、日差しが降り注ぐ私道の一番奥にしゃがんでいた。年齢とともに体重が増えたようだが、以前とさほど変わらず、これといった特徴のない、昔ながらの基準でいうハンサムな容姿のままだった。彼は古い椅子の脚をチェーンソーで切断しているところで、車の窓越しに聞こえる音が耳に障った。サフィは、アンセルが頭を大鋸屑(おがくず)の雲に取り巻かれながらチェーンソーを操るのを見ていた。リラの指輪だけでも充分な証拠だが――これもそうだ。自分はすべてを超越していると言わんばかりの、アンセルの立ち居振る舞い。

狐も合わせて一匹、二匹、三匹。

ひとり目、ふたり目、リラ。

つかのま胸が騒ぎ、サフィは彼に近づこうかと考えた。大丈夫。腰の銃に片手をかけて歩いていけばいい。

きっとアンセルは目を凝らし、思い出すはずだ。

サフ。彼は言うだろう。今回はこっちに力がある。怯えるのはむこうだ。頼む、許してくれないか？

だが、サフィは近づかなかった。チャンスは一度しかないし、失敗は許されない。モレッティの自信と経験が、あの鋭い専門的知識が必要だ。サフィは袋小路を出ると、州境を越えて湖のほとりの道を戻った。ラジオはつけず、幹線道路の静けさにくるまれ、この仕事だけが与えてくれる、いまを生きている実感を味わった。この感覚にはどんな人間も敵わない。

一夜かぎりのあっけない関係を持ったことはある。十代のころはグラウンドのスタンド席の裏で、大人になってからは安酒場で。ひとりだけ真剣な交際をした。訓練校で知り合ったC部隊の巡査、マイキー・サリヴァン。彼がシャワーを浴びたあとの湯気とアフターシェーブローションのにおいを思い出し、なつかしくなった。ところが、周囲の山の風景に農地が交じりはじめたころ、サフィはマイキーとの最後の夜を思い出した。あの夜、スパゲティとコロナビールで簡単な食事をすませてベッドに入ると、ジーンズのなかにマイキーの手がすべりこんできた。いつものように覆いかぶさってきた彼の息はトマトソースのにおいがして、両腕が檻のようだった。彼が入ってきたとたん、サフィは不意に自分のなかが空洞になった気がして、一刻も早くその空洞を埋めてほしくなった。とっさにマイキーの手をつかみ、自分の喉に当てた。

そして要求した。絞めて。

マイキーはほんの短いあいだ、求めに応じた。視界がぼやけ、部屋がぐるぐるまわりはじめたとき、サフィがそれまでずっと無意識のうちに追い求めてきたものの影が見えた。実際には息ができないのに、酸素を深く吸いこんだような気分だった――生き延びることに囚われていない、子どものように自由な自分になったような気がした。この、死と隣り合わせの感覚がほしかったのだ。こんなふうに解放されたかったのだ。

突然、マイキーが息を切らして体を起こした。ランプがともり、黄色い光が嫌悪に満ちた顔を照らし出した。彼が罵倒の言葉を投げつけるかわりに無言で車のキーをつかみ、足早に出ていった瞬間、サフィは自身のなかに棲みついている怪物に気づいた。みずから破滅を望んで腕をのばしている獰猛な獣に。

同じ渇望がジェニー・フィスクにも垣間見えた――彼女も苦しめられたがっている。これは女性であることにまつわる脅威だ。生来備わったものであり、消えることのないその欲望は、傷つかなくても喜びは得られるけれど、それでは生ぬるいと知っている。

＊

ようやく支部に帰り着いたときには、日は沈み、サフィは丸一日、仕事をすっぽかしたことになっていた。毎日授業をサボっていたころのような気分で、ブレザーをととのえた。かまうものかと思いながらも、その気持ちは不安に縁取られている。

支部内はやけに人が多く、全体が興奮でざわめいていた。皺くちゃのTシャツの裾をジーンズにたくしこみもせず、コーヒーの染みがついたブレザーを着ているサフィに気づいた彼らは、急に静かになった。サフィはまっすぐ支部長室へ行き、ノックもせずにドアをあけた。

「部長刑事――」

目の前の光景に焦点が合うまで時間がかかった。ハイヒールを履いたモレッティがよろけ、マホガニーのデスクにつかまっていた。サフィがドアをあけたと同時に支部長とモレッティはさっと離れ、気まずそうに赤い顔をしてうろたえていた。

「いったい一日中どこにいたの？」モレッティが口火を切った。

「見つけたんです」サフィも動揺して口ごもった。こんなふうにぶざまで恥ずかしそうなモレッティを見たことがなかった。いま見た場面の断片がまとまりはじめた。サフィが部屋に入った瞬間にすばやく引っこんだ支部長の手。その手は、それまでモレッティの尻ポケットのあたりの曲線を覆っていた。

「アンセル・パッカー」サフィは急いで言った。「彼の居場所がわかりました。婚約者がリラの指輪をはめていたんです。アクセサリーです、部長刑事。彼はアクセサリーを奪った」

ゆっくりとまばたきするくらいの長さの沈黙。支部長の声は低くきしり、険しい視線がサフィを丸裸にした。

「モレッティ、部下の管理はしっかりやれ」

「待ってください」サフィは言った。「証拠があるんです。具体的な証拠が――」

「シン」モレッティがさえぎった。「今日、ちゃんと出勤していれば、あるいはわたしのポケベルに応答していれば、犯人が逮捕されたのを知っていたはずよ。明日の朝、ニコラス・

リチャーズが罪状認否を問われる」

　ホームレスの男。支部長お気に入りの容疑者。照明の光がカッと明るくなり、室内が真っ白になった——疲労が急降下してきて、肩にずっしりとのしかかった。下着を汚す血液のように、自身の無謀さが体からじくじくと染み出てきたように感じた。

「あなたはわたしの指示にそむいた」モレッティは言った。「指示は明確だったのに、あなたはあからさまに無視した。ケンジントンのおかげで解決したのよ」

「申し訳ありません、でも——」

「これはあなたのためじゃないのよ、シン。子ども時代の恨みを晴らすためじゃない。これは警察の仕事なの。真実のため、事実のためにやるの。それが結局はこの支部のためになる」

「で、こうなるんですか？　部長刑事のおっしゃるこれ、ってこれですか？」サフィは、いまだに生々しく頬を紅潮させているモレッティと支部長を指し示した。「支部のため？」

　一気に空気が剣呑になった。それまでサフィはモレッティに口答えをしたことがなかった。

「謹慎だ」支部長は有無を言わせぬ口調で言い、モレッティとサフィの脇を通り過ぎた。

「二週間の無給。シン、帰りなさい」

　支部長が出ていったあと、モレッティは黙ってすり切れたカーペットを見おろしていた。サフィのはらわたには、たったいま見たもの——自分が邪魔をしたものの衝撃が、パンチを食らったあとのように居座っていた。モレッティはいつもなんと言っていたか？　法執行機関に女性は十パーセントもいないからね。成功したければ、それなりの犠牲が必要よ。

サフィは屈辱を受け、逃げるように支部長室を出た。同僚たちの嘲笑を背に、ひんやりとした秋の夜のなかへ戻りながら、自分が目撃したものは、とうに知っていたはずの真実だったのだと思った。

*

毎晩、悪夢が訪れるようになった。しとどに汗をかいて震えながら目を覚ますと、床に山積みになった洗濯物が子どものころ怖がっていたモンスターのように見え、サフィはナイトテーブルに置きっぱなしになった水をがぶ飲みした。

悪夢には狐が出てくることがあった。腐りかけの肉の雲となって視界のすみを不気味に漂った。それよりも多いのがリラの夢で、彼女はアパートメントのドアの内側に立っている。リテーナーをつけた十一歳のリラ、鼻にピアスをしたティーンエイジのリラ、腐乱して頭蓋骨に髪がこびりついているリラ。だが、最悪の夜には、生きているリラが現れた。

生きているリラは二十六歳だ。黄色いサンドレス、緑の裏庭。七月四日の独立記念日。リラはメイクをして輝いていて、ポーチのプラスチックの椅子には友人たち――ふくらんだおなかの前で握り合わせた両手、左手で輝く紫色の指輪。妊娠三十二週。胸のむかつきと期待、つわりは止まり、かわりに腰が痛む。空腹で、肉の燻製(くんせい)のにおいに大きなおなかが鳴っている。疲れていて、幸福で、不安で、興奮している。ほのかに光る月、飛び交う蛍。裸足のか

ヒーも買って出勤してくるが、以前はなかったひややかな膜がある。モレッティは以前より手の届かない存在、理解の及ばない存在、まねのできない存在になり、いつもサフィはそのことで悲しまないようにしていた。

イジーとアンジェラとリラの事件の裁判はもうすぐだが、検察側が負けるとだれもが考えている。逮捕されたホームレスの男性は、最近の冤罪撲滅キャンペーンの中心人物となり、運動団体が保釈金を集め、一流弁護士を雇った。あんなに逮捕に熱心だった支部長は、この事態を予期していなかった。公訴事実は疑わしく、証拠はもっと疑わしい。警察が間違っていた、陪審団にもそれがわかるだろうと、サフィは厳粛に受け止めているが、それ見たことかと思わないわけでもなかった。ニコラス・リチャーズは無実で、自由の身になるだろう。

サフィはヴァーモント行きのドライブについてだれにも話していなかったが、いまクリステンのウエディングドレスのベールが風にひるがえるのを見ていて思い出した。曲がりくねる道をヴァーモントまで走り、アンセル・パッカーの自宅前に車を止めて、彼の正体を暴露するようなことをひたすら待つだけの長い週末を。彼がピックアップトラックの荷台から食料品をおろしたり、ガレージの仕事台でなにか作業をしたり、キッチンの窓のむこうで食器を洗ったりするのを、サフィはじっと見ていた。あれは強迫観念でも依存でもなかったが、アンセルを追跡して過ごしたあの時間は、その両方による欲求をいくぶん満たしてくれた。

もはや時間の問題でしかない。うわべがどんなに普通でも、ほんとうの自分をいつまでも隠しておけるものではないと、サフィは承知していた。いずれは真実があらわになる。

「すこやかなるときも病めるときも」と、クリステンが誓いの言葉を述べていた。風が強くなり、サフィの腕に鳥肌が立った。遠くで嵐が発生し、山の上に不気味な黒雲が広がりはじめているが、太陽はまだ招待客たちに亜麻色の光を注いでいる。サフィは心のなかで雨を呼んだ。

今日は愛の日だが、サフィはずっと前から愛より力のほうに興味があった。その黒く脈動している核に興味があった。力とは、キッチンのカウンターにバッジを置いたときのカタンという音だ。腰に差した銃の重みだ。遠雷が聞こえ、新郎新婦がキスをしている脇で、サフィはシニヨンにした髪を風に吹き乱されながら、道に迷ったりあと戻りしたり、完全にあきらめてしまうことのないように導いてくれる羅針盤が自分に備わっているのだろうかと考えた。そんな羅針盤などないと気づくと、怖くなった。つづく日々とそのなかでみずからがする選択しかないのだった。

6時間前

壁のひび割れよ、さようなら。図書室の本よ、ラジオよ、さようなら。トイレの悪臭と汚れの膜よ、さようなら。天井の象にも、あなたはさようならと告げる。

さようなら、友よ。

＊

あなたは背中に両手をまわして手錠をかけられる。

手錠がかかり、ガチャッと鳴る。

ショウナはみんなの後ろに立っている。うつむいて靴を見ている――あなたには彼女の目が見えない。背を丸めた彼女の両脇には、あなたの知っている看守ふたりが、ゆるんだ腹としまりのない表情で立っている。あなたを見送りに集まってきたのだ。ずんぐりした看守が前に出てきて、あなたの赤いメッシュのバッグを肩にかける。〝セオリー〟のノートの束はベッドの下に押しこんであり、ショウナがあとで取りにくることになっている。ショウナはハンツヴィルでコピーをとる。それをニュース専門局やトーク番組や大手出版社に送る。

忘れものはないか、パッカー？　そう尋ねる看守長は悲しげで老けこんで見える。たるんだ頰と顎のあたりに漂う哀れみ。そのなかに、看守長がいままでこのコンクリートの通路を歩かせてきた幾百とも知れぬ男たちの姿が見えるが、この十五メートル少々の道では、殺人犯も小児性犯罪者もギャングのメンバーも飲酒運転をした者も、みんな同じだ。

はい、とあなたは答える。大丈夫です。

彼らに先導されて独房から狭い白色の通路に出ながら、あなたは最後にもう一度ショウナにすばやく目をやる。彼女は同行できないが、あなたは視線で伝えようとする。おれたちならできる、と。ショウナは緊張で汗ばみ、肌が光っている。涙がひと筋、うっすらと頰を伝う。あなたは過去の数年間、ジェニーを相手に実践していたので、ショウナを安心させる表情の作り方を心得ている。どんな表情が適切なのか知っている。愛情だ。愛情の仮面をかぶり、ショウナに見せる。彼女は目に見えて落ち着く。

あなたが運命へ向かって通路を歩いていくあいだ、周囲の独房の男たちは静かにしている。それが伝統なのだ。やけにしんとした、空虚な静寂が。汚れが筋になった窓ガラス越しに真面目くさった顔を次々と目にし、あなたはいたたまれなくなる。こんなふうに見送られるのは悲しいし、異常だし、間違っていると感じる。彼らを安心させてやりたい——自分には計画があるのだ、と。ほかのやつらとは違うのだ、と。

あなたは前へ進み、電動のゲートを抜ける。金属探知機を。受付エリアを。

息を呑む。

外だ。

あなたが忘れていたもの。雲。わたあめのようにふわふわとし、のんびりと眠たげな雲。運動用ケージには細い天窓があるだけなので、あなたは雲の質感や細部を忘れてしまっていた。太陽に照りつけられた舗道のにおい。排気ガス。酷暑のなか、駐車場のむこう側で、じっと立っている木々。緑の葉をそよがせる風はほとんど吹かない。あなたは腕をちりちりと焼く太陽も忘れていた。足を止めて甘い外気を吸いこむが、看守長に引っ張られる。

世界はざわめき、魔力にあふれている。もうすぐ、世界はふたたびあなたのものになる。

＊

移送車が金網のそばで待っている。

あなたは、権力に酔った刑務官の群れがいるものと思っていた。ところが、そこにいるのは十人ほどのビジネススーツ姿の男たちだ――そのなかの刑務所長と事務局長補は知っている。彼らの脇を固めるのは、監察長官室から派遣された保安部隊だ。ユニフォーム姿の大男たちはアサルトライフルで武装している。ショウナの夫のものだったという小さな古いスミス＆ウェッソンのリボルバーを想像すると、腹の底がそわつく。

あなたは、保安部隊にぐるりを囲まれてアイドリングしている移送車に近づく。看守長がスライドドアをあけたとたん、つかのま混じりけのない恐怖があなたを呑みこむ――でも、拳銃が前部座席の下で待っているはずだ。奥の窓のほうへ押しこまれ、ショウナが拳銃を置いたと言っていた運転席の真後ろに座ると、恐怖は少しばかりやわらぐ。車内はゴム長靴と古いプラスチックのにおいがする。あなたは、武装した部隊や装甲車や警察車両がついてくるだろうと予測していたものの、それがこれほどの脅威に感じるとは想像もしていなかった。

砂利が鳴る。エンジンをうならせて駐車場を出る移送車のなかで、あなたは長々と息を吐き、ショウナが拳銃を隠した運転席の下へ足をのばす。靴のつま先がなにか固いものに触れる。金属の塊だ。だが、安堵(あんど)は感じなかった。あなたはショウナの顔を、荒れた肌を自意識過剰気味に赤らめる彼女を思い浮かべ、計画が完璧ではないと気づく。

完璧ではないどころか、そもそも計画になっていない。

まもなく川にさしかかる。この先は幹線道路沿いに住宅が点在し、乾ききった草地や沼地や古い工場があるはずだ。やがては、サム・ヒューストン・モニュメント（ヒューストンの地名の由来となった軍人、政治家サム・ヒューストンの彫像）の前を通り過ぎる。それが合図だ。

それまでは待つしかない。運転席の窓はわずかにあいている。外気は四月らしいにおいがする――ほんの二センチほどの隙間から、花々の咲き乱れる夏の気配が入ってくる。からかうような、新鮮なにおいだ。

それがあなたを過去へ引き戻す。

＊

三人目はふたり目のすぐあとだった。あの底なしの夏は試練だった。あなたはひとりでバーに入り、コーラを注文して、人の群れに目を走らせた。失望の影がぼんやりと見えてきた。あのめくるめくような解放感は二度と味わえないかもしれないと、あなたはうすうす気づいているが、あと一度だけ試してみなければ気がすまない。平穏が訪れるのは決まって暴力のあとで、しかしその平穏もつづかないのはどうしてなのか、あなたは少しも考えていなかった。あなた自身の選択ではなく、やらざるをえないからやるという感じ――平穏を追い求めずにはいられないからやるのだ。

店内ではパンクバンドが演奏していて、耳をつんざく大音量に没頭した汗みずくの体が熱気のなかでひしめいていた。あなたは上下に揺れている彼女の頭に目をつけ、煙草を吸いに通用口から外へ出た彼女のあとを追い、一本くれないかと声をかけた。三人目はどことなく見覚えがあった――髪をブルーに染め、牛の鼻輪のようなピアスを鼻につけていた。あたしのこと覚えてないの？　彼女はそう言った。おもしろ半分に挑発するような目をしていた。あなたはうなずいた。そして、襲いかかった。

バーでは音楽がつづき、騒音が彼女のうめき声を消した。彼女がうめいているのは通用口からほんの一、二メートルの場所だから、捕まる可能性が高くなるが、かえってその危なっかしさが解放感を高めてくれるかもしれないと、あなたは思っていた。ところが、そうではなかった。この最後のひとりを選んだのは間違っていた。彼女は抵抗し、あなたの目を蹴りつけたので、あなたの視界に星が散った。取っ組み合いになり、金切り声があがる。途中、彼女はあなたを壁に押しつけた。しかし、結局は体の大きさがものをいう――時間がかかったが、ようやくベルトで彼女の首を絞め、だれかに見られるのではないかと恐れながら、まだ痙攣している体を車へ引きずっていった。だれにも見られなかったのは、純粋な幸運だった。

無用となった彼女のぐったりした体にシャベルで土をかけながら、あなたは荒涼とした虚無を感じていた。彼女は死んだのに、あなたはなにも変わらず、なにも起きない。

不快な月明かりを頼りに、あなたは彼女の指から抜いた指輪を検めた。

この指輪は知っている。ミス・ジェマの屋敷で見た。あなたは、あの女の子たちにクッキーを贈ったあと、ドアのむこうで彼女たちが笑っていたのを思い出した。あのときの少女が、目の前で力なく横たわっていることが、世界がこんなふうに彼女をあなたに差し出したことが、現実とは思えなかった。まるで親から平手打ちを食らったようだ――三人の少女を見おろしながら、あなたは自分のしたことを取り消したくなった。

こんなことをしてはいけなかった。自分は病み、どうかしていたのだ。なによりつらいことに、自分はまったく変わっていない。

あなたの〝セオリー〟が芽生え、膨張をはじめたのはそのときだ。紫色のアメジストに月光が反射した瞬間に、ひとつの真実が明らかになった。あなたにはきわめて残酷な行為ができるということが。悪人になるのはさほど難しくない。悪とは、見つけたり捕まえたりすることができるものではなく、大事に抱えておくことも追い払うこともできない。悪とはひそやかで目立たず、ほかのものに紛れて隠れてしまう。

そのあと、あなたは倒けつ転びつ低木の繁みを抜けた。車に乗ったあとも両手はひどく震え、ポケットのなかの指輪が膝を刺した。午前四時、あなたは激情の涙をだらだらと流しながら、幹線道路に車を乗り入れた。そして、あきらめて病院へ向かった。

あなたはこの話をだれにもしたことがない。どうして病院へ行ったのか、自分でもわからないのだ。おそらく、ミス・ジェマのテレビの光に照らされた、あの少女の笑顔を思い出したせいかもしれない。あるいは、もはや気分が晴れることはないと知ったせいかもしれない――気分が晴れないのであれば、殺す理由がないではないか。

あなたはERの前に車を止め、エンジンをかけたまま降りた。煌々とした明かりに照らされた病院は、どこもかしこも真っ白か真っ青で、過剰に清潔な感じがして恐ろしかった。茫然としたまま、まぶしい照明の下へ歩いていく。がたがた震えて土にまみれた自分がどんなふうに見えるかわかっていた。まぶたは腫れあがり、黒から紫へ変色しはじめている。

どうしました？　受付カウンターの女性が大声で呼びかけてきた。待合室は無人で、ゴムと消毒薬のにおいがした。

助けて、とあなたはささやいた。

はい？

助けて、こんなふうになりたくないんだ。

女性が立ちあがった。笑顔のテディベアが散らばったパステルカラーのスクラブを着ている。彼女はソーシャルワーカーや里親や心配した教師など、それまでの支援者たちと同じように、混乱しつつうっすらと警戒した目で、あなたをまじまじと見た。そのときあなたは悟った。助かるものなら、とうの昔に助けてくれていたはずだ、と。あとずさって自動ドアから外へ出たとき、あなたという存在に関するたったひとつの真実が、胸の奥からこれみよがしに立ちあがった。あなたという人間はどうしようもない。手の施しようがない。あなたはあなたという存在以外のなにものにもなれない。

＊

風があなたを現在に呼び戻した。移送車の窓から顔に風が吹きつける。記憶の底から浮上すると、すでに湖は通過したあとで、ハンツヴィルの境にそびえ立つサム・ヒューストン・モニュメントが遠くに見えている。これがショウナの合図だ。移送車が近づくにつれて、巨大な大理石の彫像が細部まで見えるようになる。

時間の流れが遅くなり、世界がとろりと粘度を増した瞬間に沈んでいくかのようだ。はやる気持ちに緊張が混じり、耳鳴りがしはじめ、体内を巡る血流の音が太鼓のようにリズムを刻む。

未来が目前にひらけている。逃げるのは怖いだろう。スリルと危険に満ち、空腹に苛まれ、つらい思いをするだろう。ろくな計画もなく、とにかく生き延びるので精一杯だ。排水溝に隠れることになるかもしれない。列車の屋根にしがみつくことになるかもしれない。その果てにブルー・ハウスをもう一度見ることが叶わなくても、あの家があるという事実があなたを前進させる。あの家は、ひとつのしるし、ひとつの証だ。あなたもよい人間になれると思い出させてくれる。あなたも生きていてもよいのだ、と。

＊

いよいよだ。

一秒一秒が永遠にも感じる。計画するのにかかった数週間と、待ちつづけた数年間が、命運を決める三秒間に収束する。あなたは、ぶざまな動きで手錠の許すかぎり腰を前にずらす——片足を運転席の下へのばすと、つま先が金属の塊をかすめる。

できるだけ力をこめてその塊をたぐり寄せる。

すべり出てきたのは、拳銃ではない。銃ではない。壊れたブースターケーブルの先端のクリップだ。

＊

もしおれがやっていたらどうする？

あなたは昨夜、汚れが筋になった覗き窓にひたいを押し当て、ショウナにそう尋ねた。

なにをやったって言うの？

わかってるだろう。おれがやったと、みんなが言っていることだ。

どうして？　ショウナは訊き返した。どうしてあんなひどいことをする気になるの？

おれはやってない、とあなたは言う。でも、やったと仮定するんだ。ここだけの話。それでもきみはおれを愛してくれるか？

あなたには自信があった。ショウナは完全に味方で、あなたがやった可能性を受け止める覚悟をしていると、あなたは確信していた――彼女はいままでだまされているふりをしていたが、心の底では真実に気づいていると。だから、彼女の目に浮かんだ嫌悪はパンチのように感じた。その嫌悪にすくんだ顔には、はじめて疑念が混じっていた。あなたはいつもの媚びるような笑みとためらいがちな好意が返ってくると思っていたのに。即座に肯定の言葉が返ってくると思っていたのに。

もちろんやっていないけれどね、とあなたは言ったが、早すぎた。

長い沈黙。あなたはつかのま、しくじっただろうかと思った。こんなつまらないミスで、ショウナに注ぎこんできた労力が無駄になったのだろうかと思った。あなたは引き返そうとするが、ショウナの顔はすでに閉ざされていた。

あなたはすがるように言った。全部、〝セオリー〟に書いてある。読めばわかる。善悪なんか自分自身に語るストーリーに過ぎないんだ、生きていることを正当化するためにでっちあげる物語なんだよ。完全な善人なんかひとりもいないし、完全な悪人だっていない。だれもが生きつづけるチャンスを与えられてしかるべきだ、そうだろう？

蛍光灯が目もくらむほど白かった。ショウナの口元の吹き出物が、彼女の顔全体を痣のように見せていた。

　もう行かなくちゃ、とショウナはぎこちなく言い、あとずさった。明日の朝、答えを出すから。

＊

　あなたが急に動いたので、係官たちは驚き、銃を構えて警告の言葉をどなる。あなたは錆びた金属とほぐれた鉄線の塊でしかないブースターケーブルを見つめる。

　ようやくあなたは現状を理解する。

　選択肢はいくつかある。窓に頭を打ちつける。両脚をのばして運転席を蹴る。悲鳴をあげ、当初の計画どおりの要求を叫びながら、手錠をかけられたままブースターケーブルをつかむ。だが、現実は厳しく、あなたをためらわせる。あなたは八十キロを超える肉の塊で、ビニールの座席に手錠でつながれ、訓練を積んで武装した係官五名に囲まれている。あなたはショウナを信用したが、それはとんでもない過大評価だった――彼女も結局は、あなたが女性についていて唯一知っていることを証明しただけだ。

　女はかならずあなたを置き去りにする。

ラヴェンダー　二〇〇二年

ラヴェンダーがセコイアに話しかけると、返事が返ってくることがあった。

木と話ができる特別な言語がある。ささやき声で理解しあう。声がもっとも鮮明に聞こえるのは早朝、さやさやと音をたてる木の葉を朝靄が包み、セコイアの幹にけぶるように残っている夜のにおいを嗅ぐことのできる時間帯だ。

ラヴェンダーは神を信じていないが、時間は信じている。この二十三年間、毎朝森に入ってきたので、森は彼女の変化をずっと見守っている。傷つき、汚れたジーンズ姿でさまよいこんできた若い娘を、森は受け入れた――そしていま、あのころとはまったく違う人間になった四十六歳の彼女を癒してくれる。においはいつもラヴェンダーを引き戻す。ヒマラヤスギのざわめきと山のため息が聞こえる、あの農場の裏手のデッキへ。ときどき、乳臭い息のにおいを嗅いだり、乳児のすぼまった唇が見えたり、元気に動く小さな手が見えたりする。

そんなとき、ラヴェンダーはでこぼこした幹にひたいを押し当てて祈る。

ラヴェンダーはざくざくと足音をたて、早朝の仄暗さのなかを歩いていく。スプルース・

ハウスを通り過ぎ、アスペン・ハウス、マグノリア・ハウス、ファーン・ハウスも通り過ぎる。中心の建物であるセコイア・ハウスは丘の頂上に建ち、キッチンの窓だけ明かりがともっている。キッチンでは、サンシャインが今日の分のパンをこね、しもやけで赤くなった指で生地を丸めている。ラヴェンダーは、清潔な白い亡霊のように洗濯物がはためいている何本もの物干しロープのそばを歩いていき、馬たちが夢を見ている厩（うまや）も通り過ぎる。森に入ると、グループのワークショップで学んだとおりに、ゆっくりとカウントしながら呼吸することに集中する。新鮮な冷たい空気が体のすみずみへ行き渡り、ぼんやりした頭を始動させる。

ひらけた場所に着くと、木の根元でひざまずいた。

学名 *Sequoiadendron giganteum*（セコイアデンドロン・ギガンテウム）——比類なき赤褐色の巨木。ひび割れた幹にひたいを押しつけると、大きな優しさに包みこまれる。木は愛情を返してくれる。それがとてもありがたい。

だが、今日は訊きたいことがあった。今日のラヴェンダーは、ジョニーとあの農場と、幼い息子たちを思い返していた。もう二十年以上たつのに、いまでも体の芯に残っている場面を。木々の葉に吹きつける風のため息を聞きながら、ラヴェンダーは胸の奥の奥にしまっておいた疑問を尋ねた——いまだに秘密をささやくような気がした。

わたしはなにをしてしまったのだろう？

切羽詰まった問いに木々は答えてくれなかった。樹皮にくちづけすると、唇に触れる樹液が苦かった。

＊

ラヴェンダーがヴァレーへ戻ってきたときには太陽が昇りきり、白濁したオレンジ色の光が丘陵一面に降り注いでいた。目の前に広がるジェントル・ヴァレーは緑がみずみずしく、目を奪う。中央の区画は菜園や果樹園が不規則に並んでいる。女たちは起き出していた。セコイア・ハウスの煙突からは蒸気が立ちのぼり、女たちの笑い声や朝食の食器の音がかすかに聞こえた。

セコイアの森に行ったあと、自分が小さくなったように感じることがたびたびある。いつかは死ぬ運命にある、ちっぽけな存在だと感じる。いつも落胆させられる。太陽が昇ると、いつもまた真実を突きつけられる。どんなに遠くへ逃げても、あの農場にいた娘は解放に焦がれ、ぼんやりかすんだ影となってついてくる。

でも、今日サンフランシスコへ行けば、ひとつの答えが得られるかもしれない。今日、あの娘がなにを生み出したのかわかるかもしれない。

＊

ラヴェンダーが荷物をパッキングしているそばで、ハーモニーが座っていた。

「不安になってもいいのよ」ハーモニーは言った。グループセッション用のわざとらしいくらいやわらかな口調だった。ハーモニーは酒を飲むとまったくの別人のようになり、置き去りにしてきた世界にいたころの彼女が声にあらわになる。あからさまに鼻を鳴らして笑う――いまの優しげで穏やかな話し方とは似ても似つかない。コミューンのヒエラルキーのなかで政治的な争いを繰り返したあげく、ハーモニーはついにワークショップのリーダーに選ばれたものの、自身の能力を証明しようと躍起になっているようだった。

「ほんとうに車を出してもらってかまわない？」ラヴェンダーがそう尋ねるのは、これが三度目だった。

無駄な行為だ。ハーモニーがいまさら取り消すわけがない。ラヴェンダーの旅行のためにワゴン車の使用を許可すると投票で決まったので、ハーモニーは送迎の任務のあいだ友人宅に一泊する手配をしてしまった。サンフランシスコまでは車で三時間の距離だが、この二十年間でラヴェンダーがジェントル・ヴァレーを離れたのは、サンシャインを伴ってメンドシーノの金物店や卸売りのマーケットや銀行へ行くときだけだった。

ラヴェンダーはダッフルバッグに香油の袋をしのばせた。丸めた靴下を取ってくれたハーモニーは、はっきりと同情している顔つきになっていた。

コミューンの女たちに話をして以来、いろいろなことが変わった。打ち明けたのは半年前、グループセラピーのセッションのなかで、セッションは夜まで長引いた。ラヴェンダーは洗いざらい話した。長年のあいだ秘密を守り通してきたので、もしコミューンから追放されてもかえってほっとするかもしれないと思った。ところがいざ告白してみると、毒のあるものを呑みこんだかのように不快な感覚が腹の底にたまり、ずきずきと痛んでいるのがわかるようになった。いまもそれは腹のなかでウイルスのようにうごめいている。旅行の話が持ちあがったとき、ラヴェンダーはみんなに話したのを後悔した。もちろん、彼女たちがこれほどまでに支えてくれ、癒しのためにいろいろ考えてくれたり手間をかけてくれたのはありがたいが、感謝しているからといって不安がやわらぐわけではなかった。**わたしたち、あなたが自分の中心を見つける手伝いをしたいの、**とハーモニーが言うと、床に車座になっている女たちもうなずいた。**自分を壊したものと向き合わないかぎり、完全な自分にはなれないもの。**ジュニパーすら同意し、日に晒された顔を皺くちゃにしてうなずいた。だから、彼女たちが調査員を雇ったり、代理としてメールを送ったり返信したりしても、ラヴェンダーは止めなかった。**いよいよね。**ハーモニーは言った。**あなたのデーモンと向き合うときが来たのよ。**

ラヴェンダーは、デーモンならよく知っているとみんなに言いたかった。たいていの場合、そもそもデーモンなんかではない——太陽から隠してきたのは、ただの自分の破片に過ぎないのだ。

*

ラヴェンダーは二十三年前にジェントル・ヴァレーを見つけた。

バスで海岸線を北上していたときのことだ。道路の脇に、ちらりと看板が見えた——手書きの文字のまわりに色鮮やかな花々が描かれた、素朴で親しみやすい看板だった。赤と黄色の筆記体の文字は明らかに女性の手によるもので、溌剌としていた。ラヴェンダーは席を立ち、運転手に止めてくださいと声をかけた。

その前の二年間、一九七七年から一九七九年はサンディエゴにいた。緑色の薄暗い明かりのともるモーテルの部屋や高架下のテント村に泊まり、溶けた歯をむき出して笑う男たちとすれ違い、親指を立ててヒッチハイクし、砂漠を移動した。州間高速道路沿いのクラブに雇われ、ゴールドのビキニ姿で舞台をけだるげに歩き、トラック運転手たちから一ドル札を受け取り、女優のパティ・ハーストに似ていると言われた。どの高速道路でもカーブを曲がるたびにジュリーの姿を探した。ときどき遠くにジュリーを見かけた。カフェの窓際で笑っている女、ピックアップトラックに乗ってもつれた長い髪を風になびかせている女。結局ジュリーは見つからなかったが、あの放浪生活の二年間、ラヴェンダーは意外なほど自分の判断を信じて前へ進みつづけた――ジュリーが先に生き延びてきたのだから、この世界もなんとか耐えられると感じていた。

何人もの男と出会った。タトゥーを入れた男、ポニーテールの男、ベトナムから帰ってきたばかりで死んだ目をした男。自分でも驚いたことに女もいた。スカートの下にすべりこんできたクラブの別のダンサーの指は蜂蜜のようだった。彼女とは夢のような数カ月をともに過ごした。アートスクールの学生で、病気の母親の面倒を見るために踊っていて、レッド・ツェッペリンのファンで、アパートメントは鉢植えの植物で一杯だった。ある朝、彼女はベッドでラヴェンダーの裸の尻に親指をさまよわせながら尋ねた。**ねえ、あんたってほんとはなんなの？**　答えを求められているのはラヴェンダーにもわかっていた。レズビアンか、バイセクシュアルなのか、そのどれでもないのか、そのどちらもなのか。けれど、ラヴェンダーは肩をすくめただけだった。たいていは、強いて言えばただの人間だと感じていた。

コミューンというものについて教えてくれたのは、そのダンサーだった。**海岸沿いにずーっと走っていけば見つかるよ。**そのあたりは、ジェントル・ヴァレーのように自給自足で癒しと連帯をモットーにした共同体が点在しているのだという。あっというまに凶悪化したコミューンやカルト集団にラヴェンダーが出会わなかったのは、まったくの偶然だった――この二十年間で、ほかのコミューンはほとんど崩壊してしまった。力のない指導者たち。自己中心的な男たち。ラヴェンダーもそんなコミューンのどこに入っていてもおかしくなかったのに、ジェントル・ヴァレーに立ち寄ったのは、ほんとうにこのうえない幸運だったのだ。

ジェントル・ヴァレーは、ジュニパーとローズというふたりの心理学者が設立し、当初の成員は三十名だったのがいまでは六十名に増えた。コミューンの理念は第二波フェミニズムになんとなく共鳴したもので、家父長制とそれがもたらす多くの仕組みを身近なところから解体すること、とくに傷を負った女性に対して行動療法をおこなうこととしていた。ローズは亡くなったが、ジュニパーはいまでもセコイア・ハウスでセッションをおこなっている。ジェントル・ヴァレーの女たちはこの土地から収穫できるものだけで暮らし、自然素材のハンモックを織り、国内の健康用品店や小物店に卸して現金収入を得ている。ラヴェンダーは、ジェントル・ヴァレーのモットーを愛している。議論の余地なく魅力的だ。**目を見ひらけ、心をひらけ。**

それでも、ときには男が恋しくなる。彼らの荒っぽさが。気まぐれなところが。ジュニパーは兄弟や息子や夫など男性の短期滞在を許可することもあるが、この山は女たちのものだと明確にしている。男性の滞在中はコミューンの雰囲気が変わり、空気が張りつめる。ときどきラヴェンダーはあの質問について——**ねえ、あんたってほんとはなんなの**、という問いについて考え、そんなことをだれも気にしないジェントル・ヴァレーはやっぱりいいと思う。

二十三年前のあの日、ラヴェンダーはおんぼろのバスからヴァレーへつづく砂利道に降り立った。ソーラーパネル付きの屋根を頂いたセコイア・ハウスをはじめて目にしたとき、ラヴェンダーはくたびれはてていて、自然の完璧さにおののいた。守護戦士さながらにそびえ、葉をそよがせている巨木の森。新鮮な草と野の花のにおい。ラヴェンダーは片方の手にわずかな所持品を入れた小さなダッフルバッグをさげ、もう片方の手で腹部をつかんでいた。体はとうとうもとに戻らなかった——皺が寄り、ひだができた腹は、自分がかつていた場所をつねに思い出させた。そこに置いてきたものを。ラヴェンダーは、過去の暮らしのしるしである腹の肉をつかみ、埃っぽい道を歩きだしたのだった。

＊

いま、ラヴェンダーはワゴン車の助手席でシートベルトを締めた。ヴァレーの道の端に、セッションの参加者たちが並んでいた——ひとりずつワゴン車のそばへ来て、開いた窓越しに詩の一節をささやいた。レモンはリルケを、ブルックはイェーツを、ポニーはジョニ・

ミッチェルを。ラヴェンダーは、これから向かう外の世界を想像し、自分たちがどんなに奇異に見えるだろうかと考えた。服は手作りで、髪はがっしりとした頭の形がわかるほど短く刈りこんでいる（ジュニパーは非女性性を大切にしようと唱えた）。サンシャインは自分の番が来ると、ラヴェンダーの手をひらかせて真ん中に小さな立像を置いた。いつもはサンシャインのナイトテーブルに置いてある幸運のブッダ像だ。

空は雲ひとつなく、さわやかに晴れていた。完璧なカリフォルニアの秋だ。ハーモニーの運転でワゴン車が長い未舗装の道を走りだすと、ラヴェンダーは透明な翡翠のブッダ像を見つめた。手のひらのなかのそれはちっぽけでみすぼらしく、偽物くさく見えた。シャツのポケットにそれをしまってから、震えながら息を吸い、マニラ紙のフォルダーの縁をなでた。フォルダーをあける必要はなかった。ほとんどのページを暗記している。それらはワゴン車に独特の閉塞感をやわらげてくれた――空で覚えている報告書や、ひたすら書き写したいくつかの電話番号、セコイア・ハウスの事務室で印刷に手こずった何通ものメール。膝の上のフォルダーをいじっているうちに、自分はどうかしていたのだと悟り、胸がむかついてきた。ほんとうは、こんなことをしたくなかったのに。みんなの優しさですべてを覆い隠し、いつのまにか悪夢へ突き進んでいる。

それでも、あの名前がある。あの名前を聞いたとたん、一生忘れないだろうと思った。

エリス・ハリソン。

最悪の可能性ってどんなこと？　最悪の場合、どんなことがわかるの？　ハーモニーはそう尋ね、ラヴェンダーに調査員を雇うように勧めた。

ラヴェンダーは、子どもたちが幸せに暮らしていると思いたかった。それぞれにこの世界で生きていく方法を見つけ、穏やかで満たされた生活を送っていると。それ以上のことは考えたくない。だからこそ、外から隔絶されたジェントル・ヴァレーに自分を縛りつけてきたのだ――ここにいれば、目をそむけていられた。別人だったころの自分、まだ子どもだったころの自分がくだした決断からのびている触手がどうなったか、考えずにすんだ。その触手の先にある世界も、その触手が作っていたかもしれない無限の現実も、直視せずにすんだ。

＊

調査員は、まずパッカー赤ちゃんを探し出した。

記録をたどれば簡単だった。彼は一九七七年に数日間入院したあと、養子になった。生後二カ月の栄養不良児。ラヴェンダーはいまでも目を閉じると、最後の日に母屋の床に寝かされ、小さな手足をばたつかせていたあの子を思い出す。

シェリルとデニーのハリソン夫妻が作成した正式な書類は、いまだに州の記録として残っていた。夫妻はパッカー赤ちゃんにピカピカの新しい名前を授けた。エリス、と。調査員によれば、エリス・ハリソンは現在ニューヨーク・シティにいないが、そこで育った。あの痩せた乳飲み子が二十四歳の大人になった姿を思い浮かべようとすると、胸の鼓動がわざとらしいまでに遅くなり、ラヴェンダーは心臓が溶けてしまったのではないかと思った。

アンセルは？　ラヴェンダーはおずおずと尋ねた。

アンセルはいま二十九歳になっているはずだ。調査員の調べでは、彼はヴァーモント州の小さな町に住んでいる――大学で哲学を学び、現在は家具店で働いている。それを聞いて、ラヴェンダーは誇らしくて顔をほころばせた。大学。やっぱり。あの子はとても賢かったもの。ハーモニーは、アンセルの住所を印刷した紙をくれたが、ラヴェンダーはそれをたたんだままドレッサーの裏の埃まみれの隙間にわざと落とした。

女たちはそれから数週間、セラピーでラヴェンダーの選択肢を話し合った。ハーモニーはラヴェンダーに、アンセルに手紙を書くよう勧めた――頭のなかでいつも手紙を書いていたんじゃないの？　だが、とても書けそうになかった。子どもたちに再会するなど、想像しただけでも吐き気がするほど不安になり、セッションを早めに切りあげて横にならなければならなかった。

とくに、アンセルは。アンセルは、覚えているはずだ。

結局、話し合いは妥協案に落ち着いた。つまり、ラヴェンダーが完全につぶれてしまわないように、もっとも距離のある人物とあまり密にならない程度に連絡を取って情報を得ようということになった。

親愛なるラヴェンダー、とシェリル・ハリソンは、ハーモニーがラヴェンダーのふりをして書いた手紙に返信してきた。お手紙をありがとう。来月、サンフランシスコで写真展を開催します――そのときに会いませんか？　あなたがなにを望んでいらっしゃるのかわからないし、ご希望に沿えるかどうかもわからないけれど、ぜひお話ししましょう。ギャラリーにいらっしゃるなら、助手に準備させます。心をこめて、シェリル。

幹線道路に入ったワゴン車のなかで、ラヴェンダーはジョニーに思いを巡らせた。あれから何年もたったのに、彼の亡霊はいまでもしつこく悪魔のように肩にとまり、たびたびささやきかけてくる。あきれたな、ラヴ。ばかなことを考えたもんだ。

調査員の報告書の最後には、ついでのように書かれていた。ジョニーは死亡した、と。彼はあの農場に一度も帰らず、児童保護サービスから逃げつづけ、車で南へ一時間ほどの貧乏白人の多い町で新たな半生をスタートさせた。そして十五年前、飲酒運転で州間高速道路を走っていてセミトレーラーに衝突し、その衝撃で爆発した車のなかで死んだ。

いまジョニーを思い出そうとしても、その炎しか見えない。

＊

静止することのない都会が前方に現れた。霧のなかにそびえる摩天楼を前に、ハーモニーはカーラジオに合わせてハミングしていた――ラヴェンダーはサンシャインのブッダ像を手のひらに跡がつくほどきつく握りしめた。この短い人生で、ラヴェンダーは別人になることを繰り返してきた。あの農場の娘が成熟した人間になるなんて、めざましい変化ではないだろうか。黙想することを学んだ。三点倒立もできるようになった。六十人分のアップルパイを焼くこともできる。ラヴェンダーは自身を女たちの温もりと、ジェントル・ヴァレーのリズムのなかだけにくるんできたので——セラピーのセッションに出て、夕食時には詩を朗読し、午後は庭で過ごす——外の世界の鋭さをほぼ忘れている。新聞は去年読むのをやめてしまった。9・11の報道はあまりにも生々しく、悲惨だった。曇り空を背にぎらぎら光るサンフランシスコが遠くに見えてきたときから、ラヴェンダーは重みをなくした体で宇宙空間に放り出されたような、寄る辺ない気持ちになっていた。母乳で重たい乳房とともに何カ月もひとりで放浪した二十一歳の自分を呼び覚まそうとしたが——もはやまったくの別世界のように遠く感じた。以前、ときどき脱皮しているような気がするのと、たったひとり理解してくれそうなサンシャインに語ったことがある。床から動けずに脱ぎ捨てた皮を探してるみたいな感じ。

サンシャインはジェントル・ヴァレーへやってきたときに妊娠していて、両手は火ぶくれし、一カ月間だれとも口をきかなかった。ひとことも発さなかった。そのころラヴェンダーはヴァレーへ来て一年足らずで、サンシャインが重たい足音にびくつくようすになんとなくピンと来るものがあった。

数カ月後にサンシャインは出産した。彼女は無言でラヴェンダーを子どもの名付け親に指定した——看護師におしぼりでひたいを冷やしてもらいながらあえぎ、子どもの名前をどうするのか訊かれても、いつものようにしゃべらなかった。ラヴェンダーはサンシャインから子どもを抱き取ったとたんにあの強烈な愛情を感じたが、それはあまりにも急激だったので、思わず泣きそうになった。ジェントル・ヴァレーの女たちの多くは、花木や色彩にちなんだ名前で自称している。だが、幼子の赤い薄片状の肌をじっと見ていると、ある人物を思い出した――自分が立ちあがり、生き延び、いま小さな心臓の鼓動を手のひらに感じることになったきっかけを作った人。

ミニー。ラヴェンダーは二十年以上も前にガソリンスタンドで会った女性を思い出していた。サンシャインはうなずいた。**この子はミニーと名付けましょう**。

名付け親として、ラヴェンダーは見守りを自分の役割とした。ミニーはきいきい声の幼児になり、膝小僧が真っ黒の八歳児になり、頑として髪を切らせない不機嫌なティーンエイジャーになった。ついに一人前の若い女性となったある朝、バッグひとつに持ちものを詰め、ヴァレーを出ていった。ミニーがいなくなったあとの数日間、ラヴェンダーはサンシャインと一緒に森に入り、腕組みをして寒さをこらえながら、乾いた落ち葉をブーツでさくさくと踏んで歩いた。

だから、サンシャインは時間がナイフになりうるのを知っている。そのナイフはすでに突き刺さり、ひねられるのを待っている。混雑した市街地へゆっくりと入っていくワゴン車のなかで、ラヴェンダーは緊張に汗ばんだ手のひらでブッダ像をなで、後部座席にサンシャインがいると想像した。サンシャインがここにいたら、短髪の頭を振り、責めるのではなく純粋な好奇心から尋ねるに違いない。どうして子どもたちのもとへ帰らなかったの、と。

＊

「準備はいい？」ハーモニーが尋ねた。

ふたりはシェリルと待ち合わせをしているカフェの外で、ワゴン車をアイドリングさせてぐずぐずしていた。ギャラリーは通りを挟んだむかいにある――オープニングまであと一時間あるが、一帯はすでに期待に満ちてざわついていた。

「よくない」ラヴェンダーは言った。

「大丈夫よ」ハーモニーは言ったが、その声は不安そうに震えていた。「わたしはすぐそこのディーナの家にいるから。あなたは強いよ、ラヴェンダー。信じられないくらい強いの」

ラヴェンダーはハーモニーの月並みな励ましに耐えられなくなった。リュックをつかみ、バックミラーで歯が汚れていないか確かめ、ドアをあけた。髪は短く刈りこんでいても脂っぽく感じ、冷や汗で濡れたシャツは乾いて冷たくなった。持ってきたカーディガンは薄く、華やかな低層建築のあいだを吹き抜ける潮風をさえぎってくれなかった。ラヴェンダーはそれ以上なにも言わず車を降りたが、体じゅうにアドレナリンが駆け巡っていた。

この都会はモンスターだ。ラヴェンダーは、そのモンスターの口のなかへ入っていった。

＊

カフェは若者向けの洒落た店で、どの窓辺にも多肉植物が並んでいた。ラヴェンダーが緑茶を注文すると、バリスタは彼女の外見をまじまじと見た。短く刈った髪、ビーズのイヤリング、土にまみれたサボ。ラヴェンダーは不器用な手つきで現金を取り出し、多めにチップを払いながら、店内を見まわした——いくつかのテーブルで、小粋な格好をした若者が本を読んだり、静かに語り合ったりしている。ラヴェンダーの喉はざらついた。不安でたまらず、後悔で一杯だった。年配の女性は、すみのテーブルについているひとりだけだった。

シェリル・ハリソン。

立ちあがって手を振った彼女は、上背があった。百八十センチ近い。豊かな栗色(くりいろ)の髪を品よくスカーフでまとめ、華奢なフープのイヤリングをつけ、肘のあたりで袖が広がっているワンピースを着ていた。ワンピースはなめらかなサテンで、ゆったりとしたデザインだ。こっくりとした茶色の瞳が、空席に腰をおろすラヴェンダーの全身を眺めた。シェリルはブラックコーヒーを飲んでいて、コーヒーカップの縁に完璧な口紅の跡がついていた。

「どうも」シェリルが言った。「ラヴェンダーね」

シェリルはほっそりした背中をまっすぐにのばし、椅子の端に腰掛けていた。猫みたいだ、とラヴェンダーは思った。堂々として、優雅で。おそらく六十代のはじめくらいだろうが、彼女の肌はラヴェンダーに自分の肌のたるみを意識させた——シェリルはほほえんでも目立つ皺がなく、目元に細かい笑い皺が寄るくらいだ。ヒールの高いサンダルを履いた足の爪は、きれいなサクランボを思わせる赤に塗られていた。シェリルがコーヒーカップを持ちあげたとき、ラヴェンダーは手のひらに黄色い塗料がついていることに気づいた。

「おめでとうございます」ラヴェンダーはおどおどと言った。「写真展の開催のことですけど」

「あら、ありがとう。なんだかどきどきするわね。夫のデニーが亡くなる前に写真をやるべきだって励ましてくれたの。もっと早くにはじめればよかった」

バリスタがラヴェンダーの緑茶を運んできた——空っぽのマグカップと一緒に、凝った作りのティーポットがついてきた。シェリルはどうも取っつきにくいとラヴェンダーは感じたが、冷たくはない。そうではなく、いかにも賢そうなのだ。ラヴェンダーを萎縮させるたぐいの自信にあふれている。たった一年前に、この女性は9・11を体験したはずだ。それでもこんなふうにトラウマなどみじんも見せずに座っているのがうらやましい。

シェリルはラヴェンダーを値踏みするように、すっと目を細くした。「あなた、絵のモデルになったことはある？」

「え」ラヴェンダーは口ごもった。「ありません」

「そう。いえね、あなたのお顔だけど。広い宇宙があるわ」

ラヴェンダーはどう返せばいいのかわからなかったが、シェリルは反応を待っているわけではないらしく、もぞもぞと姿勢を変えた。膝の上にサテンの生地がたまった。突然、ラヴェンダーにはシェリルのアパートメントが鮮明に思い浮かんだ。高い天井、きらきらと輝く窓、壁を埋める絵画。なにもかも鮮やかで、意図がこめられている。モダンなソファ、改造したオークのテーブル、棚には外国の土産物と詩集の初版が並んでいる。ラヴェンダーがときどき思い描いていた、お金に恵まれた別の人生そのものだ——そもそもはじまりからなにもかも違っている空想の世界だ。

「それで」シェリルは言った。「話があるんでしょう」

「知りたかったんです」ラヴェンダーは言った。「あの子がいままでどんなふうに生きてきたのか」

「わたしに連絡を取ってくれてよかった。わたしでよかった——そう、エリスでなくて」

「あの子は知ってるんですか？」

「自分が養子だということは前から知ってる。でも、あなたと会うことは教えなかったの。これ以上、あの子を悩ませたくなかったから」

歓迎されていないのがわかり、ラヴェンダーの喉に大きな塊が詰まった。

「あの子は幸せなんですか？」

「ええ、もちろん」シェリルの顔に本物の笑みがよぎった。「あんなに幸せな子はそうそういないわ」

「ニューヨーク・シティで育ったんですよね？」

シェリルはうなずいた。「いまは北部に住んでるの。毎年、夏にはアディロンダックの貸別荘で過ごしたのよ——あの子が自分のルーツとつながっていられるようにしたほうがいいと思ったから。それに、エリスもあの山が好きだった。ハイスクールを卒業してからずっとあのあたりに住んでるの。ニューヨーク大学に合格したのだけど、デニーもわたしも、あの子がよろこんでいないのをわかってた。ほかのことをやりたかったのね。都会が与えてくれないもの、だれもが当たり前に期待する以上のものを望んでいた。その年の六月に、レイチェルに出会ったの。八月にはレイチェルの妊娠がわかった。どこに居場所を定めるべきか、人生が教えてくれることってあるわ、そう思わない？　とにかく、ふたりはレストランを開業した。エリスの焼くサワードウは最高なのよ」

ラヴェンダーの喉はますます詰まり、息苦しくなってきた。ハーモニーの言いなりになるんじゃなかったと、真剣に後悔した。事実は重たすぎる。耐えられない。

「つまり――お孫さんがいると？」

シェリルはうなずいた。身を乗り出した彼女から、高価で趣味のよい、向日葵のような香りがふわりと漂った。

「ねえ、考えたんだけど」シェリルは言った。「あなたもギャラリーにいらっしゃいな。あと一時間もしないうちにオープニングパーティがはじまるけど、準備は終わってるの。あなただけ特別に案内してあげる」

親切な申し出のように感じた。差し出された手。緑茶は手付かずのままテーブルで湯気を立てていたが、ラヴェンダーはシェリルと一緒にカフェを出た。

午後の空気は湿気を含み、空は嵐を予感させる灰色だった。通りは混雑して騒々しかった――ブロックの端に位置するギャラリーの入口へたどりついたとき、ラヴェンダーは心底ほっとした。

　ギャラリーそのものは小さな白い建物だった。なんの飾りもない殺風景な壁が四面。入口のポーチでホームレスが体を丸めていたが、シェリルは臆さず彼をまたぎ越し、ラヴェンダーをなかへ入れた。部屋のすみで、ボタンダウンのシャツを着た若い女性がふたり、ワインのボトルをあけたり、アイロンのかかったテーブルクロスの上にグラスを重ねたりしていた。

「あの作品のタイトルは『祖国』にしたの」シェリルは機嫌よく言い、奥の壁に一列に並んでいる数枚の額縁を指し示した。「人間はつねに自身を再生して、さまざまな進化に合わせて新しい故郷を作るということを表現してる。ここにある写真の家族は進化しつつ、永遠に変わらない。わたしはその逆説を掘りさげたいの」

　ラヴェンダーは中央の写真に近づいた。

　見紛いようがない。

　パッカー赤ちゃん。もう赤ちゃんではないけれど。大人になったけれど。

　エリス・ハリソンは、ラヴェンダーの記憶のなかの赤子とは似ても似つかなかった。当たり前でしょうと、ラヴェンダーは自分を叱った。あのころ、この子はまだほんの小さな、ふにゃふにゃの赤ん坊でしかなかったのだから。けれど、写真は疑いようもなくはっきりと示していた。これはラヴェンダーの息子だ、と。写真の色彩は鮮やかだった。エリスは明るいブルーに塗られた板張りの壁に寄りかかっている。真顔でカメラを見つめ、頰はなにかで黒く汚れている。炭か、厨房用品の油かもしれない。そばかすの形はラヴェンダーにも見覚えがあった――鼻梁(びりょう)に散ったそばかすは、ラヴェンダーとそっくり同じ北斗七星の形だ。目もラヴェンダーに似て、まぶたが重たげで、明るい色のまつげはほとんど透明に見える。シェリルがなぜ自分を鋭い目でじっと観察していたのか、ラヴェンダーは理解した。エリスはひと目でラヴェンダーの子とわかる。ジョニーに似ているところはほとんどなく、せいぜい顎の線くらいだ。

ラヴェンダーは泣きたくなかったが、今日体験したことは強烈だった。その強烈さが響いて歯がずきずきと疼いた。

次の写真には七歳くらいの女の子が写っていた。片手をエリスのほうへのばし、もう片手で歩道のなにかに触れている。たんぽぽだ。

「その子はブルーっていうの」背後からシェリルが言った。

「ブルー」ラヴェンダーはつぶやいた。「この家の色?」

シェリルは両目を上に向けた。「ほんとうはベアトリスっていうんだけど、町の人たちにはそう呼ばれてる。おませさんでね、人や動物の気持ちがよくわかる子なの。先月はベッドの下に怪我をした蛇を入れた箱を隠していたのよ――元気になるまで面倒を見るつもりだったのね」シェリルはくすくす笑った。「それがレストラン。ブルー・ハウス」

そのあとにつづく写真は、レストランのなかを写していた。厨房のカウンターに腰掛けているブルーのそばで、きれいなブルネットの女性が大きなボウル一杯のエシャロットを刻んでいる。それから、エリスと妻であるその女性が、業務用コンロの前で別々に作業をしている写真――カメラはスパチュラの輝きや渦巻く湯気、とうもろこしの芯があふれているゴミ箱をとらえていた。プラスチックのカップからストローでソーダを飲んでいるブルーの写真もある。ブース席でセイウチのまねをして鼻にフライドポテトをのせているブルー。シリーズ最後の写真を見たラヴェンダーは、過呼吸を起こしそうな気がした。カメラに気づいていないようすで、長いオークのバーカウンターの前で屈んでいるエリスと妻。ふたりは小さなブルーを挟み、それぞれ娘の頭の脇に頰をつけている。見ていると、少女の頭のにおいが嗅ぎ取れそうだった。子どもらしい、甘ったるいにおいが。

「お願いがあるの」シェリルが言った。

　ラヴェンダーの心臓の鼓動はオーケストラとなり、大音量で鳴っていた。

「どうかお願いします、ラヴェンダー。あの子には会いにいかないと約束して。エリスは自分が何者か、自分の世界が、自分の人生がどこにあるか、もうわかってる。いままでずっと、あなたがいなくても完璧に幸せだったの」

　腕組みをして写真と向き合っているシェリルの頰には、ラヴェンダーの見慣れた感情が記されていた。直感でわかる。ラヴェンダー自身、二十年以上前に同じ感情を同じ子に対して抱いたのだから。身を挺してでも守ってやりたいという気持ちと、すさまじいまでの愛情を。

「わかりました」ラヴェンダーはささやいた。それ以上見ていられなくて、写真に背を向けた。もはやひどく取り乱し、涙が止まらなかった。「もう行きます。ありがとう、シェリル。写真を見せてくれてありがとう」

「パーティに出ていかないの？」

「遠慮します」ラヴェンダーはシェリルの横を通って出口へ向かった。外に出ると、空は夕暮れの濃い紫色に変わっていた。「最後にもうひとつだけ。もうひとりの息子のアンセルのことです。エリスはアンセルを知っているんですか？」

「いいえ」シェリルは静かに答えた。「お兄さんがいることは、エリスには教えていないの。わたしは一度だけ会ったわ。病院へエリスを迎えにいったときにね。ソーシャルワーカーが新生児集中治療室（NICU）から小児科病棟へ連れていってくれたの。小さな部屋でビーンバッグチェアに座って絵本を読んでた。ガラス窓越しだけど大丈夫そうに見えた。健康そうで。元気そうだった」

「そのあとはどうなったんですか？」

「わからない。もちろん、引き取らないかと訊かれたけれど。あの子まで引き取るのは無理だったの」

　そのときラヴェンダーは自分が羨望を感じたことにショックを受けた。平手打ちされたようだった。シェリルは趣味のよいこの部屋にも、美しい服にも、周囲でくるくると働いているスタッフにも、気後れしていないようだ。優雅で。自信たっぷりで。彼女は世界を理解していると自負し、色彩をいじり、闇を光に、輝きを虚無に変える。当たり前のように親切だ。ラヴェンダーは、別の人生だったらそれが全部自分のものだったかもしれないと思った――色彩も人を慰める余裕も、揺るぎない自信も。満たされた、よい母親であることも。

「アンセルを置いてきたんですか?」ラヴェンダーは自分の非難がましい口調に驚いた。

シェリルのまなざしがやわらいだ。ラヴェンダーの体の奥にある生々しい傷を見透かしたように。

「ねえ、ラヴェンダー」シェリルは言った。「アンセルはわたしたちの子じゃなかった。あなたの子でしょう」

＊

外はもう暗かった。

ギャラリーはあっさりとラヴェンダーを通りへ吐き出した。胸郭のなかで一気にふくらんだ記憶がすべてを曇らせ、全身が痺れ、ラヴェンダーはぶるぶる震える両脚でふらつきながら歩道を歩いた。やがて、周囲の建物のようすが変わり、混沌とした迷路のなかにシェリルの写真は消えていった。

しばらく歩いているうちに、海岸地区にたどり着いた。ラヴェンダーは歩道をそれてコンクリートの岸壁に近づき、ひとりになれてほっとした。耳をふさいで仰ぎ見れば、星のない空虚な夜空はヴァレーの空と変わらなかった。ラヴェンダーは前へ押されたようによろめいた。今日一日に打ちのめされている彼女の後ろで、街は毛細血管のように脈打っている。

記憶に溺れそうだった。口のなかが一杯で息が詰まった。埃っぽい黄色のマットレスの上で息子たちと身を寄せ合っていたあのころ。爪の下の乾いた血。アンセルの汚れてごわごわになった髪のにおいも、庭で一日中過ごしたあとに彼の手のひらがべとついていた感触も、いまだに覚えている。シーツの砦に守られたふにゃふにゃの赤ん坊も、その顎から胸にかかっていたよだれの橋も、まざまざと目に浮かぶ。

わたしの分子。わたしの魂そのもの。ブランケットの下にいれば安全だったのに。

ラヴェンダーは、麻のシャツのポケットに手を入れた。自分の服にかならず内ポケットをつけるのは、このためだ。ロケットペンダントを入れておくため。子どもに譲ったのに、うっかり取り返してしまったお守りを。薄暗い街明かりのもと、それは古びてなにかに取り憑かれているように見えた。なぜいまもそれを携帯しているのか、自分でもわからない――首にかける勇気はないが、さりとてどこかに置きっぱなしにしておくのも気が引けた。

長年のあいだに、愛にはいろいろな形があると学んだ。夜遅くまで語り合えるような友人との愛。月夜のパーティとウイスキーへの愛。マゼンタ色の性愛――ジョイという女性と何年かともに過ごした。そしてようやく、朝一番にみずからの四肢が自由にのびる感覚を愛することができるようになった。けれどいま、絶望するほど狭い経験を振り返って、はっきりとわかったことがある。実の子への愛は、ほかとはまったく違う。それは血のつながりによるものだ。原始的で、進化を支えるものだ。根深く、追い払うことのできないものだ。その愛はラヴェンダーのなかでずっと生きていた。骨の髄で。

夜は深まっていく。旅はこれでおしまい。ひどい間違いだった。過去とは、箱のように蓋をあけ、きらきら光る瞳で覗きこむ分にはかまわない。でも、足を踏み入れるのはあまりに

も危険だった。

足元の海はベルベットを思わせた。ひと巻きのフィルムを映写するように、目の前に次々と映像が浮かんだ——シェリルがとらえた貴重な瞬間のひとつひとつが。いつかこの旅を後悔するか、あるいはこのつづきを試みるかもしれないけれど、いまはこのはじめての感覚を味わうのが精一杯だ。この残酷さを。なにかを作り出したのにそれを手放し、その成長をスナップショットで確かめることしかできない苦しみを。

*

ワゴン車でやってきたハーモニーに、ラヴェンダーはずっしりとした重みのある声で言った。**帰りましょう。**ハーモニーはなにも訊かず、予定どおりに泊まっていこうとも言わなかった。渋滞で橋のそばで止まっていると、車内の沈黙に責められている気がした。窓の外で太鼓のように拍を刻む街の音を聞きながら、ラヴェンダーはいまふたりの息子と歩道ですれ違っても自分の子とわからないだろうと、みじめな気持ちで思った。二十九歳になったアンセルはどうしているのだろうか——結婚しているのか、仕事を愛しているのか、子どもはいるのか。いまでもあの子がわたしを必要としてくれる世界はあるのか。

ラヴェンダーは、はじめて考えることを自分に許した。もしもあのとき引き返していたら。西へ四千キロも移動するのではなく、北へ向かっていたら。硬材の床から息子たちを抱きあげ、きつく抱きしめてあなたたちを放さないと約束していたら。それでもブルーはこの世に存在しているだろうか？　わたし自身は？　自分ではなく子どもたちを救っていたら、世界はいまどうなっていただろう？

＊

親愛なるアンセル
あなたにも木のにおいを嗅いでほしいな。木って話をするのよ、知ってた？　困ったときは、木の幹にそっと話しかけてみて。

親愛なるアンセル
世界があなたによくしてくれていますように。あなたが世界のためによいことをしていますように。

親愛なるアンセル
わたしの愛。わたしの心。わたしのかわいい息子。
わたしは——

＊

帰宅。踏みしだかれた草木の葉のにおい。湿ったオークのにおいと、セコイア・ハウスの料理用ストーブの煙くさいにおい。ラヴェンダーが自室のドアをあけると、朝出てきたときのまま、たたんだパッチワークのキルトがベッドの端で優しく歓迎するように待っていた。

　翌朝、女たちは詩を朗読した。ジュニパーのリクエストで、ラヴェンダーの好きなメアリー・オリヴァーの詩をコピーした紙が、それぞれのきれいな朝食の皿にのせてあった。ハーモニーはばつが悪そうだった——今日は皿洗いをしなくていいと言いながらラヴェンダーの肩に置いた手が、申し訳なさそうに震えていた。ハーモニーのせいではないのに。ただ、最初に言いだしたのが彼女だっただけだ。ラヴェンダー自身がみずからの意志でギャラリーに足を踏み入れたのだ。

　夕食後、ラヴェンダーはサンシャインとヴァレーを散歩した。かすかな月明かりのなかに沈む谷は、小さな虫の声や巣でまどろんでいる鳥たちの羽がこすれ合う音がした。焚き火が消え、明かりがひとつひとつ消えてジェントル・ヴァレー全体が眠りに包まれるころ、サンシャインはラヴェンダーの寝室についてきた。ふたりは明かりを消して服を着たままシーツの下にもぐりこんだ。悲嘆で嗚咽しているラヴェンダーの背中を、サンシャインは安心させるようにそっと抱きしめ、ぴったりと寄り添った。別の人生なら、ラヴェンダーはサンシャインのほうを向き、舌のやりたいようにやらせていたかもしれない。でも、このラヴェンダーの人生で、サンシャインはよい友人であり、ラヴェンダーに必要なものを知っている——抱きしめて優しくなで、耳元で子守歌を歌ってやるのが必要だとわかっている。

　サンシャインが眠ってしまったあと、ラヴェンダーは寛大な闇のなかで立ちあがった。窓辺の机の前から椅子を引き出し、痛む腰を座面にのせた。月明かりに照らされた白紙は冷たい光を放っていた。手のなかのペンは輝く刃だ。

親愛なるアンセル、と思いながら、紙にペン先を当てた。たとえ書きあげても決して投函することのない手紙。仮定の世界がまたひとつ増える。

親愛なるアンセル。教えて。見せて。あなたがどんな人になったのか。

4時間前

前屈みになれ、と刑務官が言う。下着をおろせ。

はじめての刑務所のにおいはいままでと違う。古い煉瓦をつなぎとめているモルタルのにおい、濡れたコンクリートと蒸気のにおいが、隣の建物から漂ってくる——そこは工場で、警備レベルの低い棟の囚人たちが大学の寮で使われるでこぼこのマットレスを作っている。

下着をおろせ、と刑務官が繰り返す。

小さく折りたたんだ手紙はまだあなたの腰に差しこんであり、固い縁がゴムに食いこんでいる。ブルーの手紙だ。あなたは下着のゴムに手をかけ、手紙を手のひらに隠そうとするが、白い角がどうしてもちらりと見えてしまう。刑務官の動きはすばやい。ものの数秒であなたの頰は埃だらけの床に押し当てられ、胸から空気が抜け、下着は足首に絡まっている。刑務官たちは手紙をひらき、からかうようにどっと笑う。

なんだこれは？

親愛なるアンセル、と刑務官のひとりが女性の高い声をまねて読みはじめる。わたしの答えはイエスです。そちらへ行って立ち会います。面会は――

あなたはなんとか立ちあがり、脇腹に痛みを感じながらもおとなしく下着から足を抜く。陰毛のなかに縮こまったペニスはやわらかく無防備だ。刑務官のひとりがあなたの肛門のなかを調べ、もうひとりは嘲笑を浮かべてそばに立っている。彼はブルーの手紙を鼻にかかった声で読みつづける。

面会はしたくないし、話もしたくない――

やめろ。やめてください。

刑務官は、手紙を返すようなそぶりをする――あなたは裸でしゃがんだまま手をのばす。刑務官は、薄い紙の角をつまんで掲げ、にんまりと笑う。そして、ゆっくりと半分に引き裂く。また半分に引き裂き、また引き裂くのを繰り返すうちに、やがて白く細長い紙片は細かい屑になる。手紙と一緒にあなたのなかのなにかもちぎれるが、あなたは膝がわななきはじめてもしゃがんだままだ。ブルーの手書きの文字が床に降る。ふわふわと、雪のように。

＊

刑務官はあなたを無理やり引きずって通路を進んでいく。

やめてください――

あなたは懇願することになるとは思ってもいなかった。さらに荒っぽく引っ張られたのは警告だ。抵抗するな。あなたは恐怖で脚に力が入らないが、刑務官たちはあなたのかかとが弱々しく床を引っ掻くのもかまわず引きずっていく。

いまごろは川にたどり着いているはずだった。岩の表面を流れる水の音を聞いているはずだった。片足を水に浸しているはずだった——ぶるりと身を震わせ、もう片足も水に入れようとしているはずだった。足首に感じる冷たさはいかほどだったか、氷のように冷たい水がいかに活を入れてくれただろうか。

衝撃が広がった。混乱の波が勢いよく寄せては砕け、また押し寄せてくる。いまこの瞬間まで、あなたは自分が完全に信じていたのをわかっていなかった。かならず逃げられる、最低でも逃げようとして死ぬのだと信じきっていた。いままでずっと——信じて疑わなかったから、この現実はひどく滑稽に思える。ありえない。

二度と空を見ることはない。草地を走ることもない。脱出など不可能だ。

＊

あなたは指紋だ。

電子パッドにしっかりと押し当てられた親指だ。疑いの余地はない。手の甲でゴミの入った目をこすっているのはあなた、手錠のチェーンをつかまれて引っ張っていかれるのはあなた、真新しいのになぜか肉のにおいがする白いスクラブを着せられているのはあなた、敷居をまたぎ越したのはあなた。そしていま、死の館と呼ばれているこの場所にいるのはあなただ。

　独房は狭い。十二号棟に伝わっているこの有名な場所の広さや形は、ここから帰還した語り手によって異なった。独房の扉が見えたと同時に、ポランスキー刑務所との違いがわかる。ポランスキーでは、鋼の扉に覗き窓がはめこまれていた。ここウォールズ・ユニットの独房の扉は鉄格子だ。

　ここのような鉄格子の扉ならしっかりと触れ合えるから、ショウナを口説くのも楽だったかもしれない。だが、ショウナは死の館の職員ではない。いまもポランスキー刑務所で、肉付きのよい二の腕を軽く振りながらすり足で灰色の通路を歩き、ジャクソンをシャワー室へ連れていこうとしているのだろう。あなたが十二号棟をあとにしたときのショウナは後ろめたそうな、うつろな顔をしていた——あなたをだましたことを承知のうえで、ぼんやりと突っ立って見ているだけだった。

　銃はなかった。どんなものであれ、銃などなかった。

　あの時間は全部、無駄だった。こそこそ隠れてくだらない恋文をやりとりし、そそくさと触れ合ったあの時間は、なんの意味もなかった。大きな腰を揺らして歩き、湿疹とひび割れのある口でつっかえながらしゃべるショウナに価値はない。彼女は弱い。まさに女だ。あなたのいない彼女の将来は空虚だろう——毎朝、巡回を終え、茶色い染みのついた古い魔法瓶から薄いコーヒーを飲み、犯罪者たちに何百回と食事を届け、そしていずれは、重要な計画の一部として少しは価値のある存在だったこの数週間を忘れるのだろう。あなたは危うく彼女に同情しそうになる。

だがそのとき、あなたはあの部屋を目にする。

独房に押しこまれる直前に、ちらりと見える。通路の先、五メートルほどむこうの右側のドアがあいている。隙間から、言い伝えられている部屋の一部分が垣間見える。処刑室だ。そのわずかな時間に、悪趣味なミントグリーンの壁が見える。カーテンの閉じた窓も。それから、執行台の後輪がふたつ。

あなたは独房のなかでつんのめりながら、見なければよかったと後悔する。あの部屋は天国のようであり、地獄のようでもあり、死の瞬間そのものにも見える。あなたの名前が呼ばれるまでは、見るべきではなかった部屋だ。

＊

あと三時間五十四分。

世界に取り返しのつかないずれが生じている。あなたは新しい寝台の端に腰掛け、マットレスをつかみ、どうしてこんなことになってしまったのか考える。

あなたには数カ月――数年は、考える時間があった。そのあいだ、あなたは自分が実際に死の館へ送られることになるとは思っていなかった。未来はいつも勝手にねじれ、ぐにゃぐにゃと形を変えながら広がっていたからだ。未来はだれにもわからない謎だった。あなたはほんとうに、こんな未来が待っているかもしれないと考えたことがなかったのだ。あなたのような人は、未来など考えてもしかたがない、どうしようもないと感じがちだ。

あなたはポランスキー刑務所にいた男を思い出す——自分の目をえぐり出して食べてしまった囚人を。そんなことをしてしまう気持ちの奥に隠れている欲求が、いまのあなたには生々しいほどにわかる。死刑囚が自暴自棄になるのは、そのように仕組まれているからであり、おそらくこの制度の肝心なところはそこだ。だから、あなたは何年も待たされ、何カ月も待たされた。そして残りが数時間数分となったいま、あなたの持ち時間はカウントダウンに変わってしまった。つまりはそういうことだ。待たせて、わからせて、死にたくないと思わせる。

＊

どうしてこの仕事についたんだ？

あなたは午後勤務のショウナにそう尋ねたことがある——彼女は疲れたようすで、目の下に紫色のくまができていた。その朝、ビッグ・ベアがウォールズ・ユニットに送られた。彼はワゴン車へ連行されるあいだ、百キロを優に超える巨体を苦しげに震わせ、絶望にむせび泣いていた。神の歌声を持つ黒人、ビッグ・ベア。あなたから見て死刑は不当だと確信を持って言える唯一の男、ビッグ・ベア。二十年前、彼がリビングルームでテレビを観ていたときに、ノックもせずに警官隊が乱入してきた。一階上のアパートメントと間違えて。ビッグ・ベアはソファのクッションの下に拳銃をしまっていた。部屋は暗かった。

その日、死刑囚監房は悲しみに静まりかえった。聞こえる音は、なんとなく慰めを求めにきて、そわそわと髪をいじっているショウナに向けた、あなたの怒りに満ちたささやき声だけだった。

毎朝よく起きられるな？　そう尋ねたあなたの声には、隠しきれない怒りがにじんでいた。こんな仕事をやるとわかっていて、よくもベッドから出られるものだな？

父がこの仕事をしてたから、とショウナは肩をすくめた。兄もね。

でも、自分がどんなことに加担しているのか考えないのか？

別に、とショウナはどうでもよさそうに答えた。

きみはいやらしい機械の歯車だ、刑務所もビッグ・ベアのような者たちの死体の山に支えられた営利企業だと、あなたはショウナに言いたかった。あなたはビッグ・ベアのニュースを観ていた。新聞記事も読んだ。あなたにどうこうできる問題ではないが、あなたがA区に三名しかいない白人男性のうちのひとりであることはたまたまではない。あなただって、ビッグ・ベアと同じく精神の支配体制下に置かれていなければ気にもとめなかっただろう。

あなたはショウナにもっと意見を訴えたかったが、そこまでやる価値はなかった。あなたはとにかくショウナが必要だった。彼女は手の甲でひたいの汗を拭った——あなたも彼女も監房の静寂に耳を澄ました。男たちが彼らより罪の重い者の死を黙って悼んでいるせいで、監房ははじめて静まりかえっていた。

*

新しい看守長が現れる。短髪に角ばった顎――そのまなざしに、あなたは彼の靴でぺちゃんこに踏みつぶされた虫けらになったような気がする。

今日の予定はわかってるか？

はい。

これは執行の概要書、宗教的志向の申告書、受刑者移送カードのコピー、現在面会が許可されている者の名簿、執行公告、執行記録書、執行受刑者私物一覧表、医療記録だ。質問は？

ありません。

看守長は鉄格子の下から書類をすべらせた。最初の質問がまだ耳にこだまし、あなたは声が出ない。

自分がだれかわかるか？

はい。

ここへ来た理由はわかるか？

選択の余地はない。

答えはイエスだ。

＊

はじめての面会室に入る。

ティナは今朝と同じ格好だが、もう千年も昔のことのような気がする。あなたはガラス板の内側に座り、最後に彼女と会ったときに自分がいかに自信満々だったか思い出す――喉元に怒りがこみあげる。受け入れがたい。

こんにちは、アンセル。ティナが受話器越しに言う。残念だけど、いいニュースは持ってこられなかった。

そのあとにつづく言葉は、あなたにもわかっている。痛いほど歯を食いしばる――再審請求の結果など気にしていなかった。どうでもいいことのはずだった。

再審請求だけど、とティナは言う。裁判所は棄却する決定をしました。

どういうことだ？　あなたは尋ねる。完全に無視するなんて許されないはずだ。

いいえ、とティナは言う。めずらしいことではないわ。

あんたは黙ってたのか？　言ってやらなかったのか、おれは――

あなたはその言葉を言えない。無実だと言えない。ティナはばかではない。

おれは死にたくないと言ってやらなかったのか？

その言葉が口から出たとたんに、あなたは後悔する。幼稚に聞こえるし、言ってもしかたがないことだ。

ったわ。ティナは質問には答えずに言う。請求はしたのよ。ごめんなさい。やれるだけのことはや

そんな嘘をつく彼女をあなたは憎む。飴のような爪でテーブルをコッコツ叩き、そろった真っ白な歯のあいだにちらりと舌を覗かせる、この見かけ倒しの女を。そのとき、あなたははっきりと思い知る。ティナは、あなたにはこの懲罰がふさわしいと思っているのだ。

ごめんなさい。ティナは言う。わたしは――

あなたは最後まで言わせない。手のなかの受話器の重さを考え、腕を振りあげる。受話器をガラス板に投げつけるが、ひびひとつ入らず、跳ね返った受話器がガタンとうるさい音を立てるだけだ。ティナはじっとしたまま、たじろぎもしない。

待ち構えていたかのように、刑務官が駆けつける。あなたは抵抗しないが、それでも両腕を後ろにねじられ、明日は肩が痛むだろうと思う。明日。最後に見えたのは、こうべを垂れたティナの頭頂部だ。彼女の胸の内にあるのは敬意か軽蔑か、それとも無関心か悲しみか、あなたにはわからない。

＊

あなたは独房のなかへ突き飛ばされる。扉が音を立てて閉まる。あなたはでこぼこした寝台に仰向けに寝転び、腕で目を覆う。ブルーを思い浮かべようとする――いつもなら慰めになる。だが、この部屋のせいだ。このはじめての見知らぬ独房のせいだ。いまブルーを思い

浮かべると、彼女はあのもの問いたげな表情であなたを見つめる。

ジェニーとはどうなったの？　かつてブルーにそう尋ねられた。

あれはあなたがブルー・ハウスに出入りするようになって二週目のことだ。太陽が照り、空気は湿気を含んでかぐわしい香りがした。あなたは午前中ずっと裏庭で材木を切り、背中に汗がゆっくりと伝っていた。

いろいろうまくいかないってことはあるんだよ、とあなたは言った。

どうして？　ブルーは尋ねた。

彼女はタブをあけたコーラの缶を持ち、返事を待つように小首をかしげた。

結婚生活は大変なんだ、とあなたは短く答えた。

いまもジェニーを愛してる？

あなたはシャツの袖でひたいを拭って考えた。無邪気な好奇心に満ちた顔で答えを待っているブルーを見ていると、愛おしさがこみあげる。ブルーに、そしてこの場所に。汗ばんだ肌を優しくなでるそよ風に。

もちろん愛してるよ、とあなたは言う。だが、この話の素敵な部分は、終わりのほうにはない。

それで、あなたははじまりに戻ることにした。

＊

あなたがはじめてジェニーを見かけたのは、十月の暖かい夜のことだった。

大学一年目の一学期。あなたは十七歳で、いつものように自分の体を持て余してキャンパスの中庭に立っていた。ノーザン・ヴァーモント大学には奨学金全額給付生として入学した――ハイスクールの校長は、その知らせを聞いて泣いた。あなたは校友には好かれていなかったが、教師やカウンセラーやソーシャルワーカーとの関係はよかった。彼らに有能感を抱かせるコツを心得ていたからだ。

教授たちともうまくいっていた。あなたは静かで勤勉で、その気になれば愛想よくできる。講義や夜の勉強会にも真面目に参加し、肉体派のルームメイトが酔っ払って帰ってきて嘔吐しても放っておいた。寮の廊下ではかしましい女子学生たちを避け、カフェテリアではほかの勤労学生たちを避けた。ドラッグストアで眼鏡を買ったが、もともと必要ないので度が合わず、視界がぼやけた。バスルームの鏡で自分の姿を観察した。あなたはなにか新しい変化を求めていた。

あの最悪な夏の残りは靄のなかで過ぎていった。赤ん坊の泣きわめく声はやまず、バックグラウンドノイズとなっていたが、あなたはあいかわらずアイスクリームをすくい、レジスターの横に置いてあるラジオに耳を傾けた。行方不明の少女たちに関する手がかりは見つかっていないようだった。あなたは当初、あの少女たちをどこにでも連れていった。生きている彼女たちと死んでいる彼女たちを思い出しながら、食堂の列に並び、哲学の授業で挙手した。夜中に図書館から寮へ帰ってくるとき、彼女たちは生きている姿で、あるいは死人の姿で、木の陰に現れた。ほかの人にも少女たちがついてくるのが見えているのだろうかと、あなたは考えた。ほかの秘密と同じく、少女たちは目に見えるのだろうか、それとも心のなかにいるのだろうか。

彼女が目にとまったとき、なにもかも変わった。

秋の日差しがすべてをオレンジ色に染めた中庭で、ジェニーは芝生に座っていた。ナイロンのショートパンツに白いハイソックスを履いていた——彼女が自信たっぷりに後屈し、両手を芝生につけると、友人たちが歓声をあげた。あなたは広い芝生の端から、空のほうへ臍を突き出して反り返った彼女を見ていた。アーチ型になった体が神聖なモニュメントのようだった。

その瞬間、あなたは誓った。普通になる、と。よい人間になる、と。あなたは、その夏の記憶を取り出して丸め、ままならぬ体の深い避け目の奥へ押しこんだ。後屈したジェニーを眺めていると、少女たちの姿はなぜか溶けて消え失せた。ジェニーのからかうようないたずらっぽい笑顔に、あの優しい子鹿のような瞳にふさわしい自分になろうと、あなたは思った——彼女に自分を吟味してもらおう。

あなたはノートを抱え、ジェニーに向かって第一歩を踏み出した。彼女の力のなにが偉大だったのかと言えばそれだ。ひと目惚れさせる魅力ではなく、取り憑いたものを追い払う力が偉大だった。

間違いない。あなたにとって最後の、そしてたったひとりの少女だった。

ヘイゼル　二〇一一年

すべてが変わってしまった日の前夜、ヘイゼルは胸を締めつける痛みに目を覚ました。肋骨の内側を怒りの拳に握りつぶされているかのような灼熱(しゃくねつ)の痛みだった。体を起こし、ヒューヒューと音を立ててあえいだ――まだ夏のように湿度を感じる九月の真夜中、ヘイゼルは真空状態の寝室で胸をつかんで懸命に息を継ごうとしたが、痛みの炎はすでに消えかけていた。

「ヘイゼル？」

ルイスが枕から目をしばたたきながら見あげていた。室内の明かりはナイトテーブルで点滅しているベビーモニターのランプだけで、ルイスの息は酸っぱい歯磨き粉とヘイゼルが夕食にこしらえたガーリックチキンの混じったにおいがした。通りから物音は聞こえない――袋小路は静まりかえっている。ヘイゼルはこのしんとした静けさに慣れてしまったけれど、こんな夜には静寂に人格が宿る。こんな夜は、ヘイゼルをあざわらう。

「大丈夫よ」ヘイゼルは胸骨のあたりをさすりながら言った。「おやすみなさい」

痛みはすでに消えていた。跡形もない——痛みのあとのひきつるような感覚すら残っていなかった。痛みは気のせいだったのかもしれない。夢が消える際にぴしりとしっぽを振っていったのかもしれない。

*

キッチンのカウンターで携帯電話が振動していたが、ヘイゼルは気づかなかった。アルマはバス停から帰ってきたばかりで、靴紐をほどきながら小声で歌っているが、その歌声はハイチェアに座っているマティーのわめき声にかき消された。ヘイゼルは床にしゃがんでペーパータオルでアップルソースを拭き取っていた。

「マティー、いい子だから」ヘイゼルは懇願した。「早くおやつを食べちゃって」だが、マティーはわめくばかりで、よだれでべとべとになったシリアルのチェリオスを床に散らかし、ぽってりした拳でプラスチックのトレイを叩いた。アルマは硬材の床から濡れたチェリオスを拾って口に放りこみ、一年生を学校生活に順応させるための歌を満面の笑みで歌った。その歌はとても覚えやすく、ヘイゼルは今朝ルイスが髭剃りクリームを顎に塗りながらハミングしていたのを聞いた。**お勉強大好き、遊ぶの大好き、みんな大好きパークウッド・デイ！**

「ママ」アルマが口を尖らせた。「電話が鳴ってるよ」

ヘイゼルはマティーの大声に邪魔されながら振動音の元を探した。コンロの隣でこぼれた水のなかに伏せて置いてある電話をようやく見つけたとき、まだそれは鳴りつづけていた。〝ジェニー〟と表示されている。

「もしもし」ヘイゼルは電話を耳と肩で挟み、マティーの両脇を抱えてハイチェアからおろした。椅子からおろしてもらえて機嫌をなおしたマティーは、アルマが脱ぎ捨てた靴をつかみ、汚れた靴底をよだれまみれの口へ持っていった。

「仕事が」ジェニーが言っている。

「え？　聞こえない――」

「仕事が見つかったの。やったわ、ヘイゼル。あの人と別れたの。でもすっごく大変だったのよ。時間がなくて、あなたと話し合ったことはなにひとつ実行できなかった。ゆうべ遅くに、アンセルにメールを読まれて叩き起こされたの。そのまま家を出てホテルにチェックインしたのはいいんだけど、なにも持ってこなかった。こっちに来てくれる？」

ジェニーは嗚咽していて、スピーカーから小さくサイレンの音が聞こえた。ヘイゼルはアルマを見おろした。幼いころからものわかりがよく、いまも小さな狐のような顔を心配そうに曇らせている。ヘイゼルはアルマのつやのある髪をなで、窓の外の静かな住宅地を見やった。いつもと変わらずのどかで、秋らしい青空が広がっている。その平穏さは不当に感じられ、挑発されているような気がした。

そのあとの予定を立てて電話を切ったあとに、やっと思い出した。ゆうべ遅く。胸の痛み、幻の拳。ヘイゼルにとって、あれは三十八歳にしてはじめて体験する〝召喚〟だった。

＊

だれが見ても、いまのヘイゼルはたくさんのものを持っている。

バービー人形に絵本。乳児用粉ミルク、子ども同士の遊びの約束、マカロニ工作の作品。カーペットにライスプディングをなすりつけられ、朝早くべたべたした手に起こされる。スーパーマーケットのシャンプーのコーナーで癇癪を起こされ、繁華街のイタリアンレストランで癇癪を起こされ、両親の結婚記念パーティで癇癪を起こされる。めったにないことだが、ゆっくり考えごとができる時間があれば、ヘイゼルはこのめちゃくちゃな毎日を、慎重に作りあげてきた世界の鮮烈さを、しみじみ味わうようにしている。

だからジェニーからの電話を切ったあと、ヘイゼルは食卓の前でうなだれ、小刻みに震えていた。若かったころの自分がすべてを押し流す勢いで戻ってきた。自分は十八歳で、ジェニーは白熱の太陽、先鋭な音だったころに戻ってしまった。萎縮していた十代の日々、繰り返し自分に言い聞かせた言葉がにわかによみがえった。いいいいい。喜んであげなくちゃ。頭の奥の洞穴で、その言葉は敗北して力を失い、年老いて傷ついているように響いた。

アルマが小さな精神科医のように心配そうな顔で手をのばしてきた——ヘイゼルの髪を優しくなでるその手のひらから、くまのプーさんのシールがはがれかけていた。

＊

変化はほとんどわからないほどじわじわと起きていた。さかのぼれば、ジェニーの結婚式の日からはじまった。

両親は、シャンプレーン湖の一部がぼんやりと見えるゴルフコースにテントを借りた。招待客は三十人だけで、そのほとんどはおばやいとこ、ジェニーのハイスクール時代の友人たちだった。ヘイゼルはルイスと数カ月前に交際をはじめたばかりで、おたがい新鮮で楽しくてたまらない時期だったから、結婚式のようなややこしい場に呼べば関係にひびが入りかねなかった。だから、ヘイゼルはルイスを招待しなかった。ジェニーの後ろに立ち、ほつれた髪をピンでとめながら、ルイスを恋しく思った――彼は悲しい映画やホラー映画に耐えられないタイプの男だった。日曜の夜には母親のレシピでみずから生地をこね、タマーリ（とうもろこし粉の生地に肉や野菜を包んで蒸したメキシコ料理）をこしらえた。

ヘイゼルがジェニーの秘密を話したのは、ルイスたったひとりだけだ。

アンセルは大学を中退した。最後の学期のどの試験にも出席しなかった――ジェニーによれば、彼が特別研究生になれなかったのは、教授が推薦状によくないコメントを書いたせいらしい。**彼、頭がよすぎてわかってもらえないのよ**、とヘイゼルに言ったが、その言葉の下にはアンセルの声が重なっていた。ジェニーは哲学科の卒業式は別の場所でおこなわれると両親に嘘をつき、アンセルは拗（す）ねて寮の自室にこもっていた。その後、アンセルは家具店で働き、手作りの椅子や熟練職人が作ったテーブルを磨き、シャンプレーン湖畔やアディロンダック一帯の裕福な家へ届けた。彼は本を書いているのだと、ジェニーは得意げに言った。

それだけは事実だった。ヘイゼルも、ふたりの家を訪ねたときにガレージに置いた間に合わせの机にノートが積んであるのを見た。アンセルがそこに座り、自分の考えを紙に記しているところを想像するのは難しかった――純粋な努力というよりも、たんなる見せかけ、あるいは彼が自身の平凡な知的追究を忘れないための方策としか思えなかった。あの小さな借家で、ヘイゼルが気づいたことはほかにもあった。リサイクル用のゴミ箱は、アンセルが飲まないような安物のシャルドネの空き瓶で一杯だった。

ヘイゼルは結婚式の前に花嫁のテントでジェニーと話そうとした。だが、もっと早くにそうすべきだったかもしれない。ヘイゼルは、どんよりした目をしてシャンパン臭い息を吐いているジェニーに口紅を渡した。

ねえ、とヘイゼルは言った。**ほんとうにこれでいいの？**

なに言ってんの、がジェニーの答えだった。見くだすようにヘイゼルの頬に添えた左手の薬指で、あの紫色の石が輝いていた。**自分のやってることくらいわかってる。**

披露宴で、アンセルは申し分なく感じよく振る舞っていた。おばのアクセサリーをほめ、ケーキ入刀の際に父親とジョークを交わした。けれどその夜、ヘイゼルは死んだ目をした彼をジェニーの肩越しに何度となく見た。彼の笑顔は必要がなくなったとたんに消え失せる――ジェニーの肩を抱く彼の背中はこわばり、幸せそうな態度は塗りたてのペンキのように不安定で薄っぺらだった。披露宴のあと、ヘイゼルはバスルームに逃げこみ、鏡で自分の姿を見つめた。あの晩、ツインベッドの自分の側からジェニーに問いを投げかけたのを思い出した。アンセルがなにも感じていないのなら、どうしてあの人に愛されてるってわかるの？　ヘイゼルは、野暮なブライズメイドのドレス姿で目の下のほくろに人差し指を当てた。意外にも、それがあってよかったと思った。いつかは自分も純白のドレスを着るだろう。アンセルとはまったく違う、なにごとも鮮やかな色彩のなかで感じることのできる善良な男のむかいに立つだろう――その男に愛されていると確信しているだろう。ヘイゼルははじめて姉より優位に立った気がした。その気分は癖になるほど刺激的でたちが悪く、二度と手放せそうになかった。

＊

ヘイゼルはスタジオの裏手のゴミ収集容器の脇に車を止めた。今日はルイスが早めに帰ってきて子どもを見てくれている――ここ数週間はアートとエンターテインメント欄を担当していてさほど忙しくないので、スケジュールに余裕があった。ヘイゼルはインスタントのマカロニ＆チーズをひと箱カウンターに置いてきた。ルイスがケチャップをかけて子どもたちに食べさせてくれる。

スタジオの薄いカーテンのむこうで、レベル４クラスの生徒たちが深緑色のレオタードの波となって連続ジャンプでフロアを横切っていた。ロビーでは母親たちがおしゃべりをしたりトウシューズにリボンを縫いつけたりして待ち時間を過ごしているが、ヘイゼルはうつむいたまま通り抜けた。サラが受付のデスクで書類の束の上に屈みこんでいた。生徒が四半期に一度のテストに合格しなかったり、衣装代の請求書が届いたり、配役表を送ったりしたあと、サラはつややかな髪の女たちから苦情やたわいのない脅しを受ける。先生にはこのスタジオをやめてもらうわと、洒落た身なりの母親が言えば、サラは邪気のない笑みをゆったりと返す。どうぞご自由にと言わんばかりに。

「お願いがあるの」ヘイゼルは言った。「緊急事態で」

「お姉さん？」サラは険しい目をあげた。「ついにあのイカれた男と別れたんだ？」

その言葉にヘイゼルはぎょっとした。にわかにごく私的なことに踏みこまれたような気がしてきた。ジェニーの心の一番暗い部分であり、おもしろ半分に話していいことではない。

「テキサスで看護師の仕事を見つけたの。水曜日の飛行機に乗るのよ。それまで留守をお願いしてもいい？　もちろん残業代はつけて」

スタジオはつねに忙しい。だが、ある時点を過ぎれば——クラスの時間割が決まり、レッスン料が支払われ、季節ごとの発表会の演出家が決まれば——スタジオは振り付けに従うように動きだす。ヘイゼルは別の理由で後ろ髪を引かれていた。火曜日の夜がなくなるのが残念だった。火曜日はルイスが子どもたちを風呂に入れ、寝かしつける。ヘイゼルはサラを早めに帰し、入口に鍵をかける。ひとりになってから、大好きなバッハのCDをかけ、天井の高いスタジオの音響を楽しみながらバーでウォームアップする。あとは体にまかせる。伸長し、跳躍する。フロアにみずからを投げ出す。毎週火曜日のその時間だけは、子どもを忘れ、医療費の請求書を忘れ、おそらく必要なかった経営学学位を取るために借りたローンを忘れる。おなかが痛いという訴えにも、床に落ちたブロッコリーにも、デザートをよこせとわめく声にも邪魔されない。そこにあるのは、ひたむきで裏切らない自分の関節だけだ。喜びに満ちた筋肉だけだ。

両親から借金し、ルイスの相続財産の大部分を資金にしてこのスタジオを買ったとき、建物は老朽化していた。ルイスとほぼふたりだけで修繕した——化粧ボードを張り、コンクリートの床をやわらかいフロアシートで覆い、駐車場をブルドーザーで均して舗装した。アルマを妊娠する前で、夜は道具の散らかった未完成のフロアでルイスとビールを飲んだ。

あのころ、ジェニーのことはめったに考えなかった。あの数カ月の記憶は愛おしい——ヘイゼルはジェニーを感じず、ジェニーはヘイゼルを感じず、ときおり電話で話しても当たり障りのない会話で終わっていた。

ヘイゼルの人生で最良の数カ月だった。

いつ見せてくれるの？　と、母親はしつこく急かした。**もうすぐだから**と、ヘイゼルは約束した。**準備ができるまで待ってて。**その後ついに母親は、ヘイゼルがハイスクールに通っていたころから乗っているミニバンで父親とスタジオへやってきて、なにもない広々とした空間を満足そうに歩きまわった。真新しいスタジオの入口に立った両親は、壁一面の鏡のなかで小さく野暮ったく見えた。マホガニーの受付デスクや、吊りさげ式の照明器具、ピカピカのステレオや広い更衣室をしげしげと眺めまわした。母親は感激でうっとりしていた。見るからに誇らしそうだった。それはまさに、かつてジェニーに向けられていた表情だった。

ヘイゼルは夕日で空が薄桃色に染まるころに出発した。車の窓を少しあけ、秋の風に吹かれながら幹線道路に入った。

＊

夜、どうしたらいいかわからないのと、先週の電話でジェニーは言った。お茶ばかり飲んでる。まるでカモミールティーのせいで神経が昂り、よけいなことを考えてしまうのだと言わんばかりの、憎々しげな口調だった。トリシアはなんて言ってるの、とヘイゼルは尋ねた。ジェニーの支援者は二十年近く酒を飲んでいない。ヘイゼルは会ったことがないが、トリシアは毎朝病院のむかいのカフェでジェニーと会ってくれている。そもそもジェニーが毎晩ヘイゼルに電話で告白するようになったのは、トリシアが勧めたからだ。電話のむこうで泣いているジェニーの後ろで、トリシアの声がした。ずっと子どもがほしかったのに。ジェニーは長電話の途中で洟をすすりながらそう言ったことがある。でも、九カ月も我慢できると思えなくて。アンセルは父親になることに憧れもためらいもあると言い張るが、ヘイゼルの子どもたちの騒々しさにはっきりといやな顔をする――ヘイゼルには、父親になった彼を想像できないし、ジェニーは子どもについて訊かれても、肩をすくめるだけだった。いまさらながら、ヘイゼルは姉を搦め捕っていたものの大きさを理解した。

姉に対してどう助言すればいいのかわからなかった。夜、薄明かりの寝室でアルマにどんなおとぎ話を語って聞かせるのか、昼寝をしているマティーのベビーベッドを覗きこむとどんな気持ちになるか、彼のまつげがどんなに繊細に震えるか、ジェニーには言えない。ジェニーはアルマとマティーをかわいがっているが、彼女が切ない目をするのをヘイゼルは知っている。あれは羨望だ。とうとう姉に羨望を抱かせたのだと思うと気分がよかったが、そんな自分が恥ずかしかった。

大きなアウトレットのショッピングモールの前を通り過ぎた。サテンのような薄青い宵闇が迫っていた。

＊

ジェニーはペストリーのショーケースの前に立っていた。カフェは閉店前で、椅子はすでに積み重ねられ、バリスタがすみのほうから床にモップをかけている。ショーケースの照明がジェニーのスクラブを金色に染めた——顔はむくんでいて、仕事が忙しかったのか、ポニーテールが乱れていた。ヘイゼルは、自分と姉は子どものころから栗色の波打つ髪が似ているが、いまやそれを除けばどこも似ていないと思った。姉がここ数年で太ったことに気づくと、後ろめたい気持ちになった。ジェニーはウエストのくびれがなくなり、中年らしくなった。姉を見て自分と似ているところがわからなかったのは、生まれてはじめてだ。**双子なの？**　知らない人にしょっちゅうそう訊かれてばかりいたのに。自分たちが似ていないという事実に、ヘイゼルは酸をかけられたような衝撃を受けた。長距離を運転してきたせいで、口のなかはすでに耐えがたいほど酸っぱかったけれど。

ジェニーが振り向いた。

「来てくれたんだ」

ヘイゼルは姉の肩に両腕をまわして抱きしめた。クロワッサンとコーヒー豆の香りに隠れているけれど、あいかわらずあのにおいがした。ジェニーのにおいが。フルーツのようなシャンプーと煙草とノーブランドの洗剤のにおいだ。

＊

「またあとで来ようか」ジェニーが助手席で言った。

ヘイゼルは路肩で車をアイドリングさせていた――すんぐりした平屋の借家は見るからに不吉な雰囲気を漂わせていた。ジェニーは今日を最後に病院を退職する。アンセルは仕事に行っているはずだった。だが、ジェニーの昼休憩の時間にここへ来てみると、カーラジオから流れるリアーナの甘い声とは裏腹に、ヘイゼルの胃はずっしりと重くなった。アンセルの白いピックアップトラックが家の脇に止まっている。不気味に待ち構えている。

「リストは持ってるよね」ヘイゼルはためらいながら言った。

ふたりは何カ月も話し合ってきた。慎重に計画を立てた。アンセルが仕事に行っているあいだに車で荷物を取りにいき、すべてホテルに置いてから、フライトの直前に戻ってきてアンセルに別れを告げる。リビングルームに置いてあるパソコンでジェニーのメールを読まれ、真夜中に大喧嘩することになったのは、想定外だった。いまそのパソコンの埃だらけのモニターはひびが入っている。

「行こう」ヘイゼルは言った。「さっさとやっちゃおう」

ヘイゼルは車を降りたが、両手に冷や汗をかいていた。恐怖を押し殺し、ジェニーを連れてドアの前に立ち、少しでも背筋をのばそうとした。家のにおいに直撃されたとたん、何年か前に来たときのことを思い出した。洗っていないシーツ、ゴミが入ったまま放置されたビニール袋。黴臭いカーペット、中古の家具。

「お邪魔します」ヘイゼルは大声で言った。

アンセルはぼろぼろの革のソファに座っていた。鳴るのを待っているかのように携帯電話を持っているが、ひょっとしたら待っていたのはこの機会だろうか。ヘイゼルがアンセルに会うのはほぼ二年ぶりだが、彼は驚くほど変わっていた。アンセルは若いころからずっとハンサムで、ジェニーにとっては、職場のパーティに連れていけば同僚の看護師たちがうらやましそうにこそこそ噂するような、自慢の夫だった。だが、彼も年を取った。重力が作用しはじめている。ジーンズのウエストにのっている腹はビール腹の兆候を示し、肌は不健康に黄ばんでいた。眼鏡のレンズは脂じみた指紋だらけで、顔にも肉がつき、顎がたるんでいる。ヘイゼルははじめて老人になった彼を想像することができた。気難しそうなひねくれ者。上っ面の魅力も消えている。

無精髭の生えた口元に冷笑が浮かんだ――ヘイゼルは思わずあとずさり、自分がいまそれほど怖がっていることにぎょっとした。

「なんだ」アンセルはたちまちうわべだけの穏やかな顔つきに戻った。ヘイゼルの影をジェニーのものと勘違いしていたようだ。「ヘイゼルか。突然でびっくりしたよ」

アンセルは立ちあがった。恐怖の一瞬、ヘイゼルはアンセルにハグされるかもしれないと思った。緊張して身構えたが、いまや恐怖にほかのものが混じっていた。虹色に輝きながら滴る後ろめたさが。ちらりと見まわすだけで、ジェニーの生活の複雑さが垣間見られた。すみずみまでくっきりと、ぞっとするほど細かく。姉の生きている現実の輪郭しか知らない自分が、いまこうしてその深みのなかに立っているのが信じがたかった。

アンセルはヘイゼルの脇を通り抜けてジェニーを探しに行った。ジェニーは、ぽっかりとあいた口のような玄関ドアの外で動けなくなっていた。

「ふざけてるのか?」アンセルが声を荒らげた。

「わたしたち、荷物を取りにきただけよ」ヘイゼルは言った。「ジェニー、スーツケースはどこ?」

ヘイゼルがクローゼットからスーツケースを取り出しているあいだ、アンセルはそばにいた——おもしろがっているような顔で、ペンキのついたズボンのポケットにいかにもさりげないようすで手を突っこんでいる。ヘイゼルとジェニーは急いでリストのものをかき集め、スーツケースにどんどん投げこんだ。ジェニーのブラジャー、シャツ、靴。ハイスクールの思い出の品、祖母から譲り受けたイヤリングの入った缶。鉄の鍋とフライパン、何年か前に毛足の長いカーペットに色を合わせて買ったシーツ、バスルームの戸棚に入っているヘアケア製品は置いていく。ヘイゼルはワンピースをハンガーごとまとめてスーツケースに放りこみながら、アンセルの呼吸の音に耳を澄ました。ヒューヒューという音がやけに近い。

「きみは証拠になるよ、ジェニー」アンセルは繰り返し言い、どんどん声を大きくしていった。「おれが正しいという証拠になる」

寝室の空気はぴりつき、不快にまとわりついた。ジェニーは嗚咽をこらえて震えながら、ひと抱えのTシャツをスーツケースに入れた。

「おれの〝セオリー〟のとおりだ」アンセルは言った。ヘイゼルは、スーツケースの取っ手をきつく握りしめたジェニーの手をひらかせ、廊下へスーツケースを運び出しながらジェニーに手招きした。「サルトルも言った。愛の苦しみの性質上、不可能な概念なんだ。何人も完全なる善人にはなれない、そうだろう?」

「ごめんなさい」ジェニーはしわがれた声でささやいた。

「皮肉なものだな?」アンセルはいまにも笑いだしそうな声で言った。「愛は純粋なものとして存在できない――つねにスペクトラム上にある。つねに悪が忍びこむ」

「行こう」ヘイゼルはジェニーを急かした。車まであと少しだ。アンセルがとうとう語る似非哲学に病的なものを感じ、耳から締め出そうとした。

「ごめんなさい」ジェニーは鼻水が垂れるのもかまわず玄関ポーチの階段を駆けおりた。

「ごめんなさい」

ふたりが外に出ると、アンセルはようやく黙ってついてきた。有毒な影だ。ヘイゼルの足は恐怖でうまく動かなかったが、すぐ後ろをついてくるジェニーの足音が聞こえたとたん、とっさに走りだしていた。

アンセルはいまにも爆発しそうにこわばった顔で玄関ポーチに立っていた。ヘイゼルはスーツケースを抱えて歩道を走った――ついに車のドアが閉まったと同時に、ジェニーは激しく泣きじゃくりはじめた。

「振り向いちゃだめ」ヘイゼルは言った。「絶対に振り向かないで」ジェニーが両手で顔を覆っている一方で、ヘイゼルは最後にもう一度だけ、おそるおそる振り向いた。ドア枠の真ん中にまっすぐ立っているアンセルの顔は、ヘイゼルが見たこともないような混じりけのない憤怒(ふんぬ)にゆがんでいた。まるで歯をむき出した狼だ。人間ではない。ヘイゼルは震える足でアクセルを踏みこんだ。がくんと揺れて急発進した車のなか、ヘイゼルはバックミラーから目をそらすことができずにいた。いまのアンセルを死ぬまで忘れられそうになかった。鏡のなかの悪意の塊を、玄関ポーチに立った怒れる男の姿を。それでも彼はだんだん小さくなり、やがて脅威ではなくなった。針の先ほどしかない、過去の遺物になった。ハンドルを握る手の震えはおさまらなかったが、ヘイゼルは単純にも虫のいいことを考えていた。これで二度とアンセル・パッカーに会わずにすむ、と。

*

ホテルの部屋は殺風景だが、ツインベッドはきちんとととのえてあった。ヘイゼルは、子どものころクリーヴランドやピッツバーグといった、有名観光地ではないがその分費用のかからない街へ家族旅行をしたのを思い出した――自分とジェニーが一台のベッドをシェアし、両親がもう一台をシェアし、日中は足を引きずって博物館や美術館を巡った。両親がよくわからない芸術作品の写真を撮っているあいだ、ヘイゼルとジェニーはロビーの床に座りこんでカードゲームで遊んでいた。

いまはひだの入ったランプシェードや、ビニール袋に包まれた石鹸の個性のなさがありがたかった。ジェニーが薄いコットンのシャツとスウェットパンツ、頭にタオルという格好でバスルームから出てきた。外は暗くなっていた――駐車場で車のドアが閉まり、砂利の上でスーツケースを転がす音がした。子どもの甲高い声がして、ヘイゼルは胸の奥に鋭い痛みを感じた。いまここでアルマの髪のにおいを嗅ぎたかった。マティーの乳臭い息を。

「ルームサービスでも頼む？」ヘイゼルはジェニーにメニューを放った。

「アンセルは絶対にルームサービスを使わなかった」ジェニーは鼻を鳴らし、ラミネートされた冊子をめくった。「高すぎるからって。旅行するときはいつもマクドナルドだった。うわあ、アルフレードがあるよ」

ふたりは贅沢に注文した。バターとクリームとチーズを合わせたアルフレードソースのリングイネ、シーザーサラダ、マッシュポテト、デザートにフォンダンショコラ。待っているあいだ、室内の雰囲気はぎくしゃくしていた――ふたりとも地震を生き延びたかのようにぼんやりしていた。ジェニーはベッドに座り、ヘイゼルのノートパソコンでフライトを確認し、新しい家主にメールを送り、現地到着後のレンタカーを予約した。離婚の書類はあとで弁護士から郵送する手はずになっている。数年前からそのつもりだった――きっぱり別れるつもりだったが、新しい仕事が見つかったことで一気にはずみがついたのだと、ジェニーは告白した。いざそのときが来ると現実味がないと言う。

料理が届くと、ふたりは二台のベッドのあいだの床に皿を並べ、あぐらをかいた。マッシュポテトがどう見ても男根の形だとジェニーが言ったのをきっかけに、ふたりとも大笑いした――一日の重みがそそくさと逃げていくようだった。

ジェニーは唇を脂で光らせてがつがつと食べた。

「電話がかかってくると思う？　番号を変えるより先に」

「かかってきても、出ちゃだめ」ヘイゼルは言った。

「そうだね」

沈黙。

「いつもああじゃなかったんだけど」ジェニーは言った。「わたしがミーティングに参加するようになって、しばらくは楽しい夜もあったの。もともとアルコホーリクス・アノニマス（AA）を勧めてくれたのはあの人だし。たしかに今日はあんなだったけど……アンセルがわたしを傷つけたことはないってわかってほしい。体のほうはね」

「あの哲学っぽいやつはどうなの？」ヘイゼルは尋ねた。

「なんの話？」

「例の〝セオリー〟とかいうやつ。あの人、哲学科の学部一年目って感じよね。頭がいいって言われたくてたまらないけど、そこまでよくないんじゃないかって自覚してるっていうか」

ジェニーはハッと息を吐いて辛辣な笑い声をあげた。「わたしはよく知らないの。ノートをところどころ読んだだけだから。正直言って、本っていうより、疑問のリストって感じ。でも、あなたの言うとおり――あの人の考えってどれも別段新しくないし、おもしろくもない。あの人は、自分が何者か、どうして存在してるのか、わかりたいのよ。自分を正当化したいの。でもみんな、多かれ少なかれそういうところがあるよね？」

フォークでレタスを突き刺す。

「絶対に教えてくれなかったことがたくさんあるの。家族のこととか、子ども時代のこととか。訊くと、黙りこんじゃう。何日もよそよそしい態度を取る。わたしね、飲むのをやめたあと、ある朝目を覚ましてまわりを見て、ふと気づいたの。この人、他人も同然だなって。そうだ、話したっけ……刑事が来たって話はした？」

ヘイゼルはかぶりを振った。胃のなかでパスタがもったりと動いた。

「もう何年も前よ」ジェニーは言った。フォークを置く。両膝を抱える。「そう、何年も前。わたしは病院で研修中だった。まだあの人と結婚する前。その刑事、女性の刑事だったけど、わたしの電話番号を調べたみたい。最初はまさか本物の刑事とは思わなかった。まだ若そうだったから。病院に来て、バッジを見せて、訊きたいことがあるって言うの。名前は絶対に忘れない、あんな名前はじめて聞いたもの。サフランって名前。花のサフランね。それはそうと、それ以来、その刑事をときどき見かけるようになったの。もう何年にもなるけど、アンセルには話してない。ただ見張ってるだけ。ついこのあいだも見かけたのよね。うちの前の通りに車を止めて、じっと座ってる。数カ月おきに現れるの。まるで影みたい」

「なにを調べてたの？」ヘイゼルは尋ねた。「なにを調べてるのか教えてくれた？」

ジェニーは作り笑いを浮かべた。ロッカールームで地味な女の子たちに向けていた笑顔、十代のころ母親に嘘をつくときに使っていた笑顔だ。とたんにヘイゼルは警戒した。悪い予感がする。

「とんでもない話よ」ジェニーは言った。「あの人が、まさかね」

「なんなの？」

「とてもじゃないけど言えない。あまりにも……まあいいか。その刑事のことをググったら、事件の記事が見つかったの。その刑事は三人の女の子が殺された事件を捜査してたのね。三人ともニューヨーク州内で殺されたの、わたしがアンセルと出会う前。あの人がハイスクールを卒業したばかりのころ。殺人だって。ありえないでしょう？」

緑がかった薄暗い明かりのなか、ジェニーはことさら歯を見せて笑顔に似た表情を作っていた。ジェニーも今日の午後に見たアンセルの顔を思い出しているのだと、ヘイゼルは思った。その言葉はナイフとなってふたりのあいだを乱暴に切り裂いた。殺人。ヘイゼルはいままでその言葉を口にしたことは一度もないはずだ。声に出すところを想像しただけで、舌の上で見知らぬ生きものがのたうっているような気がした。

「ありえない、かな?」ヘイゼルはのろのろと尋ねた。「だって……やってないってどうしてわかるの?」

偽の笑みは溶けて消えた。ジェニーの顔に嵐が吹き荒れ、それがあまりに突然だったので、ヘイゼルは後悔と不安で一杯になった。

「あーあ」ジェニーは言った。「昔からそうだよね」

「え?」

ジェニーはにやりとした。おかしくもなさそうに含み笑いをした。

「とぼけないでよ、ヘイゼル」ジェニーはあきれたような、ほとんどおもしろがっているような口調になった。「いい気分でしょ」

「どういう意味かわからない」狼狽（ろうばい）で頬が熱くなった。

「ほんとは楽しんでるんじゃない?　あなたって自分よりわたしのほうが弱くなることにこだわるよね」

「そんなの言いがかりよ、ジェニー」

「事実よ、わかってるくせに。アンセルは絶対にそんなことをしない——でも、あなたは彼がやってたらいいのにと思ってるでしょう?　わたしの夫が殺人犯だったらいいのにと思ってるよね、そうだったらわたしより上に立てるもの」

「ジェニー、やめて」

「昔からそうだったのは覚えてる。あなたがわたしを見る目、アンセルを見る目、わたしが持ってるもの全部を見る目」ジェニーは糊のきいたホテルのシーツやソースのたまった皿を示した。「あなたの一部は喜んでるよね。とにかく満足してるでしょう、ヘイゼル、わたしがこんなに落ちぶれちゃって」

「そんなことない」ヘイゼルは言った。恥ずかしく、声が弱々しくなった。

「はい、あなたの勝ち。あなたはほしいものを全部手に入れた」

ジェニーの言葉はいつまでも宙に浮かんでいた。病原菌のように。喉の奥に熱いあぶくがこみあげた。ジェニーは目を上に向けてからテレビをつけたが、ヘイゼルは自分の卑劣さという沼にはまったような気がしていた。テレビでは「リアル・ハウスワイフ」の再放送をやっていた――ヘイゼルはジェニーから顔をそむけ、ジェニーはそれ以上なにも言わなかった。そのまま一時間ほどたったころ、ヘイゼルは姉がベッドに寄りかかり、うなだれた姿勢で眠りこんでいることに気づいた。

＊

ヘイゼルはできるだけ音を立てずに皿を重ね、ドアを足であけて食事の残骸を廊下の床に置いた。息の詰まる部屋の外の空気は、においが違った。清潔で新鮮なにおいだ。ヘイゼルはにわかにほっとして息を吐いた――ドアストッパー代わりにタオルを置き、重たげにきしむドアから手を離した。

自分が生まれつき守られ、特権を与えられ、無知だったことを、いまほどはっきり思い知り、恥じたことはなかった。ルイスにたびたびからかわれたものだ。**きみたち白人の女の子は気楽だよな。**あの言葉――殺人という言葉ほど暴力的な概念が、よりによって自分の姉であるジェニーに食らいついていたのが信じられなかった。こんなできごとはバーリントンでは起きない。ヘイゼルは自分の善悪の判断について、正邪の判断について、一度も疑ったことなどなかった。大統領選ではオバマを支持した。大戦時のドイツ人だったら、ユダヤ人の家族を自宅の屋根裏にかくまったと思う（もちろん、この仮説を試したことはないけれど）。ヘイゼルは生まれてはじめて、恐ろしいものがすぐそばにあるのを実感した。でも、怯みたくはない。

薄闇に沈む廊下に敷かれたカーペットは足の裏をちくちく刺し、耳のなかでくぐもった鼓動の音がしていた。まったく同じドアがずらりと並ぶ長い廊下にだれもいないのを確認し、ポケットから携帯電話を取り出した。ホテルのＷｉ－Ｆｉは遅かった――ヘイゼルは検索エンジンが処理するのをやきもきしながら待った。

サフラン・シンの名前はあっさり見つかった。〝サフラン　警察　ニューヨーク〟で検索すると、〈アディロンダック・デイリー・エンタープライズ〉紙の記事がヒットした。〝ニューヨーク州警察犯罪捜査局の新支部長〟。記事には、制帽をかぶった女性が壇上にしゃちこばって立っている写真が添えてあった。鋭敏そうな顔立ちで、見るからに有能な感じのする女性だ。州警察のウェブサイトに飛ぶと、すぐにサフラン・シンの勤務先情報がわかり、メールアドレスの下に電話番号も掲載されていた。

　ヘイゼルは電話をかけた。

　最初の呼び出し音は、冷水のプールに飛びこんだときのように感じた——息が止まるほど驚いた。ヘイゼルは動揺のあまり頬から電話を離して放り投げそうになったが、そのとき電話のむこうから小さな風のような音がした。息の音だ。

「シン支部長です」

　ヘイゼルの愚かさをあざわらうようにアドレナリンが放出された。

「もしもし？」電話のむこうの声が言った。「どなたですか？」

　ヘイゼルは親指でボタンを強く押し、電話を切った。つづく静寂は、ヘイゼル自身の激しい呼吸音にさえぎられた。ヘイゼルはへなへなと座りこみ、サフラン・シンが電話番号を調べてかけなおしてこないよう祈った。ジェニーがずっと黙っていた疑惑の重みを感じる——その疑惑はしつこく胸のなかに居座るだろうが、答えを出すのも追い出すのも難しい。とにかく、複雑なことは考えられない。凶悪すぎるし、どうにも理解できない。そして言うまでもないが、証明できない。

　だから、ヘイゼルは震える手でふたたび携帯電話のホーム画面を操作した。掃除用洗剤と掃除機をかけたカーペットのにおいごと、四回、息を吸って吐いた。ルイスは三度目の呼び出し音で応答した——眠っていたらしい。彼の声は低く、かすれていた。ヘイゼルはそのやわらかな響きに泣きだした。

空港は混雑していた。ジェニーは飛行機に乗るためにめかしこんでいた――まつげにマスカラを丁寧に重ねづけし、ヒールの高くないブーツを履いていた。ホテルの部屋で、ヘイゼルは爆弾が落ちるのを待ち構えていた。醜悪で脆弱(ぜいじゃく)な真実が明かされるのを。しかし、ジェニーはのんきにハミングをしながらもつれた髪にブラシをかけただけだった。頭の奥のじめついた場所で非難の気持ちとジェニーの小さないびきが混じり合い、ヘイゼルは朝まで眠れなかったというのに。

＊

ふたりは一緒に保安検査場へ歩いていった。

「ここでお別れだね」ジェニーは高価なリュックを売っている店の前で立ち止まった。

ふたりの周囲を絶え間なく人が流れていった。

「泣かないでよ、ヘイゼル」ジェニーがあきれたように目を上に向けた。「お母さんに似てきたね」

ジェニーと抱き合いながら、ヘイゼルの心は揺れた。**あなたは強い**よと言いたかった。**あなたは勇敢**、と。けれど、ジェニーの髪に顔をうずめてささやくのが精一杯だった。**ごめんね**。ふたりが体を離したとき、ヘイゼルのセーターになにかが引っかかった。ふたりはほつれた毛糸に絡まった石をしばらく見つめた。あの指輪だ。

「これってなにかの前兆かな」ジェニーは笑った。

そして、薬指から指輪を抜いてヘイゼルの手のひらにのせた。

「持っていかないの?」ヘイゼルは尋ねた。

「わたしのかわりに持ってて。いまから新しい人生がはじまるんだもの。過去を思い出させるものはいらない」

指輪はずっしりした重みをともなってヘイゼルのポケットにおさまった。よくもこんな重い指輪を何年もつけていたものだと、ヘイゼルは思った。

「よし」ジェニーは言った。「あっちで会おうね」

ヘイゼルは、ジェニーの頭が揺れながら人波に消えていくのを見送った——生まれてからこちら、これほど姉と遠く離れた気持ちになったことはない。ジェニーは空の上でライム添えのスプライトを注文し、ゴシップ雑誌をめくり、星占いのページに折り目をつけるだろう。ジェニーについて、そういうことは昔から知っていた——癖やちょっとした好みなど、ささいなことは。けれど、ささいなことがその人のすべてではない。それに、数日たち、数週間たち、数カ月たつうちに、ジェニーのささいなことは変わるはずだ。これからジェニーはヘイゼルが行ったことのない街に住み、ヘイゼルの肌を焼いたことのない砂漠の太陽の日差しを感じることになる。自身の存在の半分を繰り返し修正し、新しい自分を形作っていくだろう。それなのにヘイゼルはここにいる。このピカピカのリノリウムの床が広がるターミナルで、人混みのなか無力に立ちすくんでいる。追いかけたい、追いつきたい、いつかは追い抜きたいという、昔のままの欲求に燃えている。いつまでたっても変わらない。

駐車場は真夜中のように暗かった。コンクリートの壁に囲まれ、ヘイゼルは指輪をしげしげと眺めた――別世界からのオブジェだ。アメジストと真鍮。この世界のものではない。ヘイゼルは自宅へ向けて出発する前に、グローブボックスをあけて指輪をぞんざいに放りこんだ。ことん、ころころ。このまま放置しておけば、そのうちもともと存在しなかったかのように忘れてしまえるだろう。

*

「ほんとうにいいんですか？」二時間後、ヘイゼルは尋ねられた。「ばっさりやっちゃいますよ？」

「ばっさりやって」ヘイゼルは言った。

ヘイゼルはバーリントンの高級美容室の回転椅子に座っていた。服はいまだにホテルの部屋の糊のにおいがした――ルイスに帰りが遅くなるとテキストメッセージを送ると、彼はアルマの乳歯がはじめて抜けたあとの血がたまった穴の写真を送り返してきた。

女性美容師は鋏を動かし、感心したように髪の束を差し出した。**見てください**。ゴムに縛られたままの髪が美容師の手からだらりと垂れさがっていた。ほんの数センチの髪が残されたヘイゼルは――美容師はエマ・ワトソンみたいと声をあげた――少年のように見えた。寝る前にアルマに読み聞かせる絵本に出てくるニンフか妖精のようだ。まあ、エマ・ワトソン風と言えなくもない。ヘイゼルは鏡に映る自分をまじまじと見つめ、自分は生まれてからずっとこのだれだかわからない人間として生きてきたのだ、この痩せた見知らぬ顔をいつも見ていたのだと思った。湿ったケープの下から手をのばし、目の下の涙形のほくろに触れた。以前よりずいぶん大きくなったようだった。瑕というよりもしるし、まさにヘイゼルをヘイゼルにしているものに見える。いまの気分は爽快そのものだ——鏡のなかの双子が口をあけ、覚醒者のような、転生者のような、救済者のような笑顔になるのを、ヘイゼルは幸せな気持ちで見ていた。

2時間前

あと二時間四分。

ジェニーはよく、すべてのできごとには理由があると言っていた――あなたはいつも月並みな考えだと言ってからかった。すべてのできごとに理由があるなら、戦争はどうなのだ？　癌は、学校の銃撃事件は？　ジェニーは自分の信念に囚われ、わかったふうにかぶりを振った。そして、かならず目的があるのだと言った。無意味な苦しみは人間の本能にそぐわない。だから、人は苦しみのなかに意味を見出そうとするのだ、と。

楽観主義だな、とあなたは言った。

楽観主義とは違うのよ、とジェニーは言った。生き延びるすべよ。

＊

独房の外に見張りが立っている。腕を口に当て、痰の絡んだ咳をする。あなたはその見張りがなぜ来たのか知っている。執行記録を再開したのだ。彼は数分おきに独房の前を通り、あなたが自殺しないように目を光らせる。あなたはとくに自殺したいわけではないが、もしできるならしてもいい——自分の思うままになるのなら、この状況にも意味があるかもしれない。しかし、独房内を調べたところ、なにもない。首に巻きつける靴紐はない。手首を切るガラスの破片もない。長く残酷な待ち時間に、意味を探しても無駄だ。

*

アンセル？

教誨師が来ていた。ポランスキー刑務所からの赤いメッシュのバッグを脇に抱えている。禿げあがった頭が汗で光っている——寝台に寝転んでいるあなたには、教誨師が実際より大きく見える。コンクリートの床に折りたたみ椅子をガタガタと引きずってきて、あなたたちを隔てる鉄格子のそばに座る。ウォールズ・ユニットにはフルタイムの教誨師が勤務しているが、あなたはポランスキー刑務所のこの教誨師を希望した——古いステーションワゴンの窓をあけ、ラジオを小さくかけて道路を走る彼を思い浮かべるのが好きだから。

看守長からだと言いながら、教誨師はあなたにバッグを渡す。ビリングズ刑務官に頼まれたそうだよ、と。

バッグの形から、あなたはすぐにわかる。〝セオリー〟だ。あなたがウォールズ・ユニットに到着してまだ二時間しかたっていないのだから、教誨師にバッグを預けるだけで精一杯だったはずだ。コピーを取ってハンツヴィルのフェデックスや出版社へ持っていく時間はなく、もちろん地元のニュース局へ持っていく時間もないに決まっている。あなたはこの現実に吐き気をもよおしながらノートを取り出す。絶望が膿のようにじわじわと漏れはじめる。

あなたの〝セオリー〟が——あなたの遺産が、日の目を見ることはない。

ショウナが計画から手を引いたのはしかたがない。あなたも彼女ならやりかねないと、うすうす予測していた。だが、こんなふうに〝セオリー〟を突き返すのは残酷だと言ってもいいのではないか。あなたには自力で〝セオリー〟を発送する時間も手立てもない。ショウナもそれを知らないはずがない。どのみち、彼女なしでは成功しない計画だった。皮肉にしても辛辣だ。あなたがしたことは凶悪だが、それだけでは脱走が成功していた場合と同等の注目は集まらない。〝セオリー〟をどこかに送ってもらうことはできる。だが、もはや意味がない。

だれひとり興味を持ってくれなければ、意味がない。

＊

どうしてこんなに書くの？

最初のころ、ショウナに尋ねられた。床に座っているあなたの手は黒いインクで汚れ、周囲に何冊ものノートが広げて置いてあった。

書くことが永遠に生きるための唯一の方法だから、とあなたは答えた。自分のかけらを残すようなものだよ。

なにを残したいの？　ショウナは尋ねた。

さあ、とあなたはいらいらと答える。おれの考え。おれの信念。肉体が消滅しても、自身のなにかが残るようにしておくのは重要だと思わないか？　死を乗り越えられるなにかが。

ショウナは肩をすくめて言った。ほかの人が残したもので充分だと思うけど。

＊

あなたは教誨師を帰らせる。床に〝セオリー〟を円形に広げると、ところどころ欠けた歯をむき出したしかめっつらに見える。ぼろぼろのノートの前にあぐらをかき、あなたは自分の知性を証明するものを眺める――ただの走り書きが整理されないまま一面に広げられているように見える。もっと大きなものを書くためのメモ、もっとよいものを書くためのメモに見える。

そう。ここまでだ。あなたの〝セオリー〟は、あなたがいなくなったあとに消える。事務室にしまいこまれればいいほうで、最悪の場合はゴミ箱行きだ。人生を賭けた思考と著述が無になる。あなたの目は、でたらめな順番でコンクリートに並べられたノートのとあるページを捉える。倫理とは限定されない、と書いてある。倫理とは不変ではない。つねに変化の可能性がある。そのような基本的なこと――変化の可能性が、つぶされていいはずがない。

ブルー・ハウスはどうだろうか？

あなたは最初、その言葉を優しくささやく。床の上のノートはかさりとも音を立てず、じっとしたままあなたを見あげているだけだ。あなたはもっと大きな声で尋ねる。声は壁に跳ね返り、むなしく響く。

ブルー・ハウスはどうだろうか？

ここで終わっても——だれも聞いていなくても、ブルー・ハウスはこの先も存在する。ブルー・ハウスこそがあなたの〝セオリー〟であり、不変でありつづける。ブルー・ハウスはあなたが存在した証拠だ。あなたはほかのすべてのものと同様に膨張する。あなたは複雑だ。あなたはただの悪人ではない。

＊

ブルー・ハウスを知ったのは、暑い夏の日だった。ジェニーがテキサスへ行ってしまって一年近くたったころだ。あなたはヴァーモントでひとりいじけていた。ジェニーがいない毎日は色彩も音もなかった。あなたは毎晩、ソーセージを冷たいままビニール袋から食べた——食事のあと、ジェニーの気に入っていた家具をガレージへ運び、チェーンソーでめった斬りにした。

六月の朝、手紙が届いた。あなたは網戸も閉めず、ぞんざいに封筒を破り、罫線の入ったノートのページに書かれた丸っこい文字にとまどった。彼女の一通目の手紙は、ほんの数行の簡潔なものだった。

親愛なるアンセル。わたしはブルー・ハリソンといいます。父はニューヨーク州エセックスの近くの病院から引き取られたのですが、それまではお兄さんがいました。そのお兄さんはあなたではないかと思っています。

あなたはよろめきながらキッチンへ行き、傷だらけのオークのテーブルに手紙が落ちるにまかせた。そのとき、世界は残酷であると同時に奇跡に満ちていると感じた。意地が悪いと同時に寛容だ、と。パッカー赤ちゃんはあなたを罰するために何年も泣き叫んでいたのではなかった。ほかの赤ん坊と同じで、あなたに伝えたいことがあったのだ。

早くもその次の週末、あなたはブルー・ハウスを訪れた。タッパー・レイクは家具の配達で通ったことがあったが、今回は重要な目的があり、心が浮き立った。湖の上に天蓋のような空がかかり、日差しに湖面がきらめいていた。レストランは湖畔から数ブロックの小さな敷地にちんまりと建っていた。それはあなたにウィンクし、おいでと合図した。

入口を入るとドアベルがカランと鳴った。

あなたには彼女がすぐにわかった。ブルー・ハリソンはすみのテーブル席で待っていた。十六歳らしく他人の目を意識して背を丸め、プラスチックのストローをいじっている。その姿に、あなたは思わず目をみはった。ブルー・ハリソンに会うまで、あなたはあの声がつねに聞こえていたことに気づいていなかった。何年ものあいだ、頭の奥の真っ暗な洞穴で赤ん坊が絶え間なくむずかっていたのに、その場所が静かになると——安堵のあまり膝が折れそうになった。

ブルー・ハリソンはあなたの母親にそっくりだった。

その瞬間、パッカー赤ちゃんが顔をあげた感じがした。いまはもう泣きやみ、まぶしそうに目をぱちくりさせている。まるでこう言っているように。やっと。ぼくを見つけてくれたね。

サフィ　二〇一二年

謎解きはサフィの得意とするところだ。

このむずがゆさには覚えがある。指先が絶えずちりちりするこの感じは――狩りと捕獲、興奮と救済の予感だ。情報のかけらのひとつひとつをひねり、ほぐし、細い糸をたぐり、最後には全体を解き明かすコツを、サフィは心得ている。謎をほどいて精確な科学にもとづいて分析する。だが、ときには謎がさらにゆがんで複雑な事件に発展する。最悪の場合、謎がその実体を超越して新種のモンスターになる。ときにはそのモンスターが自身の肉を喰らいはじめ、あとにはべとつく骨以外になにも残らない。

＊

サフィは騒がしい集団の前に立ち、演台に両手をしっかりと置いた。蛍光灯に照らされた会議室は満員で、プラスチックの椅子に座った制服組はおしゃべりに忙しく、私服刑事たちは冷めた顔で奥の壁にもたれている。ケンジントン副支部長はいまにも逃げ出そうとしているかのように、体を半分廊下に出してドアに寄りかかっていた。

サフィはわざと偉そうに咳払いした。肩をそびやかし、太く響く声で話しはじめた。

「知ってのとおり、ローソン事件の再審の日程が決まった」室内は静かになった。「来週月曜日の二週間後。検察は注目されている事件であることを考慮し、われわれの協力を求めている——われわれの目、耳、最大限の努力を求めている。再審の日までは、本件のために息をして眠ってくそをするように」

いまやサフィは全員に一目置かれるようになっていた。じつに簡単だった。連中の男らしさとやらをまねて、気さくに威勢よく、まさに男らしく荒っぽい口調を使えばいい。サフィは意図して指示にそのような言葉を混ぜこむようにしていた——彼らの信用が必要だからだ。部長刑事になってからの六年間、さらに副支部長時代の四年間をかけて、この手のスピーチ法を練習してきた。サフィはいま四十歳で、B管区史上唯一の女性支部長だ。男の上に立つなら男のようなしゃべり方をしなければならないと、とうの昔に受け入れていた。

「コールドウェル部長刑事、概況の説明を頼む」

コリーンは着古した革ジャンの前で腕組みをして壁に寄りかかったまま、低くかすれた声でたんたんと話しはじめた。

「マージョリー・ローソンは二年前に自宅キッチンで殺害されました。フライパンで後頭部を殴打されたんです。唯一の容疑者である夫のグレッグ・ローソンはペインター・アンド・サンズで精肉部門の助手として勤務。彼の犯行であることは明らかでした。しかし、よりによって本署署員による漏洩行為を理由に、弁護人が審理無効を要求したというわけです」

サフィはケンジントン副支部長をじろりと見やった。彼は履いている高価なイタリア製の靴を見おろしていた。二年前、ケンジントンは不注意にも地元の酒場で酔っ払ったあげく、だれが見てもローソンが有罪であるこの事件について陪審員にしゃべってしまい、いまその尻拭いをさせられているのがサフィだった。サフィは本件が理由で退職させられた前支部長からこのくそみたいな仕事を引き継ぎ、いままで見逃されていた証拠と新たな視点を探さなければならない。ゴミの山から新鮮なものを見つけなければならないのだ。

「ありがとう、部長刑事」サフィは言った。「ルイス、タミンスキー、あなたたちは関係者を当たって。もう一度全員に聴取して、強めに押してみること。ハートフォード、あなたは被害者遺族からローソン夫妻の結婚生活についてなんでもいいから聞き出して。ベニーとマグズは科学捜査班を。ケンジントン、あなたには検察と弁護人をまかせる。再審請求が認められたとはいえ、これから二週間は検察の支援に全力をつくす。では解散」

署員たちはぞろぞろと出ていったが、サフィは掲示板と向き合った。すべての写真は記憶しているが、現場の写真は重要だ。ひとつの事件に長く関わっていると、どの手がかりもしなびてしまいがちで、そんなときサフィは具体的な証拠に立ち戻ることにしている。マージョリー・ローソンは自宅キッチンのフロアに倒れ、拭きあげたばかりのタイルに後頭部から流れた血がたまっていた。オーブンのなかのライトがついていて、コーンブレッドが黒焦げになったせいでキッチンのなかは煙っている。

「支部長」

　コリーンだった。支部でただひとりの女性捜査官にしてだれよりも有能だ。モレッティがアトランタへ逃げ帰ったあと、サフィが副支部長になってはじめて採用した捜査官だった。サフィのもとで十件以上の殺人事件を解決し、長官にコネのある義父を通してサフィの支部長就任を後押ししてくれた。いま、コリーンはサフィの背後でわざとぐずぐずしている。低い位置でポニーテールにしたつややかな髪、猫背気味の姿勢。コリーンは頭の回転が早く機転がきき、サフィは多くの長い夜を彼女の乾いたユーモアのセンスに助けられていた。

「わたしたち、しくじったね」サフィは写真の並ぶ掲示板の陰で低く言った。

「支部長のせいじゃないでしょう」コリーンが言った。

「そういう問題じゃないってわかってるよね」サフィはため息をついた。コリーンは黙っていた。

　いつのまにか時間が過ぎていた。サフィはルイスとタミンスキーの供述調書に目を通し、残業申請を処理し、解凍したブリトーにむせながら薬物取締班に監視用ワゴン車の使用を許可した。夏の太陽が沈むころには、部下のほとんどが帰宅するかそれぞれの持ち場へ出かけ、署内は静かになった。サフィは休んでおかなければと思ったが――本来なら土曜日は公休だ――息苦しいほど湿度が高く、あの欲求がまた胸一杯にたまっていた。

　行動に移してはいけない。健全ではない。分別のあるふるまいとは言えない。だが、サフィはいまありがたいことにひとりきりで、夜はサフィを裁いたりしない。最後にこの衝動に屈してから数カ月がたつ――前回は四月、土砂降りの灰色の夜だった。

サフィはデスクの下からファイルボックスを引っ張り出した。フォルダーはサフィが四月にしまったときと変わらず、未解決のまま捜査が打ち切られて忘れられたほかの事件の資料と一緒に入っていた。このことはだれにも話していない。サフィにとってなによりも重大な秘密であり、なによりもぞくぞくする恥部だった。

一九九〇年の少女たちはなにかを返してくれるわけではない。それでも、サフィは彼女たちの資料を抱え、饐えたにおいのする無人の駐車場へ重い足取りで歩いた。たとえばいまローソン事件で行き詰まっているように、サフィが追い詰められたり苛立ったりしたときに、少女たちがいつのまにか現れる。イジーとアンジェラとリラが。三人はささやきを交わしながら、ファイルから這い出てくる。覆面パトカーのフォード・エクスプローラーの後部座席に座っていたり、取調室で容疑者の背後に立っていたり、からかうようにたびたび現れては存在を主張した。たしかにいま、サフィは支部長だ。けれど、かつては少女だった。あらゆる謎は物語であり、物語の全体を見渡すには、ときにははじまりに戻らなければならない。

＊

その夜はイジーが出てきた。夢のなかの亡霊として。少女たちはサフィを駆り立て、そして誘惑するように引き戻す――大人になった姿で。イジーは夜明けのポーチにいる。三十代後半、曇った眼鏡、お気に入りのすり切れたネルシャツ。きれいに拭いたガラステーブルの上にはコーヒーのカップ。彼女の指は固茹で卵の殻をむき、はげかけたネイルポリッシュの鮮やかな色が卵の白さに映えている。少しずつあらわになっていく卵のなめらかな肌は、新生児のように無防備で無力に見える。

*

翌朝、目を覚ましたサフィは、自分がこれからなにをするのかわかっていた。暗い空に六月の曙光が薄膜のようにふわりとかかる——寝室の窓の外で太陽が孤独に昇り、洗濯をしていないシーツから汗くさいにおいがする。携帯電話が早くもメッセージの着信を告げていた。**今朝はローソン事件の資料のコピーを見なおしています。**コリーンがメッセージを送ってきていた。**付箋をつけておくべきところはありますか?**

サフィは目脂（めやに）を拭い、手早く返信した。

弁護側証人の証言に穴がないか確かめて。なにかあったら副支部長に電話を。わたしは今日、休みだから。

太陽が昇りきったころには、サフィは車に乗っていた。サフィの頭はあいかわらずぼんやりとしていたが、エアコンは黴とプラスチックのにおいがする風を勢いよく吹き出した。幹線道路に乗り入れ、グラノーラバーの包装袋をはがし、黄色いセンターラインが早くも熱気に波打ちはじめている道路を猛スピードで走った。

この道を十三年間往復しているので、どのカーブも覚えていた。州境を越えてヴァーモントへ入ると、バックミラーに映るシャンプレーン湖はだんだん小さくなっていき、道路の脇に商店が並びはじめた。車が一台も走っていない通りを進みながら、グローブボックスから煙草のパックを取り出した。十代のころに煙草をやめてからは、普段はまず吸わない。だが、ヴァーモントへ行くときだけは、好きなだけ吸ってもよいことにしていた。ヴァーモントに向かう時点で、自分だけのルールを破っているのだから。後ろめたさは恥の意識も連れてきたことだし、この程度のささやかな楽しみを我慢するのはばかばかしい。

アンセル・パッカーになにかを求めているわけではなかった。彼に接近したことはなく、自分の存在を知らせたこともない。この欲求には理由も理屈もなかった——とにかく、確かめずにはいられないのだ。見に行かずにはいられない。商店の列が古ぼけた家並みに変わるころ、サフィは窓をあけて灰を落とし、自分の欲求が年月で錆びたメリーゴーラウンドとなっていつまでもまわっているのを思い浮かべた。

小さな黄色い家の前にたどり着いたときには、すっかり夏らしい暑さになっていた。サフィは路肩に車を止めた。ノートをひらき、ゆっくりと深く息を吸うと、黄色い家をじっと眺めた。

ジェニーが出ていって以来、ずいぶんようすが変わった。雑草がのび放題で、鉢植えの植物は枯れ、ポーチには泥まみれの男ものの靴が散らばっている。この九カ月で三度ここへ来て、そのあと病院に電話をかけて確認した。**テキサスへ引っ越したんですよ、**と受付係は言った。**あっちで新しい仕事についたんです。**

ジェニーはいなくなってしまった。

彼女とは十三年前、あの病院の前で話したきりだ——あのときの拙く不器用なやり方を思い出すと、若かった自分を慰めてやりたくなる。当時は、希望にあふれてはいるが、あまりにも無謀なひよっこ捜査官だった。あれからずっと、非番の日やひまな週末に、少しずつ太っていくジェニーを見てきた。リサイクル用のゴミ箱からワインのボトルがあふれ、テレビはリアリティショーをがなりたて、ジェニーとアンセルは別々に夜を過ごしていたのをサフィは知っている。ジェニーはリビングルームで、アンセルはガレージで。一度、ジェニーの姉か妹が——驚くほどそっくりだった——ふたりの子どもを連れてきたのを見かけた。ジェニーはほがらかに笑いながら、幼い男の子をチャイルドシートに座らせてベルトを締めてやっていた。

いま、黄色い家は空き家にしか見えないが、アンセルのトラックが私道になめに止まっている。ポーチのストリングライトははずれかけ、だらしなくフェンスにかかっている。キッチンのサクランボ柄のカーテンは傾いている。車のエンジン音を背景に、いつもの失望がサフィのはらわたを侵食した。こんなところへ来るなんてばかだった。ここにはなにもない。鏡でいやなものを見てしまったかのように、学習しない自分を思い知り、サフィは泣きたくなった。車をUターンさせて帰らなければと思ったそのとき、網戸がひらく音が聞こえた。

漆喰（しっくい）の飛び散ったジーンズに、重たそうなワークブーツを履いたアンセルが外に出てきた。着ているTシャツの脇は汗染みで黄ばみ、薄くなった生地をビール腹が押しあげている。髪の生え際は後退し、レンズの曇ったプラスチックフレームの眼鏡が鼻にのっている。サフィはさっと体を起こし、彼がピックアップトラックに乗りこむのを見つめた。

アンセルが私道から車を出すあいだ、サフィは待った。ガムがほしかった——煙草のせいで喉がいがらっぽい。

この仕事から学んだことのひとつはこれだ。アンセルのような男は自分の弱さを受け止められない。受け止めることに耐えられない。

*

もちろん、パターンというものはある。大雑把な傾向、類似点、FBIによる犯罪者プロファイリング。サフィも部下の捜査官たちも、容疑者の多くをパターンで分類する——おとなしい少女に目をつけて手なずける体操コーチ、自分の犯罪行為が話題になっているのを聞きたくて町役場や市庁舎をうろつくレイプ犯、ひとり目の妻を殴り、ふたり目の妻を殴り、三人目を殺した元海兵隊員。だが、サフィは自分の成功の要因は知識にあると考えている。ステレオタイプに当てはまる犯罪者の何倍も当てはまらない犯罪者がいると知っていること。どの脳も、逸脱のありさまはそれぞれに異なる——損傷の現れ方は特異で謎めいている。必要なのは、発痛点を見つけ出すことだ。傷ついて膿んでいる場所、どの悪人にも存在する暴力のスイッチがある場所を探し出すことだ。その複雑さを知り、理解しようとすることが重要だとサフィはわかっているが、それは耐えがたいほど人間の本質に近づく行為だ。我慢できないほど人間的だ。ときとして、ねじれた愛の一形態にも思える。

＊

アンセル・パッカーを追ってきたこの十数年、サフィは彼がヴァーモントの小さな町を離れるのを見たことがなかった。尾行すると、行き先はたいていスーパーマーケットだった。あるいは勤務先の家具店や、同じ通りにあるバーで、こっそり彼を見張ったこともある。一度は裏庭のバーベキューパーティで、ジェニーが友人たちとおしゃべりをしている一方、ピクニックテーブルでビールを舐めている彼を見ていたこともある。

いま、サフィは車を走らせながら、アンセルの車の方向指示器かブレーキランプが点滅するのを待っていた——ところが、アンセルはまっすぐ走りつづけた。北を目指し、シャンプレーン湖をまわってニューヨーク州境を越え、ミス・ジェマの屋敷の前を通り過ぎ、プラシッド湖方面へ向かっている。ついにアンセルが幹線道路をそれたときには、数時間が経過してサフィの膀胱は破裂しそうになっていた。いつのまにかB管区に戻っていた——サフィはあまりよく知らない小さな町だ。ニューヨーク州タッパー・レイク。

やっと週末休みなんだね。何日か前の夜、クリステンに電話でそうからかわれた。**予定はあるの、支部長？**　今日は午前中にクリステンの息子のサッカーの決勝戦があるが、どうやら無断でキャンセルしなければならないようだ。サフィは楽しみにしているはずだった土曜日を思い浮かべた。ハーフタイムのオレンジのスライス、ピクニックシートに置かれたおもちゃのトラックの山、帰宅途中のアイスクリーム。

それなのに、サフィはいまタッパー・レイクの北端にたどり着き、そわそわしている。アンセルのトラックはガソリンスタンドに立ち寄ったあと、一軒の家の前に止まった。風船ガムのような鮮やかなブルーに塗られた家。サフィは、車からのっそりと降りたアンセルに目を凝らした。

その家はレストランだった。窓辺にラミネートしたメニューが置いてあり、ドアに赤錆色の小さな錬鉄の板がかかっていて、店名がかろうじて読めた。

ブルー・ハウス。

もうすぐ正午だし、いますぐトイレに行きたい。やめておくべきだ――賢明ではない、むちゃだ、言うまでもなく警官として悪手だ。だが、結局は彼を追って店に入ることになるのはわかっていた。サフィには、警官のキャリアを賭けて正しさを幾度となく証明してきた考えがある。それは、だれもが秘密を持っている、ということだ。だれもがなんらかの隠しごとをして生きている。

サフィも例外ではない。いまは古い雑居ビルの二階で開業しているローリーという女性セラピストのもとに通っている。ローリーはコーヒーテーブルにティッシュの箱を置き、出窓には心を慰める鉢植えのコレクションを並べている。ローリーには、毎日ひどいできごとを目撃しなければならない仕事について話す。ベッドで死亡した女性、地下室に鎖でつながれて餓死した子ども、オーバードーズに次ぐオーバードーズ。サフィはときどき話題を変えて、たとえば新しい家の改装について——最近、クリステンに手伝ってもらってキッチンを空っぽにした——あるいは悲惨なデートについて、すぐに飽きてしまう男との関係について、話そうとしてみる。キッチンの出窓にずっと立てかけてあるレシピのファイルについて話したことがある。ラジャスタン料理のラールマース（マトンを使った赤いカレー）やダルバーティ（豆のカレーとバーティと呼ばれるパン、漬物などをセットにした定食）について何時間もグーグルで調べ、メールで材料を注文したのだ。だが、ローリーはいつも仕事に話を戻す。サフィが毎日出会う凶行について。**この仕事のどんなところに惹きつけられるの**、とローリーは悪気なく眉をひそめて尋ねる。**子ども時代のあなたの一部は、トラウマ的な体験にほっとするんじゃない？**

　そのたびに、サフィは目で天を仰ぎたくなるのをこらえる。セラピーをやめてしまおうかと思うが、若い捜査官たちに手本を示したかった。警官の仕事という作られた男らしさの陰に隠れ、嚙み煙草を吐き出しながら、おもしろくもなさそうに同性愛者をネタにしたジョークを交わす彼らに。サフィは支部長だ。彼らが自分をよく見ているのを知っている。

　サフィは、ブーツで階段を踏みしめてブルー・ハウスへ向かうアンセルを眺め、ローリーが知ったふうに首をかしげて言った言葉を思い出した。**子ども時代のあなたはどうしてる？**

絶好調よ、と不承不承思いながら、サフィはアンセルがドアに近づくのを見ていた。**あの子がどうしたの？**

　サフィはいまでもときどきあの女の子がなつかしくなる。三段ベッドの真ん中の段で眠れずに朝を迎えていた女の子を。彼女の願望ははっきりとしていた。母親に生き返ってほしがっていた。父親についてはあれこれ想像しすぎて、たとえば正義や真実のような、永遠に知り得ない神話的な存在になってしまった。子ども時代は悲しみに染まっていたが、ミス・ジェマの屋敷はそれなりに楽しく、自分がなにを望んでいるのかはっきりとわかっていて、その素朴な願望は底流のように心の底に絶えず流れていた。

けれど、あの願望はもうなくなった。あの痛切な恋しさからは、反抗期だった十代からがむしゃらだった二十代にかけて抜け出した。願望を手放し、午前三時に報告書をまとめ、取調室で容疑者を尋問して泣かせ、ひとりの参考人に事情聴取するために七時間も車を飛ばすようになった。いま、サフィはレストランに入っていくアンセルの後頭部を見つめた。この何十年かのあいだに彼はどんな願望から抜け出すことができたのだろうか――いや、それよりも、彼はなににしがみついていたのだろうか。

＊

ブルー・ハウスの店内は家庭的で明るかったが、いかにも最盛期を過ぎた家族経営の店という感じで、古びてうっすらと汚れがたまっていた。ドアの上のベルが鳴ったとき、サフィは軽くパニックを起こした――こんなことはやめたほうがいい。いまから引き返せば、サッカーの試合後の恒例、クリステンの家の裏庭のピザパーティに参加できる。

けれど、やはりやるべきことのように思える。意外なほど、間違っていない気がする。

「いらっしゃいませ」

入口にいた女性がにこやかにほほえんだ。縮れた髪をヘッドバンドでとめ、ケチャップと油の染みがついたエプロンをつけている。見たところ三十代半ばくらい。エプロンにつけた名札は傾き、レイチェルと書いてあった。

「アイスティーをください」サフィはバーカウンターのほうへ顎をしゃくった。警官ではなく、素の自分らしい話し方をしようとしたが、そのふたつの境界は曖昧だった。「お手洗いを借りてもいいですか？」

レイチェルがレストランの奥を指し示したとき、サフィはすばやくアンセルを探した。すぐに見つかった。彼は窓辺のテーブル席のがたつく椅子に座り、若い娘と向かい合っていた。ティーンエイジャーだ。髪を一本の三つ編みにして片方の肩にかけている――内気そうで、緊張しているようすだった。

サフィはトイレに入って鍵をかけ、あまりなじみのない感覚をやわらげようと息を継いだ。まっさらで鋭利な恐怖。漂白剤と尿と揚げものの不快なにおいが立ちこめる空間で、下着を膝までおろし、両手に息を吐きかけた。ばかみたいだ、考えすぎではないかと思う。だが、蛇口から湯を出して震える手を洗っても、いましがた見たものを頭のなかから消すことはできなかった。アンセルのまなざしにこもった願望を。あの少女はまだ子どもだ。正真正銘の子どもだ。

ダイニングルームに戻ると、バーカウンターの端でアイスティーが待っていて、グラスの水滴がはがれかけたプラスチックフィルムにたまっていた。

「お食事はどうします？」

舌がふくれあがっている感じがして、サフィはかぶりを振った。レイチェルが厨房に戻ってスイングドアが閉まったとき、サフィは写真に気づいた。スイングドアにとめてあるそれは高画質の拡大版だった。写真は周囲を小さな祭壇のように飾られ、手書きの文字をドライフラワーが囲んでいた。被写体の男性は青い壁を背に――この家だ――ほほえみ、腰抱きにした幼い女の子が彼の首に両腕をまわしている。その写真を見て、サフィは急にいてもたってもいられなくなった。男性の名前のせいではなく――エリス・ハリソンというらしい――一九七七－二〇〇三という、二十六歳で亡くなったことを示す数字でもなく、いますみの席に座っている少女の幼少時代と明らかにわかる女の子のせいでもない。男性の顔の形のせいだ。片頬をあげる笑い方。アンセル・パッカーにそっくりだ。

「あの、やっぱり」サフィは戻ってきたレイチェルに言った。「ツナとチーズのホットサンドをいただこうかな」

サフィは無理やりサンドイッチを口に詰めこみ、呑みくだしながら聞き耳を立てた。バーカウンターに座っているサフィの背後にアンセルの席がある配置だが、ところどころ声が反響して聞こえた。少女の声だ。**差押通知が届いたの。わたしたちどうなっちゃうのかな。**

「このお店、いつからやってるんですか？」サフィは、脂じみたプラスチックのフォルダーに挟まれた勘定書きを持ってきたレイチェルに尋ねた。

「一九九七年に夫とふたりでこの家を買ったんです。それからずっと営業してます」

サフィは厨房のドアの写真へ顎をしゃくった。「いまはおひとりで？」

カウンターに寄りかかったレイチェルの目元の皺に疲れが現れていた。「ひとりじゃありません。娘がいるんです」

ふたりは娘のほうを振り向いた。アンセルは薄くなった髪をしきりに手でなでつけている。少女は頬を赤らめ、コーラのグラスに残った氷をストローでかきまわしている。本物の恐怖がわけもなくサフィの喉にこみあげた。**逃げて**、と叫びたかった。**その男から逃げて**。だが、叫ばずに尋ねた。「お嬢さんはいくつ？」

「十六です」レイチェルは顔を輝かせ、目だけで天を仰いだ。「でも、ブルーは三十歳のつもりみたいですけどね」

サフィは二十ドルをテーブルに置き、がくがくする脚で車に戻った。太陽が容赦なく舗道に照りつけていた。アンセルと、あの少女。

十六歳。

彼の好みの年頃だ。

＊

一九九〇年にあの少女たちは不慮のできごとに見舞われた。一時の激情に駆られた結果かもしれないし、念入りに計画された犯行だったかもしれないし、通りすがりの連続殺人犯だったかもしれない。犯人はだれかの父親かもしれないし、おじかもしれないし、問題のある兄弟かもしれない。ひょっとして――ひょっとすると、アンセル・パッカーかもしれない。いつのまにか、なぜは問われなくなり、だれが重要な疑問になる。その理不尽さは残酷に、ことさら凶悪に感じる。世間の注目はもって数年、いずれかならず忘れ去られる。いつのまにか、彼女たちはキッチンの床に四肢を広げて倒れているマージョリー・ローソンになり、忘れないでと訴える。

＊

月曜日の朝の支部はざわめいていた。きちんとアイロンをかけた制服に身を包み、髪を後ろになでつけたケンジントン副支部長が、サフィのオフィスのドアを軽快に二度ノックした。薬指で結婚指輪が鈍く輝いている。ケンジントンの妻は以前からサフィを嫌っていた――サフィとケンジントンは反目していると、支部の連中がことあるごとに噂するからだ。サフィはそんな噂など苛立ちとともに払いのけている。ケンジントンは気取った男だし、捜査能力は二流だが、爽やかさと親しみやすさという彼一流の魅力でのしあがってきた。

「検察が報告を求めている」ケンジントンは体を揺らしながら言った。

「報告できるようなものはひとつもない」サフィは答えた。

「おれはどうすればいい？」彼の声には共感がこもっていた。そもそもこんな問題が起きたのは自分のせいではないと言わんばかりに涼しい顔をしている彼の根性に、サフィは感心した。ケンジントンはある晩バーで酔っ払い、スツールに座っている陪審員を見つけてみずから近づき、話しかけたのだ。彼を救ったのは、長年C管区で支部長を務めて尊敬されていたおじだった。サフィが彼と同じへまをやっていたら即座に首を切られていただろう。

「コリーンを呼んできて」サフィは言った。穏やかだがそっけないこの口調は完璧にものにしていた。職場ではつねに平静を保つようにしている——車の窓に拳でひびを入れた前支部長の轍を踏まないように。

アンセルを尾行してブルー・ハウスへたどり着いてから二日が経過していたが、あのとき見たものが脳裏に焼きつき、集中力を削がれた。朝礼でとりとめのない質問に答え、タスクを振り分けていても、あの光景が目に浮かんだ。レストランのテーブル席で静かに向かい合っているアンセルとあの少女。まるではじめてのデートのようなおずおずとした雰囲気だったが、カウンターのなかにいた母親はのんきなようすだったので、デートではありえない。それでも、ブルーがアンセルを憧れのまなざしで見ていたのは間違いなく、思い出すと眠れなかった。自分がなにを目撃したのか、明確に説明できなかった。

頭が痛くなってきたのでこめかみを揉んでいると、コリーンがドアから顔を見せた。コリーンはファーストネームで呼んでほしいとしつこく言う——がさつで不器用な同僚たちの舌には女らしすぎる名前だからこそ、彼女はいじめやからかいをうまく逃れている。

「座って」サフィは言った。

「弁護人の主張を読みなおしました」コリーンはため息を漏らした。「まずいです、支部長。検察があらためて証言してくれる証人を見つけられないのに、わたしたちに見つけられるとは思えません」

「見落としていることがあるはずよ」サフィは言った。

「ええ。でも、それを掘り出すのは難しい」

外の大部屋はいつものように男たちのふざけ合う声がうるさかった。サフィはニューヨーク市警の下っ端だったコリーンを引き抜いたのだが、あちらとこちらでは環境がまったく違う――ブロンクスでは、コリーンのほかにも黒人女性がいたはずだ。サフィはときどき、コリーンが自分の導きを受け入れてここへ来たのを後悔しているのではないかと思うことがある。サフィは長いあいだこの仕事が内包する矛盾と組み打ちしてきた。バッジがもたらす特権や、刑務所はほとんど黒人と褐色の肌の人々で満員という現実と。サフィ自身、無知な人々の言動に、悪意があってもなくても棘を感じることがたびたびある――だから、腰の拳銃にどんな意味があるのか承知している。コリーンがいてくれると、たしかに孤独がやわらいだ。

「今回は計画性の有無に着目してみませんか」コリーンは言った。「マージョリーは家庭内暴力で何度も通報していました。もっと深掘りすれば、なにか出てくるかもしれません。検察は当てにしてないみたいですけど」

サフィはグレッグ・ローソンの顔を思い浮かべた。血色がなく、アルコールでむくんでいた。彼もまた、陪審団の前でむっつりとうなだれておれは悪くないと抗弁するろくでなしのひとりだ。この仕事のこういう部分がサフィを疲弊させる。死体でもなく、子どもが行方不明になったことでもなく、麻薬の蔓延でもない。これだ。自分は生まれながらに法を超越していると勘違いしているローソンのような男たちの存在だ。なんでもかんでも与えられたものをみずから捨てておきながら、もっとよこせと要求する男たち。

「大丈夫ですか？」コリーンは立ちあがりながら尋ねた。

サフィとコリーンは、ときどき仕事帰りに幹線道路沿いのダイナーへ行ってチーズケーキとコーヒーを頼むことがあった――アンジェラ・メイヤーが消えたダイナーだ。ふたりは新しい容疑者について意見を交わしたり、古い事件をえんえんとほじくり返したりする。イジーとアンジェラ、リラの事件は未解決のまま、何年も放置されている。サフィはコリーンに概要を説明し、確たる証拠はないが犯人の可能性が高い男としてアンセル・パッカーの話もしていた。

「ほかの件であなたの助けが必要なの」サフィは立ち去ろうとしたコリーンに言った。「ドアを閉めて」

＊

その夜のサフィの自宅は、とりわけ空っぽに感じた。靴を脱ぎ、バッジと拳銃を玄関ホールの棚にしまって鍵をかけた。静寂が重苦しかった――夕暮れどきの薄暗いリビングルームはがらんとして生気がなく、影のなかに家具が不気味に浮かびあがっていた。サフィはソファに腰をおろし、ポケットから携帯電話を取り出してプライベート用のメールアカウントをひらくと、薄青い光のなかで受信ボックスをチェックした。

なにも届いていない。

少し時間がかかるかもしれないってと、クリステンはサフィを安心させようとした。調査会社を使ったのは、もともとクリステンの思いつきだった——最初に提案されたのは、インドに注文したカラフルなクッションが届き、ふたりで梱包を解いていたときだ。サフィは自宅を改装するのに、色彩のセンスに優れているクリステンに協力してもらった。数年前、インドの文化を調べはじめたころ——宗教や芸術、地理や食べものなど、本来なら父親から引き継いでいたはずの基本的な知識がほしかった——ラジャスタン地方のアーティストから額装されたジャイプールの絵を買った。いまその絵は寝室に飾られていて、就寝前に眺めるとなんとなくほっとする。

サフィは父親についてほとんどなにも知らなかった。若いころにヴァーモント大学の社会学科でやはり学生だった母親と出会い、サフィが生まれる前にジャイプールへ帰ってしまったことくらいしか知らない。ショーリア・シン。最近になってちょっと調べたところ、同姓同名の男性は何百人もいた——〝勇敢〟という意味の名前らしく、サフィはその強さが自分の血に流れているのを想像した。

いま、サフィは自分でも認めたくないほど期待して受信ボックスを確認した。生物学的な親を探し出すのは数カ月、ことによれば数年かかることもあると、調査会社には言われていた。サフィは、母親が父親に妊娠を告げたのかどうか知らなかったし——父親は妊娠を告げられたから帰国したのかもしれない――父親が自分の存在を知っているのかどうかも知らなかった。悪い知らせを覚悟してはいる。だが、いまのところなんの知らせも届いていなかった。毎朝一番に受信ボックスを確認し、調査会社の名前を探してはがっかりした。もう六週間以上がたつ。

夕食をとらなければならない。冷凍のピザ。皺くちゃになった仕事用の服を着替え、髪を梳かさなければ。だが、サフィはコリーンにテキストメッセージを送った。いまごろコリーンは帰宅してテレビを見ながら夕食をしたためているか、妻の家族が所有している農場の裏をジョギングしているはずだ。

なにかわかった？

サフィは待った。

＊

「彼らは親戚です」翌日の午後、コリーンは息を弾ませて言った。「アンセル・パッカーとハリソン親子は」

ふたりは行きつけのダイナーにいるが、サフィのコーヒーは染みのついた黄色いマグカップのなかで冷めていた。支部にいると、だれもがサフィの指示を待って注目しているので息が詰まった。

「アンセルは身寄りがないんだけど」サフィは言ったが、早すぎた。

コリーンはひょいと眉をあげた。ふたりは気晴らしが必要になるたびに、まさにこのブースでしばし未解決事件に逃避し、仮説を繰り出したり動機を洗い出したりした。サフィはいままでアンセルを容疑者として説明していた。それ以上は話していない。だが、コリーンの秘密探知器は誤作動しない――だからサフィは彼女を引き抜いたのだ。コリーンの鷹の目は刑事の仕事の範疇を越えて人間の本質を見抜く。コリーンの妻メリッサも、実家の農場でひらいた晩夏の焚き火パーティで、彼女、人間嘘発見器よねと笑っていた。サフィは、ミス・ジェマの屋敷のことも、この十年あまりヴァーモントの路上で過ごした数えきれないほどの週末の夜のことも、コリーンに打ち明けていなかったが、彼女が知っていたとしても驚くには値しない。

「レイチェル・ハリソンはエリス・ハリソンと結婚した。ふたりは若くしてあのレストランを購入し、ブルーという娘が生まれた。エリスは二〇〇三年に死亡。癌でした。彼が卒業したニューヨーク・シティの私立校の記録が見つかりました――生活指導カウンセラーの記録には彼が養子であると記載されていたので、郡に問い合わせて養子縁組届を確認したんです。さあ、その届書には兄のいる人物が載っていました、だれでしょうか?」

「赤ちゃん本人」サフィはつぶやいた。

「エリスとアンセルは、町はずれの農場に捨てられていたんです。必要なら住所もありますよ」

コリーンがテーブルにすべらせたノートのページの切れ端を、サフィはすばやくポケットにしまった。

「で、なぜアンセルがあそこにいたんだろう？　ブルー・ハウスに」

「そこがわからないんですよね。ブルーはもうすぐタッパー・レイク・ハイスクールの二年生で、レイチェルはレストランの経営をしている。従業員は調理師と皿洗いのふたりだけ。でも、経営状態はかなり危ないみたいですね。多額の借金が残っていて、銀行から返済を迫られているようです」

「つまり、助けを求めているわけだ。お金？」

「ですかね」コリーンは肩をすくめた。「アンセルだってたいしてお金は持ってなさそうですけど」

サフィは二本の指で鼻梁を押し、鈍い痛みをやわらげようとした。「ブルーがそれを知ってるとはかぎらないよね。あの子は援助を頼むために彼を呼んだのかもしれない。でも、どうやって彼を探し出したんだろう？　それに、なぜいまさら？」

「わたしもそれを訊きたかったんですよ」

コリーンは憐（あわ）れむような目でサフィを見ている。サフィは窓の外へ目をそらし、太陽に焼かれている無人の駐車場を眺めた。

「支部長、どうしてこの事件なんですか？　ローソンの再審が迫ってるのに、どうしてわたしたち、こんなことをしてるんですか？」

「予感がするの」サフィの頭の奥でモレッティがあきれたように目を上に向けた。モレッティの教えのなかでもっとも大事なことはこれだ。予感などなんの役にも立たないが、予感が現実になれば、話は変わってくる。

「予感は――」

「わかってる」サフィはさえぎった。「どうしてもいまやらなくちゃだめなの、コリーン。とにかくつきあって」

コリーンはコーヒーをひと口飲み、肩をすくめた。「パッカーは長距離を運転してきたわけですよね。支部長の予感は当たってるかも。なにかあるのかもしれませんね」

ウェイトレスが勘定書を持ってきた。まだ二十歳くらいの若い娘で、胸元にそばかすが散っていた。サフィは、このダイナーの従業員はアンジェラ・メイヤーを覚えているのだろうかと思った――いまでもアンジェラの話をしているのか、それともこの場所の集合的記憶からは消えてしまったのだろうか。サフィは不意に、数年ぶりに警戒して慎重になっている自分に気づいてぎょっとした。この感覚は恐怖だ。

＊

アンジェラを思い浮かべると、ビーチにいる彼女が見える。カリフォルニアかマイアミか。突き出たバルコニーの上に青空がどこまでも広がっている。アンジェラは不動産業者か製薬会社の営業職についていて、海に面したワンベッドルームのアパートメントを所有している。日曜日は手作りのフェイスマスクを作ったり、リゾットの作り方を習ったりしている――サフィと同様に、つきあった男たちにうんざりしている。陽光を浴びて優しく打ち寄せる波を望むバルコニーで、お気に入りのシルクのパジャマ姿で孤独を楽しんでいるアンジェラが、サフィにはたびたび見える。

＊

ローソンの再審まであと一週間しかないのに、サフィはまたブルー・ハウスを訪れた。平日の朝。コリーンだけがサフィの行き先を知っている――すぐに帰ってくると約束するサフィを、コリーンは心配そうに横目でちらりと見た。たしかに現実逃避だが、サフィはローソン事件については燃えつきかけていた。どうしても、なにかを、なんでもいいから見つけずにいられなかった。レイチェルが半熟両面焼きの目玉焼きとパンケーキを持ってきたとき、熱いオーブンの縁に触れたのか、指の関節に火傷を負っていることにサフィは気づいた。

「また来てくれたんですね」レイチェルはエプロンで手を拭いた。

すみのステレオからクラシック・ロックが流れていた。サフィは店内を見まわした。テーブルが十台、それぞれに椅子が四脚ずつ、どの席にもナプキンとカトラリーが期待をこめて並べてある。客はサフィだけだった。ブルー・ハウスは一般的なミドルクラスの家らしい建物で、かつては夢にあふれていたのかもしれないが、いまはやや手入れが行き届いていない。一階は改築して業務用の厨房を入れたのだろう――裏手に階段があり、二階へのぼれるようになっている。親子の住居だろうと、サフィは思った。フォークで黄身を崩したとき、背後で低くとどろくような笑い声があがった。

　窓の外で、ブルーがデッキの壊れかけた階段をのぼっていた。重たそうな道具箱を抱え、〝タッパー・レイク陸上部〟とロゴの入ったTシャツを着て、髪は無造作にひとつに縛っている。デニムのホットパンツ、パタパタと足音のするプラスチックのビーチサンダル。

　彼女の後ろに男がいた。その男が、雷鳴のような低い声で笑っていた。

　アンセルだ。

　一瞬、驚きで凍りついた。驚きはたちまち濁流のような混乱に変わった。サフィはしきりに目をしばたたいて、状況を理解しようとした――アンセルがここにいるはずがない。ヴァーモントへ帰って、家具店へ出勤するか、ジェニーが残したシーツに挟まって眠っているはずではないのか。ここでポケットからメジャーを取り出し、崩れかけた手すりに沿わせているのはいったいどういうことか。彼は鉛筆を耳の後ろに挟みながら、ブルーになにか言った。サフィにはふたりの声が聞こえなかったが、くつろいで打ち解けた会話の雰囲気は伝わってきた。

　あの古い恐怖が動きだした。翼を激しく羽ばたかせている。

「お料理、いかがですか？」

　レイチェルは、皿の上で放置されて表面に膜が張っている半熟卵に目をやった。

「お店を改築するんですか？」サフィはできるだけさりげない口調で尋ね、フォークの側面でパンケーキを切った。

「ええ」レイチェルは言った。「この数年はいろいろ厳しくて。友だちが手伝ってくれることになったんです。近いうちに、また外の席を作るつもりです」

「お嬢さんも。手伝ってるんですね？」

如才ない作り笑い。かすかに覗いた不審の念。

「どちらからいらしたんでしたっけ？」レイチェルはテーブルにコーヒーポットを置いた。

「エセックスです」サフィは答えたが、早すぎた。「ハイキングをしたくて」

「そうですか。このへんはハイキングにはうってつけですよね」

レイチェルは一帯でも人気のあるハイキングコースについて話しはじめたが、サフィは適当にうなずく一方で、外の音に耳を澄ました。ガラス越しでもブルーとアンセルの笑い声はよく聞こえた。

「またお邪魔しますね」サフィは言いながら勘定を払った。レイチェルはうなずいたが、ほんの一瞬サフィをじっと見つめてから、卵のこびりついた磁器の皿をさげた。

＊

タッパー・レイクは小さな町だった。景色が美しい。プラシッド湖を取り囲むいくつかの町と似たり寄ったりだ――サフィはゆっくりと車を走らせ、古風で趣のある通りを観察した。湖は藻が繁殖しているらしく濁った緑色で、朽ちかけた桟橋が水に沈んでいる。傾斜した屋根を頂いた小さな図書館、統合したミドルスクールとハイスクールがあった。博物館、マクドナルド、スチュアーツのガソリンスタンド。閉鎖されたスキー場、使われなくなったリフト。ブルー・ハウスの数ブロック先に、平屋の小さなモーテルがあった——駐車場に無造作に止めてあるトラックが見えた瞬間、サフィの胸はむかついた。

泥まみれの白いピックアップトラック。

アンセルがここに滞在している。

これはただの捜査ではないと、サフィは思いながらエアコンを強風にし、汗で首に張りつく髪を払った。タッパー・レイクは、サフィに何年もしつこくつきまとっていた不可解な物語の一部だったのだ。それはアンセルの物語でもあり、リラの物語でもある——サフィ自身のもつれて固まった心の物語だ。

*

サフラン、あなたの望みはなに？　しばらく前のセッションで、ローリーにそう尋ねられた。

簡潔で率直な質問だ。低い位置にさげた眼鏡の上からローリーに見つめられ、サフィはいやな気持ちになった——ローリーのデスクの上には、なだらかな平原や湿地の風景画がかかっていた。そのとき話していたのは、サフィが前年に交際していたフィリップというパイロットのことだった。フィリップが夕食後もサフィの仕事用の携帯電話が鳴ることに不満を漏らしはじめたので、サフィは関係が重くなりすぎたように感じて彼と別れた。

サフィが答えを返せずにいると、ローリーはつづけた。あなたは仕事で成功したいのよね。**それははっきりしてる。でも、わたしはその欲求の下に隠れているものを知りたいの。あなたが求めているのは受容？　賞賛？　愛情？**

愛情なら間に合ってます。サフィはぴしゃりと返した。それは嘘ではなかった。クリステンがいるし、週末の夜遅くにエンテンマンの箱入りドーナツを持って訪ねていけば、クリステンの息子たちはウエストに飛びついてくる。好みの男はフィリップやブライアンやテロ対策班のラモンのように、ときどき会って頼んだとおりのことをしてくれるタイプだ。コリーンと部下の捜査官たちもいる。長い夜はパズルをして過ごす。どろどろした警官の仕事も、自分と真実の情事だという見方をすれば耐えられる。だが、その見方もだんだん効かなくなってきた。真実が勝つと信じられなければ、真実を追求する目的がわからなくなる。はじまりは単純だった。悪党を逮捕して刑務所に入れたいという思いだ。けれど、真実の追求はやはり愛とは関係ない。もっと激しく、怒りに似たものだ――サフィがなによりも深く知っているものだ。

ローリーにいつまでも見つめられているうちに、ふつふつと湧きあがってきた痛みが喉に詰まり、サフィは体をくねらせた。怒りを覚えた。心が乱れた。サフィはそれ以上なにも言わなかった。セッションの時間はまだ残っていたが、立ちあがってローリーのオフィスを出た。

エセックスの中心から十五キロほど離れた場所に、その農場はあった。混沌とした手つかずの自然がどこまでも広がっている。GPSの案内どおりにでこぼこした未舗装の道を走り、折れた木の枝を踏み越え、未完成のまま放置されて蔓植物に覆われた建築現場の前を通りすぎた。ようやくひらけた場所にたどり着くと、携帯電話が目的地に到着したと歌うように告げた。

*

農場は放棄されたままだった。長いあいだだれも住んでいないようだ。敷地のなかの建物は崩れかけていた。自然に朽ちたのだろう。外壁には黄色い塗装がところどころ残っている。サフィは、かつてはきれいだったのだろうと思った——山を望む裏のポーチは、梁がたわんでひびが入っているが、形をとどめていた。不法占拠者か、パーティの場所を探していたティーンエイジャーに見つかったらしい。忘れ去られておばけでも出そうなここは、解体業者すら近づきそうになく、トラヴィスと仲間たちがいかにも気に入りそうな場所だ。母屋の裏手のゆるやかに起伏した野原にはゴミが散らばり、板でふさいだ窓はグラフィティで覆われていた。

サフィが瓦礫を踏む音は風の音にかき消された。近づいていくと、建物がため息をついたように見えた。さらに近づくにつれて、サフィの不安はつのった——建物は暗く病んだ気配を放っていた。

なかに入るつもりはなかった。玄関ポーチの階段はサフィの重みできしみ、玄関からは人間か動物に破壊されたごく少数の古い家具が見えた。暖炉にはゴミが詰まっていた。割れてぎざぎざになった窓ガラス越しに、午後の日差しが差しこんでいた。

ここにいるふたりを思い浮かべたくなかった。ふたりの幼い男の子が、がらんとした硬い木の床で遊んでいる。幼児と乳飲み子。ここにはよい母親がいなかった。優しい父親もいなかった。サフィは捨てられることを、悲劇を、孤独を知っている。長いあいだ追いつづけていたから、暴力を知っている――暴力がいつまでも消えず、汚れたしるしを残すのを知っている。暴力はかならず指紋を残す。

＊

午後遅くにようやく支部に戻ると、いつになく静かで、空気が張りつめていた。だれもが背中を丸めて黙々と書類仕事をし、心配になるほどおとなしい――ここ数週間、彼らの席はティム・マグロウとフロー・ライダーが同時に大音量で流れているようなありさまだったのが、いまは静まりかえっている。帰ってきたサフィに、受付からジェイミーが目配せした。

「長官が来てます。コリーンが奥の会議室に案内しました」

長官はオールバニー出身の大男で、サフィは二度しか会ったことがない。何年もモレッティを悩ませていた連続レイプ事件をサフィが解決したときは、長官は車でやってきてサフィと握手をして写真を撮り、祝いの言葉を述べた。ケンジントンとローソン事件によって前支部長に対する風当たりが強くなったときは、州は長官を派遣して前支部長に依願退職を勧めた。

いま現在、祝われるようなことはなにひとつない。いやな予感しかしなかったが、サフィは会議室に入った。長官はコリーンと向かい合ってきしむ椅子に座っていた。手に持った水の紙コップがミニチュアにしか見えない。だぶだぶのシャツの裾をズボンに入れていないルイスとタミンスキーが、今日はとくにだらしなく見え、ふたりともばつの悪そうな顔をしていた。

「シン支部長」長官は立ちあがってサフィに手を差し出した――サフィは背筋をのばして相手の手をしっかり握る動作をマスターしている。「いま、コールドウェル部長刑事からローソン事件の報告を受けていたところだ」

コリーンは申し訳なさそうにちらりと目をあげた。

「再審まで捜査を継続するんだろう？　検察から連絡が入っている。あちらはやきもきしているようだが」

「もちろんです」サフィは長官の鋭い視線に焼かれているような気分だった。

「きみたちが新たになにを見つけるか、わたしも非常に興味がある。本件はマスメディアでも騒がれて、州警のイメージが損なわれた。われわれはきみに賭けているんだよ、シン。一度の失敗のせいで多様性の強化にケチがついては困る」

多様性の強化。サフィがその言葉を聞いたのは、このときがはじめてだった。たしかに、三十九歳で犯罪捜査局の支部長に昇進したのは州警察史上最年少であり、B管区の支部長のなかでは唯一の女性であり、唯一の有色人種だ。だが、サフィをこの地位まで押しあげたのは実績にほかならない。副支部長に昇進するまでに、サフィは州で最高の検挙件数を誇っていた。

それでも、サフィは長官ににらまれて悄然(しょうぜん)としていた。長官はあらためて状況を確認し、遠まわしに脅しをかけたあと、やっと帰っていった——長官がいなくなると、会議室から空気が抜けてしぼんだように感じられた。サフィの意識の周縁を蠅のような恐怖がかかりかりとかじりはじめたが、叩きつぶすには小さすぎた。

＊

クリステンの家は、夏が美しい。別荘地に置かれた巨大な工芸品といった趣の邸宅で、裏庭から直接シャンプレーン湖のほとりに出られる。サフィはノックもせずに入り、玄関ホールから男の子たちの笑い声が聞こえるほうへ向かった。「ぼく、ニンジャになる！」ひとりが叫び、もうひとりが楽しそうに甲高い声をあげた。

「ひどい顔してるよ」クリステンはサフィにシャルドネのグラスを渡しながら言った。改装したばかりのキッチンは、どこもかしこも輝いていた。ジェイクが鍋のなかの赤いソースをかき混ぜながら、挨拶代わりにうなずいた。足元にレゴの山がある。「仕事が大変だったの？」

サフィはざっくりと話した。ローソン事件、長官の来訪と遠まわしな脅し。多様性の強化については触れなかった――クリステンにはわからないだろう。クリステンがきれいに塗られた爪でカウンターをこつこつ叩きながら真剣に耳を傾けているあいだ、子どもたちがやってきてはいなくなった。八歳と五歳の兄弟は、けたたましい声をあげながらサフィを押しのけ、テーブルの下にもぐってペットの純血種のミニチュアプードルを追いかけた。

「なんだかね」サフィは言った。「ときどきなんのために仕事をしてるのかわからなくなるんだ。これからもずっとお役人のくだらない世界であっぷあっぷしてるのかな、なんて思ったりもするし」

「捜査だけしてりゃいいってものじゃないんだね」クリステンは言った。「あなた、いつもなんて言ってる？　仕組みは内側から変えなくちゃいけないんでしょう。いま、あなたはそこにいるじゃない。内側に」

クリステンに慰められていると、いまにも悲しみの暗雲がもくもくと広がりそうな気がしてきた。サフィはクリステンの生活を目の当たりにしたときに、こんな気持ちになることがあった。たとえば、クリステンが子どもたちに寝る前のお話を読み聞かせるために二階へあがっていくとき。風呂あがりで髪が濡れた子どもたちはレーシングカー柄のパジャマ姿でクリステンにまとわりつく。サフィはクリステンが持っているものをほしがっているわけではなかった。子どもを育てることなど想像もできない――クリステンが言うような、子どもがほしくてたまらないという本能的な欲求を感じたことはない。だが、この明るさはうらやましいような気がする。この優しさは。子どもたちの髪をくしゃくしゃとなでるジェイクの手つき、部屋のなかに漂うバジルの芳香。サフィはクリステンの言葉を呑みこもうとしたが、強烈な悲しみが一気に襲ってきた。自分はこの感情に殺されるのではないか。ローリーの言葉が脳裏によみがえったが、この完璧なキッチンでは残酷に響いた。**あなたの望みはなに？**

*

そこへリラが現れた。明るいキッチンのなかで、そこだけ暗い。リラは、いつもはクリステンのキッチンには来ない。ここから道路を数キロ行ったところ、いや、いくつかの町を隔てたあたりにある、リラ専用のきらきらした世界に住んでいる。家から離れることはない。戸棚にはリラ専用のおやつが入っていて、リラ専用のゴミ箱は一杯で、リラ専用の窓は脂じみた指紋で汚れている。使いこまれたソファに座っているリラのシルエットがサフィにははっきりと見える。音を消したテレビ、シャツのボタンをはずすリラ。赤子が乳房に吸いつく。熱い母乳がほとばしる。リラの家はいつものようにひそやかになにかをささやき、ゴミ収集車が通りで低くアイドリングの音を立てる。普段どおりの火曜日だ。リラはもう一人前の女性で、顔をさげて赤子の乳臭い頭のにおいを嗅ぐ――一人前の母親で、もう少女ではない。大人になり、姿が変わり、その変わりようは目をみはるほどだ。

＊

再審を四日後に控えた日、サフィは駐車場でケンジントンに呼び止められた。サフィがブルー・ハウスを発見してからほぼ二週間が経過し、チームは精力的に捜査をつづけていたが、ローソン事件に動きはなかった。さらに、二名の巡査がブルズアイという酒場の裏で大麻を売買していたところを現行犯逮捕され、サフィはその二名を免職しなければならなかった。こんな夏の長い夜には、以前のサフィならキャンピングチェアの並ぶ川岸で、けだるげにたなびくマリファナの煙に巻かれ、ビールを飲みながら釣糸を垂れていたかもしれない。

「支部長」背後からケンジントンの低い声がした。

捜査官としての彼の強みはこれだ。どこにでも紛れこむこと。サフィは以前からいまにいたるまで、彼の平凡さはたいしたものだと思っている。あの笑顔で校友会の仲間のように長官の背中を親しげに叩いているかぎり、仕事上の能力は問題にされない。

「ちょっといいか?」ケンジントンは言った。

「どうぞ」サフィは車のルーフにコーヒーカップを置き、腕組みをして待った。

「おれは——おれは、その……」

「さっさと言って、副支部長」

「申し訳ない」

夕方の駐車場が一気に白けた雰囲気になり、サフィは角張った顎の男をまじまじと見つめた。狼の群れに放りこんだ相手に許しを請うとは、その厚かましさがじつに彼らしい。

「きみをこんな立場に追いやるつもりはなかった。おれは捜査を台無しにした。たるんでいた。申し訳ない」

「それはどうも」サフィは言った。

「ビールでもどうだ？」彼はばつが悪そうに言った。「しばらく飲みに行っていないし。ライオンズ・ヘッドはまださほど混んでないだろう」

「まっすぐ帰りなさい、ケンジントン」サフィは、ひと口には言えない苛立ちで一杯だった。ケンジントンが、この仕事が、この町がいまいましかった――駐車場を退廃的な薄紅色に染める空の美しさも、その鮮やかなフューシャピンクが気に障るほど、サフィは疲弊していた。

　サフィが以前にも似たようなことがあったのを思い出したのは、甘ったるい夕闇になだめられながら帰宅したあとだった。白々しく詫(わ)びるケンジントン。ミス・ジェマの屋敷の寝室の入口に立っているアンセル・パッカー。**ごめんよ、サフ。許してくれよ。**

　その夜、サフィはブルー・ハウスの夢を見た――裸足でレストランを歩いている。かかとをあげると、ぬらぬらした赤いものがついている。血だ。コーヒーのポットを掲げたレイチエルは、あの狐のようにうなだれ、眼球が飛び出て皮膚が腐りかけている。朽ちかけたデッキで、ブルーがリラと一緒にあぐらをかいている。リラは生きていて、ふたりでくすくす笑いながら雛菊(ひなぎく)の花輪を編んでいる。リラが死に、ブルーはサフィを見あげる。生気を失った顔で、困ったように骨を抱えながら。

*

再審の二日前。サフィの席は檻に変わり、メールの受信ボックスは一杯で、睡眠不足による疲れが波のように絶え間なく襲ってきた。長官の来訪によって、支部内で人員削減の噂が渦を巻いていた——捜査員たちはストレスで苛立ち、士気はさがる一方だった。そんなとき、サフィは携帯電話の着信に気づき、クリステンが贔屓（ひいき）にしている家具店からのスパムだろうと思いながらメールをひらいた。ところが、目に飛びこんできた名前とアドレスは、サフィが待ち焦がれていたものだった。

調査会社。

視界に靄が降りてきた。

残念なお知らせです——

あなたのお父様、ショーリア・シン様の消息がわかりました。

二〇〇四年に逝去されていました。

周囲がたちまちぼやけて見えなくなった。サフィはよろよろと立ちあがり、大部屋に出た。コリーンが呼びかけてきた——**支部長？　大丈夫ですか？**　息ができない。駐車場が見え、ぎらつく夏の太陽が地平線の際をピンク色に染めているのが見え、蒸し暑い空気を吸いこんだ瞬間、サフィはどこへ行けばいいのか悟った。

はじまりに戻るのだ。

＊

夜の闇のなか、ブルー・ハウスは灯台に見えた。幕のない舞台のように、レストランのなかから光があふれていた。ヘッドライトを消して路肩に止めた車のなかにいても、カウンターの内側にいるブルーとレイチェルが見えた。アンセルはバーカウンターの前に座り、くつろいだようすでビール瓶の首をつかんでいる。

サフィは傷ついた気持ちで見守った。夏の蛾がフロントガラスを静かによじ登っている。ブルーは母親の後ろをまわり、カウンターを拭きはじめた。レイチェルは照明に向かってワイングラスを掲げた。アンセルはスツールの上で腕組みをして背中を丸めた。まるで夫婦とその娘が土曜の夜遅くに店じまいをしているようにも見えた。三人は見るからに打ち解けていた。ぴったりと嚙み合った動きが、いかにも家族らしかった。

悪意などないのかもしれないと考えただけでも絶望しそうだった。結局、単純な話だったのかもしれない。アンセルもサフィと同じものを求めているだけなのかもしれない。そしてついに、自分の属する場所を見つけたのかもしれない。

サフィの父親は死んだのに。逝去したのに。サフィが見たことのある父親の写真は、母親の死後、いつのまにかなくなっていた――いま、あの写真がほしくてたまらなかった。決してわからないことが多すぎる。父親がどんな家で子ども時代を過ごしたのか、どんな神を崇拝したのか、はき古すまで気に入ったズボンはどれか。父親の瞳のほんとうの色合いも、声の響きもわからない。喪失の悲しみは、もはやサフィ自身の一部だった。

　ブルーが両手でなにかをまね、アンセルがのけぞって笑った。三人のよろこびは、手でじかに触れられそうだった。

　だから、サフィは彼を憎んだ。

*

　サフィが車のなかで目を覚ましたとき、朝の光で湖上はぼんやりと明るかった。七月らしくすでに気温があがり、水面から蒸気が立ちのぼって湖上に靄がかかっていた。朝までいるつもりはなかったのに、いつのまにか眠りこんでしまったらしい——ここ数週間の疲労に不意打ちを食らったようだ。アンセルのトラックが私道を出ていき、レストランの照明が消え、ブルーのシルエットが二階のカーテンの内側で動いていたのは覚えている。口のなかが乾いていやな味がし、昨日の出勤前に化粧をしたままだったので、まばたきするたびにまつげがくっつく。背中も痺れていた。

　まだ朝早い。七時にもなっていない。サフィはこれという目的もなく山へ車を走らせた。

　トレイルの起点には人の気配すらなかった。レイチェルが教えてくれたハイキングコースのひとつ、カテドラル・ロックだ。サフィはハイキングの魅力などわからないが、この山はアディロンダックでも人気が高く、頂上の火の見櫓（やぐら）からの広々とした眺望が有名だ。サフィはバッグを取り、ミネラルウォーターと、支部で夜遅くまで残業するときのために常備しているプロテインバーを入れた。ジーンズとすでに埃をかぶっている仕事用のフラットシューズで、木立のなかを通る道のほうへのろのろと向かった。

サフィは歩いた。トレイルをのぼっていくうちに、一緒についてきた太陽の優しい手になでられて目が覚めてきた。どのくらいの時間がたったのかわからないが――電池を節約するために携帯電話の電源を切っていた――ひたすら歩いていると太腿が痛くなり、汗が背中を流れてジーンズのウエストを濡らした。やがて樹木限界線を越え、眼下に無防備に広がる山々を見渡しながら峰伝いに歩いた。

火の見櫓は頂上にぽつんと建っていて、階段をのぼると頼りなくぎしぎしときしんだ。そこから眺めるアディロンダック山地は、鮮やかな夏の緑に塗られた普通の山に見えた。サフィは踊り場で立ち止まり、手すりから外に顔を出した。風が髪を吹き乱し、汗の伝う背中を冷やした。

あの少女にはなにかを感じる。ブルーには。なにかがサフィにしつこくつきまとってくる。ミニチュアのような遠くの木を風が揺らしたとき、サフィはそのなにかとは羨望だと気づいた。ある種の特権がなければ、アンセルのような男を生活に招じ入れることなどできない。あんなに屈託なく彼を信用することなどできない。こちらはそのような安心感とは無縁のまま、ずっと生きてきたのに。そのとき、眼下に猥雑なまでに美しい世界がひらけ、サフィは目をみはった。だれもが内に闇を抱えていることは、子どものころから知っていたけれど――その闇をひときわ巧みに操る者がいる。だが、ほとんどの人はその悪質さを考えたこともない。それがなによりも怖いのだ。人間の本性は醜いのかもしれないのに、生まれつきの悪人などいないという考えに固執していては、いつまでも醜いままだ。

トレイルの入口に戻ってきたときには、太陽は高くのぼり、ぎらぎらと照りつけていた。胃袋が鳴り、肩は赤く日焼けしていた――携帯電話の電源を入れると、コリーンから留守番電話が十一件も入っていた。

支部長、折り返し電話をください。

ローソンの件です。

ローソンが死亡しました。

*

サフィは猛スピードで車を走らせながら、自殺だったというコリーンの説明を聞いた。独房のシーツで首を吊った彼を看守長が発見したらしい。

サフィはタッパー・レイクの町を走り抜けながら、怒りがほとばしるにまかせた。たしかに激怒してはいるが――それだけではなかった。驚いてはいなかった。ローソンのような男はかならず逃げ道を見つける。幾度となく見てきた――自分たちに都合のいいようにできている仕組みの割れ目から無理やり抜け出す連中を。きわめて暴力的な罪を犯しておきながら、なんと言われようが自由になる権利があると思っている連中を。サフィはブルー・ハウスを三ブロック過ぎたところにある赤信号で停止し、煙の充満したキッチンの床に血で髪を張りつかせて横たわっているマージョリーを思い浮かべた。それから、独房の寝台の上で宙ぶらりんになって揺れているローソンも思い浮かべた。

この循環は残酷だ。手術不可能だ。サフィは道路の真ん中でUターンしながら、かつて自分がクリステンに言ったことを思い出した――内側から仕組みを変えたい。いま自分は内側にいて、ウイルスがなにもかも食いつくそうとしているのを顕微鏡で見ている。

＊

サフィがブルー・ハウスに入ったとき、あの少女はひとりでカウンターのなかに立っていた。氷水を飲みながら携帯電話をタップしているブルーは、ジョギングから帰ってきたばかりらしく、紅潮した頰が汗で光っていた。ドアベルの音にはっとし、メニューを取った。

「何名ですか？」

「ひとりです」

サフィはバーカウンターのスツールに座り、ブルーを観察した。ストロベリーブロンド、ランニングシューズ。無造作に縛った髪は濡れ、跳ね返った泥がふくらはぎに点々とついている。その横顔にはアンセルと似たところがわずかに見て取れた――まっすぐに傾斜した鼻の線、なんとなく猫を思わせる目の形。

サフィはバッジを掲げて正体を明かした。「ニューヨーク州警察です。お母さんを呼んできてくれる？」

レイチェルが厨房から出てきたときには、サフィは疑念で胸がむかついていた。レイチェルはとまどい、不安そうで、娘をかばうように肩を抱いた。こんなやり方は警官として間違っていると、サフィは自覚していた――違法ではないが、賢明ではない。だが、心配そうに唇を噛んでいるブルーは、デッキで骨の山を抱えていたあの夢とまったく同じ顔をしている。

「アンセル・パッカーとはどういう関係ですか?」

「なんの話ですか?」レイチェルは尋ねた。

「重要なことなので、ご協力をお願いします。彼はなぜここにいるんですか?」

「わたしのおじなんです」ブルーが言った。「パパのお兄さん。先月までおじさんがいるなんて知らなかったけど、おばあちゃんがうっかり言っちゃったんです。パパは、血のつながった家族がいるのを知らずに亡くなったから、代わりにわたしが連絡を取りました。わたしたちにはおじさんのことを知る権利があると思ったの」

「知ってどうするの?」

「別になにも」ブルーはおずおずと答えた。「裏に新しいデッキを造ってくれてる。おじさんは……そう、おじさんは家族だから」

サフィの猜疑心はしぼみ、息と一緒に出ていった。ばかばかしいほどシンプルな話だ。なにひとつ込み入ったところなどない。だからといって、危険がなくなったわけではない。サフィはローソンの首にきつく巻きついているシーツと、首の青い痣を思い浮かべた。

それから話をしたが、話さなくてもいいことまで話しすぎた。サフィはふたりに少女たちの遺体について語った——脱出口を探しているかのように、ばらばらになっていたさまを。それから、ジェニーの指で輝いていた指輪について。ベッドシーツにへばりついていた狐の死骸の話もした。レイチェルの顔は聞いているうちにこわばってきたが、ブルーのしかめっつらは、紛れもなく深く傷ついた子どもの顔になっていた。話が終わると、心臓の鼓動以外の音がやんだ。後悔している場合ではなかった。人の心を踏み荒らしたのは間違いない。

「でも、おかしいわ」レイチェルは言った。「だったら、どうして刑務所に入らなかったの？　なぜ逮捕されなかったの？」

サフィは、人を傷つける方法はいくらでもあると気づいた——肉体的に傷つける方法だけではない。どこかで製氷機ががたがたと音を立てた。

「かいつまんで言えば、証拠が足りなかったんです」サフィは言った。「わたしはおふたりの安全のためにこの話をしました。どうか、彼から離れてください」

そして、サフィはバーカウンターのなかで絶句しているふたりを残して立ち去った。レイチェルの手に携帯電話の番号を握らせておいた。なにかあったら電話をください。レストランを出ながら、ふたりの姿を——傷ついてはいるが、致命傷を負ったわけではない女性ふたりの姿を記憶し、もうここへ来ることはないだろうと思った。この十数年、アンセル・パッカーを監視してきたのは、彼の痛みを自分の痛みとくらべるためだった。けれど、アンセルは過去を埋めるすべを学んだらしい。サフィもそろそろ自分の過去を埋める穴を掘りはじめたほうがいいのかもしれない。

＊

夜遅く、サフィは支部に戻った。午前二時、建物内にひとけはなく、静まりかえっていた。スリープ状態のパソコンのランプが点滅しているほかは、支部長室は暗かった。サフィは手探りで椅子をつかんだ。革のシートに体を沈めたとたんに自信が戻ってきて、気持ちが落ち着いた。自分のしたことは、警官としては正しくなかった。だが、この仕事に――仕事以外のすべてを吸いこんで消してしまうこの仕事に、悪夢と狂詩曲のあいだを行ったり来たりさせられるこの仕事に、なんらかの変化をもたらすことができなくても、別のどこかではそれができるかもしれない。喉に詰まった塊にぴしりとひびが入り、そしてはじけた。何度も繰り返された問いが、また聞こえた。あなたの望みはなに？

善でありたい。善とはなにか、はっきりとはわからないけれど。サフィは天井を見あげて熱い涙を頬に伝わせながら、善と悪の違いはたんに行動するか否かで決まればいいのにと思った。

＊

再審は中止になった。月曜日、サフィはそれまで長い時間をかけて準備してきた自分に休暇を与えた。出勤せず、長官周辺やローソンの弁護人、飢えた記者たちからの電話攻勢にも応対せず、墓地を訪れた。

母親の墓はほったらかされていた。花を持ってきたものの、苔むした灰色の墓石とくらべて生気にあふれているのが憎らしかった。草地にしゃがみ、御影石（みかげいし）に永遠に刻まれた母親の名前の前に花を置いたとき、めったにないことにほんの一瞬、母親の声がはっきりと聞こえた。**あなたもそのうちわかるよ、サフィちゃん。ほんとうの愛は、あなたを生きたまま食べてしまうの。**

　あのあと、レイチェルから電話がかかってきた。彼女の声は、震えていたものの、しっかりしていた。アンセルに、もうブルー・ハウスに来ないでくれと告げたそうだ。彼のピックアップトラックはタッパー・レイクから消えた。**どこへ行ったんでしょう？**　と、サフィは尋ねた。**知らないわ**と、レイチェルは答えた。それでよしとしなければならない。サフィはあまりにも長いあいだこの執着に囚われていた。この事件はいつまでも未解決のままだろう。

　それでも、サフィは母親の言うとおりだと思った――これもひとつの愛の形に間違いない。忍び寄り、追いかける愛。愛は夜中の物音のように不意を突く。サフィはひざまずいてざらざらした墓石にひたいを押し当てた。脱皮していくような気分だった。自分から自分へ。過去から現在へ。この終わりのない成長は、驚異であり、苦しみのもとでもあるのだ。

1時間前

立会人が来たよ、と教誨師が言う。

あと五十六分間。恐怖は止めようがない。どろりとした停滞が訪れていたが、教誨師の言葉でまた動きだす——世界が明るくなり、あなたの筋肉は反応しはじめる。

ブルーか、とあなたは言う。来てくれたのか。

彼女はもう大人だ。あなたに会いたくないと言っている。話はしたくないと。あなたが彼女の姿を見ることができるのは、彼女が立会人席に着くときだ——ブルー・ハウスで過ごした夏から七年ぶりだ。見た目はきっと変わっているだろう。だが、ブルーがどんなふうに成長しようが関係ない。あなたにとって彼女は永遠に十六歳だ。あなたにとって、ブルーはいつまでもあのレストランの入口でスウェットシャツの袖の穴から親指を出して立っているティーンエイジャーだ。

*

大きなできごとはなかった。人生が変わるような新事実はなかった。いまブルー・ハウスを思い出すと、単純な事実に打ちのめされる。あの場所には慰めがあっただけだ。

背の高い雑草が生い茂るあの場所に、あなたとブルーだけがいた。彼女はあなたに仕事や学校について、子どものころの好物について尋ねた。彼女は父親について、あなたにとってはあの短くも光輝に満ちた数週間をともに過ごし、その後何度も思い返した赤ん坊について語った。その少女が、あの農場の母屋の床に寝かされていた赤子と、何年もあなたにつきまとっていた悲劇から生まれたという事実が、あなたには信じられなかった。あなたは彼女の顔に赦しを見出した。

ブルー・ハウスではなにもかもうまくいった。あなたはレイチェルとブルーが閉店の作業をしているあいだ、バーに座って里親の家での生活やジェニーの話をし、執筆中の本について語った。あなたの〝セオリー〟について。ブルーはホームメイドのパイを出してくれた――舌の上で林檎(りんご)が甘くとろけた。

今夜が影となってすぐそこにいるいま、真実などばかげていると思う。悲しくなるほどシンプルな真実だ。ブルー・ハウスを訪れるまで、あなたは自分がどんな人間になれるか知らなかった。真実ははかなく、幻のようだった。悲劇的なまでに単純だ。

ブルー・ハウスでは、あなたは自由だった。

＊

最後の食事が届いた。

あなたは床に座り、寝台の枠に背中をあずけてトレイを膝にのせる。ぬるぬるしたポークチョップ、ひと盛りのマッシュポテト、派手な緑色の四角いゼリー。あなたはフォークの側面で肉を切る——ウォールズ・ユニットの低セキュリティ棟の囚人たちに出される肉と同じものだ。特別な料理ではない。悪名高い〝最期の晩餐(ばんさん)〟は、死刑囚がとんでもないものを要求するようになった結果、看守長が交代した数年前に廃止された。肉はたやすく切れる。フォークで塊を刺して口に運ぶ。本物の肉とは思えない、しょっぱいゴムのような味がする——肉を呑みこみ、それが喉から腸へ移動し、あの写真と一緒にゆっくりと溶解していくのを想像する。いま食べているものがあなたを通過する時間は残っていない。あなたの皮膚や内臓とともに、道路の先にある墓地の墓標すらない区画の深さ一・五メートルの地中で、州が購入した安物のシダー材の棺(ひつぎ)のなかで腐っていくのだろう。

あなたは嘔吐する。そうだったのかと悟る。もう、とうに終わっていたのかと。

あなたは最後のひと口を食べ損なう。

＊

教誨師が戻ってくる。冷静に振る舞おうとする教師のように、独房の前でさっと椅子を引いて腰掛ける。彼の親指が、革装の聖書の表紙に何度も円を描く。

ブルーに伝えたいことがあれば伝えよう、と教誨師は言う。なにか言いたいことはあるかな？

もはやあなたには、彼女に言いたいことなどない。ブルーはもうわかっている——なによりもしつこくあなたが人間であることを示す証拠を、彼女は見ている。複雑なあなたの〝セオリー〟を。あなたのなかには可能性の銀河が、希望の宇宙があることを。

よくもこんなことができるな。あなたは言う。

教誨師は当惑したように眉をひそめる。

みんな、よくも平気な顔をしていられるな、先生。

それはどうかな。

あの子がここに来ているんだろう。ブルーが。あの子が生き証人だ。おれは普通になれる。いい人間になれるんだ。

もちろんだとも、と教誨師は言う。だれでもみないい人間になれる。そこが問われているわけではないんだよ。

教誨師の太鼓腹が見るに堪えない。ぶよぶよして、無能に見える。鉄格子の隙間から手をのばし、教誨師のじゃが芋のような顔をつかみたくなる。あなたは経験上、こんなときでも場を支配する方法を心得ている。教誨師を困らせることができる。出し抜くことができる。鉄格子に体当たりし、純粋に物理的な力で教誨師を怖がらせることもできる。だが、こうした行動には勢いが必要だ。あなたにしてみれば、あと四十四分しか残されていないのに、そんなゲームなどくだらない。

自分がしたことにどうやって向き合うかと問われているんだよ、と教誨師はつづける。どうやって赦しを請うか、ということだね。

赦しなど薄っぺらだ。カーペットの上の日向の一角のようなものだ。あなたはそのなかでうずくまり、いっときの慰めを感じたいと思う――けれど、赦しはあなたを変えない。赦しはあなたをもとに戻してはくれない。

*

そのとき、ジェニーがあなたの前に現れる。非難がましく、亡霊となって。かすかな影となって。

いまのジェニーはただの蒸留物だ――ここ以前の人生の平凡な日常や取るに足らないできごとの、些末(さまつ)な記憶の蒸留物。あの古い家を恋しく思う気持ちの。ジェニーが百貨店で選んだフランネルのベッドシーツ、シンクの上にかけたレースの縁取りのカーテン。ベージュのカーペットはいつも汚れていたし、スタンドのテレビは埃をかぶっていた。あの家にいるジェニーを、あなたはいまでも思い浮かべることができる。看護師のスクラブ姿で玄関を入ってきてその場で足踏みし、冬用のブーツから融雪用の塩を落とすジェニーを。

おーい、とジェニーが呼ぶ。ただいまー。

ジェニーの手触り。フルーツの香りのシャンプー、二日酔いの息。いたずらっぽくあなたの頬を両手で挟むジェニーを思い出す。感じてもいいんだよ、と彼女は笑いながらよく言い、あなたはそのたびに苛立った。けれど、いまあのときに戻れるのなら、彼女の手に自分の手をぴたりと重ね、節の目立つ指の温もりを感じたい——彼女はあなたと世界のあいだに立つ勇気を備えた、たったひとりの人物だった。

あのときに戻れるなら、あなたは請うだろう。お願いだ。なにかを感じたいんだ。感じ方を教えてくれ。

*

いま過去にスポットライトを当てれば、線が見える。ブルー・ハウスからジェニーへ直接つながる線が。

ハリソン親子に追い払われたのは、日曜日だった。レストランの駐車場に腕組みして立っているブルーとレイチェルは、間違いなく不安そうな目をしていた。もう来ないで、と彼女たちは言った。ここに来られたら困るの、と。それまでにもそう言われたことは何度もあったが、ハリソン親子に言われると、いつもとは違った感じがした。ブルー・ハウスはあなたをほがらかにし、温和にし、多くのことを証明した——あなたはついに、価値あるものの一員になれた。家族の一員に。

しかし、レイチェルの口調はきっぱりとしていた。ふたりがなにを知ったのか、どのように知ったのか、あなたにはわからなかったが、とにかくつらかった。

トラックに乗り、駐車場を出たあなたの指先は、猛烈にむずむずしていた。視界はぼやけて傾いていた。あなたはバックミラーからブルーとレイチェルが消えるまで見つめていたが、ふたりの目が焼きつくように痛かった。ふたりはあなたを怖がっていたのだ。

あなたはテキサスへ車を走らせた。四日かかった。ヴァーモントに帰ろうとは思いもしなかったし、あのモーテルに戻ることもできなかった。着替えも現金も剃刀も歯ブラシも、ブルーがくれた曇りの日のブルー・ハウスの写真も、なにもかもあの狭くてじめじめした部屋に置いてきたのに。あなたは強烈な痛みだけを抱えて車を運転しながら、自分の体はこれ以上の傷に耐えられるだろうかとぼんやり考えた。絶望があなたに寄生していた。

たったひとつ確実なもの、それはジェニーだ。彼女の形。彼女のにおい。朝一番に枕の上で嗅ぐ、酸っぱいにおいの息。それはあなたにとって酸素のように必要だった。ブルー・ハウスがジェニーの代わりになると思っていたとは、なんたる間抜け、なんたる愚か者。

だから、あなたはトラックの荷台で眠った。吹きすさぶ風のせいでなかなか寝付けない夜を幾晩かやり過ごすうちに、湿潤な広葉樹に挟まれていた道路は、砂漠の平原のなかを走るようになった。

ジェニーはあなたの電話番号を着信拒否にしていた。十カ月前に出ていって以来、電話をかけてきたのは一度だけで、離婚の書類に署名したかと尋ねる彼女の声以外に、同時通話で話を聞いている弁護士のうるさい呼吸音が聞こえた。

ようやくヒューストンに到着したあなたは、安モーテルに部屋を取り、公共図書館を探し出した。黴臭い書架に挟まれたパソコンで、彼女の名前を検索する——すぐにフェイスブックのアカウントが見つかった。プロフィール写真のジェニーは日に焼けてプラスチックフレームのサングラスをかけ、体型は驚くほど引き締まっていた。数日前にタグづけされた写真には、駐車場に立っている三人の女性が写っていた。**ベサニーの看護をするのは今日で最後！**　と、コメントがついている。三人の背後に病院の看板があり、最初の四文字が読み取れた。グーグルで検索すると、どこの病院かわかった——郊外だ。図書館からそう遠くなかった。あなたの胸は高鳴った。つかのま、自分の体が自分にわかるものに戻った。

希望は刃に似ている。

翌朝、あなたはERの外に車を止めて辛抱強く待った。フェイスブックのおかげで、ジェニーが洒落たボブヘアにしたのを知っていたが、あなたはあの髪型が彼女にこれほど似合うとは想像もしていなかった。顔が小さくなり、身長が高くなったように見えた。魅力的だった。ジェニーは片手にコーヒーカップ、もう片方の手に携帯電話を持っていた——彼女が電話に向かって笑ったとき、その笑い声がフロントガラス越しに聞こえた。たぶん、あのとき回転ドアを出入りする大勢の人々の前で彼女に話しかけ、ひどく驚かせていたら、こんなことにはならなかったのかもしれない。だが、あなたは好奇心を抑えきれなかった。

数時間がたち、あなたのふくらんだ空想は暑さで蒸し焼きになっていた。あなたはやりなおすつもりだった——新規まきなおしだ。赤いサクランボ柄のカーテンがかかったあの家へ、夜ごとソファで化石になる生活に戻るのだ。ところが、ジェニーが出てきたのは、アスファルトを照らす夕日がピンク色になるころで、しかも彼女は男と一緒だった。男は空色のスクラブを着て、尖った顎に無精髭を生やしていた。彼は身を屈め、ジェニーの頬にゆっくりとキスをした。

白熱の怒りが閃(ひらめ)いた。

あなたはいつまでも別れを惜しんでいるふたりにいらいらさせられたが、男が自分の車で走り去ったあと、ジェニーを尾行すると、俗っぽい豪邸が立ち並ぶ通りを抜け、やや落ち着いた区画に入った。ジェニーはこれといって特徴のない今風の分譲アパートメントの前で車を止めた。一帯は似たようなパステルカラーのアパートメントがクレヨンのように並んでいる。ジェニーは玄関で立ち止まり、バッグのなかの鍵を探した。いつも持っていたものと同じ、表面がぼろぼろにはがれた合成皮革のバッグだ。なかには、大量の皺くちゃのレシートと、縁に残りがこびりついた使いかけのリップクリームが何本も入っているはずだ。

ひと部屋の明かりがともった。梁にシートをかけたような闇が降り、心臓の鼓動だけが聞こえる時間のなかにあらゆるものが凝固したころ、あなたはこっそりと車を降りた。ジェニーの頬をなでたあの男の親指。痛み、切望、恥辱——なにもかもがねっとりと固まり、悪臭を放っていた。

あなたはノブをまわした。鍵がかかっていた。

だから、ドアがあくまで蹴った。思ったより乱暴になってしまった。これがのちに争点となる——検察は加害を目的とした不法侵入であり、死刑に相当する重罪だと主張した。

だがその瞬間は、ジェニーだけが目的だった。彼女は大理石のオープンキッチンにいて、コンロに背を向けていた——室内は掃除が行き届き、きれいだった。最新のエスプレッソマシンが御影石のカウンターの上で輝き、出窓のそばの花瓶には生花が活けてあった。やかんの下でガスの火がつき、ジェニーの好きなシェリル・クロウの古い曲がスピーカーから流れていた。通俗的で感傷的で愚かしくて、ジェニーがもっともわかりやすい形であらわれている曲だ。大異変が起きた。一瞬、ジェニーがジェニーだけではなくなった——彼女たち全員になった。あなたを置き去りにしていった女たちに。

アンセル、とジェニーは恐怖で震えながら言った。あなたがドアを蹴破ったとき、ジェニーはとっさに包丁をつかんでいたが、ぎらりと光るそれは彼女の手には大きすぎた。

あなたの想像とはまったく違っていた。

ジェニー、とあなたは懇願したかった。ジェニー、おれだよ。あなたがほしかったのは、かつて辛抱強く慰めを与えてくれる女だったからこそ選んだジェニー、ベッドで寝返りを打ってあなたの肩甲骨にキスをしてくれたジェニーだ。以前、あなたがあなた以上の存在である可能性を信じてくれたジェニーだ。生き延びるに値する人生を与えてくれたジェニーだ。

それなのに、あのキッチンには恐怖しかなかった。

その後のなりゆきを分けたかもしれない瞬間はあった。分岐点は数えきれないほどあったのかもしれず——もしもあの包丁がジェニーの手のなかで光っていなかったら——もしも、

もしも、もしも——あんなことにはならなかったのかもしれない。服従するかのように両手をあげて自分の身を守ろうとしたジェニーに突進したときですら、あなたは別の人生を、無限の可能性に向かってひらかれた瞬間を求めていた。

彼女はただの少女だった。あなたは、あなたでしかなかった。

*

残り三十一分。

あなたは独房のすみで体を固くして立っている。教誨師の姿はすでになく、あなたは鼻を壁に押しつける。冷たくざらついた壁に。熱に浮かされたかのように、触覚が過敏になっている。

だれも気づいてくれない。意志があれば変われるのに、だれもわかっていない。あなたがここへ来ることになった原因はいくらでもあるが、あなたにとってなによりも決定的に思われるのは、あの晩の原因が自分の核にあったということだ。あなたは殺すつもりで殺したのではなく、殺したいと思ったこともなかった。あなたは、あなたそのものであると自分でもわかっている力に支配されてしまっただけだ。願望と行動のあいだの距離は重要ではないのか。ジェニーを愛したかった、せめて愛し方を知りたかったことは、重要ではないのか。ジェニーを殺したくはなかったのに。

ヘイゼル　二〇一二年

〝召喚〟は起きなかった。

背筋に稲妻が走ることはなかった。

それが起きたとき、ヘイゼルはテレビの音声を消して洗濯物を仕分けしていた。アルマの学校のユニフォームをたたみ、ルイスのボクサーショーツをたたみ、自分の着古したブラジャーをたたんでいるあいだ、とくになにも感じなかった。心臓が止まりそうなほどどこかが痛んだり、急にいやな予感がふくらんだりはしなかった。マティーの靴下を小さいカラフルな塊に丸めているとき、テレビはコマーシャルを放映していた。エクササイズバイク。自分で自分をきれいにするスポンジ。自動車保険。

＊

翌朝、ヘイゼルが庭にしゃがんで唐綿（とうわた）を摘んでいると、ルイスが裏口のポーチに出てきた。土曜日用のスウェットパンツ姿で、ヘイゼルの携帯電話を掲げた。

「ヘイゼル。お母さんから六回も着信が入ってるよ」

鋭い恐怖を感じ、とっさに身構えた。母親が何度もかけなおしてくることなどない——いつもは陽気な声で留守番電話にメッセージを残す。両親は年老いてきた。どちらかが転倒したのかもしれない。ヘイゼルは母親に電話をかけながら、ひたいの汗を拭った。電話がつながったとたん、嗚咽が聞こえた。

「お母さん」下腹がずっしりと重くなり、ヘイゼルはすがるように言った。「お母さん、落ち着いて、どうしたの？」

「ああ」母親はあえいだ。「ジェニーが。ジェニーが死んでしまった」

ヘイゼルの視界が半分に狭まった。

「アンセルが。アンセルが逮捕されたって。ジェニーはアパートメントにいて——刺されて——」

ヘイゼルは、自分が泣き声をあげていることに気づかなかった。自分のものではない痛みが体の奥深くで待ち構えていて、それがいま内臓を突き破ってヘイゼルを切り裂いていた。ポーチの熱い木の板にくずおれたヘイゼルのそばで、ルイスはおろおろするばかりだった。ヘイゼルが放り投げた携帯電話は三メートルほど離れたデッキの上に落ち、母親の声がキンキンと響いていた。ヘイゼルはポーチの椅子の脚に張った蜘蛛の巣を見つめた。透明で繊細な糸を張った巣の中央で、蠅が一匹動かなくなっていた。

時間がゆがんだ。やけに長く感じたり、急に進んだりした。朝はいつのまにか昼になり、もつれた時間は現実とは思えず、ヘイゼルは喉に風船が詰まっているような気がしていた。父親と電話で話しているルイスが遺体という言葉を使った。逮捕。わけがわからず茫然としたまま、時間が過ぎていった。

ヘイゼルがいま電話をかけてこのことを知らせたいたったひとりの相手は、ほかならぬジェニーだった。ジェニーなら元気よく応答してくれるはず。テキサスに引っ越してから数カ月ずっとそうだったように。しばらく前にも、つきあってる人がいるの、と有頂天で教えてくれた。外科の看護師でね、すごくいい人なの。夕食を作ってくれて、一緒にテレビを見るんだ。あなたがこっちに来たら、紹介するね。ヘイゼルは感謝祭にアルマを連れてジェニーに会いにいくはずだった――飛行機はもう予約してある。いまヘイゼルの頭に浮かぶのは、ジェニーの産毛が生えたやわらかそうな耳たぶだった。甘皮がぼろぼろになったジェニーの爪だった。

*

悲しみは穴だ。虚無への入口だ。悲しみはいつまでもつづく歩行だから、ヘイゼルは自分の脚を忘れてしまった。悲しみは太陽に目がくらむような衝撃だ。次々とはじける記憶だ。舗道を踏むサンダル、後部座席での居眠り、バスルームの床で塗った足の爪。悲しみは惑星のように孤独だ。

＊

三日後、ヘイゼルは実家のキッチンで、冷めたキャセロール料理とくぐもった話し声に囲まれていた。昼が色褪せて陰鬱な夜になり、葬儀後の食事会がひらかれていたが、池に白い紗幕（しゃまく）をかけたように、なにもかも靄に覆われていた。

ヘイゼルは黒い服を着なかった。クローゼットの奥を探り、もう何年も前のクリスマスに贈られたコットンのワンピースを見つけた。ジェニーのはオリーブ色、ヘイゼルのはグレー。葬儀はいかにも儀礼的で、不快なまでに印象に残らないものだった。ヘイゼルはおそらく二回しか来たことのない教会で最前列に両親と並んで座り、司祭がジェニーの人となりを適当にほめたたえるのを聞いた。そして、言われるがままに墓地へ向かい、いまにも雨が降りそうな空の下で棺がゆっくりと地下に沈められるのを見守った。それから数時間たっても、ヘイゼルは汗ばんだ手のひらに葬儀のプログラムを握りしめていた――折りたたんだ紙のおもてに、グレースケールでジェニーの写真が安っぽく印刷してあった。リビングルームのソファに浅く腰掛け、顎に両手を添えているジェニーの笑顔は、若々しく希望に満ちて輝いていた。ジェニーの指で、あの悪趣味な紫色の指輪がカメラに向かって媚びるようにウィンクしている。

「帰りたかったら帰ろう」ルイスがヘイゼルの背中に手のひらを当て、何杯目かのコーヒーが入った紙コップを渡した。

ふたりのまわりで、近所の人々が気まずそうにしていた。年配の男女が蜘蛛のような腕でヘイゼルを抱きしめ、ぼそぼそと声をかけた。彼らのほとんどは不幸の見物に来ている――この袋小路の住人や父親の同僚、母親の水中エアロビクスの友人たちにとって、今回の事件は最悪で最高におもしろい見ものだと、ヘイゼルは知っていた。彼らは一列に並び、おそるおそるヘイゼルに近づいた。このたびはお気の毒です。その言葉は空虚で無意味に聞こえた。喪失の悲しみが、タクシーの座席に携帯電話を置き忘れた程度に思われているようだった。

「もうすぐ帰るから」ヘイゼルは言った。「ちょっと待ってて」

ざわついた家からこっそり出ていったヘイゼルに、だれも気づかなかった。

外に出ると、急に静かになったせいで耳鳴りがした。私道が満車だったので通りの向かい側に止めておいた車に乗りこんだ。だれもいない通りは暗かった。幌のような紺色の夜空。外から見ると、家は悲しい映画をやっているテレビの画面のようだった。ひとりになれてほっとした。エンジンはかけず、しばらく静寂のなかでじっと座っていたが、ふと身を屈めてグローブボックスをあけた。

それはまだそこにあった。記憶にあるとおりの重み。あのいまいましい、みすぼらしい指輪。

ジェニーを空港で降ろしたのは十カ月前だ――あれが、最後に見た姉の姿だった。いま、指輪を手のひらにのせていると、ふつふつと煮えたぎる怒りとともに、何年も前にしまいこんだ記憶がよみがえってきた。この指輪をジェニーに贈った日のアンセル。月光のもと、地面を掘っているアンセル。

ヘイゼルは手のなかで光っている指輪に引っ張られるように、実家の裏門から庭へ入った。楓の木は以前と変わらずそこに立ち、娘を慰めようとする父親のように太い枝をさしのべていた。ヘイゼルは木のまわりをゆっくりと歩いた——遠い冬の夜、寝室の窓から、父親のシャベルを持っているアンセルを見た。あれは夢だったのだと、十代の自分を納得させていたが、いま木の根元をまわってみると、掘られた場所を見つけなければいけないという気がした。

しゃがんで目を凝らす。数日ぶりに頭が冴え、あのとき草がひっくり返され、平らに均されたあたりを見おろした。ガレージの壁にかかっていた父親のシャベルを取り、プラスチックの取っ手の冷たさを感じたとき、あれは夢ではなかったと確信した。冬の月明かりの下にアンセルがいたのを、たしかに見たのだ。彼は穴を掘っていた。

シャベルが小さな箱を掘り当てたときには、爪が土で黒く汚れていた。携帯電話のライトをつけて穴のなかを照らす——味気ないプラスチックの、ジェニーの古い宝石箱だった。ジェニーはこれがなくなっても気にしなかっただろう。表面の土を払い落としてワンピースのなかに突っこみ、こっそりと家のなかへ戻った。うつむいて階段を目指す。

両親はしばらく前に家を改装していた——ヘイゼルとジェニーの寝室だった部屋はトレーニングルームになっていた。ヘイゼルは、まだ自分のバレエシューズが壁にかかっていて、ジェニーの化粧品がドレッサーの上に散らかっているように思いながらドアをあけた。だが、ヘイゼルを迎えたのは、父親が一度も使っていないダンベルなど、トレーニング用品の金属的なにおいだった。部屋の中央にトレッドミルが鎮座し、電源の入っていないテレビの下にワークアウトのＤＶＤが並んでいる。カーペットのすみに、ジェニーのベッドの脚の跡が残っていた。

ヘイゼルはトレッドミルの端に腰をおろし、静止したランニングベルトをなでた。悲しみの波にあらがわず、それが引いていくのを待った。子どものころ、そんなふうにナンタケット島の海で遊んだものだった。**波が来たら、どっちか選ぶの。**ジェニーはいつも姉さん風を吹かせて指示した。**波に逆らって泳ぐか、波に乗って岸に帰るか、どっちか選んで。**

膝にのせた宝石箱は土がこびりついていた。カーペットの上に土を落とし、蓋をあけた。見覚えのある感じはしなかった。なつかしさも湧かなかった。そこに入っているアクセサリーはジェニーのものではなかった。はじめて見るものだ。ビーズのバレッタ、小粒の真珠のブレスレット。

落胆が泡のように吹き出てはじけた。このアクセサリーと地面の穴と答えのない疑問をどうすればいいのか、ルイスならわかるだろう。ヘイゼルには、こんなのは不当だとしか思えなかった。逃れることができないなんてひどい。

もはやこれはヘイゼル自身の物語になってしまった。ジェニーに起きたこと、ヘイゼルに起きたことの物語だ。ヘイゼルは一生をかけて書きなおし、輪郭をととのえ、形にして、壁に投げつけることになる。姉のいない世界に慣れるまでに何年もかかるだろうし、そもそも慣れることなどできないかもしれない。失ったものの大きさは果てしないように思えた。いままでアンセルについてきちんと考えたことがなかった――長いあいだ衝撃に浸かりすぎた自分を怒りがつついていたが、ヘイゼルはそれを払いのけた。これはアンセルの物語ではない。ずっとそうではなかったのだ。たったひとりの人間が――アンセルという、どこまでも平凡なひとりの男が――これほど巨大な裂け目を作ってしまったとは、笑えるほどばかげている。

ヘイゼルは、トレーニング用品が消えてしまえばいいのにと思って目を閉じた。〝召喚〟されるのを懸命に願ったが、階下の食事会の物音と、自身の切れ切れの呼吸音が聞こえるだけだった。この先、召喚されることはいっさいなくなるだろう。あるいはヘイゼルの考え方次第でどの体験も召喚になるかもしれない。ヘイゼルはもう完全体の半分ではなく、一個の完全体だから――召喚は魔法やテレパシーではなく、双子の神秘でもない。ただ、ジェニーがいなくなっても、生まれる前にともに羊水に浸かっていたように、ふたりはいまもどこかで根源的につながっている。細胞のレベルでつながっている。いつまでもつながっている。記憶があるかぎり。

サフィ　二〇一二年

そのニュースを知ったとき、サフィはジェニーの鎖骨を思い浮かべた。煙草をくわえたジェニーが煙を吸いこむたびに、喉のくぼみが動いていた。十数年前、ＥＲの外で会ったあの日のジェニーを思い出す――なぜか、この先どうなるかわかっているかのようだった。

コリーンが電話をかけてきたのは、火曜日の夜遅くだった。サフィはリビングルームのコーヒーテーブルにおぞましい事件の資料を広げ、ソファにぐったりと座りこんでいた。ローソンの自殺後も、仕事は増える一方だった――国境近くで数件の薬物による死亡事件が起き、Ｃ管区で遺体が発見された。サフィの仕事が無に帰したことなどおかまいなしだった。ローソンの再審が予定されていた日の翌朝、サフィは特大サイズのコーヒーを買って職場に復帰した。

サフィはＴシャツからポップコーンの屑を払いながら電話に出た。

「支部長」コリーンの声は冷静できびきびとしていた。「座って聞いてください」

「なんなの」

「ジェニー・フィスク。例の一九九〇年の事件の関係者ですが。ヒューストンの殺人捜査課が数日前に彼女の遺体を発見しました。数カ所を刺されていたそうです。元夫が逮捕されましたが、充分な証拠がない。あの男ですよ、支部長。アンセル・パッカー」

不意に、焦げたポップコーンのにおいが人工的に感じられ、サフィは吐き気をもよおした。

「すみません」コリーンが言った。「こんなときに――」

「ありがとう、部長刑事」

サフィは電話を切った。

十日前、ブルー・ハウスの前で一夜を過ごしたばかりだ。十日前、ブルーとレイチェルと向き合い、いままでだれにも話したことのない話をした。そのときは安易にもほっとし、得意な気分にもなれた――ほかの少女たちと同じ年頃のブルーが、日焼けして色褪せたプラスチックのサンダルを履いたブルーが、死なずにすむと思った。まず罪悪感が、つづいて恐怖が襲ってきた。最初は一滴、それから怒濤となって。

だれも救えなかったのだ。

＊

その女がサフィの家の玄関口に現れたのは、翌日の夕方だった。

サフィの指は、クリステンがどうしてもと言い張って持ってきたチキンのマリネ液で濡れていた。窓のむこうの薄暗い森から靄が入りこんでいた。蟬の声がやまなかった。サフィは両手をペーパータオルで拭い、靴下履きの足で玄関へ向かった。

　ポーチにショートヘアの女が立っていた。目の下に大きなほくろ。ひらいた傷口のような、ひりつくような表情。サフィには彼女がだれかすぐにわかった。ニュースに映った写真のジェニー・フィスクは、親しみやすい笑顔でソファから身を乗り出していた。バーリントンの地元紙に死亡記事が掲載された──遺族は両親と双子の妹。

「ご自宅に押しかけてしまってごめんなさい」女は言った。「ヘイゼル・フィスクといいます。あの、あるものを見つけたんです。コールドウェル部長刑事に、お宅へうかがうように言われました。あなたに会いにいくようにと」

　サフィはヘイゼルをリビングルームに招じ入れた。ラグに黄昏のやわらかな光が差していた。サフィは自分がいつのまにかジェニーの顔を注意深く観察していたことに、たったいま気づいた──ヘイゼルは姉にそっくりだが、悲しみで表情が翳っていた。

　ヘイゼルはバッグからビニール袋を取り出し、サフィに渡して説明した。サフィは指紋をつけないように注意しながら、土がこびりついた箱の蓋をあけた──なかを覗いた瞬間、無念さがこみあげ、喉が詰まった。安堵するはずなのに。満足するはずなのに。自分はやはり間違っていなかったのだから。それなのに、アクセサリーを見つめていると、じわじわと染みこみ、やがて吸収されていつまでも残るたぐいの悲しみしか感じなかった。ビニール袋の底に転がり出たそれは、とても小さく、なんの力もないものに見えた。リラの紫色の指輪だ。

「その指輪」ヘイゼルが言った。「わたし、見たんです。あの男がそれをジェニーに贈った日の夜に、うちの裏庭を掘っているのを。ほかのアクセサリーと関係があるんでしょう？」

サフィは思わずほんとうのことを話してしまいそうになった。アクセサリーがなにを語っているのか。ねじれてはいるが辻褄は合う。アンセルはジェニーに指輪を贈ったときに、アクセサリーが自分の罪を証明すると気づいた。アクセサリーは自分を少女たちと結びつけるものだ——だから、残りを処分しなければならなかった。あるいはほかの理由、たとえばサフィには想像したくもないような、複雑な心の動きがあったのかもしれない。なんにせよ、問題はそこではない。情けなさが喉を焼き、言葉が出てこなかった。

ずっとわかっていたのに。十年以上にわたって、ジェニーが車のバックミラーを見て口紅を塗り、トランクから買い物袋をおろすのを見守っていたのに。アンセルが危険人物だと知りながら、監視するだけでなにも手を打たなかった。サフィは、自分の不覚さをヘイゼルに打ち明けることができなかった——すでにヘイゼルは非難の目でサフィを見ているが、その表情は心の傷がまだ血を流していると誤解しかねないものでもあった。サフィはその表情をよく知っている。自分が消えない悲しみをもたらし、いつまでも責めを負うのだと思うと、失態を認めたくなかった。

サフィはヘイゼルを車まで見送り、礼を言って誓った。ジェニーのために全力を尽くす、と。車のライトが揺れながら遠ざかっていくあいだ、サフィは蚊柱の立っている私道に立ちつくしていた。ジェニーの件が暗示することは重く、その影を振り払えなかった。もしも、と考えると動けなくなる。もしも自分がアンセルを尾行していなければ、こんなことにならなかったのでは？　もしも自分が干渉せず、アンセルをブルー・ハウスから引き離していなければ。もしもアンセルがハリソン親子と過ごす時間を単純に楽しんでいたとすれば。最初から悪意などなかったとすれば。そこには、サフィが考えたくもない世界があることになる——その世界はいまのサフィの世界をあっというまに焼きつくす——アンセルにモンスターであってもらわなければならないサフィが、まさに彼をモンスターにしてしまった世界だ。

＊

彼女たち、あの少女たちはいまだに現れる。もう大人になり、本来の彼女たちになっている。母親になり、しょっちゅう旅行し、趣味でパンを焼く。くだらないテレビ番組が好きで、メッツのファンで、地元の女性のピンボール大会で優勝する。ハイキングにはまり、日曜日にはブランチを食べ、カラオケクイーンの三人組で、アイスクリームに目がなく、朝にマスターベーションし、伝説のハロウィーンパーティを主催する。

可能性は頭を離れない——彼女たちが生きることのできなかった人生が無限にあったのだ。サフィはよく、三人目の子を妊娠したリラが女の子であることを願ってふくらんだおなかをさすっているところを想像する。女の子のほうが脆く、洞穴を思わせる暗さを秘めている。リラがサフィの無意識下で、想像してと言っているような気がする。女の子にはたくさんの可能性があるのだと。

ヘイゼルの車のライトがすっかり見えなくなってから、サフィはチキンを冷蔵庫にしまい、コーンフレークをボウルに振り出した。あのアクセサリーを入れた宝石箱がカウンターの上で存在感を放っていた。ノートパソコンをひらくと、暗いキッチンのなかで篝火(かがりび)のように輝いた。明日の朝早くにヒューストン行きの飛行機がある――サフィはすぐさま予約し、ロリンズ刑事に電話をかけた。

＊

アンドレア・ロリンズ刑事は、十二名の女性警官の特集記事が雑誌に掲載されたあとに結成された非公式のグループのメンバーだ。〝青い制服の女――法執行機関で台頭する女性たち〟。サフィとロリンズたちが並んでいる写真が、気恥ずかしいほど見栄えのする誌面になっていた――その記事が掲載されたあと、サフィたちはメーリングリストで愚痴を言い合ったり、担当する事件についてほかのだれにも言えないような仮説をやり取りしたりするようになった。アンドレア・ロリンズはヒューストン市警殺人捜査課の上級刑事だ。

「シン支部長」ロリンズは電話口でため息をついた。「ちょっと行き詰まってるのよ」

「遺体の発見者は？」

「お節介な隣人。死後数時間経過してた。アパートメントのドアが壊れてあいていたの。白いピックアップトラックがしばらく通りに止まっていたのが近所の住人に目撃されていて、防犯カメラにナンバーが映ってた。アンセル・パッカーはテキサスの半分を走ったところで発見されて、そのときには車の座席はきれいに掃除されていた」

「勾留できなかったの？」

「凶器が見つからないの。どこかに捨てたんでしょうけど。指紋も探したけれど、ドアノブもどこもかしこもきれいに拭いてあった。たっぷり脅しはかけておいたから、州外へ逃亡することはないと思う。念のため、彼のモーテルの部屋は監視してる」

「ロリンズ、明日そっちに行くから。パッカーは古い事件の容疑者で、たったいま新しい証拠が見つかったの」

ロリンズはヒューッと音を立てて息を吐いた。「上に話はつけておく。やれるだけやってみよう」

「資料を送って」サフィは言った。「自白させたいの」

＊

ロリンズ刑事は手荷物受取所で待っていた――カーリーヘアにノーメイクの洗練された女性だが、丸めた肩のあたりに倦怠（けんたい）を漂わせている。パトカーのサイレンを鳴らし、酷暑のテキサスの道路を飛ばしながら、ロリンズはサフィに状況を説明した。アンセル・パッカーは黙秘している。まったく反応しないのだ。捜査課長は、サフィの能力については半信半疑だが、藁（わら）にもすがる思いらしい。サフィは一時間、アンセルに尋問できることになった。

サフィは乾ききった平原が飛ぶように過ぎていくのを眺めた。その朝、あるできごとを思い出した。無知が浮き彫りになった記憶だ。ミス・ジェマの屋敷、オートミールのレーズンクッキー。サフィはあの日のことを、痛いほど鮮烈に思い出した――クリステンの手のひらの上で、古びて白くなったクッキーが崩れかけていたさまを。アンセルはそのクッキーで負い目をなくすことができる、加害行為の埋め合わせができると思いこんでいた。ロリンズにヒューストン市警を案内してもらい、捜査課長と握手をしながらも、サフィはまだクッキーについて考えていた。ニューヨーク州警は捜査の邪魔をしないし、テキサス州の法にまかせる、自分はただ少女たちと遺族のために自白がほしいだけだとあらためて説明しながらも、まだクッキーについて考えていた。殺風景で陰気な部屋に入りながらも、まだ考えていた。

あのクッキーこそ、サフィの記憶の空隙で息づいていた証拠だった。アンセル・パッカーにも罪の意識があるという証拠だ。あのクッキーこそ、精神にゆがみが起こりうることを証明している。幾通りもの複雑な事情の果てに、人は間違いを犯しうることを。

*

取調室は、これといった特徴のない灰色の部屋だった。アンセルはテーブルの前に座り、両腕をだらりとさげていた。ドア口にいるサフィにもよどんだ酸っぱい息のにおいを嗅ぎ取れた――アンセルがこの部屋に入ってから三時間、刑事は丹念に彼の気力を削いでいた。冷たい金属の椅子はがたつき、人間を苛立たせる周波数に調整した雑音が低く鳴っている。さらに、何度も繰り返される下劣な質問。善玉刑事のあとに悪玉刑事が現れ、また善玉刑事に替わる。ロリンズによれば、アンセルは水を要求しただけで黙りこくっている。一度トイレに立った。雑談にも応じない。サフィの予想では、アンセルは自身の潔白を強く主張し、不当逮捕だと憤るはずだった。どうやら、最初はそのとおりで弁護士すら必要ないと言い張っていたようだ。だが、いまはすっかり疲弊しているらしい。サフィは彼の姿を見たとたんに気分が悪くなったり、怒りや憎しみが湧いたりするのではないかと覚悟していた。ところが、ぼんやりとした哀れみを感じただけだった。

　サフィは椅子の位置をなおし、ジャケットの襟をととのえた。冷たい金属のテーブルの上で両手を握り合わせたのは、忍耐力を示し、それとなく相手をなだめるためだ。アンセルはまばたきひとつせず、完全に無表情だった。サフィは案の定だと思った。彼はサフィがだれか気づいていない。

「さて」サフィは切り出した。「ジェニーの話をしましょうか」

　サフィは、アンセルが抵抗するなり、鼻であしらうなり、あざわらうなりしてくれればいいのにと思った。戦法を変えて自分がいかに優れた頭脳の持ち主か訴えてほしかった。**証明してみなさいよ**、とサフィは念じた。挑発した。**あんたにはここまでやる価値があると証明してよ。**彼が黙っているのは期待はずれだった。誤情報にあふれ、一度観たらやめられなくなるテレビ番組が思い浮かぶ――このような場面では、たいてい見た目のいい男のそばにぱりっとした身なりの弁護士がついている。悪の天才、悪事をなすことそのものを目的に悪事を計画する者、その残忍さにそぐわぬ知性を隠した鋭角的な顔。そんな描写はばかばかしいほど現実とかけ離れている。アンセルは悪の天才でもなんでもない。とくに知恵がまわるわけでもない。いまテーブルの反対側にいるのは、サフィが十年以上追いかけてきた冷酷な切れ者のはずなのに、ビール腹の鈍重そうなただの中年男にしか見えなかった。サフィは、激昂して人を殺す男がいるのを知っている。あるいは、恥をかかされた、相手が憎かった、倒錯した性欲を抑えられなかったといった理由で殺人を犯す者もいる。アンセルはめずらしいタイプではなく、不可解でもない。彼は殺人者の特徴のすべてに少しずつ当てはまり、全部が曖昧に混ざり合っている。殺したいから殺したに過ぎない、さもしい小物だ。

「あんたは何者だ?」アンセルは尋ねた。

「ニューヨーク州警から来ました」

サフィはバッジを見せ、アンセルに目をあげさせた。

「なにをしに?」

「なんだと思う?」

「おれはいつでもここを出られるはずだが」

「ええ。でもその前に、あなたも見ておいたほうがいいものを持ってきたの」

サフィはブリーフケースを膝にのせ、これみよがしに留め金に手を掛けた。

「おれをからかってるのか」

「からかうためにわざわざここまで来るわけないでしょう」サフィは言った。「ジェニーの話をしない?　いい奥さんだったみたいね」

アンセルは申し訳なさそうに見えなくもないようすで、両手を見おろした。彼はまだ自制している――怒りは深い穴に埋まっている。サフィに掘り返させてくれるだろうか。

「すばらしい妻だった」アンセルは言った。

「あなたを置いて出ていくまではね」

「おれたちは合意のうえで別れた。あいつはテキサスに新しい仕事を見つけた。おれはやればいいと言った」

「彼女の妹さんは、そうは言ってなかったけど」

アンセルは鼻を鳴らした。「ヘイゼルは昔から嫉妬してたからな」

「なにに？」

「おれとジェニーに。おれたちが持っていたもの全部に。おれがジェニーに危害をくわえるわけがない。わかってくれないかな」

「わかってる。ジェニーはあなたにとってたったひとりの女性だった。あなたが愛したたったひとりの女性だと言いたいんでしょう」

「そうだ」

「でも、ほかにもいたよね」

サフィはあえて間をあけた。

「ブルー・ハリソン」

突然、空気が変わり、アンセルは胸の前で腕を組んだ。

「どうしてその子のことを知ってるんだ?」

「たまたまブルー・ハウスでお昼を食べたの。レイチェルも知ってるし、ブルーも知ってる。あなたがタッパー・レイクにいたのも知ってる。同じ道路沿いのモーテルに泊まってたね」

「あの親子は困っていたんだ。レストランの経営が思わしくなくてね。おれは店のデッキを修理してやった」

「わたしがわからないのは」サフィはおもむろに言った。「あなたがハリソン親子を助けたほんとうの理由」

「家族だからだ」アンセルはあっさりと答えた。

「それだけ?」

「それだけだ」

　そのときだ。倦み疲れた彼の顔が、一瞬はっとした。

「あんたのせいか」アンセルはかすれた声で言った。「あんたのせいで、あの子たちはおれを遠ざけたんだな。あんた、なにを言ったんだ?」

「あなたはあの子には危害をくわえていない」サフィは彼の質問を聞き流した。「ブルーにはね」

「そんなことをするわけがないだろう」

「ちょうど年頃だけどね」

　ここまで近づくと、アンセルの鼻の毛穴がひとつ残らず見て取れた。眉根が寄り、目がすっと細くなったように見えた。

「わたしはね、長いあいだあの子たちを探してたの」サフィは言った。「イジー。アンジェラ。リラ。わたしたちの同級生くらいの年頃だった。リラのことは覚えてるでしょう？　あの子が『ザ・ジェファーソンズ』の主題歌に合わせて歌ってたの、覚えてるよね？」

　アンセルは当惑したようすでぼんやりとサフィを見ていた。

「ああ」サフィは言った。「ほんとうにわたしがわからないんだ？」

　ふたりのあいだで、サフィの携帯電話が準備万端で待ち構えていた。サフィが再生ボタンを押すと、いきなりあの曲のイントロがコンクリートの空間に大音量で流れだした。悲しげに漂う音。ニーナ・シモンのハスキーな声が部屋のすみずみまで満たし、サフィはアンセルの表情が変わるのを待った。サキソフォンがうめき、嗚咽する――移り気な恋人に呪文をかけたと歌う、あの曲だ。アンセルは状況を理解しはじめたのか、しきりにまばたきした。

「わたしたち、十一歳か十二歳だった」サフィは言った。

　それが一撃になった。明らかな動揺。アンセルは立ちあがろうと、いや、逃げ出そうとするかのように体を揺すった。サフィは彼のなにかを捕らえたのを確信した。彼の本質がなんであれ、サフィはついにそれに触れたのだ。

「最初は狐だった。ミス・ジェマの家で、あの川のそばにいた動物たち。あのときのことを話してくれない、アンセル？　あの動物たちを痛めつけるのはどんな気持ちだった？」

「別になにも」

「それはずるいんじゃないの。生きものを殺すのはいい気分なんでしょう。スカッとして。気晴らしになるよね。いい気持ちだったんでしょう？　そうでなければ、なんの意味があるの？」

「なにも感じない」アンセルは言った。「どうってことない」

曲が最高潮に達し、神々しいまでの迫力で響いた。サフィはブリーフケースのなかに手を入れた。

「これがなんだかわかるよね」

最初はバレッタ。それからブレスレット。バレッタのクリップやブレスレットの乳白色の真珠に細かい土がこびりついている。アンセルのひたいはうっすらと汗に覆われていた——彼は失われた遺物を発見した考古学者のように、アクセサリーをまじまじと見つめた。

「教えてよ、アンセル。どうしてこれを持ち帰ったの？　なんのために？」

「なんのことかわからない——」

「いいよ、話さなくても。わたしが代わりに話してあげる。あなたはあの年のクリスマスをジェニーの実家で過ごした。あなたはたしか十七歳、それとも十八歳だった？　ヘイゼルに全部聞いたの。ご両親があなたに素敵なプレゼントを贈ったんですってね。ジェニーは、プレゼント交換はしないって約束してくれたのに。で、あなたは自分がみじめな貧乏人になった気がした。その前からずっと、このアクセサリーを持ち歩いていた。力のある大物になれた瞬間を覚えておきたくて、記念品として。あの日、あなたがジェニーにあの指輪をあげたのは、もう一度あの力を少しでも味わいたかったから。ところがそのあと、あなたは自分がなにをしでかしたか気づいた。自分の墓穴を掘っちゃったのよね――だれかがあの指輪がだれのものだったか気づいたら、あなたはとんでもなくまずいことになる。だから、夜中に起き出して、残りのアクセサリーを裏庭に埋めた」

「そんなんじゃない」

「じゃあどんなの？」

「ジェニーに指輪を贈ったのは、きれいな指輪だったからだ。ジェニーに持っていてほしかった」

「でも、あの子たちからこのアクセサリーを盗ったんでしょう。遺体をあの森に置いてきたときに。あなたは思い出の品としてアクセサリーを持っていったのよ。あなたがやった異常なことを追体験するために」

「違う」アンセルの声が大きくなった。「違う。やめろ」

「思い出して興奮してたのよね。じっくり楽しんでた。あなたは――」

「やめろ！」吠えるようなどなり声。アンセルはぜいぜいと肩で息をしていた。「おれは楽しんだりしていない」

　それは稲妻を思わせた。体が激しく震え、亀裂が広がっていくようすは、サフィが長年のあいだにここと似たような取調室で何度も見てきたものと同じだった――彼の壁は崩れはじめている。もう一度軽く押せば、彼は完全に落ちる。

「だったらなぜ？」サフィは優しく尋ねた。「なぜアクセサリーを持ち去らなければならなかったの？」

アンセルはひどく震える手をブレスレットのほうへのばした。こらえきれないようだった。華奢な真珠の連なりを毛むくじゃらの手首に巻き、女性らしい上品な象牙色の玉をうっとりと眺めた。

「おれを守ってくれるはずだった」

「ジェニーを殺したのと同じ理由であの子たちを殺したのね。虚仮にされたような気がしたから」

「違うよ」アンセルはやけに穏やかな声で言った。「きみは勘違いしている。おれは、なぜ自分があの子たちを殺したのかわからないんだ。理由があって殺したことは一度もない」

アンセルは恍惚の表情で愛おしそうに真珠をなでながら語りはじめた。その声は、明らかに子どものものだった。物語が形作られ、細部が融合する。録音機はいつまでも止まらなかった。

彼は自白した。

*

アンセルの口から物語が繰り出されているあいだ、サフィには彼女がくっきりと見えた。あの晩、殺されなかった場合のジェニーが。

ジェニーは疲れている。カウンターにバッグを置き、明かりをつけ、シェリル・クロウのアルバムを大音量で流す。ドアを激しくノックする音はない――包丁は、飾り気のない木のスタンドに立てかけられたまま、取り出されることはない。ジェニーは残りものをレンジで温め、カウンターの前に立ったまま食べる。

そのあと、ジェニーは浴槽に湯をためる。湯気の立つ温かな水のなかで、スクラブを脱いで、浴槽に体を沈める。ユーカリのアロマオイルを垂らす。いつもどおりの一日の疲れが抜けていく。さらに深く深く、頭まですっぽりと体を沈め、静かに脈打つ水音のなかに、あるいはむこう見ずにも夢のなかに包まれる。心臓の鼓動が不思議なほど大きくなり、陶製の壁伝いに広がっていく。美しく凪いでいる、この――この命は、ひとつの奇跡だ。至高のときが止まる。

＊

刑事の集団がどやどやとなだれこんできた。彼らはアンセルを椅子から引きはがし、荒っぽく手錠をかけた。両腕を後ろにひねられて立っているアンセルは、疲れ果てて弱りきったようすで、どことなく申し訳なさそうだった。

サフィはミス・ジェマの屋敷の地下室で、アンセルの存在をすぐ後ろに感じながら階段をのぼったときの気持ちを思い出した。彼の重たい足音、どきどきしすぎて吐きそうだった自分。あのころは、あの危険な感覚に飢えていた。愛とは胸を高鳴らせると同時に有害でもあり、麻薬にも似て論理など受けつけない脅威だと、サフィは教わった——愛とは、階段の下から聞こえる足音であり、喉を締めつけるひと組の手だと。けれど、かならずしもすべての愛が苦痛に汚染されているわけではない。たとえば、裏庭のプールで水をはね散らかし、サフィの知らないポップソングに合わせて歌うクリステンと子どもたち。たとえば、支部のクリスマスパーティで誇らしげに手をつないでいるコリーンと彼女の妻。サフィはずっと、この痛みの意味を、しつこくつづく痛みの理由を探る毎日にどっぷり浸かっていた。たとえ無意味な暴力など自分には手出しできないと証明するためであっても、長いあいだ暴力を追いつづけてきた。それはまったくの無駄だった。まったくの期待はずれだった。長年にわたる謎をついに解いたのに——アンセルの痛みが凍りついた場所に触れたのに——彼の痛みもほかの人間のそれと変わりないことが明らかになっただけだ。ただ、痛みの処置に選んだ方法が人とは違った。

「サフィ、待ってくれ」

自分の名前が彼の口からにじみ出る血のように感じた。

「別の世界があると考えたことはないか？」刑事に引っ張られ、アンセルの声は切羽詰まってひび割れていた。「どこかに別の世界があって、おれたちふたりとも違う人生を生きてるんじゃないか？　そっちの世界では違う選択をしてきたんじゃないか？」

「いつも考えてた」サフィはささやくように言った。「だけど、この世界しかないのよ、アンセル。この世界しかない」

アンセルは引っ張っていかれた。

ひとりきりになると、取調室は死んだように静まりかえり、壁がよそよそしく冷ややかに見えた。失望で肌の内側がざらざらしていた——勝利のよろこびはこみあげてこなかった。誇りがふくらむこともなかった。救えたかもしれない女性たちに思いを巡らせずにすんだかもしれない人生など、想像もできなかった。だから、想像しないことに決めた。いまこの瞬間から、魅力的な別世界の可能性など忘れるのだ。存在するのはいまここだけ、はかなく不完全な、たったひとつの現実だけだ。その現実を生きるすべを探さなければならない。

ラヴェンダー　二〇一九年

そのロケットペンダントは古かった。年月とともに錆びつき、焼けたオレンジ色になった。セーターのポケットに入っているそれに触れ、頑丈なチャームの縁を親指の腹でなでると、ラヴェンダーは慰められる心地がした。今日はいつもと違い、とぐろを巻いている鎖に責められている気がせず、希望らしきものを感じた。いや、ペンダントはただの過去の形見になったのかもしれない。

「ミルクとお砂糖はいりますか？」少女が尋ねた。

その少女は、ラヴェンダーには最上の詩に見えた。コーヒーのポットを持ってテーブルのそばに立っている少女の動きは、ひとつひとつが文字の連なりとなり、優美な文になった。その子が存在するという事実はまだ揺らいでいて、ふたたび世界の広大さに呑みこまれるのではないかと思われた。

ブルー、頬にそばかすのある少女。ブルー、あざやかな色の名前。ブルー、後悔とは少し違う感情——ふわりと花びらを広げる、悲しみに似た花。

＊

そのレストランは特別だった。ラヴェンダーは店内に入った瞬間にわかった。居心地がよく、人を鼓舞する活気に満ちている――何年ものあいだハーモニーからオーラの話を聞かされているが、いままでラヴェンダーはヒッピーのたわごとだと片付けていた。ところがいま、こわばって震えている手でコーヒーに角砂糖を入れてかき混ぜていると、たしかにオーラはあると感じた。ブルー・ハウスのなかは暖かくおぼろな光が点滅しているようだった。

ラヴェンダーが理想的な苦さのコーヒーを飲んでいるあいだに、ブルーはエプロンをはずし、ぐらつく椅子の背にかけた。ラヴェンダーの心臓は暴れる獣のように吠えていた。この場面を何度も思い浮かべてきたので、ここにいるのははじめてではないような気がした――とはいえ、想像のなかのブルーは、エリスの写真と二十三歳になったブルー本人の写真と、記憶のなかにあるその年頃の自分が混ざり合っていて、曖昧な姿だった。一人前の女性のような、まだ少女のような。ラヴェンダーは今朝オールバニーの空港で出迎えてくれたブルーをあからさまにまじまじと見つめ、北へ向かう車中でもおしゃべりをしながら、何度もこっそりと盗み見た。ブルーは想像どおりでもあり、まったく違ってもいた。ラヴェンダーはがりがりに痩せているけれど、ブルーは丸みのある体つきで魅力的だ。ふっくらとした唇、高い頬骨。膝が破れ、腰にぴったりと張りつくジーンズをはき、長い髪を編んで片方の肩の前に垂らしている。屋台や中古品店で買ったようなシルバーの指輪をいくつもはめ、手首の内側に羽ばたいている蜂鳥の小さなタトゥーを入れている。ラヴェンダーは、あらかじめ交換しておいた写真でブルーと自分の髪の色がそっくり同じだと知っていた——太陽の下ではほとんど透けるほどのストロベリーブロンドだ。じかに対面すると、下腹を殴られたような衝撃を受けた。曲がりくねった山道を伝ってタッパー・レイクへ向かうあいだ、ラヴェンダーの喉には驚きが塊となって詰まっていた。

いま、カフェテーブルを挟んで、しなやかなまつげの一本一本が見えるほど近くに本物の孫娘がいる。ラヴェンダーはこらえきれなかった。涙があふれた瞬間は、夏の午後、稲妻が雲を切り裂いたようだった。

＊

はじまりは一通の手紙だった。

一通目は一年近く前に届いた。ラヴェンダーとサンシャインは、ジェントル・ヴァレーで一番よいキッチンがついている家族用のキャビン、マグノリア・ハウスに引っ越したばかりだった——サンシャインがあの素敵な高機能コンロを使うべきだと、満場一致で決まったのだ。ラヴェンダーは、ときどきサンシャインのまめのできた赤い両手をなでながら眠りに落ちる。天パンに並べた亜麻仁入りマフィンに振りかけるシナモンですべてを語るサンシャイン。手紙が届いたとき、ラヴェンダーの腰をそっと抱き、存在そのもので安心させてくれたサンシャイン。

親愛なるラヴェンダー
わたしのことはご存じないでしょうけれど、こんにちは。ブルー・ハリソンと申します。

ブルーにラヴェンダーの住所を教えたのは、祖母のシェリルだった。シェリルはそれまで数年のあいだ隠していたが、エリスの出生について話をしたあと、しぶしぶ教えてくれたらしい。ブルーは、ラヴェンダーさえよければ連絡を取り合いたいと言ってきた。便箋の一番下に電話番号とメールアドレスが書いてあった。

ラヴェンダーは手紙を枕の下に入れ、そのまま一カ月近く迷っていた。セコイア・ハウスには固定電話があるが、ラヴェンダーは電話をかけた経験がほとんどなく、緊張して構えてしまう。サンシャインがときどき寝る前にノートパソコンを取り出し、ウェブ上にあがっているミニーの日常の写真をふたりで一緒に眺めることはあった。サンシャインの娘、ミニーはいま、メンドシーノでパン屋を経営し、子どももいる。だが、インターネットは外国のようにわかりにくい場所に思えた。

そんなわけで、ラヴェンダーは気に入っているフェルトペンと紙を前に座った。手紙なら、もう何十年も頭のなかで書いてきた。

このときのために練習していたのだ。

ラヴェンダーはジェントル・ヴァレーについて書いた。山の上でオレンジ色に輝く朝日について、サンシャインのハーブ畑で芽を出したローズマリーについて書いた。サンシャインとグランド・キャニオンへ行ったのがはじめての飛行機旅行だったが、そのときに見た赤土の崖が川のように蛇行しているさまを書いた。ブルーは温かい返事を送ってきた。

数カ月がたつころには十通以上の手紙をやり取りし、ラヴェンダーはエリスのひげや、ブルー・ハウスの厨房でラジオの音楽に合わせて体を揺するエリスの背中を想像できるようになった。

話を持ち出したのは、ラヴェンダーのほうだった。質問を文章のなかに目立たないように埋めこんだので、読み飛ばされてもおかしくなかった。その一文を書くだけで、ヘドロのような古い罪悪感が容赦なくよみがえってきた。

わたしのもうひとりの息子、アンセルがいまどうしているか知ってる?

ブルーからは数週間後に返信が届いた。ラヴェンダーには、孫娘がとりわけ気を遣ってくれたのがわかった。**アンセルは七年前にブルー・ハウスに来ました、**とブルーは書いていた。**どうしてももっと知りたかったら、お話しします。でも、つらい話になると思います。**

そのときの気持ちは、好奇心よりもっと広いものだった——ラヴェンダーは、どんなにつらくても真実を掘り返したほうが楽になれると思った。それまでは、息子のその後を知りたくてたまらないと感じたことはなかった。これは合図だ。傷は癒えて痕になったという合図だ。いまの生活にしっかりと根をおろしている。知る準備はできた。

ラヴェンダーが詳しく知りたいと頼むと、**手紙じゃなくて直接お話ししたほうがよさそう**

です、とブルーは返信してきた。そこで提案です。ブルー・ハウスにいらっしゃいませんか、と。ジェントル・ヴァレーの女たちはその提案に盛りあがり、一も二もなく資金を持ち寄った。

いま、ラヴェンダーはブルーがかろやかな声で自然に話すのを見ている。人懐っこい娘だ。ブルーは三つ編みをほどいて指で梳き、若い娘向きのデオドラント剤の香りを漂わせながら、ブルックリンの自宅アパートメントや、勤務している市中心部のレストランのこと、アニマルシェルターでボランティアをしていることなどを、とりとめなく話した。ラヴェンダーは話に合わせてうなずきながらも、恐れ多いような気持ちで一杯だった。ひらひらと動くブルーの両手を前に、ラヴェンダーはわたしがこの人をつくったのかと思った。すべてを超越したこの美しいものは、奇跡ではないか。長い灰色の冬が終わり、最初に芽吹く緑のようだ。

＊

夕食のあと、ふたりはデッキに座った。食器洗浄機の音を背景に、つややかな板の隙間から差しこむ細い光が交差し、湿ったそよ風が花のにおいを運んでくる。レイチェルは、優しくおやすみを言っていなくなった。ブルーの母親はおおらかだが遠慮がちで、好奇心の強い娘を辛抱強く見守っていた。

「ここにいるのは変な感じがする？」ブルーが尋ねた。

ラヴェンダーはプラスチックのデッキチェアの上で身を乗り出した。暗い庭を眺める――

闇のなかで庭が身じろぎし、また動かなくなった。

「思ったより簡単だったかな」ラヴェンダーは言った。

「まだときどきここにいるって感じるの。パパが」

「わたしもそんな感じがするみたい」それはほんとうだった。エリスの姿を不思議な裂け目のなかに垣間見たような気がした。きちんと額縁に入れたアディロンダック山地の地図のなかに、店の外壁のあざやかな青色のなかに。ブルーの青白い頰の曲線や傾斜のなかに、エリスがいる。

「アンセルもここへ来たのよね？」ラヴェンダーは尋ねた。「あの子があなたを探し出したの？」

その問いは膨張し、変質した。

「じつは、わたしのほうが見つけたの」ブルーは明るい青紫のマニキュアがはげかけている爪をいじった。「ここに招待したの」

「覚悟はできてる。なにがあったのか、話しても大丈夫よ」

「その前に」ブルーは言った。「わたしはおじさんに会えてうれしかったって言っておきたいの。おじさんもここで楽しそうにしていた。なんの見返りも求めずに、家の修理をしてくれた。ママと一緒に閉店の作業をして、夜遅くまで話しこんで、笑って。おじさんにはぜんぜん気を遣わずにすんだ。パパが帰ってきたみたいだった。ときどき、おじさんがやったことを考えるんだけど、いまだに信じたくないの」

「ええ、つづけて」
ブルーの顔に、悲しみと申し訳なさが混じった苦悩が浮かんだ。
「ごめんなさい」ブルーは言った。「こんな話をすることになって、申し訳ないと思う」

*

夜はひらいた傷口だった。心臓はひたすら鼓動をつづける臓器だった。木々はそろって悲しみをこめてうめいた。

*

ラヴェンダーは熟睡できなかった。遠くで女性が裸で叫んでいる夢を何度か見たが、どれも知らない女性だった。階下で業務用冷蔵庫が空っぽの胃袋のようにうなっていた。慣れないベッドの上に、ブルーの話が小さな亡霊のように気味悪く漂っていた――ブルーは細かい部分まで話したわけではなく、あらましを語っただけだが、それでも恐ろしさがふくらんだ。

想像もできなかった。ラヴェンダーの知っていたあの小さな男の子が、ブルーが語ったようなことをしたとは思えなかった。独房で自分に残された日数を数えて待っているとは思えなかった。あの言葉を理解できなかった。死刑執行。自分の息子の成長後である男が、この前の夏にうまく実らせることができなかった胡瓜と同じくらい遠くに感じた。

ベッドが檻になったような気がして、ラヴェンダーはこっそりと廊下に出た。まだ朝早く、あたりは暗かった。ブルーの寝室のドアが少しあいていた——月光が彼女を照らしている。眠っている顔は穏やかで、その若さにラヴェンダーは圧倒された。

毎日、少しだけ自分に時間をあげて。ハーモニーがグループセラピーでそう勧めてくれたことがある。すべての責任から解放される時間を作るの。

ひとりの人間が背負える責任とはどれくらいだろうと、ラヴェンダーは思う。どれくらいを超えたらあふれだすのか?

ラヴェンダーはブルーの寝室の前の廊下をそろそろと歩いたが、膝の関節が鳴る音が銃声のように大きく聞こえた。世の中には、残虐なものを直視しても、足を止めずに前進できる人々がいる——彼らはみずから選択してそうする。だが、ラヴェンダーには、残虐なものについて考えられるような強さがなかった。ドア越しに聞こえるブルーの呼吸の音は、引力による潮の満ち引きのように安定していた。そのときラヴェンダーは、母親になるということは、さほど厳密ではないのかもしれないと感じた。始点や終点に置かれたアーチやゲートはない。母親になるということはシンプルで、血を分けた子と真っ暗な夜の中心で息を合わせているだけでいいのかもしれない。

＊

ブルー・ハウスでの日々は目新しい体験に満ち、またたくまに過ぎた。ブルーはいつもラヴェンダーに腕を絡めた——そうやってふたりで湖のまわりを散歩し、木の名前を言い合った。ブルーはラヴェンダーにささやかな宝物のコレクションを見せた。完璧に真ん丸などんぐり、小さなガラスの羊、セントラルパークで見つけた、金具の壊れたダイヤモンドのイヤリング。それらのなかに、ラヴェンダーは孫娘のやわらかな心を、人とは違う素朴な本質を見て取った。ブルーは、すぐにジェントル・ヴァレーに行くと約束し、ラヴェンダーはサンシャインの評判のシナモンロールをごちそうすると請け合った。山を背景にふたりしてこめかみをくっつけあって満面の笑みを浮かべ、ブルーが腕をのばして携帯電話で写真を撮った。

ブルー・ハウスでの最後の夜は、レイチェルもくわわってバーでウイスキーを楽しんだ。笑い声に酔い、眠気で頭がぼんやりしてきたころ、ラヴェンダーは話をはじめた。ブルーとレイチェルは、興味深そうに身を乗り出して耳を傾けた。思い出をなにもかも――きらきらと輝くものも醜いものも、なつかしいものも身を焦がすほどつらいものも――ひとつ残らず話しているうちに、人生の重い荷物を一部おろしたような気がした。それはこの年下の人たちのおかげだと、ラヴェンダーは思った。ふたりには重みを運んでいく力がある。

「アンセルが考えていたことなんだけど」レイチェルが寝室へ引き揚げたあと、ブルーが話しはじめた。ラヴェンダーは空のグラスを持ったまま、節穴だらけのマホガニーのカウンターに寄りかかった。「この話、何度も何度もしてた。もしも小さなことひとつでも違う選択をしていたら、いまいるこの世界とは別の世界があったかもしれないって。無限の世界、だったっけ。いまでもときどき考えるの――もしもわたしがアンセルを見つけていなければ、いろいろなことが違っていたかもしれない。わたしがアンセルをここへ招いていなければ」

「わたしもそのことは考えるわ」ラヴェンダーは言った。

それはほんとうだった。ラヴェンダーはもう、あの農場に住んだことも、カリフォルニアへ行ったことも、自分を守るために選択したことも、後悔はしていなかった。全部、必要なことだった。けれど、手紙のことは、何百通何千通と頭のなかで書いた手紙のことは、一生考えつづけるだろう。親愛なるアンセル。もしもたった一通だけでも送っていたらどうなっていただろう？　自分にはなにかを変えることができただろうか。もしも息子にはただ母親が必要だったのだとすれば。

「いつなの？」ラヴェンダーは少し詰まった声で尋ねた。「執行の日は？」

「来月」ブルーは言った。「アンセルとはときどき連絡を取ってるの。わたしに立ち会ってほしいって」

「行くの？」

「たぶん」ブルーは、漂白剤で筋ができたテーブルや椅子がぼんやりと浮かびあがったダイニングルームをちらりと見まわした。考えこんでいるようだった。「先週、返事を送ったの。行くって伝えた」

「どうして？」

「わたしが知ってたのはいい人だったから。もしかしたらおじさんがなれていたかもしれない人。例の別世界のおじさん——わたしはその別世界を信じたいんじゃないかな」

「寛大ね」

ブルーは肩をすくめた。「家族だもの。だれかが立ち会うべきだと思う」

「待って。ごめんなさい」ラヴェンダーは言った。急に息苦しくなった。「それ以上は言わないで。日付は知りたくない。待つのがいやなの」

ラヴェンダーはセーターのポケットに手を入れた。いつものように、あの小さな重みがそこに入っていた。オレンジ色の薄明かりのなか、母親のロケットペンダントはみすぼらしく見えた。がらくたに見えた。あと数時間後には、ラヴェンダーは帰路につく。この感情は薄れ、いずれは消えていく。ふたたびサンシャインとの生活に沈み、ブルーにこれ以上なにも尋ねない――自分自身が生き延びるためにできることだけをやっていく。この感情はとっておきたくない。

「これ、持っていってくれる？」ラヴェンダーは尋ねた。

ブルーはロケットペンダントを取った。手早く首にかけたチェーンが鎖骨に沿って光った。過去に沈みこむようだと、ラヴェンダーは思った。黄金に輝いている昔の自分を鏡で見ているようだ。幸いにも壊れていない自分を。

「あの子をひとりにしないでね」ラヴェンダーは言った。

「ひとりにしない」ブルーは答えた。「約束する」

そのときラヴェンダーは、世界は赦しを与えてくれる場所だと知った。自分はいままで苦しみを生き、苦しみを生んできたけれど、心の奥底から出てくる優しさがそのすべてを帳消しにしてくれた。置き去りにしてきたものだけで人が定義されてしまったら、それは悲劇ではないか――無慈悲ではないかと、ラヴェンダーは思った。

18分前

一秒一秒が一年だ。一秒一秒があなたの失敗であり、一秒一秒があなたの命綱だ。一秒一秒が無為に過ぎていく。

＊

いま、自白したことを思い返すと、信じられない思いで体が熱くなる——あんなことを自分が口にしたとは思えない。

弁護士は自白を強要されたと訴えようとしたが、あなたにしてみれば、むしろあれは生理現象のように感じた。体の内側から強要されたのだ。サフラン・シンは橋だった。一本のまっすぐな線であり、狙いの定まった矢だった。彼女が証拠品袋から真珠のブレスレットを取り出し、ビーズのバレッタをテーブルにすべらせてよこしたとき、あなたはあの夜の森の底へ引き戻された。少女たちのもとへ。十代のあの長い数週間を通して、あなたはいつもアクセサリーをポケットに入れるか、車のダッシュボードの上に置いていた。そうすると、気持ちが落ち着いた。ジェニーに指輪を贈った日――あれは軽率な気まぐれだった――あなたはあわてて残りを埋めた。それらがまるで解剖台に置かれた死体のようにふたたびあなたの前に並んだのは衝撃だった。

そのうえ、あの歌だ。あなたが昔、気に入っていた曲。あなたは腐りかけた狐を思い出した。皮肉なものだ。あなたをここへ連れてきたのは、子ども時代のあなただった。

だから、自白したのはあなたではなかった――男の子だ。取調室でさんざん屈辱を味わったあなたに、悲しげな目をした十一歳の男の子が乗り移った。あなたはその子をよろこばせたくて自白した。その子を解放したくて自白した。みずから運命を定めたあなたにとって、認めるのは耐えられないほど苦痛だったかもしれない。解放される日など決して来ないと認めるのは。

＊

教誨師にはもう来なくていいと言っておいた。処刑室で顔を合わせるし、残りの十六分間、あの男のいかにも情け深そうな湿っぽい顔を見ていたくはない。あなたはひとりになり、床から〝セオリー〟を拾いあげる。埃でざらつくノートを順番に集めていく――手のなかのそれは脱線の連続で、完成していないものに見える。

あなたが語りたかったのは、善と悪の問題だ。倫理観のスペクトラムについて。あなたは語りたくて、だれかに聞いてほしかった。ポランスキー刑務所の男たちを思い出す――希望に満ちたチェスの指し手、隠し持っている写真、真夜中の嗚咽とうめき声。あなたは恥ずかしさに呑みこまれる。〝セオリー〟で変われるはずだったのに。特別な、もっとましな自分になれるはずだったのに。

運命の皮肉はもはや耐えがたいほど鋭い。それでも、多元的な宇宙の存在を信じるのであれば、想像しなければならない。

あなたは十七歳、長い私道の突き当たりにいる。ひとり目の少女が現れ、あなたの車のへッドライトに驚いて止まる。あなたはブレーキを踏み、ドアをあける。送っていこうか？　少女が無事に乗りこむのを、あなたは路肩で待つ。あなたは十七歳、あのダイナーのブース席で最後の一杯のコーヒーをちびちび飲み、勇気を出してウェイトレスに電話番号を尋ねようとしている。あなたは十七歳、あのライブの人混みのなかにいる――三人目の少女が煙草を差し出し、あなたは受け取る。あなたはそれをフィルターぎりぎりまで吸う。彼女に礼を言う。そして帰宅する。

＊

あと十二分。壁が縮んで独房が狭くなる。あなたは膝を抱え、弱々しく祈る。神を信じたことはないが、窮地に追い詰められてしぶしぶ呼びかける。神よ、どこにいるんだ。神よ、おれの声が聞こえるか。神よ――

あなたは流星群を思い出す。当時、あなたは三歳ぐらいだったか。分厚いウールのブランケットの下から草がちくちく刺し、あなたは子どもらしくぽかんと空を見あげた。母親の吐息が甘酸っぱく、途中でさえぎられた夢のようだった。何個もの流星が空を横切るあいだ、彼女はあなたの両脇を抱えている。自分もかつてはだれかに抱かれるほど小さかったのだと思うと慰められる。あなたもかつては野原で驚異に目をみはった。そのあなたの脊椎の連なりの下で、地球はいつもどおりに自転していたのだ。

*

あなたは涙を流しはじめる。

なにも考えず、言葉もなく。あなたは泣く。これが地上で最後にやることのような気がする。おそらくそのとおりだ。あなたは泣く。やがて嗚咽があなたの体を乗っ取り、あなたをほかのだれかに変えてくれる。あなたは〝セオリー〟を思って泣く。今朝目を覚ましたときの自分を思って泣く。これから数えきれないほど繰り返すはずだった呼吸を思い、太陽をまぶしく見あげるはずだった朝を思い、もう二度とドライブすることのない曲がりくねった長い山道を思い、もう二度と喉を焼くことのないウイスキーを思って泣く。なんのために生きてきたのかわからない四十六年間を思って。このために生きてきた四十六年間を思って。

泣きやんだあなたは背筋をのばす。目を拭い、手洟をかみ、床に光る水たまりをこしらえる。壁の時計を見なくても、秒針が刻々と動き、時間が独房からいとも簡単に逃げ出していくのを感じる。時間。あなたは一秒一秒にすがりつきたい。名残惜しげに去っていく命の手触りを感じたい。

＊

避けられないとわかっていても、通路の入口から足音が聞こえてきた瞬間は、やはりぎくりとする。

いよいよだ。

あなたはなんとなく抵抗したくなる。じたばたし、失うものの名前を叫びたいが、大変そうだし、つらそうだし、やる意味はなさそうだ。通路の足音がだんだんうるさくなる。拘束チームだ。六名の熟練した刑務官があなたを迎えにくる、いまにもやってくる。もちろん、あなたもこの瞬間が来るのはわかっていたが、意外にもなんの感慨もなく、無意味な人生を構成していた億万秒に無意味な一秒がくわわっただけだ。

近づいてくる音が聞こえる。あなたをさらいに来た運命の足音が。

あなたはその音のほうへ顔をあげる。

ラヴェンダー　現在

　ラヴェンダーはたらいに屈みこむ。土の上に膝をついているせいで、むき出しの膝は汚れ、ひりひりする。午後の陽光がセコイア・ハウスを照らしている。なかでは昼食の後片付けをしている女たちが、鍋やフライパンのがちゃがちゃ鳴る音に負けない声で口論している。たらいのむこうに、山の峰のシルエットや、まぶしい日差しにかすむ野生の柑橘（かんきつ）の木々が見える。丘のふもとの菜園で、つばの広い麦藁帽をかぶったサンシャインが身を屈めている。いま六十三歳のラヴェンダーは、純粋な幸せ、あるいは明確な幸せというものがあるとは思っていない。けれど、未来はあると信じている。いまも山肌から波打つ草原にかけて、未来が壮大に広がっているのが見える。菜園でズッキーニを収穫しているサンシャインの体は、尾根や頂上が丁寧に記されている地図のようだ。

　その音は、最初はかろうじて聞き取れるほど小さい。ラヴェンダーは体を起こし、気のせいだろうかと思う。背筋をのばして聞き耳を立てる――やっぱり聞こえる。弱々しい泣き声、苦しげな呼吸音。森の奥で動物が死にかけている。ラヴェンダーは泡立った両手をたらいにかざしたまま静止する。泣き声が大きくなる。
なにかが苦しんでいる。
ラヴェンダーは首をかしげる。
耳を澄ます。

サフィ　現在

サフィはシャワーから離れる。鏡が曇っている——水滴越しでも今夜の重みが肩にずっしりとのしかかっているのがわかる。ベッドに広げた葬儀用の服が、疲れて倒れこんだ人のように見える。サフィはこの黒いワンピースを着て、公務員らしく髪をひっつめてまとめ、何百回も葬儀に出た。今夜はきちんとしすぎているような気がする。

いまごろアンセルはどうしているだろうかと、なんとなく考える。最後の食事をしているのか、なにもない灰色の天井を見あげているのか。独房が寒く、彼が不安になっていることを願う——もちろん、彼が後悔していることを願う。怖がっていることを願う。ブラインドの隙間から夕日が見えたとき、サフィはテキサスがとても遠くてよかったと思い、彼がもうすぐまったく別の場所へ行くのをありがたく思う。いや、もしかしたら彼に行き先などないのかもしれない。

*

髪を乾かしているときに、携帯電話が鳴る。

ブルー・ハリソンからだ。

着きました、と書いてある。**もうすぐはじまります。**

サフィはいまでもときおりブルー・ハウスを訪れる。ツナのホットサンドを注文し、バーカウンターでレイチェルとおしゃべりをする。ブルーは、アンセルから執行に立ち会ってほしいという手紙を受け取ったとき、支部に電話をかけてきた——**行きたいと思ってます**、とブルーはささやき声で言った。**立ち会いたいんです。**サフィはなぜブルーが電話をかけてきたのかわからなかったが、彼女の声が震えているのは聞き取れた。ブルーは許可を求めていた。なんらかの承認を。サフィは、子どものころのアンセルが無防備で不安定に見えたこと、壊れてはいるけれどまったく見込みがないわけではなく、まだ彼自身に選択の余地があったことを覚えている。アンセルは罪を犯し、そのために死ぬ——でも、ブルーだけではなくサフィも、彼に別の面があるのを知っていた。

行くべきよ。サフィはそう答えた。電話のむこうからブルー・ハウスのエスプレッソマシンの音が聞こえた。

一緒に来てもらえますか？ブルーは尋ねた。

返事には迷わなかった。いいえ。

＊

祈りの集いの会場はハイスクールの近くの公園だ。

サフィが到着すると、ベルベットのブランケットのような夕暮れの空気のなか、芝生のむこう側でキャンドルの炎が揺らめいている。参加者たちの影のほうへ芝生を歩いていく。おそらく二十人ほどがちらほらと集まり、仄暗いキャンドルの光に照らされてこうべを垂れている。サフィは葬儀用のワンピースではなく、ブルーの地に雛菊の模様が散っているロングスカートをはいてきた。グループの端に、両腕を組んで四月の冷気をこらえているクリステンの姿がある――サフィはサンダル履きの足を草の露に濡らしてクリステンのそばへ行く。

「間に合ったね」クリステンが言った。

「これ、あなたに」クリステンの長男がサフィに百合（ゆり）の花束を差し出す――彼はいま十五歳、ひょろりとして物腰がぎこちない。サフィは礼を言い、セロファンをかさかさ鳴らして受け取る。

大きく引きのばされた写真がある。イジー、アンジェラ、リラの写真が、たくさんの花束の上に置いてある。花の泉の周囲でキャンドルの光に照らされている顔の多くを、サフィは知っている。イジーの両親と姉。イジーがいなくなったとき、まだ五歳だった弟は、いま布でくるんだ赤子を抱いている。参加者たちの奥にいるアンジェラの母親はやつれ、背中も丸まっているが、サフィに小さく手を振る。遺体が発見されてから二十年がたつが――行方不明になってから二十九年だ――報道カメラマンがネタを求めて会場の端をうろついている。サフィは針のように刺してくる現実を不快に思う。少女たちが殺されただけではネタにならない。祈りの集いはひらかれず、忘れられたままだっただろう。彼女たちが注目されるのはアンセルのせいであり、彼のような男に世間が惹きつけられるからだ。

クリステンがサフィにキャンドルを渡す。溶けた蠟がサフィの指に垂れる。

もうそろそろだ。二千キロ以上離れた場所で、正義がなされる――だが、正義とはもっと重みのあるものに感じるはずではないのかと、サフィは思う。正義とは錨であり、解決策であるはずだ。正義という概念はどうして人間の精神に取りこまれたのだろうか。自分はどうしてそんな抽象的なものに名前をつけ、共有できると信じていたのだろうか。正義はなにかを補償するものとは思えない。ましてや満足を与えてくれるものでもない。サフィは山の空気を胸一杯に吸いこみながら、アンセルの腕に注射針が刺さるのを思い浮かべる。青い静脈が浮かぶのを。なんと無駄なことだろう。なんと無意味なことだろう。この制度はだれの役にも立っていないではないか。

＊

「今夜はうちに泊まって」集いが解散し、クリステンが言う。「ひとりでいないほうがいいよ」

クリステンの息子はすでに車に乗り、バックミラーの向きを調節している。あと三十時間、監督下で運転を練習すれば免許試験を受けられる。バックミラーのなかでクリステンのイヤリングが光る。サフィが去年ラジャスタンで買ってきた土産で、クリステンの瞳と同じ温かみのあるターコイズブルーの石に金色のタッセルをあしらったものだ。

「今夜は無理」サフィは言う。「仕事があるの」

クリステンはにやりと笑う。サフィは、ふたり一緒に成長してきた長い時間を思い、自分たちが歩んできた道のりを思い、その途中でなくなってしまったものを思う。「ハンドブレーキよ」クリステンが息子に声をかけながら助手席に乗りこむ。暗い車内で、彼女の指示が子守歌のようにつづく。

*

夜遅く、サフィは支部に戻る。金曜日の夜なので、ほとんどだれも残っていない。コリーンだけが、デスクライトの明かりの下に屈みこんでいる。

「支部長」コリーンが言った。「どうしたんですか?」

コリーンは時計を見る。今夜なにがあるのか彼女は知っている——いつものように、細かいことにもよく気づく。月に一度、サフィはコリーンとメリッサを夕食に招き、オーブンからサーモンのグリルや手作りのピザのにおいが漂う自宅キッチンでおしゃべりをする。コリーンの妻はワインを飲まない。ふたりはしばらく前から体外受精で子どもを授かろうと試みている。サフィは、いまでは目尻の皺も口元の皺もありがたく思っている。**わかる?** サフィはコリーンに言いたい。**なにもかも手に入れる必要はないの。どれだけあれば充分なのかわかればいいだけ。**

　サフィは思わず座りこみそうになる。コリーンの脇にぐったりと座りこみ、ひんやりしたデスクの表面にひたいを当てたくなる。ほんとうのことを打ち明けそうになる。家に帰れない、いつもはひとりぼっちの家が心地いいのに、今夜は違うのだと言いそうになる。たいていの夜は孤独がありがたいのに、今夜はむなしく感じる。**いい人を探したら？　いまだってきれいだし、充分若々しいのに。**以前、ケンジントンの妻が耳たぶにキュービックジルコニアを光らせ、おそらくまったくの善意でサフィにそう言ったことがある。サフィは礼儀正しく笑みを返しながらも、この人はそんなことでなにが手に入ると思っているのだろうかとあきれたものだった。

　サフィはここ、この仕事さえあれば充分だ。厳しい戦いさえあれば。それだけでいい。

「ジャクソン事件のつづき」サフィはコリーンに言う。希望に似たなにかが喉の奥を刺す。

　サフィはつねに資料をデスクに積んでいる。資料の山は危なっかしくかしいで、サフィをせっつく――キャスター付きの椅子に深く座り、パソコンのマウスを動かして復帰させると、白い光にほっとすると同時に、いやというほど知っている言葉でなじられているような気がする。

　ジャクソン事件はキーボードの上でいらいらと待っている。

　報告書の一番上にクリップでとめてある写真のなかで、タニーシャ・ジャクソンはほほえんでいる。彼女は十四歳、髪を三つ編みにし、耳たぶに紫色のビーズをぶらさげている。草の茂った裏庭に立っている——背後には、紙皿にのばした腕が何本も写っている。タニーシャがいなくなってから六日がたった。有望な手がかりはいくつかある。固いアリバイのないミドルスクールの教師、頬に傷跡のあるよそ者らしき男。事実を精査しているうちに、砂金を鍋で水にさらすように、真実が浮かびあがり、ちらちらと輝きだすはずだ。サフィはタニーシャの頬に散らばるそばかすを見つめる——彼女はまだ生きていると信じている。トラウマを負っても、かならずしも生きる力を失うわけではない、破滅が待っているとは限らないと信じている。どの少女も〝被害者の少女〟になるとは限らない、と。

数分間があっというまに数時間になる。メモを取り、情報を書き足す。サフィは夜明けまでここに座っているだろう。なにかがわかるまでここに座っているだろう。

ヘイゼル　現在

ヘイゼルはモーテルのプールの端に立っている。水を抜いたプールには大量の落ち葉がたまり、プールサイドのあちこちにプラスチックの庭用椅子が倒れている。

ヘイゼルの母親が部屋の鍵をもてあそびながら現れる。母親はこの日のためにめかしこんでいる。一九八〇年代から眠っていたのを発掘したパンツスーツは、縮んでしまった体には肩幅が広すぎる。かかとの太い黒いパンプスで、放置されたプールの縁をまわる。母親が近づいてくるにつれて、ヘイゼルはなんとなく息苦しさを感じる――湿気のせいかもしれないし、体に合わないスーツのせいかもしれないし、ヘイゼルの姿を見た瞬間の母親の目の動きのせいかもしれない。一瞬大きく見ひらかれたのだ。つかのま浮かんだ希望は、たちまち落胆に変わった。底なしの千分の一秒間、母親にはふたりの娘が見えていた。ヘイゼルはいつも間違われるほうだ。

ベージュのセダンがモーテルの駐車場に入ってきて、プードルのような髪型の女が降り、ヘイゼルたちのほうへ歩いてくる。彼女はリンダと名乗ってふたりと握手をする。先端の色を変えて塗った爪がいかにも硬そうでけばけばしい。リンダはテキサス州犯罪司法局被害者支援サービスの職員だ——彼女が刑務所までヘイゼルたちを連れていくが、その前に書類に目を通してほしいと言う。

ヘイゼルの母親は、何カ月も前から楽しみにしているふりをしていた。**夜も眠れないわ、ヘイゼル、あの男が電気椅子に座るまではね。**ジェニーが殺されてから七年がたつ。父親は事件の半年後に心臓発作で亡くなったが、母親はよく、ジェニーと父親が望んで一緒にどこかで暮らしているだけであるかのように話す。法廷でアンセルの判決が言い渡されたとき、母親は**ふたりともよろこぶでしょうね**、とつぶやいた。ところが、母親は強がっていられなくなったようだ——リンダがふたりを水の染みのついたテーブルのまわりに座らせ、書類を扇形に広げているあいだ、母親は風に吹き飛ばされそうなほど頼りなげにしている。

リンダは一枚一枚、ゆっくりと説明する。死刑囚が犯した罪の概要や——**忘れるわけがないでしょう**と、ヘイゼルは思わず吐き捨てたくなる——執行の手順について。今夜の予定、なんてまるで劇場へ行くみたいだ。アンセルは二名の立会人を招いている。弁護士と、ヘイゼルがはじめて聞く名前だ。ベアトリス・ハリソン。

こんなこと、なんの意味があるの？　建前上、今日はヘイゼル自身のためにある。ジェニーのため、遺族のため、ねじれた形の償いのために。けれど、実際にはその反対のようではないか。ほとんどアンセルへの贈り物だ。

アンセルは注目される。報道され、話題になり、念入りに調整された方法を用意してもらっている。ほんとうの罰とはそんなものではないとヘイゼルは思う――孤独で、たいそうなことはなにもない。終身刑に服し、ただただ腐っていく年月を過ごす。やがて名前も忘れられる。その身にふさわしく、心臓発作やシャワー中の転倒死など、よくある死に方で死ぬ。一方アンセルは、崇高な犠牲者として扱われてきた。制度に殉じる者の地位を与えられた。ヘイゼルはその仕組みに加担した者として後ろめたさを感じる。毎日のように、黒人男性が車のテールランプが壊れていただけで警察に呼び止められて射殺された、あるいはポケットにマリファナを持っていただけで拘束されたといった事件が夕方のニュースになり、だからヘイゼルは不平等や構造的な偏見、この国の司法の有害な歴史について、たどたどしい口調でも子どもたちに教えるようにしている。段ボールでプラカードを作り、平等を求めてバーリントンのダウンタウンを練り歩く。アルマがわかっていても、ヘイゼルは何度となく同じ言葉を繰り返す。カメラの前に立てるのは特権なのだ。注目され、最期の言葉をマイクに向かって言えるのは特権なのだ、と。アンセルが与えられた〝連続殺人犯〟という称号は、人間の根源にある異様な欲望をかき立てるらしい。本やドキュメンタリーが制作され、インターネット上には匿名の掲示板ができる。大勢の女性が彼に魅了される。

塩味のクラッカーと芳香剤のにおいがするリンダの車に母親を乗せながら、ヘイゼルはひどく無力な気分になる。恐怖が下腹にとぐろを巻き、まどろんでいる。

刑務所は赤煉瓦の堂々たる建物だ。コロニアル様式の大きな建物。ヘイゼルは、裁判所か郊外のハイスクールのようだと思う。母親を介助しながら、立派な玄関のなかに入る。

ふたりは陰気な感じの集団に迎えられる。トラウマ支援チーム、緊急対応係など、役職名がヘイゼルの意識を水のように流れていく。がっしりした体格の看守長が差し出した手は、湿っぽくひんやりとしている。

*

「道中はいかがでしたか？」看守長が尋ねる。

ヘイゼルの喉から返事は出てこない。看守長は、靴を置くための箱を指し示す——裸足の足の裏にコンクリートがひどく冷たく感じる。刑務所内は、リノリウムと埃と金属のにおいがする。シニヨンにした髪が細い針金のようにふわりと逆立っている母親と一緒に危険物探査装置を抜け、そろって暗い顔で会議室へ向かう。会議室には、簡素な木のテーブルがあり、そのまわりに明るい色のオフィスチェアが並んでいる。

「お水はいかがですか？」看守長が尋ねる。「それとも、コーヒーでも？」

ヘイゼルはかぶりを振る。看守長が出ていくと、がらんとした部屋のなかで、母親の震える息の音がいちいち反響する。**大丈夫よ**、とヘイゼルは声をかけてやりたい。**なにもかも終われば楽になるよ**。けれど、自分がそんな約束をしても嘘くさく聞こえそうなので、天井の照明が立てる低い音や、重たい金属のドア越しに聞こえるくぐもった物音に、ひたすら耳を傾ける。男たちの騒ぎ立てる声がかすかに聞こえる。遠くであがる歓声、しわがれた笑い声。ヘイゼルは待つ。

＊

アルマは母親にいってらっしゃいを言うために、今朝は早めに目を覚ました。パジャマ姿で一階へおり、キッチンのアイランドカウンターの前に座って、車で飲むためのコーヒーを用意するヘイゼルを見ていた。アルマの頬には枕の跡がつき、濃い褐色の髪はシニヨンが崩れて肩にかかっていた。いまアルマは十四歳——ピカピカの歯列矯正器具をはめ、まだ必要のないローティーン用のブラジャーのストラップをいじるのが癖になっている。登校前は二十分間バスルームにこもり、不自然な化粧を施す。笑うときは、人目を気にして手で口元を隠す。

大丈夫、ママ？　アルマは砂糖壺（つぼ）を差し出しながら尋ねた。

大丈夫よ、スイートピー。

ジェニーおばさんは誇りに思うだろうね。アルマは自分の感傷的な言葉に顔を赤らめた。

きっと、ママの勇敢さを誇りに思うよ。

ヘイゼルは娘の頬に手を添えた。

ジェニーが誇りに思ってくれるかどうかはわからない。あるバージョンの世界のジェニーはせせら笑うだろう。**いかにもヘイゼルね。**お得意のあきれた目つきでそう言う。**悲劇のヒロインにならないと気がすまないんだから。別バージョンの世界のジェニーは、自分にそっくりのヘイゼルが代役になることに安心する。さらに別バージョンの世界では、ジェニーは生きていて、並んでコーヒーを待っている――振り向いてヘイゼルの注文を尋ねるジェニーは、別のだれかに見える。

*

ワイシャツ姿の男をふたり連れて看守長が会議室にまた入ってくる。ふたりは奥の席に座り、形ばかりの会釈をする――小さなビニールケースに入った名札を首にかけている。記者だ。

ヘイゼルはジャーナリストが好きではない。アンセルが自白してから数週間、報道のワゴン車が自宅前に止まり、記者たちが前庭をうろついていた。カメラをかついでルイスの職場やバレエスタジオまでやってきて、あろうことかマティーの保育所にも現れた。彼らは園庭の外でヘイゼルを取り囲んだ――ほかの母親たちはそそくさと子どもを連れてその場を離れたが、ヘイゼルは叫んだ。帰って。お願いだからほっといて。

ジェニーの事件が注目されているわけではなかった。だれもジェニーに興味はない。男が別れた妻を殺す事件はありふれている。

彼らが注目しているのは、ほかの少女たちの事件だ。

もちろん、知りたいのは犯行の理由だ。だからいまだに記者がヘイゼルの顔にマイクを突きつけ、アンセルが新聞に大きく取りあげられる。彼は人の心をとらえる。魅了する。全国的な現象だ。思いも寄らないような悪の存在が人々を刺激する――おもしろいとヘイゼルに面と向かって言った者もいる。ティーンエイジャーだった彼女たちを殺して、二十年ぶりにジェニーを殺すまではだれも殺さなかったのはなぜか？　なぜ彼女たちだったのか？　なぜあの時期だったのか？

ほんとうにくだらない疑問だと、ヘイゼルは思う。もちろん、少女たちや遺族は気の毒だ。けれど、アンセルばかりが注目され、だれもが同じ疑問しか抱かないことに当惑させられる。アンセルがどんな気持ちだったかなんて関係ない。彼の抱えている痛みなどどうでもよく、考えたくもない。彼が少女たちやジェニーを殺した理由などなんの意味もない。ヘイゼルは、人は邪悪になりうると思っている。それだけのことだ。女を痛めつけてやりたいと感じている男は数えきれないほどいる――アンセル・パッカーが特別視されるのは、それを実行したからだ。

＊

トイレは蛍光灯の緑がかった光に照らされている。

ヘイゼルはシンクに屈みこんであえぐ。息を吐き、パニックが収まるのを待つ。トイレが呼んでいる。間違いだった――ここに来るのではなかった。今日は鏡も優しくしてくれない。

それは点滅するようにちらつく。シンクから顔をあげると、ショートヘアに涙形のほくろがある自分の鏡像が目に入る。だが、もはや自分だけが見えるわけではない。突然ジェニーがゆらりと現れる。ヘイゼルの顎のラインは、にんまりと笑うジェニーのそれになる。ジェニーはヘイゼルのまぶたの皺に隠れ、ヘイゼルの唇のくぼみからいつまでも消えない。

トイレの水音がした。ヘイゼルはわれに返り、急によろめいたせいでペーパータオルのディスペンサーの角にぶつかる。個室のドアがきしみながらひらき、若い女が現れる。彼女はヘイゼルを見てとまどったようすで、気まずい沈黙が降りる。

「ごめんなさい――」女はようやく口ごもりながら言う。「あの、あなたがそっくりだったから」

「え？」

女は握手をしようとするかのように、遠慮がちに手を差し出すが、その手はふたりのあいだで力なく止まる。手首の内側に小鳥のタトゥーがちらりと見える。くすんだ金髪のその女は二十五歳くらいで、見るからに動揺しているが、その目は間違いなく好奇心に輝いている。

「あの、わたしブルーです」彼女は質問に答えるように言った。「ほんとうにすみません、すぐ気づくべきだったのに。ジェニーには双子の妹さんがいるって聞いてたのに――」

「姉を知ってたの？」

ブルーはかぶりを振った。「会ったことはありません」

彼女の目はアンセルの目だ。明るいグリーン。初夏の苔のような。

「アンセルのために来たのね？」ヘイゼルは尋ねた。「立会人として。でも、まさか――彼の娘じゃないでしょう」

「いいえ」ブルーはすぐさま答えた。「違います。姪（めい）です」

「アンセルは身寄りがないはずだけど」

「弟が」ブルーは言った。「わたしの父なんです」

ヘイゼルはあの何年も前のクリスマスを思い出す。弟の話をするときは、アンセルが悲しげな顔になったことを。ヘイゼルはずっと、あれはわざと悲劇の主役になって同情を惹こうとしていたのだと思っていた。ブルーが遠慮がちにヘイゼルの横を通り過ぎた——水栓をひねり、ディスペンサーからハンドソープを出す。前屈みになった肩のあたりが、なんとなくアンセルに似ている。鼻の高さも。いままで信じていたあれこれが、かならずしも真実ではなかったかもしれないような気がしてくる。

「なぜ来たの？」ヘイゼルは尋ねる。「ああいう人のために、ここへ来る気持ちになったのはどうして？」

「正直に言えば、自分でもわからないんです」ブルーの声がかすれる。「たぶん——悪い人でも痛みは感じるだろうと思って」

ブルーの両手からシンクに水滴が落ちる。トイレのなかで洞穴のように音が反響する。しばらく待っているうちに、ヘイゼルにはブルーが傷ついているのがわかる。ヘイゼルの傷とは違うが、それでも傷に違いない。ブルーは泡だらけの手を首元へあげる。それ以上なにも言わず、出ていくヘイゼルを見送りながら、首にかかっている錆びたロケットペンダントをいじっている。

＊

ヘイゼルが死を想像するとき、思い浮かぶのはゆるゆると長い眠りに落ちていくイメージだ。幾度となく、ヘイゼルはそのような死に憧れたことがある。天国や地獄があるとは思っていないが、なにかを信じていたほうが楽かもしれない。だが、ブルーを鏡の前に置き去りにし、ふらふらと通路を歩きながら、愚かな考えだと思い知る。ばかげている。こんな死は——狭い部屋から見守られ、管理された手順で苦しむことなく終わる死は——ただの死だ。そんな死が処罰になるのだろうか。家が崩壊するように、一気にむなしさが降りかかってくる。ヘイゼルは瓦礫のなかで苛立つ。まったくの不毛さに。完全な無意味さに。

会議室に戻ると、母親が紙コップから水を飲んでいる。ドアのそばを看守長が行ったり来たりしている——ヘイゼルの姿を認め、出口のほうへ首を傾ける。記者が持ちものをまとめ、ヘイゼルは母親の小さくて軽い手を取る。

「では、行きましょうか」看守長が言う。

＊

最初、その記憶はしぶしぶと前へ出てくる。心臓の鼓動にあばら骨を叩かれながら、しんとした通路をほかの人々とぞろぞろ歩いていたヘイゼルは、罪の大きさに過去へ引き戻される。

大丈夫だよ、ヘイゼル。この景色、絶対に見たほうがいいよ。

ヘイゼルは八歳。裏庭のフェンスのそばに立ち、楓の木の一番高い枝にまたがっているジェニーを見あげている。この木に登るのは禁じられていた――危ないからと、母親に言い含められていた。アスファルトの上で靴を履かずに遊んだせいで真っ黒に汚れたジェニーの足の裏が、下から見える。ジェニーがのばした小さな手は自信たっぷりで、ヘイゼルはつい信用する。不安が下腹に渦巻いているが、ジェニーに手首をつかまれて必死に幹を蹴り、きしむ枝の上に引っ張りあげてもらう。両脚を芝生に向かってぶらさげたままバランスを取ると、急に怖くなくなる。

ほら、見て。ジェニーが満面の笑みで言う。

繁った葉の隙間に、近隣一帯が広がっている。隣人の裏庭も、フェンスのむこうも、屋根の上も、光っている窓のなかも見える。地平線は広く、果てしないことを生まれてはじめて知る。ジェニーは自分の贈り物のすばらしさをわかっていて、まったく偉そうにヘイゼルの肩を叩く。

なんでも見えるでしょ。広がる世界を前にジェニーが言う。**はじまりから終わりまで、全部見えるでしょ。**

立会人室は小さな劇場だ。窓には鉄格子がはまり、ベージュのカーテンが閉まっている。座席はない。ヘイゼルは母親の手を引いてなかに入る――ふたりはコンクリートの小部屋の真ん中に心もとない気持ちで立ち、記者たちは遠慮がちにその後ろに立つ。カーテンのむこうから、小さな話し声や物音がかすかに聞こえる。点滴袋のごぼごぼという音。心拍数モニターの絶え間ない電子音。

＊

そのとき、ジェニーの気配がする。カーテンが引かれ、ステージに目を凝らしたヘイゼルのそばに、ジェニーがいる。

ジェニーのにおいがふっと漂う。一瞬だけ。おぼろげに。ジェニーは酸素となってヘイゼルの肺を満たし、ヘイゼルが固く握りしめた拳のなかにいる。窓のむこうの処刑室を見つめると、ガラスに映った自分の顔がジェニーになり、ウィンクする。これこそが双子の奇跡だとヘイゼルは知る。愛の奇跡だ。死は厳しく、だれにでも訪れて避けることのできないものだが、終わりではない。ジェニーはヘイゼルがどこにいても同じ場所に存在する。ジェニーは空間を満たし、震わせる。どこまでも広がり、散らばり、やがてどこにもいなくなる――どこにでもいるようになる――どこへでもヘイゼルが行くところに生きている。

0

いよいよだ。

足音がすぐそこまで来たとき、あなたは頬に手を当てる。無精髭、突き出た頬骨。自分の顎の線を、いままで生きてきたあなたの形を記憶しようとする。自分の体が憎いのか、なくなったら悲しくなるのかわからない。

＊

独房の前で刑務官たちが待っている。顔のない刑務官が全部で六人、さらに教誨師、死の館の看守長、監察長官室から来たという髪の薄い男。彼の声は、水のなかで聞いているかのように遠くからくぐもって聞こえる。刑務官が鉄格子の隙間から手錠を持った手を差し入れる。

あなたの心臓は一本のダイナマイトだ。役立たずにも爆発をただ待っている。刑務官が鉄格子の鍵をあけ、あなたを手招きする。

あなたは一歩、また一歩と足を踏み出す。鉄格子の外へ出る。

独房から処刑室までの行進は、残酷なほど短い。あなたは歩数を数えながら、アメリカ合衆国大統領さながらに刑務官を両脇に従えて歩く。一秒一秒が長くのび、時間の感覚がなくなる。

あまりにも早くあなたはあの部屋に入る。

処刑室は見たところ想像していたとおりだ。スペアミントガムのような趣味の悪い薄緑色に塗った煉瓦の壁。いままでとは違うにおいがする。医療器具や薬品の刺激臭。空間の中央に車輪付きの執行台がある。あなたの四肢を固定するストラップがついた執行台は医療用品に見えなくもなく、天井からマイクがぶらさがっている。

正気の沙汰ではないと、あなたは思う。尋常ではない。政府はこの栄光の台に金を払い、この部屋に据えたのか。こんなおかしな儀式を実行するために、十二人の人間が今朝目を覚まして制服を身に着け、車で出勤してきたのか。あなたと同じこの国の国民は、この制度を存続させ、点滴で注射する三種類の薬品を供給するために税金を払っているのか。あなたの隣人は――郵便配達人もスーパーマーケットのレジ係も、むかいに住んでいるシングルマザーも――政府にこんな方法であなたを殺させるために金を払っているのか。

彼らはあなたに時間を与えない。あまりにも速やかに進んでいく。あなたは前へ押され、あなた自身の脚があなたを裏切り、あなたを無慈悲に執行台にのせる。たちまち刑務官たちが慣れた動きであなたをストラップで固定する。

そのあと、あなたは新雪に寝そべってエンジェルの形を作って遊ぶ子どものように両腕を広げ、天井を見あげる。天井に割れ目はない。染みもない。あなたはあの象を見たいと思う。

＊

ひとつの記憶。あなたは九歳だ。ミス・ジェマの屋敷のリビングルームで、毛足の長い茶色のカーペットに指を沈めている。ほかの子どもたちと輪になって座り、膝の上にひらいた聖書をのせている。年上のきれいな少女が「コリント人(びと)への手紙」を読む――あなたは聖書の言葉を聞かず、彼女の口元を見ている。

イエスさまの十字架について、なにか知ってる？　ミス・ジェマが尋ねる。ミス・ジェマのまぶたは重たそうで、染めた髪が光輪のようだ。彼女はそばかすの浮いた胸元で輝いている小さな十字架をつまむ。

十字架はイエスさまの苦しみを理解する助けになります、とミス・ジェマは言う。イエスさまの愛を理解する助けにもなるの。

＊

看守長のオーデコロンのにおいが強く、有害な雲になって空間に漂う。彼は執行台のストラップがきちんと締まっているか確認する。周囲で医療チームがあなたの不安を無視し、作業に集中している。教誨師だけがあなたの重力に引き寄せられている――教誨師はあなたがしゃべりたくないのをわかっていて、犬があなたの脚に頭をもたせかけるように、そこにただ立ちつくしている。

腕に注射針を刺される瞬間、あなたは目をそらす。両腕に刺される。ちくりとした痛みを感じ、薬液の入った点滴袋がごぼごぼ鳴るのが聞こえる。医療技師が調整する――彼女特有のにおいがするが、それは香水や制汗剤ではなく、はじめて彼女の家に入ったときに嗅ぐようなにおいだ。胡瓜の香りの石鹸に混じって、かすかに黴臭いにおい。彼女の抜け毛があなたの脇の下あたりに落ちてきて、すぐにまたあなたの吐息で浮きあがる。繊細で女らしい髪の毛はどこかへふわりと飛んでいく。

そのとき、名前が頭に浮かぶ――唐突に。あなたはめったにあの少女たちのことを個々の人間として考えたりしないが、この瞬間は違う。ひとりひとり、はっきりと異なる人格だと感じる。イジー、アンジェラ、リラ。ジェニー。

気分はどうですか？　技師が尋ねる。

よくない、とあなたは言う。

注射針のせいですか？

違う。

彼女はカツカツと足音を立てて部屋を出ていく。

＊

カーテンのむこうで音がする。小さな足音、くぐもった話し声。立会人だ。

あなたが心構えをするより先に、カーテンが少しずつひらき、あなたはひとりではなくなる。

＊

右側の窓のむこうに、ジェニーの母親が現れる。

いまでは年を取り、背中が丸まっている。ひどい顔だ――裁判のあいだも、判決の瞬間も、こんな顔をしたことはなかった。スーツのジャケットの襟の上にある顔はやつれ、声もなく紙のような頬に涙をだらだらと流している。彼女のひそめた眉を見て、あなたは気づく。彼女が泣いているのはジェニーのためだが、それだけではないと気づく。この女性はあなたを三十年近く前から知っている。あなたは、彼女が哀れみに打ち砕かれているのがわかる。ジェニーの母親は、あなたのために泣いてもいるのだ。

その隣に、ヘイゼルがじっと立っている。恐怖もためらいもなく、あなたを凝視している。あなたは、ヘイゼルがリビングルームであなたをちらちら見ていたのを覚えている――彼女があなたを求めていたのを。いま、彼女の顔に笑みはない。彼女は泣いていない。無力なあなたを視線で非難しているだけだ。あなたは、ジェニーがまさにこんなふうにあなたを見ていたのを思い出し、動揺する。ななめに置かれた執行台から見たヘイゼルは、ジェニーそっくりの厳しい表情をしている。ジェニーそっくりに、あなたをたじろがせる。無慈悲にも体がとっさに反応し、のばそうとした腕がストラップに押しとどめられる――最後にもう一度だけ彼女に触れたいのに。

そして、あの子がいる。左側の窓のむこうに。

ブルーがティナと並んで立っている。ストロベリーブロンドの髪は首の後ろでまとめてある。大人になり、少しふくよかになっている。ブルーは夏の夕方のようだ。たとえば牧草地に広がっていく黄昏、目にかかる髪をそっとどけてくれる優しい手。そばかすの散った鼻梁が見えたとき、あなたの耳にいままで一番はっきりと母親の声が聞こえる。

＊

刻々と時間が過ぎる。あなたはつい、ガラスに映った自分の姿を見てしまう。人々の顔と重なって映っているあなたは透明だ。すでに消えかけた亡霊のようだ。頬はこけ、眼鏡は大きすぎる。待ち時間の最後にそんなものを、自分自身にしか見えない自分を見てしまい、あなたはぞっとする。

そのとき、あなたは確信する。あなたのしてきた軽蔑すべき行為の数々のなかに――この人生最後の二分間のなかに――証拠がある。あなたのなかには、だれもが持っているような愛がない。あなたの愛はくすんで湿り、あふれる熱量もはじける力もない。それでも、ひとりの人間としてあなたを見るならば、あなたにも居場所がある。あるはずなのだ。人の社会があなたを見捨てても、あなたが人間であることまでは否定できない。あなたの心臓は鼓動する。手のひらは汗ばむ。体はさまざまな要求をする。いまとなっては、あなたが与えられた機会を無駄にしてきたのは明らかだ。善も悪もたしかに存在し、だれもが相反するそのふたつを内に抱えている。善とは記憶に残る価値のあるものだ。善とは生きる意味だ。あなたがずっと追い求めてきたけれど、どうしてもつかめなかったものだ。

＊

それはかすかな疼きからはじまる。一瞬のうちに、喉の奥に塊ができる。小鳥のように脆いなにかが体のなかに閉じこめられ、ぱたぱたと必死にもがいている。

恐怖だ。

あなたはそれを吞みこむ。

＊

最後に言いたいことはないか、と看守長が言う。医療チームと教誨師はもういない——汚れたミラーガラスのむこうで待っているのだろうと、あなたは思う。あなたと看守長しかいない部屋は狭く感じる。

天井からさがっているマイクがおりてくる。あなたはまだ心の準備をしていない。耐えがたいほど重苦しい十秒間が過ぎる。このときばかりは、駆け引きの余地がない。完全に無力で、惑わしたり言いくるめたりする相手もいない。あなたはいままで他人の言葉、考え、感情を注意深く模倣し、偽物として生きてきたが、もう疲れた。マイクは執行台のずいぶん上にある――あなたはマイクをつかみたくてもがく。

もっといい人間になると約束する。あなたのその声はみじめに響く。あと一度だけチャンスをくれ。

返事はない。ガラス窓のむこうで、立会人が気まずそうなようすで目をそらすだけだ。あなたはいまこの瞬間こそだれかの手を握りたい、人の手の感触がほしいと願う。全身がわななき、涙より意味のあるものをつかもうとする。

看守長が眼鏡をはずす。

悪名高き合図だ。

いまだ。

＊

あなたは祈る。今度生まれ変わるなら、もっと優しいなにかになりたい――なにひとつ欠けたもののない存在になるために必要な、命あるものに本来備わっている思慕の念を解するなにかに。優美な生きものがいい。蜂鳥。鳩。

＊

なにも感じないと言われていたのに。痛みはないと。だが、このような恐怖には痛みがある——焼けつくような、根源的な痛みが。痛い。薬品が血管を駆け巡り、ストラップに縛られた四肢が激しく暴れる。

やめてくれ。あなたは懇願する。

恐怖に呑みこまれるあなたの体に毒がまわる。

やめてくれ。お願いだ。

＊

部屋の外では、世界が脈打ちつづけている。沈みかけた太陽が淡紅色を帯びる。背の高い草が果てしなく広がる草原を埋める。そのあたりの空気は唐檜と川のにおい、塩と紫陽花のにおいがする。つかのま、あなたは全知全能者の視点から世界を見渡す。なにごともなかったかのように軌道をまわりつづけるこの惑星は、目をみはるほどあざやかに美しく、残酷だ。それは一瞬あなたにウィンクし、遠ざかっていく。

＊

両手の感覚がなくなり、視界の周縁がふやけて溶けていくにつれて、なにかが起きあがったような感覚があった。なにか大きな塊が。それはあなたの胸から宙へ浮かびあがり、ぼやけた部屋の天井近くに漂う。あなたは手をのばしてそれに触れたい——けれど、動けない。

あなたを引っ張るその塊は、あなたの闇だ。最後の〇・五秒で、あなたは不幸も慈悲も理解する。あなたは闇の目を、渦巻く嵐の中心をまともに見つめる。あなたから引き裂かれたそれはとても小さい。無力に見える。

ほんのわずかな一瞬、闇が一片たりとも残らず消え、あなたはまぶしい輝きを放つ。愛に満たされて。これか、とあなたは悟る。自分がずっとつかみそこねていた感覚は、これだったのか。それは消えていく直前に、あなたを満たしてはじける——あなたの生にたった一度だけ訪れた優しさだ。

最後にもう一度、震える息を長々と吐き出す。

闇雲に踏み出す。舞いあがり、墜落する。まばゆい光。

ついに。

どこかで

別の世界では、彼女たちは眠っている。あるいは、テーブルをととのえたり、公園をジョギングしたり、ニュースを見たり、算数の宿題を手伝ったり、残業したり、犬を散歩させたり、シャワーの排水口から髪の毛を取り除いたりしている。別の世界では、イジー、アンジエラ、リラ、ジェニーは普段どおりに夜を過ごしている。だが、その世界で生きてはいない——この世界でも生きていない。

＊

イジー・サンチェスは、こんなふうに記憶してもらいたがっている。

彼女は祖父のボートに敷いた紫色のタオルの上に寝そべっている。タンパの空は漫画のような青さだ。姉のセリーナの臍には、スプレーしたココナッツの香りのサンオイルがたまっている。イジーはオレンジをむいたので、指がべとつき、爪が黄色に染まっている——皮を海に投げ捨て、波間に浮かぶのを眺める。マナティーだ！　弟が叫ぶ。母親は弟が海に落ちないよう、両脇をつかむ——気をつけて(テン・クイダード)、ちびちゃん(ペケーニョ)。ビキニショーツから突き出たイジーの腰骨は、しゃくれた顎のようで、指はオレンジとサンオイルのにおいがする。

　そんなイジーを覚えている者はいない。セリーナだけは妹を思い出すが、それも恐怖を忘れることができるときだけだ。イジーはいつも——現実のイジーは——事件の陰に隠れて見えない。イジーの死は悲劇的な事件だが、彼女があの男のものになってしまったことも悲劇的だ。悪いことをした悪い男のものになってしまった。イジーは数えきれないほどの瞬間を生きていたのに、あの男にひとつひとつ喰らいつくされたあげく、多くの人々の記憶のなかでは、彼女の人生はあの恐ろしい数分間に要約され、繰り返し恐怖と痛みと残酷な事実だけが抽出されている。

　いまイジーがどこにいるにせよ、彼女はこう言いたがっている。こんなことになる前、あたしの肩は真っ赤に日焼けしていたんだ。むけた皮をシンクに払って捨てたの。あの怖いことが起きる前は、あたしはいろんなことを感じてた。

　あたしは太陽の下でオレンジを食べた。どんな味だったか、教えてあげようか。

*

　アンジェラ・メイヤーは、生きていたら二十七カ国を旅していただろう。お気に入りの国はイタリアだ——マレーシアやボツワナやウルグアイほど旅の情緒をかき立てられるわけではないが、古代からつづく伝統に根ざした誇り高い精神を気に入っている。フィレンツェ、シエナ、ソレントの石畳を歩き、プラスチックのスプーンでジェラートを食べ、ワインでほろ酔いになる。アマルフィ海岸へ母親を連れていったかもしれない。ふたりは海辺のホテルのバルコニーで、レモンの木と潮の香りのする風に吹かれ、ボンゴレパスタを注文する。

旅の終わりには、ホテルの客室係に二十パーセントのチップを払う。彼女たちは地元のティーンエイジャーで、もらった金はむかいのナイトクラブでテキーラに使う。アンジェラを思い出しもせず、汗ばんだ若い体を明滅する光と音楽と熱気に委ね、やがてすべてを忘れてしまう。

＊

リラの三人目の子は、やはり女の子だ。

その子はグレイスと名付けられる。

グレイスは存在しないが、もし存在していたら、コロンバス動物園の園長になっていただろう。八百人のスタッフと一万頭の動物、六十万坪の敷地を管理するのが仕事だ。

グレイスの好きな動物は雪豹（ゆきひょう）だ。斑点のある白い毛皮が美しく、すらりとして気品のある獣。うだるような六月のある日の閉園後、グレイスはいつのまにかネコ科のエリアにいる。清掃係はすでに帰宅してしまっている。グレイスは、雪豹をひとしきり眺めておやすみを言うつもりで豹舎へ向かう。屋根の高いケージの入口に立ち、雪豹の美しさに見とれる——大きな黄色い瞳がグレイスの瞳をとらえる。誘う目だ。グレイスは給餌用の扉の鍵をあけ、緊張に胸を高鳴らせながら、じりじりと二歩進む。さらに二歩。雪豹は、内壁に接した床に寝そべるグレイスを見守り、微笑の形で歯をむき出す。ゆっくりとグレイスに近づき、彼女ののばした手のにおいを嗅ぎ、熱い息を吹きかける。四肢を広げ、長い胴体をグレイスの脇の下のくぼみにぴったりとつける。グレイスと雪豹はともに眠る。

夜が明けるころ、グレイスが目を覚ますと、口のなかが毛で一杯になっており、雪豹の大きな頭が膝にのっている。グレイスは思う。この世界はなんて優しいのだろう。この幸運はなんて壊れやすいのだろう。

*

六千五百五十二人の新生児がいたはずだった。十八年間で六千五百五十二個の心臓が母親の子宮のなかで羊水に守られ、なにも知らず鼓動していたはずだ。そのうち二百四人は仮死状態で生まれ、背中をさすられて目を覚ます。八十一人は亡くなる。それでも、六千四百七十一人は、がらんとした洞穴から出てきて最初の酸素を吸いこむ――待ち構えているジェニーの手のなかで、小さな両腕と両脚を力一杯のばす。

彼らの目に映るジェニーはぼやけている。まだ新しい目は彼女の顔を追うこともできない。けれど、バイタルサインをチェックし、心をこめて清拭(せいしき)するジェニーの手袋をはめた手は、六千四百七十一人の新生児を安心させる。彼らにはジェニーの声が聞こえる。ジェニーから母親の湿った両腕に引き渡されるときに、みな同じ言葉を聞く。

ようこそ、おちびちゃん。ジェニーは貝殻の形をした尊い耳のひとつひとつにそうささやく。

いまにわかるよ。ここはいいところよ。

謝辞

本書はわたしのエージェント、ダナ・マーフィに捧(ささ)げます。彼女のどこまでも広い心がなければ、本書は生まれませんでした。ダナは、わたしが実存的恐怖と自信喪失に陥っていたときもわたしの仕事を信じてくれました――鋭い助言と必要欠くべからざる正直な感想を穏やかな口調で述べ、本書の目指すところをこまやかに理解してくれました。彼女を創作上のソウルメイトかつ、かけがえのない友人と呼べるわたしは幸運です。

担当編集者のジェシカ・ウィリアムズは、わたしにとって温かく創造的なホームです。ジェシカは本書の核心を見抜き、最良の部分を引き出して光のもとに掲げてくれました。ジェシカに感謝すると同時に、本書の出版をダイナミックで喜びに満ちた、特別に貴重な体験にしてくれたジュリア・エリオットにも感謝します。

献身的なライエイト・ステリック、ブリタニー・ヒルズ、ケイトリン・ハリ、ウィリアム・モロウのＰＲチームと、驚くべき熱意を見せてくれたハーパーコリンズの営業部にも感謝します。制作担当のジェシカ・ロズラー、原稿整理担当のアンドレア・モナグル、センシティヴィティ・リーダーのネハ・パテルにも感謝を。細部にわたって鋭い目でリサーチをしてくれたディラン・シンバーガーにも大いに感謝します。ブック・グループの素敵な女性たちと、本書を外国に送り出してくれたジェニー・メイヤーにも感謝を。ダリアン・ランゼッタ、オースティン・デネサック、ダナ・スペクターをはじめ、ＣＡＡのみんな、ありがとう。イギリスで本書に愛情深い家を与えてくれたフランチェスカ・メインとフェニックス・ブックスにも感謝します。

ミシェル・ブロワーには、返しきれない借りができました。彼女はわたしに文芸エージェントとしてのキャリアを与えてくれた人です――わたしはこの仕事が自分に必要だと気づいていませんでしたが、おかげでわたしの世界はこんなにも豊かになりました。トレリス・リテラリー・マネージメントとエヴィタス・クリエイティヴ・マネージメントの同僚に、そしてわたしを信じて作品を託してくださるクライアントのみなさんに感謝します。

ここシアトルの比類ない作家仲間、キム・フー、ダニエル・モールマン、ルーシー・タン、何年もコーヒーとおしゃべりにつきあってくれてありがとう。ケイトリン・フリンの揺るぎない友情とクライム・フィクションへの情熱に感謝を。エイコーン・ストリート・ショップで、編み物欲のはけ口と楽しみのもと（と、大量の毛糸）を与えてくれるメアリー・ルークとジャネット・シャルボニア、どうもありがとう。こっそり助けてくれるドミニク・スキャヴェリとジャネル・チャンドラー、ありがとうね。

今回、とくに入り組んでいた道を進むあいだ、励ましてくれた友人たちにはどんなに感謝してもしきれません。ジェネッサ・エイブラムズ、カーラ・ブルース＝エディングズ、アル・ギレン、マギー・ホーニグ、アビ・インマン、ザック・ノル、アイダ・ノックス、エレン・コボリ、ダニエル・ラザリン、エミリー・マクダーモット、ローレン・ミルバーン、ケイトリン・ランドビー・ミラー、カーティカ・ラジャほか、たくさんのみんな、ありがとう。あなたたちがどんなに素敵か、本人が一番よくわかってるよね。

わたしがここにいるのは、愛する家族のおかげです。アリエル・クカフカ、デイヴィッド・クカフカ、ローレル・クカフカ、ジョシュア・クカフカに感謝を。アヴィ・ロックリン、タリア・ザリン、ザック・ザリンに。シャノン・ダフィ、ピート・ウェイランド、マディ・ウェイランドに。リサ・ケイ、エイデン・ケイ、ほかのみんなにも。心から愛しています。

もちろんトリー・ケイメンに感謝を。一番つきあいの長いハンナ・ネフに。一番小さくて一番優しくて、いつも限りない喜びをもたらしてくれるレミー＝ベアに。愛するリアム・ウェイランド、このすばらしき人生をありがとう。

訳者あとがき

本書『死刑執行のノート』（原題 *Notes on an Execution*, William Morrow, 2022）は、一九九四年生まれのアメリカ人小説家ダニヤ・クカフカの二作目の長篇である。二十三歳のときに上梓したデビュー作のスリラー *Girl in Snow*, Simon & Schuster, 2017（未訳）がベストセラーとなり、それからじつに五年を経て出版された本書は、高く評価されてさまざまな媒体に取りあげられ、エドガー賞（アメリカ探偵作家クラブ賞）最優秀長篇賞を受賞した。

近年の海外クライム・フィクションでは、カリン・スローターやリサ・ガードナーをはじめとした女性作家の勢いが止まらず、各国ですばらしい作品が次々と刊行されている。それらの作品の共通点のひとつに、みずからの尊厳のために戦う女性たちの姿を描いていることがあげられる。男女問わずそうした作品群に励まされたり、学んだりしている読者が増えているのは間違いない。書評家の霜月蒼氏が『十四人の識者が選ぶ 本当に面白いミステリ・ガイド』（Pヴァイン、二〇二三年）で書いたように〝女性作家による女性たちの戦いの物語〟が〝海外ミステリにおける最重要のサブジャンルになった〟のである。

連続殺人を犯した死刑囚と、彼に人生を変えられた三人の女性たちの物語である本書もその流れのなかに位置づけられるが、その本流を行くのではなく、狭義のミステリの枠には収まらない、新しい支流と言うべき作品だ。

本書は、四人の女性を殺した死刑囚アンセル・パッカーが刑の執行十二時間前に目を覚ます場面からはじまる。彼はひそかに女性の刑務官を抱きこみ、処刑室のある刑務所へ移送される途中で逃亡する計画を立てている。また、獄中で過ごした数年間に〝セオリー〟と題した哲学エッセイを書きためており、この期に及んでもなお著述家として注目され、称賛されるのを夢見ている。アンセルの残り時間が刻々と減っていく一方で、彼の死刑執行に複雑な思いを抱く三人の女性たちの過去から現在までの回想が挟まれ、四つの時間軸が一点に収束していくという形で物語は進む。

三人の女性のうちひとり目はアンセルの母親ラヴェンダーだ。彼女は十七歳のときに年上の男性と駆け落ちしてアンセルを産んだが、男の虐待とまったく自由のない生活に耐えかね、四年後にふたり目の男の子を出産したあと、兄弟を残して逃げてしまう。

ふたり目はアンセルの妻ジェニーの双子の妹であるヘイゼルで、彼女は生まれたときからつねにそばにいた姉が、アンセルと出会ったのを境に遠く離れていくのをなすすべもなく見送るしかない。

そして三人目が、子どものころの一時期をアンセルと一緒に里親の家で過ごしたサフィである。当時のサフィはアンセルに淡い恋心を抱いていたが、彼の異様な行動に傷ついた体験がトラウマになっている。長じて警察官になったサフィは、数年前に起きた三人の少女の失踪事件にアンセルが関わっているのではないかと疑い、追跡をはじめる。

著者クカフカが本書のもとになるアイデアを得たのは、シリアル・キラーを扱う犯罪ドラマやトゥルー・クライム（実録犯罪）ものの過熱した人気ぶりだった。クカフカ自身もティーンエイジャーのころからこのジャンルの番組を熱心に観ていたが、やがて疑問を抱くようになった。シリアル・キラーものの主人公の多くは男性犯罪者だが、異常者と一律にくくられ、視聴者や読者はその異常性を自分とはまったく無関係のエンターテインメントとして消費する。それまで目立たなかった男性が女性に危害をくわえたとたんに注目されるわけだ。一方で、被害者の女性たちはかえりみられることがない。彼女たちにも家族や友人がいて、被害にあわなければ生きられた人生があったのに、やはり消費され、忘れ去られる。このジャンルに潜在するそのような視線には問題があるのではないか？　クカフカは、その視線のベクトルをはじいて変えたかったと述べている。

以下は本書の内容に触れるので、できれば読了後に読んでいただければありがたい。

アンセル・パッカーは、典型的なアメリカン・シリアル・キラーである。ほどほどに魅力的で、ほどほどに頭がよく、それなりに社会と衝突せずに生きていくことができたはずの男だ。クカフカは、彼が特別な人物ではなくただの人間であることを強調している。ただの人間だからこそ、彼にも過去に負った傷の痛みがあり、死への恐怖があり、手に入らなかったものへの切実な渇望があり、有害な男性性の被害者でもある。そのことが読み手に鋭く突き刺さってくるのは、アンセルのパートが二人称で書かれているからだ。当初、クカフカは三人称で書き進めていたものの、なにか物足りないと感じていた。どうすれば読者をアンセルの頭のなかに引っ張りこむことができるのだろう？　書きはじめて三年が経過したとき、アンセルはあなたでなければならないと閃き、一気に書き直したそうだ。

　クカフカが本書を書きあげるのに数年かかった理由はまだある。草稿はアンセルと彼の姪ブルーのふたりの視点で書いたが、担当エージェントの「女性たちの話は？」のひとことで足りないものに気づいて、ラヴェンダーとヘイゼルとサフィの物語に書き換えた。死刑囚の母親、被害者の妹、彼を追う捜査官の三つの視点によって、暴力が直接の被害者だけでなく、周囲にいる人々まで苦しめることがくっきりと立体的に見えてくる。

　しかし、被害者の側にいる人々もまた人間であり、完全なる善ではない。それぞれに葛藤や欲望を抱えている。幼い息子たちを捨てて女性だけのコミューンで傷を癒そうとしているラヴェンダーも、太陽のような姉を愛しつつ嫉妬していたヘイゼルも、人間は白と黒に割り切れないことを体現しているキャラクターだが、アンセルと対になっているのがサフィである。

　サフィはローティーンのころにアンセルに惹かれたことがきっかけで、自分のなかに暴力への昏い欲求があるのを悟る。よき妻、よき母として穏やかに暮らしている親友のように、傷つかなくても得られる幸せがあるのを知っているのに、それでは満足できないのを自覚し、マチスモがはびこる警察組織で有色人種の女性捜査官として犯罪者を追うことで、危険なものへ向かって自分を駆り立てる衝動をなんとかなだめる毎日だ。

アンセルもサフィも暴力への指向性を有し、保護してくれるはずの存在に捨てられた経験があり、同じような子ども時代を過ごしてきたのに、片方は人を殺す人間になり、もう片方は殺さない人間になった。アンセルが罪を犯してしまった原因をすべて生い立ちのせいにするのはたやすい。しかしクカフカはそうせず、アンセルとサフィを対比させ、彼が死刑囚となったのは彼自身の選択の結果であることを浮き彫りにしている。

アンセルはいよいよ死へのカウントダウンがはじまった状況で、もしも違った選択をしていたらどうなっていたか考えずにいられない。親に捨てられず大切に育てられた自分、里親の家で一緒に暮らしていた女の子にいやがらせをしなかった自分、ジェニーと結婚しなかった自分がいる別の世界線が無数にあると信じているが、同じ罪を犯して逃げ切ることのできた世界線だけは、どうしても想像すらできない。自分には罪を犯さない選択肢があったことも、その選択をしなかった以上、罪を償わなければならないことも、うっすらと理解しているのだ。それでも、なぜやめられなかったのか、どうして四人を殺したのかというサフィの問いに、ほんとうにわからないとしか答えられない。

その一方で、ラヴェンダーは幼かったアンセルを捨てていなければと悔やみ、ヘイゼルは、アンセルが善い人間ではないとわかっているのに姉を引き止めなかったのを後悔する。そしてサフィは、物語の終盤にアンセルが生き別れた弟の家族と交流していたのを知り、そもそも自分がアンセルを追っていなければ、彼を孤立へと追い詰めていなければ、四人目の犠牲者が出ることはなかったのではないかと、愕然（がくぜん）とする。それでもやはり、彼女たちも自分が選び取った現実を生きていくしかない。

とはいえ、本書がなにもかも自己責任だと訴えているわけではないことは、最後まで読んだ方にはおわかりいただけるのではないだろうか。犯罪被害者の遺族として死刑執行に立ち会うヘイゼルは、アンセルが女性たちを殺した理由になんの意味もないと考える。〝人は邪悪になりうる、それだけのことだ〟と。奇しくもアンセルの〝まったくの悪人などいない。まったくの善人もいない。人はみな等しく濁った灰色のなかに生きている〟という人間観に通じる考え方に至るのだ。濁った灰色のなかでひたすら選択を繰り返しながら、ヘイゼルとラヴェンダーとサフィがそれぞれ回復を目指して歩きはじめる姿に勇気づけられる。

もちろんクカフカは、暴力の犠牲になった女性たちを忘れない。被害者の女性たちがアンセルに殺されなかったらどんな人生を送っていたか語られる最終章で、それぞれに充実した日々を過ごしている彼女たちのようすを垣間見ると、暴力によって奪われるものの大きさをあらためて感じざるを得ない。とくにジェニーは助産師として何千件もの出産を介助しているのだが、彼女が生まれてきた子どもたちひとりひとりにささやきかける言葉は、世界に対する圧倒的な肯定であり、命への祝福である。いまここに生きるわたしたちは、ジェニーと同じくらいの確信を持って子どもたちに同じ言葉をかけることができるだろうか。

ダニヤ・クカフカはニューヨーク大学ギャラティン校に在学しているころから出版社にアシスタントエディターとして勤務しながら小説を書いていたが、デビュー作で成功を収めたのち、退職して作家業に専念してみた。ところが、精神的に行き詰まってしまって、かえってうまくいかなかったそうだ。現在は文芸エージェントとしてフルタイムで働きながら三作目に取り組んでいる。午前中の一時間から二時間を執筆に費やすスタイルが一番落ち着くとのこと。〝一日に千ワードでも書くことが肝心なの〟と語っている。またしばらく待つことになりそうだが、次作がいまから楽しみである。

二〇二三年九月

鈴木　美朋

集英社文庫

死刑執行のノート

2023年11月25日 第1刷　　定価はカバーに表示してあります。

著 者　ダニヤ・クカフカ
訳 者　鈴木美朋
編 集　株式会社 集英社クリエイティブ
東京都千代田区神田神保町2-23-1 〒101-0051
電話 03-3239-3811
発行者　樋口尚也
発行所　株式会社 集英社
東京都千代田区一ツ橋2-5-10 〒101-8050
電話【編集部】03-3230-6095
【読者係】03-3230-6080
【販売部】03-3230-6393(書店専用)
印 刷　図書印刷株式会社
製 本　図書印刷株式会社

フォーマットデザイン アリヤマデザインストア　　マークデザイン 居山浩二

ISBN978-4-08-760787-1 C0197